독일 문학의
깊이와 아름다움

괴테, 릴케, 헤세, 토마스 만, 귄터 그라스,
고트프리트 벤, 지그프리트 렌츠, 막스 프리쉬,
뒤렌마트, 클롭슈토크, 아이헨도르프를 찾아서

독일 문학의
깊이와 아름다움

괴테, 릴케, 헤세, 토마스 만, 귄터 그라스,
고트프리트 벤, 지그프리트 렌츠, 막스 프리쉬,
뒤렌마트, 클룹슈토크, 아이헨도르프를 찾아서

정서웅 지음

민음사

서문

　강단에서 독일어와 독일 문학을 가르친 지 어느덧 30년이 넘었다. 독문학과에 진학한 젊은 시절부터 이순(耳順)의 나이에 이른 지금까지 독일 문학은 항상 내 삶의 중요한 의미이자 동력이었다. 학생들에게 독일 문학을 가르치면서 십여 편의 작품들을 번역하고 또 여기저기에 독일 문학에 대한 글들을 쓸 수 있었던 것은 내게 커다란 축복이었다. 이 책은 그 글들을 모아 엮은 것이다.

　고교 시절 학교 앞 책 대여점에서 빌려 읽었던 헤르만 헤세의 『데미안』──이 책이 바로 내 운명의 별이었다. 젊은 날의 방황기에 자기만의 개성과 주관을 갖자고 강변하는 헤세의 글은 내 마음을 흔들었다. 그 후 헤세의 다른 작품들을 열정적으로 섭렵했고, 대학의 졸업 논문, 대학원의 석·박사 논문을 모두 헤세 작품론으로 제출했다.

　대학의 강단에 서면서 다른 작가들에게도 시선을 돌리게 되었는데, 그중에서도 괴테의 심오하고도 격조 높은 문학 세계에 찬탄을 금할 수가 없었다. 특히 "인간은 노력하는 한 방황한다."라는 『파우스트』의 글귀는 내 심금을 울리기에 충분했다. 이 감동을 나누고자 2년에 걸친 고생 끝에 『파우스트』를 번역하여 출간했고, 이 책은 민음사의 〈세계문학전집〉에 편입되어 많은 애독자를 갖게 되었다.

　몇 차례 독일에 머물 때에는 독일 작가들의 행적을 찾아보는 즐거움도 빠뜨리지 않았다. 헤세의 고향이 있는 보덴 호반에 앉아 『페터 카멘친트』의 자연 풍광을 만끽하고, 괴테의 고향 프랑크푸르트와 제2의 고향 바이마르의 괴테 하우스는 물론, 『이탈리아 기행』에 기술된 그의 행적을 따라 로마를 두루 배회하기도 했다. 토마스 만 문학의 무대 뤼베크, 렌츠의 『독일어 시간』이 펼쳐진 북해 연안, 그리고 통일의 신화가 실현된 현장 브란덴부르크 광장 등 어느 곳에서나 독일 문학의 숨결을 느낄 수 있었다.

여기 내놓는 책에는 무엇보다 독일 문학에 대한 이러한 열정과 감흥을 한껏 담아 보고 싶었다. 그래서 당초 학술 논문으로 썼던 글들은 많은 독자들이 쉽게 이해할 수 있도록 평이한 글로 바꾸었다. 글 한 편 한 편의 제목도 내용 중 주제가 되고 인상에 남는 문장으로 선정했다. 독일어 원문은 되도록 없앴고, 각주도 꼭 필요한 경우에만 남겨 놓았으며, 책이나 글을 참조할 경우 반드시 우리말 번역을 병기했다.

오늘날 대학 교육에 실용주의 바람이 불면서 인문학 전반이 크게 위축되어 가는 실정이다. 몇 년째 독문학과 강의는 수강자가 줄어들어 학기가 시작될 때마다 혹 폐강이 되지 않을까 조바심 속에서 지내 왔다. 이런 상황에 책을 내려고 독일 문학에 관한 글을 매만지고 있자니 읽어 줄 독자나 있을까 걱정이다. 그러나 나는 희망을 잃지 않으려 한다. 헤세와 괴테와 토마스 만의 작품에서 샘솟는 감동과 아름다움은 이러한 시대의 조류를 뛰어넘을 뿐 아니라, 경박함이 판을 치는 세상일수록 더욱 소중한 정신적 양식이 되리라고 믿기 때문이다.

책을 내놓자니 사뭇 두려운 마음이 앞선다. 혹시 관점이 다르거나 미흡한 점이 있으면 부디 조언을 보내 주기 바란다. 바로잡고 마음에 새기도록 하겠다. 끝으로 이 책을 내는 데 많은 도움을 준 우리 대학의 대학원과 교육대학원 학생들에게 고마운 마음을 보낸다. 아울러 책의 출판을 맡아 온갖 정성을 다 기울인 민음사에도 진심으로 감사드린다.

2003년 여름
숙명여대 연구실에서
정서웅

6

1부

헤르만 헤세의 문학과 합일 사상

새는 알에서 나오려고 싸운다

『데미안』과『싯다르타』의 자기실현 과정

I 인간화 과정의 3단계

"나는 자신을 지자(知者)라고 부를 수가 없다. 나는 탐구자였고, 지금
도 그러하다."라고 헤르만 헤세는 그의 책『데미안 *Demian*』(1919)에 썼
다. 이렇듯 탐구자, 구도자임을 자처하는 헤세에게 인간화, 즉 자기실현
의 문제는 무엇보다 중요한 문학적 화두다. 서정성, 낭만성이 짙었던 초
기 작품들로부터 분석과 정관(靜觀)의 경향이 짙은 만년의 작품에 이르
기까지 공통적으로 다룬 주제는 자기실현을 추구하는 탐구자들의 '수학
(修學) 시대'와 '편력(遍歷) 시대'다. 동시대의 다른 문학 작품에서는 찾
아보기 어려울 만큼 헤세는 열렬히, 그리고 한결같이 "어떻게 나는 나
자신이 될 수 있을까?"에 대한 답을 구하고 있다. 헤세에게 자기실현을
추구하는 자는 시대와 환경이 만든 운명에 도전하는 자다. 카오스를 통
과하며 철저히 고뇌하는 과정을 통해 "하나의 세계를 깨뜨려야 하는"
존재다. "이들 극소수만이 인간성의 의미를 만들어 낸다."고 헤세는 말
한다. 이러한 인간상이 바로 헤세 문학 전반에 걸쳐 나타나고 있는 개성
적 존재, 즉 인간화 과정의 이상적 산물이다.

헤세가 그의 작중인물들에게 부여한 인간화의 길은 다양하다. 시대와
장소의 설정도 상이하다.『데미안』의 주인공 싱클레어는 1차 세계대전의
전운이 감도는 유럽에서, 구도자 싯다르타는 옛 인도에서, '황야의 이리'

11

하리 할러는 위기의 시대인 1920년대 말에, 나르치스와 골드문트는 중세에, 유리알 유희의 연주자 크네히트는 2200년경의 유토피아에서 각기 색다른 자기실현의 과정을 밟는다. 그러나 헤세 자신이 독일적이면서도 기독교적이고 국제적인 세계를 호흡하며 살아왔듯이, 이들이 존재하는 역사적 시간 또한 한정되어 있지 않다. 우리의 관심사는 다만 이들이 인생이라는 학교에서 어떤 개성화의 과정을 겪는가 하는 문제다. 다시 말해 각자에게 주어진 고뇌와 갈등의 상황을 어떻게 극복하면서 자기 발전을 꾀하는가이다.

유치한 유아적 상태를 벗어나면서부터 고뇌와 갈등을 느끼게 되는 것이 인간적 삶의 속성이라고 볼 때, 파멸 혹은 체념에 이르는 자포자기를 거부하고 의연히 자기 극복이라는 고투를 감행하는 헤세 주인공들의 모습은 깊은 감동을 불러일으킨다. 따라서 헤세 작품은 정신적 방황에 처했던 전후 세대에게 감명을 주었고, 동양과 미국 젊은이들의 경전이 되다시피 했다. 자아를 찾으려는 노력, 싱클레어나 싯다르타처럼 현실 세계의 규범이나 인습을 깨뜨리고 비약하는 것이 항상 헤세 주인공들에게 주어진 과제다. 이것은 물론 시대정신을 이끌어 가는 작가로서의 헤세가 평생을 통해 추구한 과제이기도 하다. 순탄치 못했던 학창 시절, 두 번에 걸친 결혼의 실패와 건강의 악화, 거기에 엄청난 두 번의 전쟁. 이 모든 고뇌와 절망의 요인들을 헤세는 그의 문학 속에 솔직히 털어놓으며 그 해결책을 의논하려 했다. 극복의 힘이 될 수 있는 정신적 지주를 찾기 위해 기독교 정신과 서양 철학을 넘어 동양의 종교와 지혜까지 탐구의 눈을 돌렸다.

한 작가의 창작 활동이 역사적 사건에 의해 영향을 받는 사례를 흔히 보게 되는데, 헤세의 작중인물들이 소년기의 감상주의를 극복하고 강한 개성을 보이는 것은 역시 1차 세계대전의 회오리를 겪고 난 후부터다. 그 이전, 즉 청년 헤세의 작품에 나타나는 주인공들에게선 아직 강한 개척자 정신을 찾아보기 어렵다. 자연에 대한 감정 이입에 몰두하고 각박한 현실에서 도피하려는 경향마저 띠고 있다. 우선 꿈 많은 이상주의자 헤르만 라우셔를 통해 헤세가 보여 주는 것도 "삶의 뒤편 어느 곳엔가 존재할 행복을 형상화해 내는 일"[1]에 불과했다. 그러나 페터 카멘친트나 『수레바퀴 아래서 Unterm Rad』(1906)의 주인공 한스 기이벤라트에게서는 벌써 자아를 추구하려는 의지의 싹을 찾아볼 수 있다. 현실 도피의 성향, 또는 자연과의 동화라는 낭만성을 벗어나지는 못했지만, 도시 생활의 비인간성에 환멸을 드러내는 카멘친트나 교육이 강요하는 획일성에 반발하는 기이벤라트는 이미 사회적 메커니즘과 도그마로부터 해방을 선언하는 인간상들이다.

1차 세계대전이란 커다란 충격을 겪고 난 헤세에게 인간의 자기실현이라는 문제는 더욱 절실한 당면 과제가 된다. 인간 불신에서 오는 가치 전도와 허무주의 속에서 헤세가 택한 길은, 내면의 길을 통해 자기실현을 이루는 것, 즉 헤세의 표현을 빌려 "완전히 나 자신에게 돌아와 내 자신의 운명에 귀의하는 것"[2]이었다. 이러한 인생관이 극명하게 나타난 작품이 바로 『데미안』이다. 주인공 싱클레어는 그의 개성화를 도모하기 위해 전통적인 기독교 교의마저 부정한다. 그것은 불타의 가르침을 떠나 "혼자서 판단하고 선택하고 거절해야 하는" 싯다르타의 경우와 동일하다. 뒤를 잇는 주인공들, 즉 하리 할러도, 골드문트도, 요제프 크네히트도 한결같이 자기 영혼의 구제를 위해 주어진 현실과의 싸움을 벌인다. 이들 탐구자들에게 공통된 목표는 자아 실현, 다시 말해 신성(神性) 혹은 도(道)라고 부를 수 있는 참 자아를 찾는 일이다. 그러한 완성의 단계를 헤세는 삶의 모든 다양성 뒤에 존재하는 조화의 상태, 즉 '합일성 Einheit[3]의 체험'이라고 부른다.

헤세는 「한 토막의 신학 Ein Stückchen Theologie」(1932)이라는 짤막한 에세이에서 자기실현 단계에 이르기까지의 이상적인 인간 발전의 모습을 약술해 놓고 있다. 헤세 주인공들의 자아 탐구가 합일성의 체험이라는 헤세의 신앙에 도달하기 위한 노력이라고 생각할 때, 이 글에서 제시한 인간화 과정의 3단계설은 그것을 실천하기 위한 행동 강령이라고 해도 좋을 것이다.

인간의 개성화와 정신사가 이루어질 수 있는 방법은 무수하다. 그러나 이러한 정신사 과정과 그 단계는 항상 동일하다.

이러한 전제를 토대로 제시되는 인간화의 과정은 헤세의 작품에 줄기차게 나타나는 자기실현의 모습을 도식화한 것이다.

인간화 과정의 길은 천진성으로부터 시작된다. 거기로부터 그 길은 죄로, 선과 악에 대한 인식으로, 문화와 윤리와 종교와 인간적 이상(理想)에 대한 요구로 통한다. 이 단계를 진지하게, 개성적인 개체로서 철저히 살아간 사람은 어쩔 수 없이 절망에 이르게 되는데, 그 이유는 덕성의 실현, 완전한 복종, 만족스러운 봉사란 존재하지 않으며, 정의란 달성할 수 없는 것, 선이란 실현될 수 없는 것이란 통찰을 갖게 되기 때문이다. 이러한 절망은 이제 멸망으로 이어지거나, 또는 정신의 세 번째 영역인 도덕과 법칙의 저편에 있는 상태, 은총과 구원, 책임을 느끼지 않아도 되는 새롭고 고양된 단계, 즉 신앙으로 이어진다.

우선 1단계는 무의식적이며 천진무구한 상태다. 이것은 인생의 전(前)단계로서 낙원과 같은 유년기에 해당된다. 유년기를 지내고도 이 단계에 머물러 있는 자들을 헤세는 '어린이 인간'이라고 부른다. 그들은 충동이 이끄는 대로 행동하며 자신의 책임감을 의식할 정도로 성숙하지 못하다. 그들의 삶을 어떤 가치 체계에 넣어 보다 고양된 삶을 이루어 나갈 능력이 없다.

2단계에 처하는 것은 다분히 이성(理性)에 의해서다. 삶에 대한 자각이 생기고 사물을 통찰하는 능력을 갖추게 되는 이 단계에선 자연히 선과 악의 판별이 가능함에 따라 그 투쟁은 더욱 진지해진다. 문제 해결을 위해 윤리, 종교, 이상을 추구하게 되지만, 이 단계는 불가피한 절망으로 끝나게 된다는 것이 헤세의 생각이다. 그것은 키르케고르의 절망, 쇼펜하우어의 염세주의, 또는 인생 자체가 하나의 고해(苦海)라고 보는 불교적 세계관을 연상시킨다. 덕행도, 정의도, 선도 성취될 수 없다는 통찰을 통해 성숙한 인간이 빠지게 되는 상태가 절망이다. 이런 상태에선 낙천적인 신앙이 나타날 수 없고, 인간 능력에 대한 믿음에도 틈이 생기게 된다.

그러나 헤세에 의하면 누구나 이 단계에 이르는 것은 아니다. 이성을 지닌, 자기실현에 대한 욕구를 가진 인간만이 필연적으로 겪게 되는 과정이다. 대다수 인간들은 한 번도 두 번째 단계를 알지 못하고 "충동과 유아적인 꿈의 무책임한 동물적 세계"에 머문다. 따라서 그들은 선과 악을 둘러싼 갈등에 진지하게 빠지는 법도 없다. 무지의 저편 상태, 선과 악, 선과 악에 대한 절망의 이야기, 그리고 고난을 벗어나 은총의 빛 속으로 들어간다는 이야기가 우스꽝스럽게 들린다.

정의가 실현될 수 없으며, 선이 성취될 수 없다는 통찰에 이른 자는 도덕과 정의를 진정으로 추구하는 탐구자다. 이들은 절망을 떠나 다시 어린이의 천진성으로 돌아갈 수가 없다. 오히려 절망의 감정이 수반하는 고통을 극복하려는 노력을 기울이는 것이 현명한 길이며, 또한 그들의 운명이다. 이 절망의 단계에는 두 가지의 가능성이 존재한다. 멸망하느냐, 아니면 보다 높은 단계, 즉 구원에 이르느냐이다.

절망적 현실을 극복하지 못한 많은 수가 멸망하게 된다. 넓은 의미에서 체념도 역시 멸망의 한 형태에 속할 것이다. "윤리와 법칙의 저편 상태"를 체험하는 세 번째 단계는 결국 자기실현에 도달한 소수의 축복받은 인간에게만 허용되는 영역이다.

2단계에서 3단계에 이르는 인간화의 길. 이것이야말로 헤세의 삶과 종교와 문학에 중요한 의미를 주는 부분이다. 세 번째 단계로의 진입,

즉 신의 은총을 느끼는 상태를 다른 말로 바꾸면 해탈, 완성, 또는 각성이 된다. 각성에 도달한 자를 헤세는 성자, 현자, 혹은 완성자라고 부른다. 그의 작중인물 중 『데미안』의 피스토리우스나 에바 부인, 『싯다르타』의 바수데바, 『유리알 유희』의 노(老)음악가처럼 각성에 도달한 자도 있지만, 대개의 경우 각성으로 가는 도상(途上)의 존재들이다. 즉 세 번째 단계로의 발전을 위해 노력하는 인간상들이다. 이러한 자기 발전의 추구에는 누구에게나 적용되는 방법이 있을 수 없다. "개별적이고 개성에 맞게 가는 길을 찾는 가능성"[4]만이 있을 뿐이다.

2 내면으로 향하는 길 ── 『데미안』의 경우

모든 인간의 삶은 자기 자신에게 이르는 길이며, 길의 시도이며, 소롯길의 암시다. 어떤 인간도 일찍이 완전히 자기 자신이 된 적이 없었다. 그러나 각자는 그렇게 되려고 노력한다. 어떤 사람은 둔하게, 어떤 사람은 보다 명민하게, 모두 자기 나름으로.

『데미안』의 한 구절이다. 제 나름의 자기실현을 이루어 가는 과정. 이것은 사실 많은 작가들이 즐겨 다루는 주제다. 그러나 헤세만큼 끈질기게 '자기 되기'에 관한 주제에 관심을 기울인 작가도 많지 않을 것이다. 그러한 모색은 그의 작품 속에서 갖가지 모습으로 나타난다.

인간이 되려는 투쟁의 이야기를 다룬 소설 『데미안』은 한 인간의 개성적 발전이 얼마나 어려운가를 확인해 준다. 이것은 유년 시절부터 시작하여 청춘 시절을 거쳐 세계 대전에 이르기까지 한 젊은 탐구자의 삶의 기록이다. 참 자아를 찾으려는 내적 투쟁, 소설에 빈번히 나타나는 표현을 빌려 "내면으로 향하는 길"을 찾으려는 노력이 중심 테마다. "나를 흥미롭게 하는 것은 오로지 나 자신에 도달하기 위해 평생 내딛는 발걸음뿐이다."라고 주인공 에밀 싱클레어는 말할 정도다.

탐구자 싱클레어가 택한 자기실현의 방법은 내면의 목소리에 귀를 기울이는 것, 즉 정신적 지주가 될 만한 자기 주관을 형성함으로써 참된 개성화를 이루는 일이다. 헤세는 한 독자에게 보내는 편지에서 『데미안』에 기술된 인간화 과정의 의도를 이렇게 설명한다.

『데미안』은 젊은이에게 주어진 과제와 고난에 관해 쓴 것이다. …… 개성화, 즉 인간성 형성을 위한 투쟁의 문제를 다루고 있다. 어떤 인간에게나 개성화가 이루어지는 것은 아니다. 대부분은 규격품 정도로 남는다. 그들은 개성화의 고통을 전혀 알지 못한다. 그러나 그것을 알고 체험하는 사람은 필연적으로 알게 되는 것이 있다. 이러한 투쟁으로 인하여 그가 표준치, 정상적인 삶, 인습적인 것, 소시민적인 것과 갈등을 벌여야 한다는 사실이다. 개인적 삶에 대한 갈망과 순응을 바라는 주변 세계의 요구, 이 대립되는 두 개의 힘으로부터 개성이 생겨난다. 어떠한 개성도 혁신적인 체험 없이는 생겨나지 않는다. 물론 모든 사람에게 정도의 차이는 있다. 진실로 개성적이고 일회적인 삶(평균치의 삶이 아닌)을 영위하는 능력에 크게 차이가 있듯이. 교사들에겐 매우 언짢을지 몰라도, 『데미안』은 바로 인간이 되려는 투쟁의 단면을 보여 주고 있다.[5]

규격품이 되지 않으려는 자에겐 항상 그렇듯이, 싱클레어의 인간화 과정에 우여곡절이 따를 것은 자명한 일이다. 그의 고뇌는 우선 유년기에 찾아온 가치관의 갈등으로부터 비롯된다. 한 세계 안에 공존하는 질서와 혼돈의 대결이 그것이다. 정감 넘치는 소년 싱클레어가 유년 시절에 겪게 되는 두 세계는 상호 모순의 양극성을 지닌다. 제1의 세계, 즉 부모님의 사랑이 깃들여 있는 가정에는 명랑함, 다정함, 정갈함이 상존한다. "의무와 책임, 양심의 가책과 참회, 용서와 선의, 사랑과 존경, 성서의 말씀과 지혜"가 속한 세계다. 그러나 집 밖을 몇 걸음 나가기가 무섭게 전혀 속성이 다른 제2의 세계가 도사리고 있다. "냄새도 말투도 약속이나 요구도 다른" 이 세계에선 "도살장이나 감옥, 술주정뱅이와 욕지거리하는 여인네들, 새끼를 낳는 암소와 거꾸러지는 말들, 강도, 살인, 자살과 같이 무시무시하고 유혹적이고 소름이 끼치면서도 수수께끼 같은 일이 사태를 이루고 있다."

인간화 과정의 1단계에 속하는 제1의 세계에는 "성탄절이나 행복과 같은 밝은 음향과 향기에 둘러싸여" 지낼 수가 있다. 그러나 개성화라는 투쟁을 벌여야 하는 싱클레어에게 밝은 천진성의 세계만 약속되어 있는 것은 아니다. '어두운 세계'의 악동 크로머의 손아귀에 잡힘으로써 '밝은 세계'가 산산조각 나는 것이다. 이것은 싱클레어에게 낙원의 상실을 의미한다.

나는 심장이 얼어붙는 듯한 마음으로 나의 세계가, 나의 착하고 행복했던 삶이 과거지사가 되고 나에게서 떨어져 나가는 것을 바라보아야 했다. 그리고 흡인력이 강한 새로운 뿌리를 뻗고 어둡고 낯선 외계에 머물러 고착되어 있는 나를 느낄 수밖에 없었다. 처음으로 나는 죽음을 맛보았다.

인간화의 2단계에서 예상되는 고뇌와 갈등이 감수성이 예민한 싱클레어에겐 다소 일찍 찾아온 감이 있다. 이후 계속되는 갖가지 정신적 방황은 절망을 극복하고 멸망의 나락으로 떨어지지 않으려는 몸부림이다. 싱클레어는 이미 이러한 삶의 변화가 "무서운 변혁에 대한 두려움과 불안"임을 예감한다.

싱클레어의 개성화를 도와주는 첫 번째 지도자는 막스 데미안이다. 그는 일단 어두운 세계의 질곡으로부터 싱클레어를 구원해 준다. 그러나 데미안은 밝은 세계의 찬미자만은 아니다. 어두운 세계의 가치와 필요성도 동시에 인정하는 야누스적 면모를 지닌 존재다. '카인의 표지'에 대한 성경 해석은 기존의 가치 체계에 대한 도전을 의미한다. 그의 논리에 의

하면 카인은 질투로 인해 동생 아벨을 죽인 악인이 아니다. 카인은 남다른 지혜와 용기를 지니고 있어 세인들이 두려워하는 대상이 되었고, 따라서 그의 이마에 붙은 표지는 이러한 '특성'을 뜻하는 것이다. 싱클레어의 지도자 데미안이 가르치고자 하는 것은 바로 절대 선, 절대 진실에 대한 재평가와 도전 의식이다. 싱클레어가 내딛는 자기실현의 첫걸음은 따라서 진리의 상대성을 인정하고 자기 나름의 가치관을 정립하는 일이다. 어떤 질서 체계를 용인하고 그 속에 안주하며 살아가는 것은 개성화를 지향하는 인간의 자격 요건이 될 수가 없다. 감각의 세계를 통과해 가는 싯다르타나 골드문트와 같이 대립극으로서의 다른 세계를 체험해야 한다. 혼돈을 피할 것이 아니라 직시해야 하는 것이다. 이것은 즉 헤세의 합일 사상과 연결된다.

인간에 내재하는 대립성의 조화를 염원하는 헤세의 합일 사상은 소설 『데미안』에서 계속 반복되는 강조 사항이다. 이러한 생각을 싱클레어에게 전해 주는 지도자들, 즉 데미안, 피스토리우스, 에바 부인 등에게는 절대적인 교의나 진실이 통용되지 않는다. 이들에게 선과 악, 혹은 금지된 것과 허용된 것도 인간이 만들어 놓은 인위적인 관념에 불과하다. 각성자 또는 초인이 되려고 하는 자는 이러한 사회 통념의 알 껍질을 깨뜨려야 한다. 질서를 찾기 위해서는 혼돈 역시 알아야 하고 선악과를 맛보는 타락도 필요한 것이다. 따라서 데미안이 싱클레어에게 선악을 포함하는 아브락사스 신을 소개하는 것은 자연스러운 일이다. 그것은 "하나의 세계를 깨뜨리며" 자기실현의 신고(辛苦)를 겪는 자가 경배할 만한 '자아의 신'이기 때문이다.

새는 알에서 나오려고 싸운다. 알은 새의 세계다. 태어나려고 하는 자는 하나의 세계를 깨뜨려야 한다. 그 새는 신을 향해 날아간다. 그 신은 아브락사스라고 불린다.

아브락사스는 선과 악, 밝음과 어두움을 동시에 지니고 있으며, 신적인 것과 악마적인 것을 결합시키는 상징적인 임무를 지닌 신성이다. 신과 악마, 남성적인 것과 여성적인 것, 정신성과 자연성 등 모든 이원성을 합일시키려는 목표를 갖고 있다는 점에서 힌두이즘이나 주역(周易), 그리고 헤세의 합일 사상과 통하고 있음을 알 수 있다. 역시 아브락사스 신의 경배자인 피스토리우스는 싱클레어의 무의식 세계를 일깨워 줌으로써 개성화를 도와주는 지도자다. 내면의 소리에 따라 자기실현의 길을 가도록 부추기는 싱클레어의 차라투스트라이기도 하다.

내가 알기로 당신은 나에게 말하지 않는 꿈을 가지고 있음에 틀림없어요 …… 그 꿈을 살려 보시오 그것을 행하시오 그것을 위해 제단을 세우시오 그것이 아직 완전하지는 않을 것이오 그러나 그것도 하나의 길이니까요.

데미안과 피스토리우스는 니체의 면모를 강하게 지니고 있는 지도자들이다. 니체는, 대부분의 인간이 초인이 되지 못하고 발전하지 못한 상태, 즉 '우민(愚民)'으로 남는다고 했다. 헤세 식으로 표현하면 '어린이 인간'이다. 인간적 발전을 기하여 초인이 되려는 자는 사회적 전통이나 규범의 한계를 초월해야 한다. 누구에게나 적용되는 절대적 진리가 존재하지 않는다는 자각을 가지고 자기만의 내면적 가치를 발견해야 한다. 니체도 헤세도 개성화의 길을 가는 인간에게는 고독이 따른다고 말한다. "형제여, 그대는 고독 속으로 들어가길 원하는가? 그대 자신에게로 가는 길을 찾기를 원하는가?"라는 차라투스트라의 물음에 대한 해답을 헤세는 「차라투스트라의 귀환」(1919)에서 제시하고 있다.

너희는 너희 자신이 되는 것을 배워야 한다. …… 너희는 다른 사람이 되거나 전혀 아무것도 되지 못해서는 안 되며, 남의 목소리를 흉내 내거나 남의 얼굴을 나의 얼굴로 생각해서도 안 된다.

지도자인 피스토리우스를 떠난 싱클레어가 자신의 이마에서 카인의 표지를 느끼는 것은 그의 인간화가 한 단계 진척되었음을 뜻한다. 그에게 무엇보다 중요한 것은 "남의 것이 아닌 자신의 운명을 발견하여 그 것을 완전히, 꿋꿋이 살아가는 것"이다.

싱클레어의 자기실현은 아브락사스의 또 다른 구현인 에바 부인과의 만남 속에서 성취된다. 그녀는 인류의 어머니 이브의 모습까지 지닌 초 월적이고 신비로운 존재이며, 싱클레어의 발전도상에서 끊임없이 예견되 던 환상, 즉 영원한 모성이자 영혼의 고향이다. 에바 부인을 만나는 순 간 싱클레어는 방랑을 끝내고 집으로 돌아온 기분을 느낀다. 그에게 에 바 부인은 "어머니이자 애인이자 신"이 되며, 선과 악, 정신과 감성, 생 과 사의 대립을 조화시켜 이 모든 것을 하나의 새로운 합일 속에 포함 하는 자기실현의 귀착지가 된다. 이제 싱클레어는 자신도 역시 데미안이 나 에바 부인처럼 카인의 후예가 되었음을 깨닫는다.

각성에 이른 싱클레어에게 전쟁이라는 역사적 사건도 큰 문제가 되지 않는다. 그것은 "그렇게도 고독했던 '운명'을 수많은 사람들, 나아가 온 세계와 함께 체험하는 것"에 불과하기 때문이다. 데미안의 죽음도 마찬 가지다. 그것은 '죽어서 성취되는' 죽음이다. 데미안은 싱클레어가 되고 그 내면의 목소리가 되는 것이다.

나는 때때로 열쇠를 찾아내 자신의 내부로 내려간다. 그리하여 운명의 상들이 비추는 그 어두운 거울 위로 몸을 굽히기만 해도 나 자신을 만나 게 된다. 나의 친구이자 지도자였던 그를 쏙 빼어 닮은 나 자신의 모습을.

한 인간의 자기실현은 고뇌와 방황의 산물이다. 헤세가 탐구자 에밀 싱클레어를 모델로 제시한 인간화 과정은 부단한 내적 투쟁을 통해 자신의 문제와 갈등을 극복해 가는 모습이었다. 사회의 인습과 통념을 넘어서 자신의 신념과 신앙을 구축하려는 노력이었다. 이러한 삶의 태도야말로 고뇌와 절망으로부터 자신을 구원하고 초월적 존재가 되어 인간 자신이 신성에 도달할 수 있는 길인 것이다.

3 합일성의 추구 ── 『싯다르타』의 경우

'인도의 시(詩)'라는 부제가 붙어 있는 『싯다르타 *Siddartha*』(1922) 역시 인간화 과정이 아주 분명하게 기술되고 있는 작품이다. 자기실현의 길은 자기 자신에 도달하는 것이란 주제는 『데미안』의 경우와 동일하다. 자아를 추구하는 인간상을 인도라는 무대에 옮겨 놓은 것이 다를 뿐이다. 동양의 싱클레어인 싯다르타의 발전을 도와주는 지도자 바수데바는 데미안에 상응하는 역할을 한다. 이 탐구자들의 공통점은 끊임없이 자기 회의에 빠지는 것, 그리고 자기실현을 이루려는 자에겐 항상 회의와 고통이 수반된다는 사실을 통찰해야 하는 것이다. 뭇 사람들의 기대를 한 몸에 받으며 자란 파라문의 아들 싯다르타가 내딛는 개성화의 첫걸음도 이런 종류의 회의로부터 시작된다.

이 깊은 지식을 알 뿐만 아니라 체험하는 데 성공한 파라문이나 승려, 그리고 현자와 참회자는 어디에 있었던가? 아트만의 정화(精華)를 깨달아서 삶에, 걸음걸이에, 언행 속에 실현시킨 통달자는 어디에 있었던가? …… 그렇게 박식한 아버지가 행복 속에 살고 있으며 평화로움을 지니고 있었던가? 그 역시 아직도 탐구하는 사람, 갈구하는 사람이 아니었던가?

회의자(懷疑者) 싯다르타가 파라문의 모범이라고 할 아버지의 인간화 방식에서 벗어나려고 하는 것은 놀라운 일이 아니다. 그것은 밝은 제1의 세계를 떠나는 싱클레어의 경우와 다를 바가 없다. 싯다르타 역시 자신을 규격화하고 권위를 가지고 그의 발전과 확산을 막는 모든 것에 저항한다. 아버지이건 고행승이건 심지어 불타의 완벽함까지. 자신의 근원인 아트만(참 자아)을 발견하여 자기 것으로 하지 못할 때 그가 배워 온 모든 앎이란 무의미할 수밖에 없다는 것이 그의 생각이다. 이 절대적 자아의 발견을 방해하는 것이 바로 경험적 자아다. 후자가 갈망하는 것은 실상 가변적이고 상대적인 앎에 불과하다. 절대적인 자아에 의해 체험되는 앎. 이것을 추구하기 위한 것이 싯다르타의 첫 번째 떠남의 이유가 된다.

그러나 집을 떠나 고행승이 되는 체험만으로 자기 발전을 이룰 수 있었을까? 그의 목표는 해탈이었다. 자기를 극복하고 모든 집착과 충동에서 벗어나는 것, 마음을 비움으로써 "더 이상 내가 아닌 존재의 가장 심오한 것, 그 커다란 비밀"을 깨우치는 것이었다. 그러나 싯다르타에겐 또 하나의 회의가 찾아온다. 온갖 고행을 통해 도달한 자기 제어도 자아의 고통으로부터 잠시 동안만 떨어지는 것을 가능케 할 뿐이다.

명상이란 무엇인가? 육체로부터 떠난다는 것은 무엇인가? 그것은 자아로부터의 도피다. 자아의 고통으로부터 잠시 떨어지는 것이다. 삶의 고통과 무의미를 잊으려는 순간적인 마취에 불과하다.

이러한 생각이 싯다르타의 두 번째 떠남의 계기가 된다. 그러나 방황은 결코 무의미한 일이 아니다. 탐구자에게 회의 그 자체가 하나의 발전이기 때문이다. '배움'이라고 말하는 것은 존재하지 않으며, 배움을 얻었다는 생각은 한낱 미망(迷妄)에 지나지 않는다는 생각은 싯다르타의 인간화 과정에서 중요한 본질이다. 그가 성자 중의 성자로 생각되는 불타의 가르침조차 거부하는 까닭이 여기에 있다. "진리는 체험하는 것이지 가르쳐지는 것이 아니다."라고 『유리알 유희』(1943)에서 주장하고 있거니와, 싯다르타의 세 번째 떠남은 먼저 경우들에 비해 더 큰 필연성을

지니며, 또 자신감에 차 있다. 불타와의 대화는 그러한 자각의 좋은 본
보기다.

(싯다르타) : "당신은 죽음으로부터 구원을 발견하셨습니다. 그것은 당
신 자신의 추구, 당신 자신의 방법과 사고와 명상과 인식과 각성을 통해
이루어진 것이지 가르침에 의해 이루어진 것이 아닙니다. 오 세존이시여,
그러므로 저의 생각은, 아무도 배워서 해탈에 도달할 수 없다는 것입니다.
당신은 각성의 순간에 일어난 일을 어느 누구에게도 말로 전달하거나 표
현할 수가 없을 것입니다. …… 제가 방랑의 길을 계속하려는 까닭이 바로
이것입니다. 다른, 더 훌륭한 가르침을 찾으려는 것이 아닙니다. …… 모든
가르침과 스승을 떠나 저 혼자 죽을 때까지 제 목적에 도달하려 합니다."

(불타) : "…… 그것이 미망이 아니기를! 그대의 목적에 도달하기를 기
원하겠소. 하지만 말해 보시오. 그대는 내 사문의 무리들, 가르침에 귀의
한 많은 형제들을 보지 못하였소? 그런데도 낯선 사문이여, 그대는 이들
이 가르침을 버리고 세상으로 나가 환락의 삶으로 되돌아가는 편이 더 낫
다고 믿는 것이오?"

(싯다르타) : "…… 원컨대 이들 모두 가르침을 받아 그들의 목표에 도
달하길 바랍니다. 다른 사람의 삶을 비판할 자격이 제겐 없습니다. 저는
오직 저만을, 저 자신만을 위해 비판하고 선택하고 거부하지 않으면 안
됩니다. 제가 당신의 제자가 될 경우 두려운 것은, 제가 그저 외양으로만,
거짓으로만 안식을 찾고 구원될 뿐 실제로 더 체험하여 성장하지 못하지
나 않을까 하는 것입니다."

싯다르타에게 구원 또는 각성이란 교조적인 가르침을 통해서가 아니
라 오직 자기 확신에 찬 내적 투쟁을 통해서만 도달할 수 있는 것이다.
그의 소망은 "사고와 삶, 정신과 자연의 합일성", 다시 말해 현상계인
현세에 살면서 그것을 통찰하여 그 뒤편에 존재하는 합일성을 찾는 일

이다. 자기실현의 길을 찾는 헤세의 주인공들은 현실의 곁을 결코 스쳐 지나가지 않는다. "공간을 하나하나 뚫고 지나간다."[6] 그리하여 싯다르타의 인간화 과정은 현세의 감각적 삶으로 이어진다. 그것은 경험적 자아의 각성, "나에 대한 각성일 뿐 아니라 너, 그리고 세계에 대한 각성"[7]인 것이다. 고행자 싯다르타의 자아 선언은 이러하다.

이제 나는 더 이상 싯다르타를 놓치지 않을 것이다! 더 이상 나의 사고와 삶을 아트만이나 세계고(世界苦)와 함께 시작하지는 않겠다. 잡동사니들의 배후에서 비밀을 찾아내려고 나를 죽이거나 괴롭히지 않겠다. 요가-베다도 더 이상 나를 가르칠 수 없을 것이다. 아타르바-베다도 고행승도 어떤 가르침이 되지 못할 것이다. 나 자신에게 나는 배우리라. 나 자신이 학생이 되어 나를, 싯다르타의 비밀을 알아내리라.

싯다르타의 인간화 과정에서 이러한 삶의 변화는 1단계로의 퇴행을 의미하는 듯이 보인다. 그러나 이것은 2단계에 처한 인간이 자기실현의 과정에서 겪게 되는 갈등과 방황의 일부로 해석하는 게 타당할 것이다. 정신에 봉사하는 싯다르타 같은 인간에게 세속적인 삶의 탐닉은 한 단계 더 상승하기 위한 일시적 현실 체험이다. 예견한 대로 그는, 삶이란 하나의 유희이며 산사라(Sansara : 윤회전생(輪廻轉生))임을 인식한다. "자신이 이상한 삶을 영위하고 있으며 장난 같은 일을 하고 있다는 것, 때로 즐거움을 느끼긴 하지만 자기 고유의 삶에서 멀리 떨어져 있다는 의식"을 갖게 되는 것이다.

'각성한 사람'이라는 뜻의 이름처럼 싯다르타의 목표는 자기실현에 도달하는 것이다. 싯다르타의 완성 단계라고 볼 수 있는 작품의 말미에서 그의 개안(開眼)을 결정적으로 도와주는 두 가지는 강과 뱃사공 바수데바다. 자기실현에서 너무나 멀리 떨어져 있음을 자각한 싯다르타가 절망에 빠져 자살을 생각하는 곳이 우선 강가다. 그러나 내면의 소리는 멸망의 급선회를 용납하지 않는다.

그때 영혼의 한 구석, 지쳐 버린 삶의 과거로부터 하나의 소리가 울려왔다. 그것은 한 마디의 말, 생각 없이 중얼거린 소리, 모든 파라문 사람들의 첫 마디이자 마지막 마디, '완전한 것', 또는 '완성'을 의미하는 성스러운 말 '옴 Om'이었다. '옴'이라는 소리가 귀에 들려온 순간 몽롱했던 그의 정신은 갑자기 깨어나 자기 행동의 어리석음을 깨달았다. …… 지난날의 온갖 고통, 온갖 깨우침, 온갖 절망으로도 이루기 어려웠던 것이, 옴이 의식 속으로 들어오는 순간 이루어진 것이었다. 말하자면 자신의 비참과 방황의 소용돌이 속에서 비로소 자신을 인식한 것이다.

이러한 각성과 더불어 싯다르타는 상징적 죽음이라고 할 깊은 잠에 빠짐으로써 지금까지의 경험적 자아를 멸하고 다시 태어난다. 이 재생의 순간에 먼저 찾아오는 것은 사랑에 대한 인식이다. 눈에 보이는 모든 것에 대한 기쁜 사랑이 그의 마음에 충만한 것이다. 이 각성의 장소를 강가로 설정한 이유는 무엇일까? 베다 경전에서는 깨달음을 먼 강가의 초월적 지혜라 부르고, 불교에서는 설법을 일컬어 피안의 강가로 건네 주는 배라고 부른다. 가변성과 동일성을 아울러 지니는 것은 강의 가장 중요한 특성이다. 이것은 또한 시간성의 극복을 궁극의 목적으로 하는 '도(道)'의 본질과도 부합된다.[8] 싯다르타의 각성을 도와주는 마지막 지도자 바수데바가 일러주는 수련의 방법도 강과 친숙함으로써 강의 목소리를 듣도록 하라는 것이다. 따라서 싯다르타에게 강은 싱클레어의 아브락사스 신, 하리 할러의 마술 극장, 요제프 크네히트의 유리알 유희에 해당하는 정신 계발의 장(場)이다. 싯다르타의 물음으로 시작된 바수데바와의 대화는 마치 노자와 그 제자와의 대화 같은 인상을 준다.

(싯다르타) : "당신도 시간이란 것이 존재하지 않는다는 비밀을 강으로

부터 배웠습니까?"

(바수데바) : "그렇습니다, 싯다르타. 당신이 말하고자 하는 것은 이것이지요? 즉 강은 어디에나 동시에 존재한다. 발원지에도 어귀에도 폭포에도 나루터에도 여울에도 바다에도 산에도 어디든지 같다는 것이지요? 그리고 강에는 오직 현재만이 있을 뿐 미래는 그림자도 존재하지 않는다는 것이지요?"

(싯다르타) : 그렇습니다. ……그리고 제가 그것을 배웠을 때 저는 제 삶을 바라보았지요. 그랬더니 저의 삶 역시 하나의 강이었습니다. 어린 싯다르타를 어른 싯다르타와 노인 싯다르타와 나누어 놓는 것은 현실이 아니라 한낱 그림자였습니다. 싯다르타의 탄생도 과거가 아니었고 그의 죽음과 범(梵)으로의 귀환도 미래가 아니었습니다. 과거의 아무것도 없으며 미래의 아무것도 없습니다. 모든 것은 본질과 현재를 갖고 있을 뿐입니다.

시간성의 극복을 배운 싯다르타에게 마지막으로 찾아온 시련, 즉 애인 카말라의 죽음과 아들의 반항에 따른 내적 고뇌와 갈등도 일시적인 것에 불과하다. 아들의 경우, 그 역시 싯다르타 자신처럼 자기 자신의 길을 걸어갈 뿐 타인이 그 인간화 과정을 대신해 줄 수 없기 때문이다. 싯다르타는 그의 고뇌를 강물의 영상 속에서 극복한다. 그가 강의 영상 속에서 보고 듣는 것은 모두 영혼의 지각을 통해서다. 강은 시간성이 초월되는 곳이며, 모든 과거와 미래를 포함한 동시성, 즉 영원한 현재의 체험 속에서 양극적인 대립들의 극복이 이루어지는 곳이다.[9] 바수데바가 건너게 해 준 강의 이편은 정신의 세계요, 저편은 감성의 세계다. 강은 양자의 대립이 해소되는 합일성을 체험하는 곳이다. 자기실현의 최고 단계, 즉 신과 인간 영혼의 '신비적 합일 Unio mystica'이 이루어지는 곳이다. 강에 나타나는 영상, 강에서 들려오는 소리가 하나가 될 수밖에 없다.

그리움의 탄식, 지자(知者)의 웃음, 분노의 절규, 죽어 가는 자들의 신음, 이 모든 것이 하나였다. 서로 짜이고, 매듭 지워지고, 수천 겹으로 얽혀 있었다. 이 모든 것, 이 모든 목소리, 모든 그리움, 모든 고뇌, 모든 욕구, 모든 선과 악, 이 모든 것이 즉 세계였다. 사건의 강이며 삶의 음악이었다. 싯다르타가 조심스레 이 강물에, 이 수천의 음성에 귀를 기울일 때, 고통이나 웃음만을 듣지 않을 때, 그의 영혼이 어떤 특정한 음성에 얽매어 자아를 그 속에만 묻어 두지 않고 모든 것을 한꺼번에 들으면서 전체로, 합일로 받아들일 때, 수천의 음성으로 이루어진 거대한 노래는 단 하나의 말인 옴, 즉 완성으로 이루어졌음을 알게 되었다.

뱃사공 바수데바는 불타와 달리 말에 의한 가르침, 즉 어떤 처방전을 제시하지 않는다. 단지 마음을 열고 겸허하게 타인의 말에 귀를 기울일 뿐이다. 도교적 시각으로 볼 때 그는 성인의 면모를 지니고 있다.[10] 헤세의 동화 「시인」에 나오는 '완전한 언어의 대가'나 「꿈의 집」에 나오는 네안더 노인이 모두 이러한 종류의 지도자들이다. 이들은 한결같이 "남들이 싫어하는 비천한 곳에 처하면서"(處衆人之所惡)[11] "다정한 늙은 얼간이"[12]로 지낸다. 그들의 훌륭함은, 모든 것을 참을성 있게 기다리며 칭찬도 비난도 없이 그저 경청하는 자세다. 또 하나 이들에게 나타나는 중요한 특징은 바수데바가 보여 주는 것과 같은 '빛나는 미소'다. 싯다르타의 완성도 이 빛나는 미소로 형상화된다.

바수데바의 미소는 밝게 빛났다. 늙고 주름진 얼굴에 미소가 빛나며 감돌았다. 강의 모든 음성 위에 옴이 떠돌듯이 그가 친구를 보았을 때, 싯다르타의 얼굴에도 똑같은 미소가 빛나고 있었다. 그의 상처가 꽃이 되고, 고뇌는 빛을 발하였으며, 그의 자아는 합일성 속으로 흘러들었다.

이러한 미소는 불타에게서도, 죽어 가는 데미안에게서도, 명랑성을 잃지 않는 노음악가에게서도 찾아볼 수가 있다. 싯다르타의 동행자였던 고

빈다가 불타와 동일하게 된 싯다르타의 완성을 확인하게 되는 것도 이 미소를 통해서다. 모든 존재의 본질, 즉 합일성에 도달하는 것으로 싯다르타의 자기실현은 완성된다. 헤세는 그의 에세이 「나의 신앙 Mein Glaube」에서도 언급했듯이, 소설 『싯다르타』를 통해 자신의 범신적(汎神的) 종교관을 보여 주었다. 헤세의 주인공들에겐 예수도 불타도 노자도 모두 인간화 과정에서 만나는 스승들이다. 소크라테스, 니체, 모차르트, 괴테 같은 '불멸의 인간들'도 이들의 동행자다. 헤세는 항상 자신이 '성장하고 발전하는 인간'으로 불리기를 바랐다. 이러한 생각이 잘 표출된 것이 고행자 싯다르타의 인간화 과정이다.

매우 탐구적이고 개성적인 삶을 살아온 헤르만 헤세는 그의 문학 속에서도 이러한 개성화의 문제를 중요하게 다루었다. 그가 제시한 인간화 과정의 3단계설은 많은 작중인물의 발전 과정에 적절히 상응하는 도식이다. 개성화의 투쟁을 벌이는 탐구자들이 우여곡절을 겪는 가운데 지도자의 도움에 힘입어 자기실현의 목적을 달성한다는 과정이다. 예외 없이 등장하는 대립적 요소는 합일성의 신앙을 표현하는 데 필수적인 존재가 된다. 이러한 인간화 과정의 도식을 바탕으로 헤세의 주인공들은 각각 다양한 방법으로 자기 완성을 도모한다. 싱클레어는 내면으로 향하는 길을 찾으려는 자기 성찰로써, 싯다르타는 시간성을 초월하는 윤회의 삶을 터득함으로써, 하리 할러는 현실 긍정의 유머를 배움으로써, 골드문트는 인생 편력을 예술 속에 승화시킴으로써, 그리고 요제프 크네히트는 인간 세계의 역사성을 인식함으로써 각기 자기실현의 경지에 이른다. 이들이 처해 있는 역사적, 지리적 배경이 다양하듯이 그들의 면모, 그들의 고뇌, 그들의 제안과 경고와 소망의 소리도 다채롭다. 그러나 이들이 지향하는 목표는 동일하다. 인간적 삶의 속성인 고뇌와 절망을 넘어서는 곳에서 그것이 조화를 이룬 합일의 경지, 그 참된 삶의 가치를 찾을 수 있다는 희망을 이야기하고 있는 것이다.

이 세계의 한가운데서 나는 한 명의 나그네였다

『황야의 이리』에 나타난 작가의 자기 투영

1 위기의 기록

직접적이든 간접적이든 작가는 그의 작품 속에 자신이 살아온 시대와 그 시대 속에서의 자신의 삶을 투영하기 마련인데, 헤르만 헤세의 경우도 예외는 아니다. 어떤 면에서는 헤세만큼 그의 작품과 생애가 밀착된 작가도 없을 듯싶다. 그의 전 작품을 통해 독자들은 끊임없이 그의 자서전을 읽는 듯한 착각에 사로잡힌다. 사실 그는, 그것이 즐거운 것이든 괴로운 것이든, 아름다운 것이든 추한 것이든 고백하지 않고는 못 배기는 작가였다.

그의 초기 작품들인 『헤르만 라우셔』(1901), 『페터 카멘친트』(1904), 『수레바퀴 아래서』(1906) 등에서 한결같이 나타나는 주제는 고향 칼브 Calw의 아름다운 자연과 향토애, 그리고 불우했던 가정과 학창 생활의 회상으로 일관한다. 1차 세계대전 후 그에게 찾아온 변화는, 자신에 귀의하여 개성화를 위한 독보적인 길을 걷는 것이었으며, 『크눌프』, 『데미안』, 『싯다르타』 등이 이러한 생각을 담은 소설들이다.

청춘의 고뇌와 1차 세계대전으로 인한 정신적 위기에 이어 그에게 세 번째 찾아온 위기는 1923년, 그의 첫 번째 부인 마리 베르누이와의 이혼으로부터 시작한다. 이 시기에 헤세는 정신적 고통뿐 아니라 여러 가지 육체적 고통에 시달리게 되었는데, 쉰 살의 문턱에 다다른 한 중년 남자에게 찾아온 이와 같은 위기를 기록한 것이 바로 『황야의 이리 Der Steppenwolf』다.

두 번째 결혼이 또 실패하는 등 여러 가지 어려운 상황에 처한 그는 스위스의 취리히 근교 바덴에서 요양차 기거하며 마흔 편 이상의 신변시(身邊詩)들을 쓰게 되었으며, 후에 이 시편들을 정리하여 『위기 Krisis』라는 이름으로 출판했다. 이 일련의 시들은 소설 『황야의 이리』의 전주곡이라고 보아야 할 정도로 그 내용이나 분위기 등이 이 소설과 거의 유사하며, 그중 「황야의 이리」와 「불멸의 인간들」이라는 시는 직접 소설 속에 삽입되어 있다.

1927년 5월 그는 이 소설의 일부인 「황야의 이리론」을 《신전망》에 게재한 후, 다음 달 자신의 50회 생일을 축하하기 위해 씌어진 후고 발 Huge Ball의 『헤세 전기』와 함께 출판했다. 후고 발이 전기에서 평했듯이, 이 '기이한 소설' 『황야의 이리』는 작가의 자기 투영이 가장 강하게 나타난 작품으로 가히 1920년대 헤세의 자서전이라고 해도 무방할 정도다. 이전의 작품들에 친숙하던 독자는 일말의 전율을 느낄 만큼 지금껏 그를 가리고 있던 낭만적, 신비적 베일이 여지없이 벗겨져 버린다. 목가적인 자연으로의 감정 이입, 동양 사상에 대한 동경, 구도자적인 내면의 추구 등, 전가의 보도처럼 사용하던 그의 명상적 어조는 사라지고, 우리 앞에는 하나의 고통스러운 현실이 적나라하게 나타난다. "일상이라는 지옥 속을 살아가는 한 천재적 인간의 수기"[13]라고 보아도 좋을 이 소설은 출판과 동시에 적지 않은 구설수를 겪게 되었다. 그는 1928년 상술한 바 있는 시편들을 모아 출간한 시집 『위기』에서 그가 왜 이와 같은 자기 비판서를 쓰게 되었는지에 대해 변명하고 있다.

세월이 흐름에 따라 아름다운 것만을 쓰는 데서 기쁨을 찾을 수 없었고, 뒤늦게 깨달은 자기 인식이나 정직성에 대해 열정적으로 쓰고픈 충동을 느꼈기에, 나는 지금껏 억눌려 왔던 인생의 다른 절반에 눈을 돌려야 했다.

헤세는 소설 『황야의 이리』에서 그 시대의 병리와, 그 속에서 겪게 되는 자기 갈등의 모습을 그려 보고 싶었던 것이다. 국수주의가 팽배하고 전쟁 발발의 조짐이 보이는 1920년대 후반의 독일 사회에 커다란 실망을 느끼고 있던 그는 정치적 발언이나 몇몇 작품들로 인해 주위에 많은 적을 만들게 되었고, 그리하여 더욱 고립무원의 상태에 처하게 되었다. 소년 시절 한때 자살을 기도한 적이 있던 그에게 중년이 되어 다시 찾아온 결정적인 위기가 또다시 자살을 생각하게 했다. 그러나 문학 속에서 그는 또 자신을 극복할 수 있었다. 심한 자기 혐오와 술, 환락 등 무질서로부터 다시 예술의 세계로 돌아온 그는 자기 고뇌의 편력을 하나의 작품으로 승화시켰던 것이다. 따라서 특히 1920년대의 그의 생활과 감정이 어떻게 자전적 소설 『황야의 이리』에 투영되고 있는가를, 당시의 서간, 신변시, 다른 사람들의 관찰 등을 토대로 분석해 보는 것은 그런 대로 의미가 있을 것이다. "한 작품은 하나의 재난 속에서 탄생한다."고 니체도 말하지 않았던가?

2 아웃사이더의 자기 분석

1925년 8월 18일 친구 게오르크 라인하르트에게 보낸 편지에 헤세는 이렇게 썼다.

내가 지금 계획 중인 황야의 이리에 관한 책이 아주 환상적인 것이 될는지 어떨지 모르겠습니다. 그것은 반은 인간이고 반은 이리이기 때문에 고통받는 한 인간의 이야기입니다. 한쪽은 먹고 마시고 죽이고 하는 저속한 일만을 하려는 데 반해, 다른 반쪽은 생각하고 모차르트의 음악 따위를 들으려 하는 거지요. 그로 인해 야기된 혼란이 그를 괴롭힙니다. 결국 그는 두 가지의 해결책을 발견합니다. 스스로 목을 매달든지 아니면 유머로 다시 돌아가든지.

인간의 내부에서 상호 대립하며 갈등을 벌이는 정신성과 자연성, 즉 이성과 감성의 대립과 그것의 간절한 통일을 추구하는 것, 이것이 곧 소설의 중심 주제다.

자기 집에 세 들어 살다 떠난 하리 할러라는 인물에 흥미를 느낀 한 남자가, 다소 괴팍한 데가 있는 사나이에 대한 회고담을 이야기하는 데서 소설은 시작된다. 일정한 직업도 없이 떠돌이처럼 살다가 떠난 이 사내는 자신을 '황야의 이리'라 불렀고, 자신의 야만성으로 인해 자기 분열을 일으킨 모습을 수기의 형식으로 남겨 놓았다. 하리의 수기 속에서 우리는, 쉰을 바라보는 한 감수성이 강하고 예민한 인간이 전혀 소속감을 느낄 수 없는 시민사회에서 외롭게 방황하는 모습을 볼 수 있다. 하리의 눈에는 이 세계가 병들어 죽어 가고 있으며, 가치는 타락하고 신앙도 이상도 없으며 속임수와 거짓말만 가득 찬 일대 위기의 시대이다.

"소나타의 형식으로 엄격하게 구성되어 있다."고 헤세 자신이 말한 바 있는 이 소설의 간주곡은 따라서 「황야의 이리론」이 될 것이다. 일명 '아웃사이더론'이라고 불러도 좋을 이 소논문은 하리라는 주인공을 통해 투영된 헤세 자신의 자기 분석적 실험서다. 그 속에는 1차 대전을 겪고 난 시민 계급과 인텔리 계층의 희망과 절망이 내포되어 있다.

경멸은 하지만 시민적 관습과 소속감을 한 번 더 얻어 보려는 시도가 실패한 후(괴테의 초상화가 있는 어느 교수의 집을 방문한 후), 그는 자살만이 유일한 해결책이라 생각한다. 이러한 절망적 상황에서 술집을 찾고, 거기에서 구원의 여인 헤르미네를 만난다. 그녀는 황량한 영혼의 이리 인간을 구제해 줄 수 있는 양 보인다. 그녀에게서 배운 재즈 음악과 춤, 그리고 환각제 등을 통해 그의 야성은 순간적 행복을 얻어낸다. 그러나 괴로움을 동경하는 그의 본성은 행복을 허락하지 않는다.

소나타 『황야의 이리』의 재현부는 환상적인 가장무도회 장면이다. 섹

스폰 연주자 파블로가 안내한 '마술 극장'의 거울 속에서 하리는 자아의 실체를 바라보고, 지금껏 억눌려 왔던 감성적 본능을 마음껏 펼친다. 마술 극장의 관람이 끝날 즈음, 즉 이 소설의 끝 부분에 이르러 하리는 결국 긍정적인 결론에 도달하게 된다.

나는 이 놀이를 다시 한번 시작하고 싶었다. 이 고통들을 다시 맛보고 싶었고, 그 불합리에 다시 한번 전율하고, 내 내부의 지옥을 다시 한번, 아니 더 자주 거닐고 싶었다.

즉 그의 영원한 우상 모차르트가 충고한 대로 "올바르고 자유롭게 웃는 법"을 배우고, 격정 대신에 유머를, 현상 대신에 그 뒤에 놓여 있는 실체의 의미를 더 깊이 통찰하려는 지혜를 터득한 것이다.

이런 결말로 소설은 끝나는 것인데, 이 『황야의 이리』도 이전의 작품들, 예컨대 『데미안』이나 『싯다르타』와 마찬가지로 모호한 낭만적 분위기를 연출하면서 끝나고 만다. 뚜렷한 주제를 감지해 내기가 쉽지 않다. 오십대 예술가의 삶의 위기를 할러라는 익명으로 표출한 것에 불과하다. 젖은 아스팔트 위에 비친 도시의 불빛같이 주인공 하리 할러의 고뇌에 찬 시민사회의 편력이 반사될 뿐이다. 의심할 바 없이 하리 할러의 위기는 대부분 헤세 자신의 것이다. 그의 자기 성찰이자 자아 분석이며, 그 기록이라고 할 수 있다.

3 작가의 자기 투영

헤르만 헤세와 하리 할러

헤르만 헤세 Hermann Hesse와 하리 할러 Harry Haller의 이니셜이 H. H.로 동일한 것은 결코 우연이 아니다. 주인공 할러의 소년 시절, 가정

교육, 용모, 정치관 등이 모두 헤세 자신의 것과 동일하다. 할러의 고향인 동산을 뒤로하고 강과 다리가 있는 마을은 헤세의 출생지인 칼브의 풍경 그대로다. 할러의 가문은 바로 헤세의 교양 있는 부르주아 가정이며, 할러의 부모도 헤세의 부모처럼 엄격한 청교도적 교육으로 아들의 고집을 꺾으려 했다. 헤세가 그랬듯이 할러도 수줍은 성격 때문에 남들과 잘 어울리지 못하고, 젊은 날의 연애에서도 적극적이지 못했으며, 열다섯 살 신학생 시절에는 문학과 예술에 대한 야망을 은밀히 불태우고 있었다. 말하자면 할러는 헤세 자신의 모습이며, 『황야의 이리』를 쓸 당시의 모습을 모두 가진 자다. 그는 탐미가요 학자요 심리주의자이며 커다란 불안 속에서 쉰 살의 생일을 바라보는 사람이다. 헤세와 마찬가지로 할러는 중키에 옷차림은 신경을 쓰지 않았고, 안경을 끼고 지팡이를 사용한다. 그의 생활은 매우 불규칙적이어서 오전에는 기동하는 일이 드물고, 늘 불안증, 편두통, 관절염, 안통 등으로 고생한다. 독서를 즐기고, 모차르트의 음악을 좋아하며, 시가와 술을 즐기는 하리도 헤세와 다름없이 근본적으로 불행한 사람이다. 자기 혐오에 가득 차 있고, 사회 속에서 항상 소외된 기분이다. 시민사회의 질서와 정갈함에 마음이 끌리기는 하면서도, 동시에 그 세계의 문화적 평범성이나 단조로운 일상생활에는 환멸을 느끼고 있다.

스위스의 바젤과 취리히

내용이 자전적이듯, 소설의 배경 또한 헤세의 경험과 밀접한 관계를 맺고 있다.[14) 자세한 묘사는 없으나 이 이름 없는 도시는 헤세가 이 시기에 여러 차례 거주한 적이 있던 스위스의 바젤이 분명하다. 헤세는 1923년부터 1925년 사이의 두 겨울을 바젤에서 보냈고, 작중인물 할러도 2년간 이곳에 사는 것으로 되어 있다. 할러가 세 들은 구석방은, 헤세가 두 번째 연인 루트 벵거와 별거 중에 로트링엔 가 7번지에 칩거하던 때의 하숙방을 연상케 한다. 할러가 하숙집 계단에 앉아 즐기던 남양

삼나무의 향기를 헤세도 무척 좋아했다. 할러가 '잠깐 한잔' 하기 위해 들르곤 하던 슈탈헬름 주점은 바젤의 피쉬마르크트에 있던 레스토랑 '헬름'이었다.

헤세는 이 무대 바젤 속에 그가 자주 들른 적이 있는 취리히의 일부를 옮겨 놓았다. 할러가 헤르미네를 만나는 검은 독수리, 그랜드 호텔, 오데온 바, 시티 바, 세실 바 등은 헤세가 종종 드나들던 취리히의 몇몇 자질구레한 나이트 클럽과 댄스 홀의 실명이었다. 특히 이 소설의 핵심을 이루는 가장무도회는 1926년 실제로 취리히의 호텔 보르 오 락Baur au Lac에서 문인들을 위해 열렸던 모임이었으며, 당시 헤세의 편지나 친우들의 글 속에는 헤세의 무도회 참여에 대한 전말이 자세히 기록되어 있다.

황야의 이리

헤세는 소설 『황야의 이리』를 쓰기 이전에 이미 동명의 시를 발표한 바 있었고, 이 시기에 자신을 '황야의 이리'라고 부르기를 좋아했다. 그에겐 자신이 만들어 낸 작중인물에 매우 탐닉하는 습관이 있었다. 다음은 「황야의 이리」라는 시의 한 구절이다.

    나 황야의 늑대는 뛰고 또 뛴다.
    세계는 온통 은빛의 눈
    백양나무로부터는 까마귀가 퍼덕이며 난다.
    하지만 어느 곳에도 보이질 않는구나, 토끼와 노루는!

헤세는 초원의 외로운 이리가 되고 싶었다. 1907년 그가 한 단편에서 그려 낸 바 있었던 궁지에 몰린 이리의 이미지가 다시 그에게 되살아난 것이다.

간절히 원하던 성악가 루트 벵거와의 재혼은 그에게 재난을 더해 주었을 뿐, 그들의 동거는 단 2개월로 끝장이 났다. 이후 둘 사이의 관계는 미해결로 남아 있었고, 1925년 여름 그녀의 병은 결핵으로 판명되었다. 신경증으로 입원해 있던 첫 부인에 대한 책임 관계도 완전히 청산된 것이 아니었는데, 설상가상으로 그녀의 형제들이 혹은 자살, 혹은 정신 병원에 수감되는 등 불행이 연발했다. 두 연인의 불행과 세 어린 아들에 대한 책임감, 거기에 갖가지 지병이 그의 어깨를 짓눌렀다. 그뿐이 아니었다. 그의 정치관에 반대하는 자들은 그의 보수적 애국심에 대해 평소보다 더욱 그를 공격했다. 아픈 눈을 참아 가며 완성한 그의 원고 「고전 세기의 독일 정신 1750-1850」이 출판 계약을 맺었던 출판사로부터 재정상의 이유로 되돌아오는 등, 모든 주변사들이 그를 더욱 우울하게 할 뿐이었다. 당시에 쓴 그의 신변시들을 보면 거의가 길 잃은 이리의 고독과 비애를 담고 있다.

곧 나는 돌아가리라
곧 나는 해체되리라
내 뼈는 부서져
모두 떨어져 버리리
그 유명한 헤세는 사라져 버리고
출판업자만이 그의 독자로 해서 먹고 살 뿐

1925년 3월 누이 아델레가 그들의 이복 형제인 칼 이젠베르크의 은혼식에 참석차 독일에 갈 것을 재촉했을 때, 그는 "가족의 재결합이 이 황야의 이리에게는 어울리지 않아."라는 말로 거절했다. 그때 헤세는 이리의 이미지를 담은 하나의 소설을 구상하고 있었다. '황야의 이리'는 그의 인생이 하나의 문학으로 바뀌는 열쇠였던 것이다. 위기에 처한 한 인생이 예술로 전환되는 데 있어, 이리 인간의 이미지는 그 병상(病狀)을 기록하는 데 충분한 상상력을 불러일으켰다. 소설 속 하리의 수기에는 이렇게 적혀 있다.

나는 미친 사람이다. 내 스스로 불러 왔듯이 사실 나는 황야의 이리다. 낯설고 이해할 수 없는 세계에서 길을 잃은 채 고향도 공기도 먹이도 찾지 못해 헤매는 한낱 짐승에 지나지 않는 것이다.

시민사회에서의 소외

황야의 이리에 관한 시와 소설을 집필할 즈음 헤세의 편지들 속에는 자신의 뼈저리는 고독과 외부 세계로부터의 소외감을 호소하는 구절이 유달리 눈에 많이 띈다.

저는 늘 홀로 지내고 있습니다. 저를 모든 사람들로부터 떼어 놓는 이 공허감을 떨쳐 버릴 수가 없습니다.
　　　　　　　——1925년 1월 25일 에미 발 헤닝스에게 보낸 편지

저는 수년 동안 외롭게 살아왔습니다. 몇 달 동안 아무하고도 이야기하지 않고 지날 때도 많습니다.
　　　　　　　——1925년 5월 17일 슈테판 츠바이크에게 보낸 편지

부인과 별거하여 구석진 아파트에서 혼자 살던 헤세는 바젤의 뒷골목을 방황하거나 싸구려 술집을 전전하면서 자신의 고독감을 달랬다. 1925년에서 1926년 사이의 겨울은 취리히로 옮겨 숙모가 경영하는 아파트에서 지냈지만, 이곳에서도 그의 생활은 조금도 달라지지 않았다. 나날을 불면증에 시달리며 술을 마시고 자기 연민에 가득 찬 시를 쓰며 보냈다. 다음은 시집 『위기』에 실린 시 「밤마다 Jede Nacht」 중의 한 구절이다.

매일 밤 똑같은 고통

춤추고 웃고 마셔 댄다.

그러곤 피곤에 지친 발을 질질 끌며

나의 방, 차가운 침대로 기어든다.

짧은 잠, 긴 불면

종이 위에 시를 휘갈겨 쓰고

쓰라리도록 비비는 충혈된 눈

아, 우습구나

고통의 종말을 열망하며

난 조각난 내 꿈들 사이에 눕는다.

헤세가 말하는 '쉰 살 먹은 남자'의 모습이 바로 하리 할러이다. 생기를 잃은 회색빛 세계 속에서 삶의 피로감에 싸여 있는 자신의 절망을 하리는 이렇게 자책한다.

맙소사. 어떻게 이것이 가능했을까? 어쩌다 내가 이 지경이 될 수 있었던가? 날개 달린 젊은이, 시인, 뮤즈의 친구, 세계의 방랑자, 불타는 이상주의자였던 내가? 이 마비, 나와 모든 사람에 대한 증오, 온갖 감정으로부터의 단절감, 이 깊고 못된 불쾌감, 이 지옥과도 같은 마음의 공허와 절망, 이것들이 어쩌다 서서히 그리고 은밀하게 내게 엄습해 왔단 말인가?

이러한 절망과 고독의 근원은 그가 시민사회에 동화하지 못한 데서 기인한다. 할러에게 부르주아 사회란 속물 근성이 지배하는 곳이다. 이 사회는 우선 물질주의와 민족주의를 추구하고, 도덕, 윤리와 같은 덕목을 중요한 가치로 여긴다. 그 구성원인 시민은 법에 순응하고 근면을 미덕으로 삼으며, 자유보다는 안정에 더 관심을 가진다. 모든 사고나 행동이 자기 보존을 위주로 하기 때문에 지극히 비창조적이다. 헤세의 주인공들은 대개 이러한 사회의 이단아들이다. 그들은 스스로 질서와 규범의 테두리를 뛰쳐나와 평범한 인간사 이상의 무엇, 헤르미네가 말하는 '영원의 나라'를 동경하는 사람들이다.

그러나 경멸은 하지만 그도 시민사회를 떠나 살 수 없으며 "그 습관과 규범과 분위기와는 관계를 맺고 생활해야 하는 이율배반"이 바로 하리의 문제다. 교양 있는 부르주아 집안의 엄격한 형식과 풍습 속에서 자란 그는 정신의 일부를 이 세계의 질서에 얽어매 놓았기 때문이다. 그는 세 들은 집의 정갈한 계단에 앉아 남양삼나무의 향기를 맡으며 시민사회의 질서와 정결에 몸을 맡기고 싶은 향수를 느끼지만, 한편으로는 "모두들 귓속말로 소곤대고, 발끝으로 살금살금 걷는 듯한 분위기에 만족할 수 없어, 이런 건전한 실내 온도보다는 차라리 악마적인 고통의 불길에 몸을 태워 보았으면" 하는 충동에 사로잡히는 것이다. 하리는 이념적으로는 시민사회에서 벗어났지만, 신체적, 정서적으로 벗어나지 못한 사람이다. 속인이자 성인의 모습을 동시에 가지고 있는 그에게 자아의 분열과 고독은 고통스럽지만 어쩔 수 없는 운명이다. 그는 말한다.

나는 시민적인 테두리 안에서 살고 있지만, 이 세계의 한가운데에서 느낌에 있어서나 생각에 있어서나 한 명의 나그네였다.

자살

위기의 시대에 헤세의 관심을 끈 것은 자살이었다. 자살만이 절망적인 상황을 타개할 수 있는 탈출구였다. 자살을 생각하는 것이 역설적으로 그의 고통을 견디는 힘이 된다고 헤세는 말하고 있다. 자살을 계획하는 가운데 자신은 고통받는 자아의 초연한 방관자가 될 수 있기 때문이었다.

1925년 4월 1일자 후고 발 부부에게 보낸 편지에 헤세는 이렇게 썼다.

저는 얼마 동안 너무도 절망적이었던 나머지 더 이상 살고 싶은 생각도 없었습니다. 그러나 저는 하나의 탈출구를 발견했습니다. 지금부터 2년후, 그러니까 저의 50회 생일날 목을 매다는 권리를 행사할 계획을 세운 것입니다. 그때 가서도 생각이 변하지 않으면 말입니다. 그랬더니 저를 무겁게 짓누르고 있던 모든 일이 다소 다르게 보이기 시작했습니다. 제 아무리 지독한 일도 불과 2년밖에 계속되지 않으리라는 생각 때문이지요.

이러한 그의 생각은 그대로 소설의 「황야의 이리론」 속에 나타난다.

결국 47세쯤 되었을 때, 행복하고도 유머러스한 생각이 떠올라 그를 종종 기쁘게 만들었다. 그는 자신의 50회 생일날을 자살을 감행하는 날로 결정했다. 이 비상구를 이용하든지 안 하는지는 그날의 기분에 맡기기로 스스로 다짐했다.

헤세에게 자살이란 "자기를 해체하여 어머니에게, 신에게, 전체에게 귀의하는 것"이다. 그는 "이러한 비상구가 열려 있다는 안도감으로 인해 힘을 얻어, 그의 고통과 불행을 최후의 한 방울까지 맛보려는 호기심을 갖는 데" 더 큰 비중을 두고 있다.

헤르미네

호네거, 그대 귀여운 꽃,
어느 바람이 그대를 날려 보냈던고?
언제나 그대와 짝이 되어
폭스트로트를 추고 싶었는데……

한밤중 술이 취해 집에 돌아와

내 귀여운 호네거에게 시를 쓰면서
벽에 걸린 그대의 사진을 바라보았소.
그대의 눈길은 나를
머나먼 꿈의 나라로 이끌고 간다오.
꿈속에서 그대는 언제나
하늘에서 떨어진 어여쁜 보석.[15]

가장무도회에서 헤세의 춤 상대가 되어 주었던 실제 인물 율리아 라우비-호네거가 헤르미네의 모델이 되었는지 여부는 확실치 않다. 그러나 취리히의 이 가장무도회가 그의 소설에서 결정적인 역할을 하는 이상, 그곳에서 만난 이 아름다운 무희의 영상이 여주인공 헤르미네의 일부로 작용했으리라는 것은 분명하다. 특히 주인공 할러가 헤르미네로부터 춤을 배우기 위해 전축을 함께 구입하는 장면이 있는데, 1926년 6월 9일 율리아에게 보낸 헤세의 다음과 같은 편지로 미루어 보아 그 연관성에 커다란 확신을 갖게 한다.

지금 나는 다시 테신의 몬타뇰라에 앉아 있소. 그 전에 그대를 통 보질 못했군요. …… 그러나 그대가 테신으로 오는 길을 알게 되면, 발렌치아와 예아링 춤을 출 수 있을 거요. 무언가 취리히에서의 즐거움을 가져오기 위해 조그만 축음기 한 대를 샀다오. 저녁 때 너무 답답하고 공허할 때마다 이것을 꺼내 놓고 춤을 추면서 온갖 생각을 다하지요.

그러나 소설 속의 헤르미네는 헤세 연구자 T. 치올코브스키의 말과 같이 "하나의 여성이 아니라 모든 여성을 의미하고 있으며"[16] 나아가 헤세 자신의 일면까지 지닌 다분히 남녀 양성적 존재다. 그녀는 하리의 병든 영혼을 구제하여 그의 자아를 더 나은 자아로 인도하고 훈계하는 또 하나의 자아다. 그녀는 하리의 친구인 젊은 시인 헤르만과 육체적, 정신적으로 매우 유사한데, 헤르만은 시인 헤세의 젊은 한때의 모습이었으니, 헤세와 헤르만과 헤르미네는 말하자면 삼자동체(三者同體)인 셈이다. 그녀는, 싱클레어가 근심에 빠질 때마다 나타난 데미안의 존재와 흡사하다. 데미안의 목소리가 때로는 싱클레어 자신의 목소리가 되듯이 헤르미네는, 할러가 그의 영혼의 눈으로 자신의 내부를 바라볼 수 있는 창문이다. 헤르미네와의 만남은 하리로 하여금 절망으로부터 신비한 평정을 되찾고 자기 확신을 얻도록 도와주는 하나의 과정이다. 가장무도회 전날 헤르미네와 주고받는 영원의 나라에 대한 대화는 할러와 그의 분신이 주고받는 자기 각성의 독백이라고 보아야 옳을 것이다.

(헤르미네) : "당신이 옳았어요. 황야의 이리 씨, 백 번 옳았어요 ……오늘날 그의 삶을 즐기려는 사람은 당신이나 나 같은 사람이어서는 안 되는 거지요. 저속한 노래 대신에 참된 음악을, 향락 대신에 기쁨을, 돈 대신에 정신을, 돈벌이 대신에 참다운 일을, 값싼 유희 대신에 진정한 정열을 바라는 사람에게 현재의 이 세계는 결코 고향일 수가 없는 거예요."
……
(할러) : "늘 오늘날과 같을까? 언제나 세계는 정치가나 모리배, 그리고 탕아들을 위한 곳이고, 참된 인간들이 숨쉴 여지가 없다는 말인가?"
(헤르미네) : "있어요, 그것은 영원이에요. 우리처럼 원하는 것이 많은 인간들은 이 세계 밖의 다른 공기를 호흡하지 않는다면, 이 시간밖에 영원이란 것이 없다면 전혀 살아갈 수가 없을 거예요. 그 영원만이 참다운 나라입니다. 모차르트의 음악이나 위대한 시인들의 시는 그 나라에 속해요. 그곳에 가면 당신은 당신의 괴테와 노발리스, 그리고 모차르트를 만날 수 있을 거예요."

하리는 헤르미네를 통해 춤과 재즈와 성희(性戱)를 배우지만, 종국에는 질투 때문에 그녀를 죽인다. 그러나 마술 극장에서의 이 환상적 살인은 하나의 상징에 불과한 것이며, 두 사람 사이의 실제 관계가 종식되었음을 나타낼 뿐이다. 즉 할러가 모든 환락적 행동을 억제하고 다시 그의 고독과 예술과 지성으로 돌아오는 것을 의미한다.

가장무도회

소설의 절정을 이루는 가장무도회의 묘사를 헤세는 그의 취리히에서의 체험을 그대로 옮겨 놓고 있다. 헤르미네의 권유로 할러가 가슴 설레며 참석했던 글로부스잘의 가장무도회는 헤세의 편지[17]로 미루어 보아 1926년 3월 보르 오 락 호텔에서 예술가들을 위해 열렸던 모임임을 알 수 있다. 소설 중에서는 헤르미네가 할러에게 춤을 가르쳐 주는 것으로 되어 있다. 헤세는 당시 댄스 학교에서 춤을 배우고 있었고, 1926년 2월 그의 후원자이자 친구인 프리츠 로이트홀트의 부인 앨리스에게 보낸 편지에서 그의 춤 솜씨가 제법 향상되었다고 자랑하고 있다. 그는 뒤늦게 배운 춤에 꽤 매료된 듯 춤이 그와 같은 "늙은 아웃사이더와 괴짜에게는 꽤 쓸 만한 것"이라고 호평한다. 그러나 춤을 배워 처음 무도회에 참가한 중년의 헤세는 하리가 말하는 것처럼, 그 요란한 환락으로부터 유쾌함을 얻을 수 없고 "이 떠들썩한 환희, 웃음, 그리고 주위의 온갖 지랄들이 우스꽝스럽게" 느껴진다. 그곳은 그야말로 "열일곱 살짜리에게나 어울리는" 장소다. 헤세의 무도회 참가 소감은 이렇다.

처음엔 모든 것이 좋았다.
그녀는 나의 무릎에 앉아 아주 뜨겁게 굴었다.
하지만 다음 순간 피에로 녀석과 도망쳐 버리고
나는 화가 나서 다시 술잔을 빨아 댔다.[18]

소설 속에서는, 환멸을 느껴 그곳을 떠나려던 할러가 마리아와 헤르미네를 만나 다시 원기를 회복하고 완전히 무도회의 열띤 분위기 속에

44

휘말려 드는 것으로 묘사되어 있다. 무도회의 헤세도 내심은 어떻든 외관상으로는 축제 분위기에 꽤 빠져 있었던 것처럼 보인다. 그를 초대한 친구들에 대한 의식적인 예의 표시에 불과한 것일까? 헤세의 고립주의가 하루 저녁의 가면무도회로 와해되었을 리는 없다. 그러나 노년을 바라보는 헤세의 눈에 이 파격적인 환락의 세계가 전혀 호기심 밖의 일은 아니었다. 소설 속의 카니발은 소용돌이치는 흥분과 희희낙락한 환희로 가득 차 있다. 그러나 소설의 중요한 대목은 무도회가 끝날 즈음에 벌어지는 마술 극장에서의 사건들이다. 실제의 글로부스잘의 무도회가 끝난 후 헤세는 밀가루 수프로 아침을 때운 후 피곤한 몸으로 그곳을 떠났지만, 소설의 분신은 파블로의 밀실로 들어가 아편의 힘을 빌려 환각의 세계를 여행한다. 시공을 초월한 세계에서 환상의 놀이를 벌이는 것이다.

마술 극장

"헤세의 문학과 기호는 해가 감에 따라 점점 마술을 더해 간다"[19]라고 후고 발은 그의 헤세 전기에 썼거니와, 헤세 작품의 마적(魔的)인 분위기는 이미 『데미안』과 『싯다르타』, 그리고 그 즈음에 쓴 동화들에서 그 전조가 보이기 시작했다. 마술 극장의 체험은 하리의 내면으로의 여행이라고 볼 수 있는데, 이러한 의식 세계의 편력을 묘사하기 위해 헤세가 환각제의 작용을 거론한 것은 기이한 일이다. 헤세가 평소에, 혹은 이 글을 쓸 당시에 마약을 복용하고 있었는지 여부는 알 수 없으나, 파블로가 준 아편의 효과를 묘사하기 위해서는 이러한 약제에 대한 많은 지식을 가지고 있었음에 틀림없다. "아름다운 꿈을 만들어 주는 약"을 복용하고 "무한한 활력과 행복을 느끼며 자신의 무게를 잃은 듯"한 황홀경에 취해 있는 할러에게 파블로는 이렇게 말한다.

당신은 종종 당신의 삶에 염증을 느낀 나머지 그곳으로부터 탈출해 보려고 했지요? 이 시대, 이 세계, 이 현실을 떠나 당신에게 알맞은 다른 현실, 시간이 없는 세계로 들어가길 원했습니다. 자, 한번 그것을 시험해 보십시오. 제가 당신을 초대하겠습니다.

하리는 그전에도 파블로가 준 마약을 종종 사용했으며, 이 마술 극장이라는 것도 환각제의 도움에 의한 잠재 의식의 분석, 즉 "하리 할러의 편력시대"[20]의 축소판이다. 그는 이곳에서 자신의 분열된 모습을 바라보고, 그와 관계되는 각양각색의 인물들과 만나게 된다. 옛 동창생 구스타프와 자동차 사냥을 즐기고, 젊은 시절에 이루지 못했던 사랑을 성공시킨다. 질투 때문에 헤르미네를 살해한 그는 환영을 현실로 착각한 죄로 "비웃음"의 벌을 받게 되고, 파블로의 변신이라고 볼 수 있는 불멸의 인간 모차르트를 만나 인생의 유머와 웃음을 배우도록 충고받는다.

과연 헤세가 위기의 시절에 과학적 목적 이외에 환각제를 사용했는지 여부는 밝혀지지 않는다. 그의 글, 편지, 어느 것에도 약물에 의존했다거나, 또는 그 효과에 대해 적어 놓은 기록은 없다. 헤세를 연구하던 미국인 티모시 리어리Timothy Leary의 질문서에 대한 시카고 대학 클뤼버Klüver 교수의 답신은 이러하다.

내가 아는 바로는 헤세는 전혀 약물을 복용한 적이 없습니다. 그가 하이델베르크의 베링거의 지도로 약의 실험에 대해 공부를 했는지 알 수 없습니다. 당신도 분명히 아시겠지만, 헤세와 그의 가족은 인도의 세계와 사상에 매우 친숙했습니다. 그의 책들 중 많은 에피소드들이 그런 색채를 띠고 있는 것은 의심할 여지가 없습니다.

즉 인도 및 동양에 친숙했던 헤세가 그로부터 연유한 명상적 신비주의로 그의 작품을 채색하고 있는 것이 아니냐는 의견이다. 그 지적에도 일리는 있다. 그리고 나아가서 C. G. 융의 심리학에 몰두한 적이 있던 헤세로서는 『꿈의 해석』의 저자인 프로이트의 정신분석학적 관념 세계에 매우 심취되어 있었고, 그의 많은 작품 속에 그 영향이 크게 작용하고 있음은 주지의 사실이다.

모차르트 : 불멸의 인간들

헤세는 일생을 통하여 음악에 대한 강한 애착을 갖고 있었으며, 음악가 중에서도 바흐와 모차르트에 대해 커다란 존경심을 품고 있었다. 이 소설을 집필할 당시에도 그는 취리히에서 여러 차례 모차르트의 「마술 피리」와 「돈 조반니」를 경청했다. 「일요일 오후의 마술 피리」라는 시에서 헤세는 「마술 피리」의 아름다움을 이렇게 노래했다.

나는 밤의 극장에 앉아
참으로 사랑하는 곡을 감동에 차서 들었다.
눈물이 뜨겁게 내 뺨 위로 흘렀다.
마술을 걸 듯 그 불멸의 아름다움이 내게 인사를 보냈다.
한때 고향이었다가 낯설어진 것,
오 축복받은 천사들의 노랫소리!
오 부드럽게 떠돌던 타미노의 피리 소리!
매번 날 행복하게 했던 예술의 전율,
또 한번 가슴속으로 들어와 부서져서는
미칠 듯한 아픔이 되어 버렸다.

소설 속에는 영원 불멸의 존재로서 모차르트 외에도 헤세가 평소 흠모하던 인물, 예컨대 괴테, 니체, 바흐, 바그너 등이 언급된다. 「황야의 이리론」에는 꿈속에서 괴테를 상면하는 장면이 있는데, 괴테의 입을 통해서까지 칭찬해 마지않는 존재는 역시 모차르트다. 변하기 쉬운 우리의 마음을 영원하고 신적인 것으로 찬미하고 있는 「마술 피리」의 작곡가 모차르트는 소설의 종반부에서 가장 결정적인 역할을 한다. 모차르트는 할러에게 있어서 불멸의 인간, 정신성의 모범이며 고통 속의 위안이다. 그의 정신적 방황도 결국 모차르트의 충고로 해서 해결점을 찾는 것으로 되어 있다. "모짜르트가 나를 기다리고 있다."라는 의미심장한 말로 소설이 끝날 정도로 헤세의 모차르트 숭배는 대단한 것이었으며, 1920년 어느 날의 일기에서도 그에 대한 흠모의 정을 발견할 수 있다.

오늘 나는 내 알록달록한 인생의 페이지에다 한 개의 단어를 적어 넣으려 한다. '세계'나 '태양'이라는 말처럼 마력과 빛에 가득 차 있고, 음과 풍성함으로 가득 차 있으며, 완전보다 더 완전하고, 부유함보다 더 부유한, 더할 수 없이 충만함으로 넘치는 단어, 오늘 따라 그 단어가 하나의 마적인 표식처럼 생각되기에 나는 그것을 이 페이지 위쪽에 커다랗게 써 놓겠다. 모차르트. 그것이 의미하는 것은 이렇다. 세계는 하나의 의미를 갖고 있으며, 그 의미를 우리는 음악의 세계 속에서 감지해 낼 수 있는 것이다.

이보다 더한 모차르트 찬양이 또 있을까? 괴로울 때나 즐거울 때나 항상 헤세의 마음속에 살아 있고, 그의 정신적 지주가 되어 온 것이 바로 볼프강 아마데우스 모차르트와 그의 음악이었음은 재론의 여지가 없다. 소설 『황야의 이리』는 모차르트에게 바치는 책이라고 해도 과언이 아니다.

유머와 웃음

소설의 끝 부분에 이르러 우리는 환상에 찬 마술 극장의 불투명한 현실성에 부딪치게 된다. 헤세는 이 소설에서 매우 신비로운 분위기를 연출함으로써 사건을 극도로 상징화하려 했다. 주인공 하리 할러는 마술 극장의 거울 속에서 자신의 분열된 자아를 발견하고, 사회적 제약 때문에 억눌려 왔던 이리적 본성을 거침없이 내보인다. 마약을 즐기고 그룹

섹스를 생각하고 기계 문명의 파괴에 몰두한다. 환각제가 가져다준 황홀경에서 깨어날 즈음 할러는 정사 후의 피로감으로 잠들어 있는 한 쌍의 나체를 발견하고 여자(헤르미네)의 가슴에 칼을 꽂는다. 파블로와 모차르트의 "싸늘한 웃음소리"가 교차되는 가운데, 할러는 자신의 폭력과 유머의 결핍, 그리고 현실과 이상 사이의 혼동에 대해 질책당한다.

자네는 늘 비장해서 탈이야! 유머를 배우도록 하게, 하리. 교수대의 유머. 그야말로 절망적인 처형장에서의 유머 말일세.

이제 하리는 "인생의 저주스러운 라디오 음악에 귀를 기울여야 하는" 자신의 운명을 재인식하고, 다시금 그의 삶을 살아갈 각오를 새로이 하게 된다. "모습의 유희를 더 잘할 수 있기를, 그리고 웃음을 배우게 되기를" 희망하면서…….

조셉 밀렉에 의하면, 헤르미네에 대한 가상적 살인은 현실과 상징의 두 차원에서 모두 하리의 능동적 행위로 해석될 수 있다.[21] 즉 할러가 더 높은 세계관을 이루어 가는 하나의 변화 과정이라고 볼 수 있다. 하리는 아직 뒤틀려진 생활 환경과 귀에 거슬리는 라디오 음악에 초연하는 법을 배우지 못했지만, 필연적인 탈선을 통해 심리적으로 본연의 위치를 찾고 영원한 가치를 갖는 영적 존재에 대해 새삼 새로운 믿음을 갖게 된다. 현실 속에서의 삶은 어쩔 수 없는 고뇌를 수반한다는 것, 그리고 그러한 고뇌는 그것으로 가치를 지니고 있음을 확인한 그는 다시 그의 외로운 길로 되돌아갈 준비가 되어 있는 것이다. 따라서 마술 극장의 중요한 기능은 하리로 하여금 자신의 절망적 상황에 대해 웃음을 웃을 수 있도록 하는 데 있다. 선험자인 모차르트의 충고대로 "고통 속의 유머"를 배우는 것이다.

위대한 것을 이루려던 사명이 막혀 버린 비극적이라고 할 상태에서 불행한 천재들이 만들어 낸 멋진 발명품, 인류의 가장 고유한 산물인 유머만이 이러한 불가능사를 수행해 낼 수 있으며, 그 프리즘의 빛에 의해 모든 인간 본질의 영역을 비쳐 주는 것이다. 세계 안에서도 세계의 밖인 듯 살아가고, 법률을 지키면서도 그것 위에 서고, 소유하지 않는 듯 소유하고 체념치 않는 듯이 체념하고 사는 것 ── 이러한 드높은 삶의 지혜를 실현할 수 있는 것은 오직 유머뿐이다.

이렇게 유머는 시인이 자신의 자아를 찾는 데 매우 중요한 요소이며, 고통스러운 현실 속에서 초연함을 배우게 하는 환각제, 현실과 이상, 사실성과 아름다움의 중개자로서 작용하는 촉매와 같은 것이다.

웃음과 유머를 배우는 것. 이것은 또한 니체의 몇몇 작품에 있어서도 중요한 주제였다. 『차라투스트라는 이렇게 말했다』의 한 구절을 보자.

"너희들은 우선 속세에서의 위안의 기술을 배워야 한다. 웃기를 배워야 한다." 차라투스트라는 덧붙여 말했다. "이 웃는 자의 화관, 이 장미의 화환을 나는 몸소 쓰겠다. 나는 성스럽게 내 웃음을 이야기했노라. 그보다 더 강한 것을 오늘 나는 찾지 못했다." 그리고 잠시 후 그는 마지막 말을 했다. "이 웃는 자의 화환을 너희들 나의 형제들에게 던지노라! 나는 성스럽게 웃음을 이야기했노라. 너희들 지고한 인간들이여, 내게서 웃는 법을 배워라!"

파블로가 안내한 "유머 학교"에서 배운 하리의 유머는 어떤 종류의 것일까? 그것은 아리스토파네스가 즐겨 사용하는 세계에 대한 풍자나 조롱 이상의 것으로 보인다. 이것은 "자기 자신의 절망을, 그리고 19세기(니체의) 비극과 20세기(헤세의) 비극까지도 조소할 수 있는 유머"[22]다. 헤세는 시집 『위기』와 소설 『황야의 이리』에 동시에 게재되어 있는 시 「불멸의 인간들」에서 "별빛같이 영롱하고 싸늘한 웃음"에 대해 이렇게 노래한다.

그러나 우리는 별빛같이 영롱한 에테르의 얼음 속에서 자신을 발견하고,
세월도 시간도 알지 못한 채,
남녀노소 어느 것도 아니어라.
……
우리의 영원한 존재는 싸늘하게 불변하고,
우리의 영원한 웃음은 싸늘하게 빛난다.

많은 비평가들이 헤세의 소설 『황야의 이리』를 그의 작품 중 가장 자전적이라고 말하고 있고, 상술한 몇 개의 단편적 예증을 살펴보더라도 이 소설이 얼마나 자기 고백서 같은 작품인가 알 수 있다. 사실 같은 시기에 씌어진 그의 편지와 시집 『위기』를 그대로 묶어 놓은 것이 바로 소설 『황야의 이리』라고 해도 과언이 아닐 정도로, 그는 이 신변사의 기록들을 교묘한 문학적 기법으로 작품화시켜 놓았다. 헤세가 이 소설의 구성 문제를 놓고 고심한 흔적이 그의 편지들을 통해서도 나타난다. 「황야의 이리론」을 먼저 완성한 후, 이 글이 너무나 자전적 내용임에 불만을 느끼다 생각해 낸 것이 「편집자의 서문」이었는데, 이 방법이 소설을 픽션화하는 데 크게 도움이 된 듯하다.

그러나 아무리 픽션의 옷을 입히려 했어도, 이 작품 속에 여실히 드러나고 있는 것은 1920년대의 서구가 안고 있는 시대병, 나아가 헤세 자신의 위기 의식에 대한 잔인할 만큼 정직한 자기 노정이다. 펠릭스 브라운의 말과 같이, 이 놀라운 책은 헤르만 헤세 자신의 자아의 모습뿐만 아니라 우리의 본질의 모든 영역에서 표출된 진정한 내면의 모습을 보여 준다.[23] 즉 "인간 상황condition humanie에 대한 무자비한 노출, 형이상학적 불안, 데몬과의 투쟁, 구원 갈망 등의 자기 해부를 통해 위기의 징후 속에 있는 인간의 운명을 고통스럽게 일깨워 주는 책[24]"이다.

그러면 도대체 헤세가 이 책을 독자들 앞에 내놓아 자기 해부의 실험을 보여 준 근본적 의도는 무엇일까? "생의 위기, 예술가의 위기, 사회 위기의 기록"으로 끝나는 것일까? 사뭇 기대에 넘쳐 소설을 통독한 우리는 모호한 결말에 약간의 공허감을 느끼지 않을 수 없다. 이미 언급한 바와 같이 이 작품은 뚜렷한 해결점을 시사하고 있지 않다. 그것은 후에 집필된 『유리알 유희』의 경우와 흡사하다. 단지 분석과 경고만이 있을 뿐 해결은 존재하지 않는다. '마술 극장'도 '카스탈리엔'도 진정한 해결책은 아니기 때문이다.

실로 1920년대 헤세의 위기는 많은 시간이 흐른 오늘날까지 해소될 기미조차 보이지 않는다. 아니 몇 곱절 더 심각한 위기가 우리를 짓누르고 있다. 전쟁의 공포, 가치의 타락, 퇴색한 신앙, 어느 것 한 가지도 개선된 것이 없다. 일상의 지옥은 여전히 우리 앞에 입을 벌리고 있고, 인간은 온갖 불합리와 비인간화 앞에서 더욱더 불안해 가고 있다. 헤세가 싫어해 마지않던 국수주의는 계속 세계를 지배해 가고, 2차 대전의 전운이 감돌던 1920년대 말과 마찬가지로 오늘날도 우리는 가공할 전쟁의 위협에서 벗어날 수가 없다.

지상은 정녕 헤세의 말대로 고도의 재능을 가진 인간들이 발 붙이기 어려운 세계일까? 속물주의와 타협을 하지 못한 나머지 우리는 항시 자기 분열의 고통을 겪으며 어쩔 수 없는 시민사회의 소외자로 계속 생명만을 연장해 나가야 하는 것일까? 그러나 헤세의 이 소설은 절망만을 이야기하지 않는다. 그는 현실을 운명으로 받아들이고자 했다. 유머의 힘으로 삶의 비정함을 웃자고 제의했다. 1941년에 쓴 「황야의 이리 후기」에서 헤세는 이 소설의 독자들에게 자신의 소망을 이렇게 이야기했다.

물론 나는 독자들에게 나의 이야기를 어떤 방식으로 해석해 달라고 말할 수도 없고, 또 그렇게 하고 싶지도 않다. 각자는 모두 자기에게 어울리게, 자기에게 도움이 되도록 이해하면 그만이다. 그러나 나의 많은 독자들이 꼭 알아주었으면 하는 것이 한 가지 있다. 그것은, 이 황야의 이리 이야기가 병과 위기를 다루고 있기는 하지만, 이것이 죽음이나 파멸로 이끌고 가려는 것이 아니고, 오히려 그 반대, 즉 치유를 목적으로 하는 것임을.

헤세의 의도는 자신의 병을 기록함으로써 그 병을 극복하려는 것이었다. 「요약한 이력서」라는 글에서도 말했듯이 "인간은 그의 고뇌와 죄를 인식하고, 그것을 다른 데 전가시키는 대신 철저히 괴로워할 때 그 죄를 벗어 버릴 수 있기" 때문이다.

진리는 체험하는 것이지 가르쳐지는 것이 아니다

『유리알 유희』와 정신성의 유토피아

l 전기 형식의 미래 소설

헤르만 헤세가 만년에 내놓은 대작 『유리알 유희 *Das Glasperlenspiel*』는 그의 소설 중 집필 기간이 가장 긴 작품이다. 『동방 순례』를 끝낸 1931년 중반에 시작한 소설이 1943년 11월에야 출간되었으니, 실로 10여 년의 긴 세월이 소요된 셈이다. 수차에 걸쳐 작품의 상당량을 《코로나》와 《신전망》에 나누어 게재했던 점, 그리고 사이사이에 『유리알 유희』의 테마와 연관되는 시와 에세이들을 발표한 점을 감안할 때, 10년간 헤세는 이 작품의 창작에만 몰입해 있었던 것 같다.

소설 『유리알 유희』는 형식 면에서 두 가지의 중요한 특징을 보여 준다. 첫째, 주인공의 일생을 추적해 가는 전기체 소설이다. 한 인간이 걸어간 삶의 행로를 충실하게 그려 가는, 소위 '발전 소설'의 계열에 속한다고 볼 수 있다. 소설의 대부분은 본론이라고 보아야 할 부분, 즉 「유희의 명인 요제프 크네히트의 전기」에 할애되고 있다. 그러나 서두에는 작품의 핵심이 되는 소재 '유리알 유희'에 관한 마치 학술 논문과 같은 해설이, 후미에는 전기 소설의 격식을 더욱 갖추기 위해 주인공의 유고(遺稿), 즉 「소년 및 학생 시절의 시」와 「세 편의 이력서」가 곁들여 있다.

이와 유사한 구성 방법을 헤세는 『황야의 이리』에서도 시도한 바 있었다. 객관성이 요구되는 형식 때문이기도 하겠지만, 『유리알 유희』에서 헤세는 젊은 날의 고뇌를 주로 다루었던 회상조의 감상주의에서 완전히 벗어나고 있다. 유례가 없는 냉정함을 가지고 한 인간의 편력을 서술한다. 비록 가공의 인물이지만, 요제프 크네히트Josef Knecht라는 주인공의 행적을 묘사함에 있어 연대기 작가가 취할 수 있는 방식, 예컨대 주인공이 남긴 글이나 일화, 주변 인물들의 증언 등을 모두 활용하는 형식을 보인다.

둘째, 헤세 작품으로는 유별나게도 미래 소설의 성격을 띠고 있다. 주인공 크네히트가 살았던 시기는 2200년대이고, 그의 생애를 서술한 연대기 작가가 생존하는 시기는 2400년경의 미래로 되어 있다. 소설의 무대가 되는 장소는 고도의 정신성이 지배하는 이상향 카스탈리엔Kastalien으로 전쟁이 심했던 20세기가 끝날 무렵 정신적 인간들이 이루어 놓은 유토피아다. 이곳은 영국 소설가 올더스 헉슬리의 『멋진 신세계』(1932)가 보여 주는 세계, 즉 고도의 과학 문명이 이룩한 인공적 낙원이 아니다. 물질이 아닌, 인간의 정신이 한없이 고양되고 존중되는 "완벽한 자유의 왕국"이다.

우리는 여기에서 정신성의 유토피아 카스탈리엔이 20세기의 산물로 설정된 데 유의할 필요가 있다. 작가는 좀 더 용이한 현실 비판을 위해 현실을 떠난 것이다. 『유리알 유희』의 중요한 테마 중 하나는 우리가 현존하는 시대에 대한 평가와 성찰이다. 넓게는 정신의 가치가 타락되어 가는 20세기 문화 전반에 대해서, 좁게는 나치즘의 전횡으로 인간의 존엄성이 유린당했던 1930년대 독일의 현실에 대해서 우리의 주의를 환기시키고 있다.

2 '잡문 시대'와 카스탈리엔

헤세가 한 편지에서 "정신적 삶의 한 가능성"이라고 밝힌 카스탈리엔은 엄격한 교직 제도가 시행되는 교구다. 이곳은 괴테의 소설 『빌헬름 마이스터의 편력시대』에 나오는 '교육주(敎育州)'와 유사한 성격을 보인다. H. G. 웰스[25] 식의 유토피아, 즉 새로운 존재 양태를 가진 유럽의 발전 단계를 미리 제시해 준 것이라고 볼 수도 있다. 2400년대의 연대기 작가는 카스탈리엔의 성립 과정을 이렇게 말한다.

그때는 민족과 파당, 어른과 젊은이, 유색인종과 백인종이 더 이상 서로 이해할 줄 모르는 격렬하고도 난폭한 시대, 혼란한 바빌론의 시대였다. ……그리하여 진실과 정의와 이성(理性)에 대한 갈망, 이 카오스를 극복하려는 욕구가 생겨나게 되었다. 이 폭력적인 시대 말기에 나타난 진공 상태, 그리고 새로운 출발과 질서에 대한 말할 수 없이 절실하고 간절한 동경이 우리의 카스탈리엔과 우리 존재를 실현시킨 것이다.

헤세는 한 이름 없는 연대기 작가의 입을 빌려 "바빌론의 시대"로 지칭되는 20세기를 비판한다. 고도의 정신 세계에서 회고해 보는 20세기란 한낱 잡문 나부랭이가 판을 치는 세상이다. '품위 상실', '상인 근성', '자포 자기'라는 말로 대변되는 시대이기도 하다.

이 '잡문 시대'에는 수백만 부씩 발행되는 일간신문들이 많은 지식에 관해 "보고를 한다기보다는 만담을 늘어놓는 식"이고, 기사들은 작가의 자조(自嘲)를 나타내는 경향이 농후했다. 정치적, 경제적, 도덕적 혼란과 동요, 수차례의 가공할 전쟁과 내란을 겪어 온 까닭에, 이 시대의 인간들은 "조바심을 태우고 살아왔으며, 내일이라는 것을 믿지 않았다." 언어가 그 가치를 상실하는 위기에 놓여 있었고, 정신 생활의 불안정과 허위성 및 황량한 삶의 메커니즘, 도덕성의 심각한 타락, 신앙심의 결핍과 예술의 불순수성의 현상이 드러나 "선량한 사람들에겐 조용하고 어두운, 나쁜 사람들 사이엔 음험한 염세주의가 만연하게 되었다."

미래의 전기 작가에 의해 서술되는 이러한 위기와 불안의 시대는 실상 헤세가 『유리알 유희』를 집필하던 무렵의 시대상의 반영이라고 보아도 무방하다. 히틀러가 지배하던 세계는 헤세의 눈으로 볼 때, 언어의 진실성이 유린당하고, 인간의 정신성이 수모와 시련을 겪은 시대였다. "대기엔 다시 독가스가 가득하고, 삶이 의문시되었다. 히틀러와 그의 막료들의 연설은 천박함, 거짓, 무분별한 전횡으로 가득 차서 숨을 쉴 수 없을 정도였다."[26]고 헤세는 회고한다. 언어가 모독을 당하고, 진리가 추방되는 마당에 헤세가 취할 수 있었던 자구책은 "세계의 온갖 독가스 오염을 무릅쓰고 숨쉬고 살아갈 공간을 그 한가운데 마련하는 것"[27]이었다. 헤세는 문학이라는 수단을 통해 끔찍한 현실 속에서도 정신의 왕국이 존재함을 증명하고, 유토피아 속에 밝은 미래를 투영함으로써 무서운 현재가 극복될 수 있다는 희망을 이야기하려 했다. 이러한 정신 세계의 비유가 바로 카스탈리엔이며 '유리알 유희'였던 것이다. 그러나 우리는 카스탈리엔을 고통스러운 현실의 피안, 즉 현실 도피의 유토피아로만 간주해서는 안 될 것이다. 실상 헤세에게 중요한 문제는, 시대로부터의 도피가 아니라 시대를 극복하는 일이었기 때문이다. 한 편지에서 밝혔듯이 헤세의 카스탈리엔은 "유토피아, 꿈, 미래인 동시에 또한 현실"이었다.

여하튼 헤세는 현실 비판의 한 방편으로서, 음악을 최고의 정신성으로 삼는 하나의 이상 세계를 설정했다. 그러나 주목해야 할 점이 있다. 그것은, 작자가 이 유토피아에 절대적 가치를 부여하지는 않는다는 점이다. 역사성을 외면하는 한 카스탈리엔의 순수성이나 고고함도 영속적 가치를 가질 수 없다는 생각. 이러한 이율배반이야말로 기실은 이 소설의 진정한 주제이다. 주인공 크네히트의 정신사를 통해 그것은 명백히 나타난다. 작중인물 야코부스 신부의 표현을 빌려 "카스탈리엔인 역시 역사적 존재로 변모해야 할 운명을 지닌 사람들"이며, 정신성의 유토피아도 세계사라는 바다 속에서 외딴 섬으로 남을 수는 없는 것이다. 물질 만능주의가 팽배해 있는 가운데 온갖 허위와 공허한 구호들이 언어의 탈을 쓰고 난무하는 '잡문 시대'——이것이 우리의 현실임을 안타까워하면서도, 그것을 극복해야 하는 역사적 존재인 인간은 다시금 결연히 현실과 맞닥뜨려 대결을 벌여야 한다는 것이 헤세의 생각이다.

3 '유리알 유희'의 상징

『유리알 유희』를 집필 중이던 1935년 7월 헤세는 「정원에서의 몇 시간」이란 시를 발표했다. 이 시에는 소설의 핵심이 될 '유리알 유희'라는 음악에 대한 강한 암시가 들어 있다.

나 이제 정감에 넘쳐 시작하노니,
오래전부터 몰두해 온 생각의 유희
유리알 유희라 불리는 멋진 발명품
그것의 구조는 음악이요, 바탕은 명상이어라.

일종의 유희이며, 음악이며, 또 수학이기도 한 소위 '유리알 유희'의 이미지를 그려 내기란 쉽지가 않다. "구조는 음악이요, 바탕은 명상"이라는 설명만으로는 그 실상이 쉽사리 잡히지 않는다. 어쩌면 중국식 바둑의 원리를 생각게 하고, 혹은 현대 과학의 첨단인 컴퓨터 시스템을 암시하기도 한다. 여하튼 유리알 유희는 카스탈리엔에서 가장 고귀하고 신비로운 정신 활동이며 심성 도야의 수단이다. 원래 어린이용 숫자 놀이 기구처럼 철사에 꿴 유리알을 병렬해 놓은 형태로부터 발전해 나온 것으로 그것이 내는 음악적 효과는 파이프 오르간을 훨씬 능가한다. 그뿐만이 아니다. 이 음악적 시스템 속에는 엄청나게도 음악적인 것은 물론, 수학, 건축학, 천문학, 철학, 심지어 언어학적인 요소까지 깃들여 있다고 작자는 설명한다. 그것은 "우리 문화의 모든 내용과 가치를 포함하는 유희"인 만큼 이 악기의 연주를 통해 정신 세계의 모든 내용이 재창조되는 것이다. 이 연주를 통해 울려 나오는 음악은 수정의 형태와 같은 순수한 엑기스이며, 그 진수를 전수받은 자만이 해독할 수 있는 비밀 부호이기도 하다. 주인공 크네히트는 음악적 재질이 뛰어난 인물이다. 카스탈리엔에서의 그의 삶은 가히 성공적이라고 할 수 있는데, 바로 유리알 유희를 통해 고아한 인품과 학문적 깊이를 얻게 되고, 마침내는 연기자들의 최고 영예인 '유희 명인 Magister Ludi'의 지위에까지 오르게 된다.

그러면 이렇듯 오묘한 예술 형태로서의 '유리알 유희'가 상징하는 바는 무엇일까? 우선 고도의 정신성이 이루어 낸 문화의 소산으로 이해해야 할 것이다. 현실 세계의 비순수성과 대립되는 무엇, 즉 모든 정신의 표출을 위한 가능성의 시도라고 볼 수 있다. 한편 이 속에는 헤세가 그의 문학 속에서 일관성 있게 추구해 온 합일 사상도 들어 있다. 유희의 궁극적 목표도 "정립과 반립으로부터 가능한 한 순수하게 종합으로 발전시키는 것"이다. 그것은 정신적 세계인인 헤세의 종교관, 즉 "선과 악, 정신과 감성, 생과 사의 대립을 해소하고, 이 모든 것을 하나의 새로운 통일 속에 포함하는 하나의 신상에 도달하려는 노력"[28]이 상징화된 것이다. '유리알 유희'라는 음악의 중요한 속성인 이 양극성의 통일은 결국 주인공 크네히트의 삶 속에 상징적으로 나타난다. 정신 일변도의 추구가 얼마나 역사적 삶과 괴리를 갖게 되는가를 전기의 결말은 보여 준다. 정신성만을 강조하는 삶은 결국 인간성의 완성을 기할 수 없다는 것이 헤세의 생각이다. 그것은 온실에서의 식물 재배와 같은 것이다. 따라서 외부 세계의 삶으로 뛰어드는 주인공의 정신사적 변화를 파계가 아닌 각성이라는 말로 나타낸다. 유리알 유희의 귀재가 정신적 삶의 한계성을 인식하고 평범한 시민의 삶으로 돌아간다는 설정은 정신성과 자연성, 그 양극의 대립을 융화시키는 합일 사상에 근거한다.

그러므로 예술 중의 예술이라고 하는 유리알 유희는 사실이 아니다. 그것은 단지 '완벽한 정신성'에 대한 비유이자 상징이다. 가장 내적인 요체는 합일성의 추구다. 삶의 대립을 넘어 그것을 조화롭게 종합하는 합일성의 생각이 상징적으로 표현된 것에 다름 아니다. 크네히트의 일생은 이러한 유리알 유희의 이념을 삶의 형태로 나타낸 것이라고 볼 수 있다. 그의 일생은 유리알 유희의 가장 이상적인 연주인 셈이다. 온갖 정신성의 숲을 지나 결국 그가 도달하는 것은 "대립을 옳게 인식하는 것, 서로 용납될 수 없는 두 원칙을 승화시켜 하나의 협주곡을 이루는 것"이었다.

3 크네히트의 편력 과정

「유희 명인 요제프 크네히트의 전기에 대한 시도 및 그의 유고」라는 다소 긴 부제가 말해 주듯 소설의 주요 부분은 크네히트라는 인물의 일 대기를 기록한 것이다. 전기가 기술되어 가는 동안 나타나는 주인공 크네히트의 풍모는 다양하다. 헤세가 존경하던 중세 철학자 토마스 아퀴나스를 연상케 하는가 하면, 모차르트나 바흐와 같은 음악가, 심지어는 불타나 노자의 면모까지 복합적으로 지닌 인물이라는 인상을 준다. 그의 삶은 일평생 금욕적인 생활로 일관된다. 고아의 몸으로 카스탈리엔의 정신 세계까지 들어온 그는 고행과도 같은 삶에 기꺼이 몰입하여 착실한 자기 발전을 꾀해 간다. 이름이 뜻하는 대로(크네히트 Knecht라는 독일어는 종, 또는 하인을 뜻한다.) 종단에 대한 봉사에 삶의 의미를 두었으며, 유리알 유희의 일급 연기자가 됨은 물론, 더욱 심오한 사상이 내포된 유희를 창조해 내는 것이 소망이다. 크네히트의 정신적 개안은 우선 음악가로서의 삶에 신명을 다 바치겠다는 소명 의식에서 비롯된다. 그것은 소년 시절 노(老)음악대가와의 만남이 계기가 된다. 음악적 재능을 테스트할 겸 함께 피아노 연주를 하는 동안 크네히트는 "온 세계가 이 순간 음악의 정신에 의해 이끌리고 정돈되고 해명되는 것"을 느낀다. 노대가의 추천으로 카스탈리엔의 영재 학교에 입교함으로써 탈속적인 정신 세계의 삶이 시작된다. 시련과 투쟁이 따르는 유리알 유희의 종사자가 되기로 결심했을 때, 크네히트는 진리의 알 껍질을 혼자 힘으로 깨뜨려야 하는 운명을 깨닫는다. 노대가의 가르침대로 "진리란 체험하는 것이지, 가르쳐지는 것이 아니기" 때문이다.

발트젤에서의 생활은 크네히트가 두 번째 소명 의식을 얻게 되는 과정이다. 이곳에서의 자기 발전은 몇 명 특이한 친우들과의 교제 속에서 이루어진다. 그중 중요한 인물이 발트젤 학교의 청강생 플리니오 데시뇨리다. "두 정신 사이의 변증법적 유희"라고 불리는 두 사람 사이의 논쟁은 주목할 만하다. 크네히트는 정신 세계의, 데시뇨리는 현실 세계의 대변자가 된다. 한쪽은 정신의 우월성을, 한쪽은 세속적 삶의 인간적 아름다움을 역설한다. 외견상으론 크네히트의 주장이 승리를 거둔 듯 보이나, 기실 이러한 대립된 삶의 이원성이 부딪치는 동안 두 사람 모두가 강렬한 영향을 주고받는다. 특히 크네히트의 내면에 자리 잡은 속세에 대한 관심은 장차 그의 운명을 바꾸어 놓는 씨앗이 되었던 것이다. 속세가 그에겐 "별 가치가 없는 것, 금지된 것이지만, 동시에 비밀에 가득차 있는 것, 유혹적인 것, 매력적인 요소도 없지 않은 것"이 된다. 정립(定立)을 엄격하게 만들어 낼수록 더 억제할 수 없게 반립(反立)이 나타나는 식이다. 이러한 마음속의 대립극에 대한 불안은 노대가에게 구원을 청하는 편지 속에도 잘 나타나 있다.

플리니오의 사고방식 속에 들어 있는 무엇인가가 제게 다가옵니다. 그것에 대해 저는 간단히 '안 돼'라고 대답할 수가 없습니다. 제 마음의 소리에 호소를 함으로써, 때로는 그가 옳다는 쪽으로 마음이 기울기도 합니다. 아마도 그것은 자연의 목소리일 겁니다. 그런데 그것은 제가 받은 교육과 우리에게 익숙한 사고와 심한 모순을 보이고 있습니다.

교육적 질서와 일상성을 위협하는 자연의 소리. 이것은 다분히 헤세의 또 다른 소설 『데미안』의 분위기를 생각나게 한다. 크네히트의 관심사가 되는 세계는 어린 에밀 싱클레어가 동경하던 '두 번째 세계'에 해당된다. "무시무시하지만 매력적인, 두려우면서도 수수께끼 같은 일들이 다채롭게 풍성한 세계" 말이다. 이러한 '질서 대 혼돈'의 문제가 『데미안』에서는 소설의 서두에, 『유리알 유희』에서는 중반부에 시작되는 것이 다를 뿐이다. 크네히트에게 이러한 문제가 더욱 심화되는 계기는 베네딕투스 수도회 신부 야코부스를 만나면서부터다. 이 인물은 데시뇨리에 이어 "두 번째의 커다란 자극이자, 외부 세계로부터 오는 단호한 부름"이 된다. 크네히트가 야코부스 신부에게 배우는 것은 역사적 인식이라고 할 수 있는데, 이로 인해 대립극으로서의 현실계에 대한 긍정이 보다 강해지는 동인이 된다. 야코부스는 카스탈리엔에 내재된 '역사적 감각의 결여'에 대해 이렇게 비판한다.

당신네들 수학자이며 유리알 연기자들은…… 정신사와 예술사로 구성되어 있는 세계사를 알맞게 증류시켜 버렸습니다. 당신들의 역사는 피도 현실성도 갖고 있지 않습니다. 당신들은 2, 3세기 라틴어 문장 구조의 소멸에 관한 지식에는 정통하지만, 알렉산더 대왕이나 시저, 혹은 예수 그리스도에 대해서는 아는 바가 없습니다. 당신들은 세계사를 마치 수학처럼 다루고 있습니다. 법칙과 공식만 있을 뿐 현실도, 선악도, 어제도, 내일도 없이 그저 영원하고 평범한 수학적 현재만이 존재하는 그런 수학처럼 말입니다.

둘의 만남이 "기이한 운명 아래서" 이루어졌다고 신부는 술회하고 있지만, 기실 두 사람의 관계는 작가 헤세의 '의도적인 계획 아래' 설정되었다. '정신 세계로부터의 탈출'이라는 크네히트의 행로 변경을 합리화하려는 과정이라고도 할 수 있다. 역사 의식을 갖게 된 크네히트는 새로운 시각으로 카스탈리엔을 보게 되고 "너무도 희박한 공기 속에" 살고 있다는 자각과 동시에 자주 "세계, 인간, 소박한 삶에 대한 불같은 욕구"를 억제할 수 없게 된다. 성인이 되어 속세로부터 되돌아온 데시뇨리와의 대화를 통해 두 세계 사이의 화해, 즉 합일성의 추구라는 확고한 명제 앞에 서게 된다. 크네히트는 이제 명예 중의 명예인 유희 명인의 지위를 사퇴하는 데도 주저하지 않는다. 동시에 카스탈리엔의 위험한 장래를 충심으로 걱정하는 장문의 서한을 당국에 보낸다. 이 새로운 각성의 단계를 함축성 있게 표현한 시가, 크네히트의 유고 형식으로 소개되는 「단계 Stufen」다.

> 우리는 명랑하게 공간을 뚫고 지나가야 한다.
> 어느 곳에서도 고향에 온 듯 집착해서는 안 된다.
> 세계 정신은 우리를 속박하거나 제한하지 않는다.
> 한 단계 한 단계 높여 주고 넓혀 주려 한다.
> 한 생활권에 안주하여 길들여지면
> 무기력해지기 십상
> 떨치고 떠날 각오가 된 자만이
> 습관의 마비 상태에서 벗어날 수 있다.

한 단계를 뒤로하고 다음 장소를 통과해야 한다는 자각이 크네히트로 하여금 정신 세계 카스탈리엔을 등지고 "모든 운명, 모든 격변, 모든 예술, 모든 인간성의 고향이요 모태"인 세속적 삶으로 나아가게 한다. 데시뇨리의 아들 티토의 가정교사를 자청함으로써 이번엔 속세에의 봉사에 몸을 맡기는 것이다.

4 크네히트의 죽음이 의미하는 것

흐르는 강물을 보며 대오각성하는 싯다르타와는 달리 『유리알 유희』의 주인공 크네히트의 운명은 탈카스탈리엔의 신화로만 끝나지 않는다.

저자는 놀랍게도 독자의 기대를 외면한 채 주인공의 돌발적인 죽음으로 소설의 결말을 맺는다. 제자와의 생활이 시작되려던 첫날 함께 헤엄을 치던 중 익사한다는 결말이다. 소설의 흐름으로 보아 이것은 너무나 파격적이다. 대립극인 현실 세계에 뛰어든 크네히트가 또다시 어떤 봉사와 자기실현을 전개해 나갈 것인가에 커다란 관심을 가졌던 우리는 순간 당황하지 않을 수 없다. 헤세 연구자들 사이에 이 예기치 못한 죽음에 대한 견해가 분분한 것은 지극히 당연한 일이다. 크네히트의 내적 발전과 연관짓기엔 너무도 우연성이 짙다든지, 심지어 작가가 주인공을 더이상 감당할 수가 없어 죽게 만든 것이라는 주장이 나올 법도 하다.

토마스 만의 소설 『베네치아에서의 죽음』에서도 주인공의 죽음에 대해 논란의 여지가 있었다. 그러나 아름다움의 노예가 된 아센바흐의 멸망에 있어서는, 죽음에 이르기까지의 과정이 필연성을 지니고 있다. 독자는 차라리 처연하기까지 한 죽음의 미학을 맛볼 수 있었다. 이제 정신의 봉사자 크네히트의 죽음에서 우리는 무슨 의미를 찾을 수 있을까? 온상 재배 식물 같은 카스탈리엔인에겐 현실 세계에서의 생존이 불가능하다는 뜻일까? 혹은 "행동과 실제의 세계와 대면하기 무섭게 나타나는 크네히트의 거부 반응"을 뜻하는 것일까? E. 마르코비치 Markowitsch의 비판은 자못 신랄하다.

'크네히트의 삶'이라는 음악적 테마는 날카로운 불협화음과 함께 돌연히 중단된다. 소설의 주인공은 무의미하게 산간호수의 한가운데서 목숨을 잃는다. 우리는 그가 영향력을 행사하는 데 성공했는지 여부를 도대체 알지 못한다.

여기서 우리는 잠시 이 소설의 형식에 눈을 돌려 볼 필요가 있다. 철저한 자료 수집을 바탕으로 사건을 기술해 나가는 전기체로서의 특성 말이다. 작품의 도처에서, 자료를 입수하게 된 경위와 출처를 밝히면서 주인공을 마치 실제 인물인양 묘사하려 애쓴다. 그러나 크네히트의 죽음이 기술되는 마지막 장에서 우리는 무언가 논조가 달라짐을 느낀다. 긴 소설의 끝에 첨부된 에필로그를 읽는 기분이랄까? 저자도 전기 소설에 걸맞지 않게 이 장의 소제목을 '전설'이라고 붙여 놓았다. 이 장에서 갑자기 모든 사건의 템포가 빨라진 것은 이 때문이다. 어떤 의미에서 이 부분은 따로 독립된 한 편의 단편소설로 보아도 무방할 것이다. 속세로 나온 크네히트가 그의 모든 것을 후계자에게 전수한 다음 다시 유토피아의 품으로 돌아간다는 내용을 상세히 기술하자면 이 전기 작가는 필시 2부작을 쓰지 않을 수 없을 것이다. 죽음의 우연성과 의외성이 크게 느껴졌던 것은 이러한 응축된 사건 전개 때문이다. 구소련의 헤세 연구자 카랄라슈빌리도 크네히트 죽음의 필연성을 강조하는 사람 중의 하나다. "이 죽음은 소설의 사건이 전개되는 동안 차근차근 준비된 것이며, 그러한 주인공의 발전 과정이 유기적인 결말에 이른 것"[29]이라고 주장한다. 그의 관점에서 볼 때 크네히트의 죽음은 종결이 아니고 발전의 계속을 의미하는 '열려진 결말'이 된다. 경험주의적 사고로 생각할 때 이 죽음은 하나의 비극이지만, 상징의 시각으로 볼 때 그것은 "인간적 완성에 도달하려는 행위"이며, 자기 희생을 통해 자신의 각성을 후계자(티토)에게 전하기 위한 "정신적 승계의 소망"[30]이다. 많은 독자들의 문의에 대해 헤세 자신도 희생과 승계로서의 의미를 강조하고 있다. 1942년 한 소녀 독자가 이런 편지를 보내 왔다.

커다란 희망을 갖고 저는 크네히트가 티토에게 떠나는 페이지들은 읽었습니다. …… 그런데 이제 그는 물에 빠져 죽고 맙니다. 이 대목에서 저는 놀랐습니다. 정말 놀랐습니다. …… 저는, 티토가 명인의 충실한 제자가 되어 카스탈리엔과 속세를 연결하는 가교 역할을 하리라 확신하고 있었습니다.

이 편지에 대한 헤세의 답장은 다음과 같다.

당신은 분명 저의 책 속에서, 제 자신도 모르는 여러 가지를 찾아냈습니다. 한편 당신은 삶의 연륜이 부족하기 때문에 분명 이 책의 많은 부분을 아직 이해하지 못했어요. 요제프 크네히트의 희생적인 죽음도 그 한 가지입니다. 크네이트는 아픈 몸을 이끌고 호수에 뛰어드는 일을 영리하게 중단할 수도 있었을 겁니다. 하지만 그는 그렇게 하지 않았어요. 그는 티토를 뒤에 남깁니다. 이 소년에게는 자기보다 훨씬 뛰어난 인물의 이 희생적 죽음이 일평생 지도와 훈계가 될 것이며 어떤 현자의 설교보다 더 훌륭한 교훈이 될 것입니다. …… 그러나 결국 당신이 그런 점을 이해했는가 하는 점은 그리 중요한 일이 아닙니다. …… 그도 그럴 것이, 이 죽음이 벌써 당신에게 영향을 주었기 때문입니다. 티토와 마찬가지로 당신의 마음속에도 한 개의 가시, 즉 결코 잊을 수 없는 교훈을 남겼어요. 그것은 당신의 마음속에서 정신적인 동경과 정신적인 양심을 일깨우고, 또 강하게 해 주었으므로, 당신이 제 책과 편지를 잊게 되는 날에도 계속 영향을 끼치게 될 것입니다.

헤세는 이 편지에서 크네히트의 죽음을 "용감하고 기쁘게 성취하는 희생" 즉 "젊은이를 가르치는 일이 중단된 것이 아니고, 성취된 것"이라고 해명한다. 크네히트 전기의 마지막 구절을 음미해 보면 헤세의 이러한 주장에 더욱 공감을 갖게 된다.

오 어쩌지, 하고 그(티토)는 놀라워하며 생각했다. 내가 그의 죽음에 책임이 있구나! 이제야 비로소 교만함도 저항심도 사라져 버린 채, 그의 놀란 마음은 슬픔에 차서 그가 얼마나 이 남자를 사랑하고 있었는가를 느꼈다. 아무리 부인을 해도 이 명인의 죽음에 대한 책임을 통감하는 가운데, 이 책임이 자신과 자신의 삶에 변화를 일으킬 것이며, 지금껏 자신에게 요구해 온 것보다 훨씬 위대한 것이 요구되리라는 예감에 사로잡힌 채 그는 성스러운 전율에 몸을 떨었다.

중단이 아닌 시작으로서의 상징적 해석에는 『헤르만 헤세와 중국』의 저자 시아 A. Hsia도 견해를 같이한다. 그는 『역경(易經)』의 사상을 빌려 이 죽음의 상징성을 설명하려 한다.[31] 크네히트의 최후가 되는 장면에 다시 주목해 보자. 때는 아침, 장소는 "산 그늘에 가려 명암이 교차하는 차가운 산간호수"다. 주역에 있어서 아침이란 양(陽), 즉 신선함, 시발, 환희에 찬 젊은 충동의 시간을 뜻한다. 크네히트의 죽음의 장면을 연출함에 있어 '아침'이라는 단어는 집요하게 반복된다. 크네히트가 일어난 시각이 우선 '아침'이다. 산간호수 주변에 암벽이 차가운 "아침 하늘"을 찌를 듯이 솟아 있으며, 그 "아침 빛" 속에서 티토는 태양에게 제물을 바치는 양 "아침 해 맞이 춤"을 춘다. 따라서 전체 분위기는 시작이라는 암시뿐 종말에 대한 기미는 찾아볼 수도 없다.

다음은 '물'의 이미지에 유의해 보자. 우리는, 헤세의 또 다른 주인공 싯다르타가 오랜 방황 끝에 물가에서 득도하는 장면을 알고 있다. 크네히트가 죽림(竹林)의 노형을 방문했을 때에도 '물'의 이미지는 강렬히 부각되었었다. "그들은 앉아서, '아침'의 정적을 뚫고 작은 시냇물 줄기가 들려오는 소리, 즉 '영원의 가락'을 들었다."

이것은 푸른 호수를 앞에 한 크네히트가 "조용하고 차가운 위대성"을 느끼는 장면과 유사하다. 물의 이미지는 헤세에게 영원함과 통한다. 그것은 바로 영겁회귀를 뜻한다. 데미안, 크눌프, 클라인, 골드문트 등 헤세 주인공들의 죽음은 이러한 의미에서 모두 크네히트의 죽음과 맥을 같이한다. 자기 소멸을 통한 대립극에서의 재생이 바로 이들의 죽음이 뜻하는 것이었다. 소명감 속에 살았던 봉사자답게 자신을 제물로 바치고, 역시 고된 삶의 길을 걸어가는 대립극 티토의 발전을 도와주는 내면의 소리가 되는 것이다.

5 『역경(易經)』의 양극성과 조화

헤세가 인도나 중국 등의 동양 사상에 깊이 심취했다는 것은 주지의 사실이다. 소설 『유리알 유희』 속에도 중국 문화, 그중에서 특히 『역경』의 사상이 많이 적용되고 있다. 카스탈리엔 문화의 정화를 음악으로 설정한 것부터가, 음악의 번영이 문화나 도덕의 번영, 나아가 국가의 번영과 동일시되던 고대 중국 왕조를 연상케 한다. "음악은 천지의 조화와 음양의 일치로부터 생겨난다."는 여불위(呂不韋)의 『춘추(春秋)』가 인용된다. 유리알 유희의 시스템 속에는 일종의 언어가 필요한데, 서문의 설명에 의하면 여러 가지 면에서 중국의 표의문자를 강하게 시사하고 있다. 온갖 정신적 내용을 서로 결합시킬 수 있다는 의미에서 이 유희어는 형식적인 논리성을 뛰어넘어 중국 문자처럼 최대의 융통성을 발휘하는 언어여야 하는 것이다.

작품의 도처에서 우리는 주역의 음양 사상에 접하게 되는데, 이는 헤세가 『유리알 유희』를 집필하기 전 『역경』의 연구에 몰두했었다는 사실을 강하게 입증한다. 실제로 헤세는 1925년 『역경』의 독역판에 대한 해설에서 이렇게 쓴 적이 있었다.

이 '변화의 책'은 반년 전부터 내 침실에 놓여 있는데, 나는 꼬박꼬박 한 페이지 이상을 읽곤 한다. 이 부호의 조합을 바라보고 있노라면 그것은 독서나 사고가 아니라 마치 흐르는 물이나 떠가는 구름을 바라보고 있는 듯한 기분이 든다. 거기엔 사고되고 체험될 수 있는 모든 것이 씌어 있다.

소설의 주인공 크네히트의 발전 과정에 있어서도 『역경』의 영향이 지대한 것으로 되어 있다. 자유스러운 연구 과정에 들어간 크네히트가 죽림의 노형을 찾아 『역경』의 원리를 깨우치는 시기가 "자기 각성의 시작"이라고 고백할 정도다. 『역경』을 통해 크네히트는 변화의 사상뿐만 아니라, 변화가 삼라만상에 영향을 끼치는 '영원한 가변성의 법칙'을 깨닫는다. "사건의 가시적 세계(즉 역사)란 초자연적인 이념의 세계를 모사해서 나타낸 것이며, 그 싹이 『역경』에 의해 인간에게 포착된다"[32]는 사실을 배운다. 요컨대 크네히트가 『역경』을 통해 터득한 것은 세계를 전체 속에서 배우는 것이었다. 모든 대립이란 합일성의 양극일 뿐이며, 그것은 들숨과 날숨처럼 상호 예속적이란 생각에 깊이 공감한다. 이러한 『역경』 사상을 유리알 유희에 적용하여 만든 음악이 "중국 집의 곡"이며, 그것은 대성공을 거둔다.

그러나 전술한 바와 같이, 완벽에 가까운 유리알 유희를 완성하는 것으로 크네히트의 추구가 끝나는 것이 아니었다. 그에게 찾아온 2단계의 각성은, 아무리 완전한 것이라도 언젠가는 사라지는 운명이라는 사실을 인정하는 일이다. 이것이 크네히트로 하여금 야코부스 신부가 역설하는 역사 의식에 눈을 돌리는 이유가 된다. 이제 크네히트에게 제기되는 문제는 『역경』을 통해 배운 진리, 즉 정신과 세계, 이러한 이원성 내지 양극성을 어떻게 화해 또는 조화시키느냐 하는 것이다. 카스탈리엔 역시 전체 중의 한 극에 불과한 즉, 다른 극, 즉 세속의 세계와도 연계를 맺어야 한다는 것을 인식했기 때문에, 크네히트는 외부 세계로 뛰어드는 자신의 행위를 두고 일탈이 아닌 비약을 뜻하는 것이라고 주장할 수 있는 것이다. 질서를 떠나 혼돈을 직시하려는 시도, 이것은 내면에 도사린 질서와 혼돈, 선과 악, 정신과 자연 등의 온갖 양극성을 조화시켜 더 높이 고양되려는 자기 극복의 투쟁이다. 이러한 용기를 가진 사람을 괴테는 이렇게 찬양했다.

모든 본질을 속박하는 힘으로부터
자유로울 수 있는 자,
그는 자신을 극복하는 인간이다.

잃어버린 자아를 찾아가는 마술 여행

헤르만 헤세의 동화와 환상 세계

1 동화에 대한 애정

동화에 대한 헤세의 애정은 어린 시절부터 각별했다. 1975년 헤세 연구가 폴커 미헬스Volker Michels가 편집하여 출판한 『동화집 *Märchen*』의 말미에는 「두 형제」라는 짤막한 동화가 부록처럼 실려 있는데, 헤세가 열 살 되던 해에 쓴 글이다. 평범한 내용이지만, 교훈적 메시지를 전하기 위한 글의 구성이 그림 형제의 동화를 보는 듯하다. 이 소품에 대해 언급하며 헤세 자신이 인정했듯이, 평생 그의 동화 창작에 영향을 미친 두 모범은 그림 형제의 동화집과 『천일야화』였다.

1929년에 쓴 에세이 「세계 문학의 명저」에서 헤세는 두 작품의 훌륭함을 특별히 부각하고 있다.

동방의 작품 중에서 우리 문고에 빠질 수 없는 것이 위대한 동화집 『천일야화』다. 그것은 무한한 즐거움의 샘이며, 아주 풍성한 세계의 그림책이다. 비록 세계의 모든 민족들이 아름답기 짝이 없는 동화들을 지어냈지만, 우리가 엮은 이 고전적 마술의 책에 우선 만족한다. 그림 형제가 수집한 독일의 민중 동화가 유일하게 이것을 보완해 준다.

두 동화집 외에도 헤세는 「세계 문학의 명저」에서 자신이 애독한 민

70

중 동화를 여럿 소개하고 있다. 리하르트 빌헬름이 펴낸『중국 동화집』, E. 리트만이 펴낸 『아라비아의 요정 이야기』, L. 프로베니우스가 펴낸 『아프리카 민중 동화』, D. 하이드의 『아일랜드 동화집』, 그리고 무제우스의 유명한『독일의 민중 동화』 등이다. 헤세는 동화 전문가의 경지에 이를 정도로 동화의 역사 및 이론에도 깊은 지식을 갖고 있었다. 유럽 동화의 동양적 소재원은 물론, 중세의 많은 이야기들의 고전적 뿌리도 알고 있었다. 또한 노발리스, 티크, E. T. A. 호프만 등 낭만주의 작가들의 창작 동화, 나아가 후고 폰 호프만슈탈, 릴케, 요제프 로트, 알프레드 되블린 등 현대 작가들의 동화에서도 많은 영향을 받았다.

동화에 대한 깊은 이해와 애정이 그로 하여금 장차, 동화를 민족주의적 프로파간다로 이용하려는 기도에 대해 강한 거부감을 갖게 했다. 「독일의 이야기꾼들」(1915)이라는 글에서 헤세는 독일의 많은 동화들에 대해 언급하면서 민중 동화에 대한 정치적 이용을 배격했다.

> 그 모든 것들보다 중요한 게 그림 동화집이다. 책을 펴내면서 고귀한 충성심을 이 고귀한 방명록에 얼마든지 적어 넣을 수 있다. 그러나 동화의 내용 자체로부터 독일 민족의 특성을 규정하는 일은 중요하지 않다고 생각한다.

동화가 다른 어떤 문학 장르보다 훨씬 더 편협한 민족주의의 경계를 넘어선다는 것이 헤세의 생각이다. 「우화와 동화」(1913)라는 글에 썼듯이, 동화란 "모든 인종, 모든 국가의 동일한 구성을 항상 새롭게 확인시켜 주는 민족 정신의 기록이자, 정신 발생사의 예"이기 때문이다. 이것이 또한 1차 세계대전을 전후한 위기의 시대에 국수주의에 반대하는 헤세가 동화 쓰기를 즐긴 이유이기도 하다.

2 '마술적 생각'과 헤세 동화의 특성

저자를 알지 못한 채 사람들의 입을 통해 구전되어 온 소위 민중 동화가 헤세 등이 선호했던 창작 동화의 뿌리다. 독일의 민중 동화는 일찍이 그림 형제의 열정적인 노력에 힘입어 문학의 한 장르로 자리 잡았고, 그것의 생성 및 전승에 관한 연구도 부단히 이어져 왔다.[33)]

우화와 동화는 오락과 교훈의 기능을 중시하는 계몽주의 성향에 부응하여, 레싱 등 18세기 계몽주의 작가들에 의해 애용되었거나, 특히 동화는 고트셰트, 빌란트, 괴테 등을 거쳐 독일 낭만주의 작가들이 좋아하는 문학 장르로 부각되었다. 따라서 본격적인 창작 동화가 양산되기 시작한 것은 19세기 초부터다. 노발리스의 대표작 『푸른 꽃』(1802)에 삽입된 클링조어의 동화, 티크의 창작 동화집 『판타수스』(1812-1816), 푸케의 요정 동화 『운디네』(1811), A. 샤미소의 『페터 슐레밀의 놀라운 이야기』(1814), E. T. A. 호프만의 『황금 단지』(1814) 등이 낭만주의 시대에 나온 창작 동화들이다.

뫼리케, 슈토름, 켈러 등 사실주의 작가들을 거쳐 현재에 이르기까지 동화는 독일에서 사랑받는 문학 장르로 명맥을 이어 왔다. 20세기에 들어와 특히 1차 대전을 전후한 시기에 많은 창작 동화가 출현했다는 것은 특이한 일이다. 문예학자들 간에 동화와 당시를 풍미한 독일 표현주의 이념 사이에 형식과 내용 면에서 밀접한 공통점이 있는 것이 아닌가 하는 논의가 제기될 정도였다.

H. 게에르켄이 편집하여 출간한 표현주의 동화집 『황금 폭탄』(1970)의 목차만 보아도 이러한 추측을 가능하게 한다. 즉 후고 발, B. 브레히트, T. 도이블러로부터 H. 쉬벨후트, K. 슈비터스, R. 조르게에 이르기까지 중요한 표현주의 작가들 모두가 동화 형식을 실험했다. E. 바를라하와 A. 되블린은 이론적 견해를 피력했다. 이 사화집에 실린 동화들이 정치적, 사회적 비판의 성향을 띠고 있다는 것은 표현주의 연구자들이 특

히 강조하는 사항이다.

동시대에 작품 활동을 했던 헤세의 경우 몇몇 동화에서 이러한 시대의 경향을 분명히 반영하고 있다. 헤세는 표현주의적 경향 속에서 자신의 내적, 정신적 상황을 묘사하기 위한 상징적 형상화의 방법을 찾으려 했다. 현존하는 시대적 폐해를 폭로하려 한 동화 「팔둠」(1915), 「다른 별에서 온 이상한 소식」(1915), 「새」(1932) 등이 그러한 성향을 보여 준다. 구질서가 붕괴된 혼돈 상태로부터 보다 이상적인 사회가 실현되기를 바라는 표현주의자들의 희망에 헤세도 공감했다. 따라서 헤세가 동화 장르를 인간과 세계의 개선에 대한 소망의 표현으로 이용한 것은 시대의 문학적 방향을 반영하는 것이다.

헤세의 동화 집필과 연관지을 수 있는 또 하나의 사건은 정신분석학의 체험이다. 1차 대전을 전후한 시기에 헤세는 가족의 해체라는 시련을 겪고, 반전 사상을 피력한 글에 대한 독일 국수주의자들의 핍박에 시달리는 위기에 봉착했다. 결국 스위스의 루체른에서 심리학자 융의 제자인 랑Lang 박사로부터 정신분석적 치료를 받게 되었다. 이 치료로 정신적 안정을 되찾은 헤세는 프로이드와 융의 심리 분석학에 깊은 관심을 갖게 되었고, 그 영향이 이 시기에 대부분 씌어진 동화들 속에 십분 나타나 있다. 헤세의 동화에서 "마술적 생각Magisches Denken"이라고 일컫는 환상의 세계를 통해 유년기를 되찾는 과정이 바로 그것이다. O. 슈미츠의 글 「무의식에서 나온 동화」(1933)에 대해 논하면서 헤세는 깊은 심리 분석적 통찰의 영향력을 강조하고 있다.

최근에 작고한 작가는 의심할 여지 없이 진정한 문학적 재능을 타고났으며, 그것 때문에 괴로움을 겪었다. 또 순수한 시적 창조력이 명예욕에 불타는 지성의 압력 밑에서 결코 성공하지 못하는 현실에 대항하며 싸웠다. …… 그가 융의 심리 치료를 잘 받은 시기에 이 조그만 동화집이 나온 것이다. 그것은 아직도 투쟁을 보여 준다.

이것은 분명 헤세 자신에 대한 고백이다. 프로이트와 융의 심리학은 1919년에 나온 『동화집』에 결정적인 영향을 주었다. 정신적 안내자의 도움으로 진정한 자아를 찾아가는 과정을 그린 동화 「아이리스」와 「험한 길」 등은 같은 해에 나온 소설 『데미안』과 함께 영혼의 심리 치료를 보여 주는 메타포다.

또한 헤세의 동화에 자주 등장하는 현명한 노인, 산, 새 등은 융이 그의 논문 「동화 속의 정신적 현상학에 관하여」(1948)에서 주장했듯이, 세계의 모든 동화 속에 나타나는, 정신성 투사(投射)의 세 가지 전형적인 상이다. 1913년에 쓴 세 동화 「아우구스투스」, 「피리의 꿈」, 「시인」에서는 노인이, 「팔둠」에서는 산이, 「다른 별에서 온 이상한 소식」, 「픽토어의 변신」(1922), 「새」(1932)에서는 새가 정신적 안내자가 된다.

동화 장르의 전형적인 특징, 예컨대 마술적 요소가 작용하여 소원을 성취시켜 주거나, 다른 인간이나 동식물로 변신시키는 것 역시 헤세의 동화에 자주 나타난다. 이러한 마술적 과정이 동화 속의 주인공으로 하여금 새로운 차원, 즉 사랑의 필요성, 유년 시절의 회상, 노년에 대한 경험과 통찰 등으로 이끈다. 헤세가 그리는 동화의 세계 역시 이러한 초자연적인 법칙에 따라 움직인다. 아우구스투스와 그의 어머니는 대부인 빈스방거 씨가 마술의 힘으로 그들의 소원을 실현시켜 준 데 대해, 그리고 픽토어는 마법의 수정이 지닌 초자연적 능력에 대해 한순간도 의심하지 않는다.

헤세가 쓴 동화의 대부분이 1913년부터 1922년 사이의 약 10년간에 집중된 것을 감안할 때, 이 장르는 헤세의 문학적 발전에 있어 지나가는 단계에 불과했음을 알 수 있다. 그는 이미 1919년의 한 편지에서 이렇게 쓰고 있다.

동화는 나를 위해 다른 새로운 종류의 문학으로 가는 과정이었습니다. 나는 이미 동화를 더 이상 좋아하지 않습니다.[34]

같은 해 6월에 쓴 편지에는 동화 속에 내재한 모랄의 무용함에 대해 이야기하고 있다.

모랄이 우리에게 아무 소용이 없습니다. 아주 오래된 첫 번째 동화 「아우구스투스」에는 아직 모랄로 가득 차 있고, 결국 내가 자주 생각하고 소망하기는 하지만, 아직 체험한 적이 없는 행복을 묘사하고 있습니다. 최근 작품 「아이리스」는 이미 이런 모랄을 파괴했습니다. 그것은 생각해 낸 발견이 아니라 체험된 추구를 이야기합니다.[35]

당시 헤세는 많은 동화에서 애용하는 윤리적 장치를 좋아하지 않았다. 그러나 이후 아주 매력적인 동화 「픽토어의 변신」, 「마술사의 어린 시절」, 「새」 등을 쓴 것으로 미루어 볼 때, 그리고 이 작품들 속에도 여전히 모랄의 메시지가 상존하고 있음을 확인할 때, 헤세의 거부 반응이 영속적인 것이 아니었을 것이다.

1922년 이후 동화를 즐겨 쓰지는 않았지만, 1920-1930년대에 나온 헤세의 중요한 소설에는 그 핵심에 동화적인 특성이 분명하게 나타난다. 『황야의 이리』(1927)의 마술 극장이나 『동방순례』(1932)에서 결사(結社)에 가입하기 위한 초현실적 시험 등이 대표적인 예다. 동화의 특성은 그 후의 작품들 도처에서 그 흔적을 발견할 수 있다.

1차 세계대전을 전후한 위기의 시대에 양산된 헤세의 동화가 불가피한 시대적 표현의 가능성이었음을 지적하면서, 치올코브스키는 헤세의 동화가 갖는 특성을 이렇게 요약하고 있다.[36]

첫째, 헤세는 동화 형식을, 그가 경외하는 두 개의 문화, 즉 낭만주의와 동양 문학의 산물로서 친밀감을 가졌고 선호했다.

둘째, 그것은 시대의 경향에 기인했다. 옛 동화의 새로운 번역과 출판, 나아가 당시에 생존했던 작가들이 많은 창작 동화를 씀으로써, 문학적으로는 물론 학문적으로도 활기를 띠게 되었다.

셋째, 헤세는 융의 정신분석학을 접함으로써 동화와 그 전형적 상징들이 의미하는 것에 대해 뚜렷이 생각하게 되었다.

넷째, 헤세는 자연과 정신, 내적 현실과 외적 현실 사이에 존재하는 '마술적 생각'에 대한 새로운 이해를 문학적으로 형상화할 수 있었다.

다섯째, 동화는 헤세가 문학적 발전 단계에서 일시적으로 선호했으나, 그 특성은 향후 전 작품 속에 짙게 남아 있다.

3 헤세 동화의 내용 분석

G. 빌페르트가 엮은 『문학 사전』에서 동화는 "환상적이고 놀라운 사건과 상황을 시간과 공간에 매이지 않고 자유로이 지어낸, 짧지만 민중들이 즐기는 산문적 이야기"라고 정의된다. 동화의 이러한 특성을 살리기 위해, 즉 '시간과 공간을 초월한 환상적이고 놀라운 이야기'를 만들어 내기 위해 창작 동화 작가들은 여러 가지 방법을 구사한다. 헤세의 경우, 전술한 바 있는 '마술적 생각'이 동화 창작의 기초가 되었다. 1차 세계대전을 겪고 정신분석 치료를 받으며 헤세의 사고와 종교의 가치관은 심한 변화를 겪게 된다. 이러한 변화가 그로 하여금 모든 인습적인 가치를 부정하고, 그가 '마술적 생각'이라고 불렀던 새로운 길로 접어들게 이끌었다.

1925년에 쓴 글 「요약한 이력서」에서 헤세는 이러한 사고의 전환에 대한 고백을 하고 있다.

내 자신의 삶이 바로 동화처럼 보일 때가 많다는 점을 고백한다. 자주 나는 바깥 세계가 나의 내면과 화합하고 어울리는 양을 보고 느낀다. 이러한 연관성을 나는 마술적이라고 부를 수밖에 없다.

따라서 마술적인 사고는 내적인 현실과 외적인 현실, 즉 자연과 정신을 동일한 존재 양식에 속한 것으로 받아들이는 것이다. 그런 생각을 가진 자에게는 "최상의 체험이 최상의 섬세한 감정과 통찰이 된다. 즉 눈 깜짝하는 한순간 세상에 존재하는 모든 것이 되고, 모든 것을 공감하고, 모든 것을 동정하고, 모든 것을 이해하고 긍정할 수 있는 저 마술적인 가능성이 생겨나는 것이다."[37] 이러한 마술적 인생관을 위해 새로운 표현법을 찾는 것이 헤세에게 중요했다. 그것은 동화라는 장르를 통해서만 가능했다. 새로운 생각과 생활 감정을 갖게 된 이 시기에 헤세 동화의 대부분이 생겨난 것은 당연한 일이다.

헤세의 동화에 나타나는 초자연적 모티브들은 19세기의 창작 동화 또는 민중 동화에서 차용한 것이 많다. 예컨대 '소원 성취', '마법의 조력자', '변신'의 모티브들이 그것이다. 모두 '마술적 생각'의 소산이다. 1975년판 『동화집』에 수록된 스물여섯 편 중 중요한 몇 편을 선정해 이러한 표현 방식을 분석하고 고찰해 보자.

「아우구스투스」(1913)

이 우아하고 사려 깊은 이야기는 전통적인 '소원 성취' 모티브를 구사한 대표적 동화다. 뚜렷한 교훈적 주제라는 점에서 19세기 시적 사실주의 동화와도 연관성을 보인다.

검은 옷의 비밀에 가득 찬 노인 빈스방거 씨는 타인의 소원을 성취시켜 주는 초자연적 능력을 갖고 있다. 그는 과부 엘리자베트 부인의 이웃으로서 그녀의 아들 아우구스투스의 대부가 되고, 이 아이가 모든 사람의 사랑을 받게 해 달라는 소원이 이루어지도록 해 준다. 그러나 그 소원은 재앙이 되어 아우구스투스로 하여금 절제를 모르는 도덕적 타락에 이르게 만든다. 모든 사람의 호감을 받을수록 그는 인간을 경멸하고 쾌락의 대상으로 이용할 뿐이다. 한 기혼녀를 사랑하다가 거절당한 사건이 그를 도덕적 파탄으로 몰고 간다. 삶이 역겨워 독배를 마시려는 순간 빈스방거 씨가 마술같이 나타난다. 그는, 아우구스투스가 비참해진 이유를 소원을 성취시켜 준 때문이라고 자책한다. 그리고 실패한 삶을 개선할 의향이 있다면 두 번째 소원을 이루어 주겠노라고 권고한다. 자신의 천진난만했던 유년기를 회상하면서 아우구스투스는 말한다.

"하지만 그 시절은 다시 올 수 없어요. 다시 아이가 되기를 소원할 수는 없습니다. 아, 그렇지만 모든 것이 다시 처음부터 시작될 수만 있다면!"

아우구스투스는 모든 이에게 사랑받는 옛날의 마술에서 벗어나, 대신 모든 인간을 사랑할 수 있기를 소망한다. 그러자 곧, 자신이 이용했거나 파멸시킨 친구와 친척들로부터 심한 박해를 받는다. 그러나 그것이 비방자와 박해자까지 사랑하게 된 아우구스투스의 진심을 막지 못한다.

'소원 성취'의 모티브는 동화에서 널리 통용된다. 마술에 의해 이루어진 소원은 축복보다 저주가 되기 십상이다. 하우프의 동화 「차가운 심장」에서와 마찬가지로 저주의 대상이 되는 순간 아우구스투스의 삶은 극적으로 바뀐다. 그는 진통의 의미를 배우고, 사랑받는 대신 다른 사람을 사랑하는 법을 배운다. 그리고 그것을 통해 충만함을 얻는다.

「팔둠」(1915)

이 동화의 서두에 역시 소원 성취의 모티브가 나온다. 비밀에 가득 찬 이방인이 팔둠 시의 대목장에 나타나 소원을 말하는 모든 이에게 그것이 이루어지게 함으로써 대단한 센세이션을 일으킨다. 작가는 시민들이 내놓는 다양한 소원들을 잠시 소개하면서 부질없는 소망에 매달리는 인간들을 해학과 유머로 비판한다.

그러나 이것은 동화의 보다 중요한 대목에 도달하기 위한 우회로에 불과하다. 다락방에서 바이올린을 연주하는 젊은이와 그것을 열광적으로 청취하는 젊은이를 제외하고 모든 사람의 소원이 성취된다. 이 외톨박이

한 쌍도 마술사가 떠나기 직전에 장터에 도착한다. 악사는 소원에 따라 현실을 초월한 공간을 날며 바이올린을 연주하게 된다. 외따로 절망적인 상태에 남게 된 청취자는 산으로 변하길 소망했고, 그로부터 도시 위로 거대한 산이 솟아오른다.

'산'이라는 부제가 붙은 후반부에서 이 작품은 동화다운 색조를 띠게 된다. 산은 "모든 것의 피난처요, 아버지 같은 존재"가 된다. 인간과 그들이 생산했던 것들의 마지막 흔적이 소멸된 후에도 산은 계속 살아남는다. 그러나 오랜 세월이 흐르면서 산도 늙어 무너져 내린다.

소멸이 무엇인지를 느꼈을 때, 산은 부르르 몸을 떨었다. 산이 떨자 산봉우리가 옆으로 가라앉아 떨어져 내렸다. …… 산이 인간을 생각하게 되자, 어슴푸레하게 지난 시절을 회상하는 것이 그를 고통스럽게 했다.

죽어 가는 산은 과거의 회상에 매달린다. 그러자 아득히 먼 곳으로부터 어떤 음향이 떠도는 것을 감지한다. 그것이 인간의 노래임을 알게 되자 산은 "고통스러운 쾌감"에 몸을 떤다. 그때 옛 마술사의 얼굴이 나타나 산에게 소원을 말하도록 권한다.

그(산)가 하나의 소원, 비밀스러운 소원을 말하자, 까마득한 옛날에 잊혀진 일들을 생각해 내야 하는 고통이 모두 떨어져 나갔다. 그 산과 평지는 허물어져 하나가 되었다. 팔둠이 있던 곳에는 바다가 펼쳐져 쏴쏴 소리를 내면서 물결 쳤다. 그 위로 태양과 별들이 차례로 지나갔다.

소원 성취의 모티브를 잘 살려낸 동화 「팔둠」에는 장차 헤세의 다른 걸작들 속에 나타날 의미심장한 주제들이 싹트고 있다.

첫째, 잊혀진 기억의 껍질을 뚫고 나오려는 산의 노력은 무의식적인 것을 통해 자신의 진정한 자아를 더듬어 가는 『데미안』의 시도와 흡사하다. 이것은 융의 사상을 나타내기도 한다.

둘째, 파괴됨이 없이 영속하는 예술의 특성이 표현되어 있다. 그것은 인간과 문명이 소멸된 뒤에도 하늘에서 음악을 연주하는 젊은 바이올리니스트가 잘 상징한다. 그러한 예술에 대한 경외심은 『유리알 유희』에서 특히 증명되었다.

셋째, 소외와 대립에서 합일과 종합에 대한 동경 사상이 나타나 있다. 산의 마지막 소원은 우주의 공간에서 인간적인 것과 하나가 되는 것이다.

「피리의 꿈」(1913)과 「시인」(1913)

1차 대전의 전야에 집필된 두 작품은 똑같이 예술가의 발전 과정, 참된 예술의 어려움, 그로 인해 생겨나는 삶의 낯설음을 다루고 있다. 노래에 뛰어난 재능을 지닌 소년과 진정한 시인을 꿈꾸는 한 포크는 달인이 되기 위해 모두 고향의 일상적 삶에서 떠나야 한다. 그들에게 가르침을 줄 지도자를 만나기 위해서다.

지도자를 만나 완성의 경지에 도달한다는 모티브는 동화 외에도 헤세의 많은 작품에 나타난다. 「피리의 꿈」의 소년이 만나는 뱃사공은 『싯다르타』의 뱃사공 바수데바 노인을, 시인 한 포크가 사사하는 "완전한 언어의 대가"는 『유리알 유희』에 나오는 노(老)음악대가를 연상케 한다. 노인은 융이 지적한 대로 슬기로움, 현명함, 인식 외에도 도덕적 특성을 갖고 있다. 흔히 노력하는 젊은이의 도덕적 능력을 시험하고 그의 정신적 지도자가 된다.

피리를 가지고 고향을 떠난 소년은 도중에 브리기테라는 소녀를 만나 세속의 삶에 머물고픈 유혹을 느끼지만 고양된 예술가의 의식을 통해 이를 극복한다. 그를 기다리는 정신적 지도자는 뱃사공이다. 그 노인은 예술가이자 사부, 수로 안내자이자 정신분석가, 사랑과 죽음의 세계로 안내하는 헤르메스이기도 하다. 어두운 죽음의 노래가 불안을 일깨우자 소년은 브리기테나 고향의 아버지에게 되돌아가게 해 달라고 청한다. 그러나 헤르메스와 샤론의 면모를 보여 주는 뱃사공의 가르침은 단호하다.

　돌아가는 길은 없다네. …… 세상의 근본을 탐구하려면, 언제나 앞으로
나아가야 하는 거야.

　데미안처럼, 지도자인 뱃사공은 사라져 버리고, 소년으로 하여금 삶의
어두운 물길을 통해 가며 스스로 길을 찾도록 맡긴다. 등불을 높이 들고
소년은 어두운 물의 거울 속을 들여다본다. 거기에는 "잿빛 눈을 가진,
날카롭고 진지한 얼굴" 즉 현명한 노인의 얼굴이 있다. 그러나 그것은
바로 소년 자신이었다. 뱃사공과의 밤중 여행은 바로 예술과 삶을 이해
하기 위한 배움의 도정을 상징한다.

　「시인」의 한 포크 역시 예술을 향한 열정을 지닌 구도자다. "세계를
완전히 시 속에 반영하는 데 성공할 때, 그리고 그 영상 속에서 세계 자
체를 정화하고 영원화해서 소유하게 될 때라야 비로소 그에게 진정한
행복과 깊은 만족감이 주어지리라"고 믿는다. 그의 완성을 돕는 지도자
는 마술 능력을 갖고 있지 않다. 모범을 보임으로써 "완전한 언어의 대
가"가 되는 길을 스스로 터득하게 한다. 제자가 비밀스러운 작시술(作詩
術)을 완전히 익히자마자 늙은 스승은 「피리의 꿈」의 뱃사공처럼 어디론
가 사라진다. 한 포크는 자기 스승처럼 시의 요체를 깨닫고 그 자신 "완
전한 언어의 대가"가 된다.

　이 동화는 여러 가지 면에서 30년 후에 나온 대작 『유리알 유희』의
축소판 같은 인상을 보인다. 첫째, 강가의 대나무 오두막에 사는 스승은
대나무 숲 속에 은거하는 중국인 노형(老兄)과 유사하다. 둘째, 음악의
대가 크네히트와 세속을 대표하는 데지뇨리 간에 벌어지는 예술과 삶
사이의 갈등이 또한 이 동화의 기본 주제다. 셋째, 스승과 제자가 함께
말없이 시간을 초월하는 연주를 하는 동안 예술의 본질을 터득한다.

「마술사의 어린 시절」(1923)

세상이 온통 마술로 가득 찬 것 같던 시절은 아름답다. 이 유년기의 순수함에서 서서히 멀어지며 세속화된 성년이 되 가는 안타까움을 이 동화는 그리고 있다. 유년기의 꿈을 이루어 주는 마술의 조력자는 요정이나 요괴, 천사 혹은 악마의 속성을 다 지닌 '꼬마'다. 주인공의 유년기에 일어나는 중요한 일의 대부분은 이 신비한 꼬마의 출현과 관련이 있다.

마술로 생겨난 것 중 가장 중요하고 멋진 존재는 '꼬마'였다. 그 작은 남자는 아주 조그만 회색 그림자 같은 존재였다. …… 나는 아버지와 어머니, 이성, 때로는 공포보다도 그를 더 따라야 했다. 그 꼬마가 나타날 때면, 내게는 그만이 존재했다. 그가 어디로 가고 무엇을 하든 그를 따라야 했다.

꼬마는 자주 소년을 돕는다. 개나 성난 친구가 거칠게 굴면 피하는 방법을 일러주고, 잃어버린 소유물도 찾게 해 준다. 심지어 소년에게 부모를 거역하도록 부추기기도 한다. 사춘기의 성적 호기심을 해소해 주기 위해 이웃 여인의 집으로 이끌어 여인의 벗은 몸을 보여 준다. 그러나 마술의 도움이 사라지며 어린 시절의 소망과 꿈이 시들어 가면서 소년에게는 "뭔가 제한된 세계, 현실 세계, 어른들의 세계"가 다가온다.

내 어린 시절의 원시림은 서서히 변모해 갔다. 나를 둘러싼 낙원은 경직되어 갔다. 나는 예전처럼 가능성의 나라의 왕이나 왕자가 아니었다.

이러한 변화는 삶의 여정에 존재하는 불가피한 과정이다. 유년기의 마법이 피부 밑에 숨어 있다고 동화는 말미에서 토로하고 있다. 유년기의 지도자 '꼬마'는 성년이 되어서도 언제나 함께 있는 것이다. 많은 사람들이 그를 발견하지 못할 뿐이다.

「험한 길」(1916)

이 동화는 1916년 4월과 5월에 씌어졌다. 헤세의 개인적 위기가 고조된 시기로 스위스 루체른의 랑 박사에게 정신분석 치료를 받던 때였다. 작품 속의 등산 안내자는 다분히 심리 치료사를 암시한다. 그는 지혜와 지도력과 냉정함을 지닌, 인간적 나약함은 찾아볼 수 없는 사람이다. 동행자인 주인공은 그에게 동의하고 그와 비슷해지고, 그를 따르고 싶으면서도 그 완벽함에 내심 반감이 생기기도 한다. 긴장과 위험을 무릅쓰고 험한 산을 등반하는 것이 부질없는 일인 양 생각된다. 안내자가 노래로 "해내리라"를 반복하는 동안 일부러 "그래야 하겠지"로 응수한다. 주저앉고픈 유혹과 싸우고 "검고 슬픈 눈동자의 어두운 꽃"(죽음을 의미하지 않을까?)과 이야기를 나누고픈 마음도 억제한다.

어두운 협곡을 통과하는 등산은 분명 심리 분석 치료에 있어 '돌파'를 암시한다. 결국 안내자의 "해내리라"를 함께 노래하도록 강요받는다. 마침내 정상에 다다르자 "눈부신 햇살이 눈 속으로 밀려 들어온다."

이제 헤세 작품에 흔한 '새에 의한 안내'의 모티브가 나온다. 산봉우리에 이상한 나무 한 그루가 서 있고, 그 위에 검은 새가 앉아 "영원이여, 영원이여!" 하고 노래한다. 검은 수정처럼 쏘아보는 새의 시선은 노래만큼이나 견디기 힘들다. 무엇보다도 이 장소의 고독함과 공허함, 황량한 하늘의 현기증 나는 광활함이 두렵다. 새는 날갯짓을 하며 세상 속으로 몸을 던진다. 안내인도, 주인공도 뒤를 따른다.

나는 추락했다가 튀어올라 이제 날고 있는 것을 느꼈다. 차가운 공기의 소용돌이 속으로 환희에 넘치고, 너무 기쁜 나머지 고통에 떨며 무한을 지나 아래쪽으로, 어머니의 품을 향해 화살처럼 쏟아져 내려갔다.

여기서 '새'는 『데미안』에서처럼, 죽음과 부활과의 불사조 같은 관계를 상징한다. 그것은 무의식의 영혼이 의식으로 상승하여 인간을 그의 운명의 지배자로 만드는 것을 암시한다. 융은 『변화의 상징들』이라는 저서에서 이렇게 쓰고 있다.

새들은 영혼의 모사(模寫)다. …… 천사는 원래 새들이다. …… 새는 어쩌면 태양의 새로운 떠오름, 그 불사조의 탄생을 의미한다. 새는 또한 탄생하는 동안 초자연적 도움을 주는 동물 중의 하나다. 대기의 본질로서의 새는 정신, 혹은 천사를 상징한다.[38]

「다른 별에서 온 이상한 소식」(1915)

평화로운 별에 지진이 일어나 많은 사람들이 죽자 시신을 장식할 꽃이 부족하게 된다. 꽃 없이 죽는다는 것은 영혼의 부활을 막는 것이기에, 왕에게 꽃을 청하도록 한 소년이 파견된다. 도중에 만난 커다란 새가 인간에게 얼마나 무수한 고통이 가능한가를 보여 주기 위해 소년을 태우고 다른 별나라로 날아간다. 어린 시절 동화나 전설 속에서나 알았던 전쟁의 참상이 현실로 존재하는 세계다. 불행한 별나라의 왕에게 연이어 던지는 소년의 질문은 인간 정신의 회복을 희구하는 작가 자신의 메시지다.

"이곳 사람들의 영혼 속에는 자신들이 지금 옳지 않은 것을 행하고 있다는 생각이 들지 않나요? …… 아무도 모두가 원하지 않는 것은 하지 않고, 이성과 질서가 지배하고, 인간들이 명랑하게 서로 아껴 주고, 지금과는 다른 더 아름다운 세상에 대한 꿈을 자면서라도 꾸어 본 적이 없나요? 세상은 나뉠 수 없는 것이며, 기쁘게 해 주고 치료하는 것이며, 전체를 생각하면서 존경하고, 사랑하면서 전체에 봉사한다는 그런 것이라는 걸 생각해 본 적이 없나요? 우리나라에서 음악, 예배, 축복이라고 부른 것들을 여기에서는 알지 못하나요?"

왕의 대답은 깊은 회한과 함께 개선을 갈구하는 강한 의지를 담고 있다.

"사랑스럽고 아름다운 소년아, 가거라. 새로운 싸움이 시작되기 전에 도망가거라! 피가 흐르고 도시가 불타면 너를 기억하마. 그리고 세계가 하나라는 것도 그 사실로 인해 우리의 우둔함과 분노와 야만성도 우리를 분리할 수 없다는 것을 생각하겠다."

소년의 자각을 도와준 새는 그를 고향으로 데려다준 후 사라진다. 마술적 조력자의 임무를 끝낸 것이다. 이 동화의 주제는 전쟁의 참상과 무의미에 대한 각성을 촉구하는 것이지만 '새의 인도'라는 모티브가 사건 전개의 중심이 된다. 새가 마술적인 방법으로 주인공의 윤리적 통찰을 자극하고 자신의 참된 자아를 찾게 해 준 셈이다.

「픽토어의 변신」(1922)

헤세의 동화 중 가장 민중 동화에 가까운 작품이다. 간결하고 시적인 문장에, 반어적이고 유희적인 유머가 넘친다. 이 동화에서도 '새'가 중요한 역할을 하지만, 핵심이 되는 것은 '변신의 모티브'다.

픽토어는 낙원에 들어가 나무와 이야기를 나누고 아름다운 꽃 향기에 취한다. 행복이 어디에 있는지 궁금해하자, 새가 가르쳐 준다. "행복은, 오 친구여, 어디에든 있어. 산에도 골짜기에도 꽃 속에도, 그리고 수정 속에도." 새는 꽃이 되고 나비가 되고 종국에는 붉은 수정이 된다. 수정의 도움으로 픽토어는 한 그루 나무로 변신한다. 처음엔 만족했지만, 더 이상 변화할 수 없음을 알게 되자 슬픔에 잠긴다.

어느 날 한 소녀가 낙원으로 들어온다. 픽토어-나무는 소녀를 보자 "지금껏 한번도 느끼지 못했던 그리움과 행복에 대한 갈망"에 사로잡힌다. 소녀의 마음도 고독하고 슬픈 나무에게 끌린다. 새가 날라 온 수정의 도움으로 소녀는 소원대로 픽토어-나무와 하나가 된다. 양성(兩性)을 갖게 된 픽토어는 영원한 변화의 능력을 지니게 된다.

　반쪽에서 전체가 되었기 때문에, 이 순간부터는 그가 원하는 대로 계속 변신할 수가 있었다. 생성이라는 마법의 강은 끊임없이 그의 혈관 속을 흘렀다. 그는 매 시간마다 일어나는 창조에 영원히 참여할 수 있었다.

　그는 노루가 되었고 물고기가 되었으며 인간이 되었다. 뱀이, 구름이, 새가 되었다. 그러나 그는 모든 형상 속에서 완전했으며, 한 쌍이었다. 그 자신 안에 달과 해를, 남성과 여성을 가지고 있었다. 쌍둥이 강으로 대지 위를 흘러갔고, 쌍둥이 별로 하늘 위에 떠 있었다.

　헤세의 창작 동화는 이러한 변신의 이야기를 많이 보여 준다. 픽토어의 나무, 「팔둠」의 산과 바다, 왕자이자 마술사가 변신한 정체 불명의 새 등은 다양한 심리학적, 예술적 해석을 제공한다. 그것은 작가가 새로운 리얼리티를 찾기 위한 예술적 시도다. 또한 양성을 이룸으로써 완전한 형상을 갖추게 되었다는 설정은 헤세 문학의 화두로 평생을 추구해 온 합일 사상과 통한다.

「아이리스」(1918)

　작품의 끝 부분에서 주인공 안젤름을 '영혼의 문'으로 안내하는 것은 "달콤한 목소리를 가진, 아주 이상한 새"다. 그러나 '새'의 역할은 이 동화에서 조역에 불과하다. 그 내면의 길로 인도한 정신적 지도자는 아이리스(붓꽃)라는 이름을 지닌 연인, 즉 안젤름의 데미안이다.

　글의 서두에서는 붓꽃이 소상하게 묘사된다. 이야기의 열쇠가 되는 이 꽃은 고향과 어머니, 그리고 후에는 '아니마'(anima : 융이 주장하는 개념으로, 남성의 억압된 여성적 특성을 말한다.)와 관련된다. "꽃의 내부를 향해 꿈같이 환한 길을 따라가면, 그의 영혼은 하나의 문을 볼 수 있다." 그것은 안젤름의 은밀한 내면, 그 무의식 속으로 들어가는 통로다.

그렇게 붓꽃은 그의 순결했던 시절을 늘 함께 보냈고, 매년 여름마다 더욱 비밀스럽고 감동적인 것이 되었다. …… 그는 밤에도 이따금 꽃받침의 꿈을 꾸었다. 이 꽃받침이 엄청나게 큰 하늘 궁전의 문처럼 그의 눈앞에서 열리는 것을 보았다. 말을 타거나 백조를 타고 날아 그 안으로 들어가면, 온 세상이 함께 날고 말을 타면서 마법에 끌려 그 우아한 심연 속으로 조용히 미끄러져 내려갔다. 그곳에서는 반드시 모든 소망이 이루어졌고, 모든 예감이 진실이 되었다. …… 거기에서는 너와 나, 그리고 밤과 낮이 모두 하나였다.

어린이의 순수함 속에서 안젤름은 세계와 하나가 되고, 꽃과 새와 나무와 샘물과 이야기를 나눈다. 이러한 조화의 세계를 떠나 그는 학생이 되고, 나중엔 교수가 되어 학자로서 추앙받는다. 그러나 그는 갑자기 느낀다. 바라던 일을 성취했지만 "세상의 한가운데서 이상하게도 외롭고 만족을 느끼지 못한 채" 서 있다는 것을.

비판적인 인생의 단계에 안젤름은 친구의 여동생을 사랑하게 된다. 그녀의 이름은 아이리스다. 그러나 어린 시절의 기억이 무의식 속에 흩어져, 안젤름은 순수했던 시절의 붓꽃과 연관지을 수가 없다. 안젤름이 청혼했을 때, 아이리스는 조건으로 한 가지 과제를 부과한다.

저는, 당신이 당신의 영혼 속에서 뭔가 중요하고 신성한 것을 잃어버리고 잊어버렸다고 생각해요. 당신이 어떤 행복을 찾거나 어떤 특정한 것에 도달하기 전에 우선 그것을 다시 깨달아야 해요. …… 우리 약속해요. 그리고 부탁드리겠어요. 가세요. 그리고 제 이름을 통해 기억하게 될 것을 당신 기억 속에서 다시 발견하게 되길 바라요.

파우스트적인 회의와 절망을 겪으며 안젤름은 차츰 무의식 속에서 자신도 알지 못했던 새로운 것을 재발견하게 된다. 죽어 가는 아이리스의 병상으로 달려갔을 때, 그녀는 푸른 붓꽃을 건네 주면서 과제를 해결하려는 노력을 계속하라고 당부한다. 아이리스가 자신을 인도한다고 믿는 안젤름은 진정한 자아를 찾기 위해 모든 지위를 포기한다. 유랑자가 되어 자연 속에 살면서 아이들과 함께 놀고 나무와 돌과 이야기를 나눈다.

새가 안내한 바위 문은 꽃의 내부와 같은, 안젤름의 영혼이 숨쉬는 세계로 통한다. 문지기의 만류를 뿌리치고 들어갔을 때, 그 속에는 어린 시절 그가 꾸었던 꿈이 다시 있었다. "그 꿈 뒤로 모든 영상의 세계가 미끄러져 들어왔고, 그 영상 뒤에 놓여 있던 비밀 속으로 가라앉았다."

헤세의 많은 작품들과 마찬가지로 이 아름다운 동화의 주제는 '합일성을 추구하는 개성화의 투쟁'이다. 모든 영상들 뒤에 놓여 있는 '비밀'을 어떻게 해석할 수 있을까? 그것은 보울비의 지적대로, 육체적 현실화의 저편에 있는 플라톤적 이데아를 암시함에 틀림없다.[39] "그의 길이 고향 쪽을 향해 조용히 내려가고 있었다."라는 마지막 구절은 신, 열반, 자기실현을 위한 우주와의 합일을 강하게 시사한다.

헤세는 「아이리스」라는 옷을 짜기 위해 가능한 많은 종류의 실을 사용했다. 민중 동화는 물론, 낭만주의 창작 동화 중 노발리스와 호프만의 상징과 색조를 솜씨 좋게 원용하고 있다. J. 티마르는, 이 작품이 융의 정신분석학 지식을 바탕으로 노발리스의 동화 「히아신스와 장미꽃」을 더 산문적으로 기술했다고 평한다.[40] 동시에 도입 부분에서 호프만의 「황금 단지」와의 유사성도 발견된다. 헤세의 안젤름이 호프만의 주인공 안젤무스를 연상케 하고, 중심 모티브인 붓꽃이 호프만의 '불꽃 백합'을 생각나게 하게 때문이다.

마술적 생각에 기초한 소원 성취와 변신의 모티브 구사, 노인, 새, 산등 도움의 매개체에 힘입은 자기 발견과 도덕적 의식의 성숙. 이것이 헤세 동화에 빈번하게 나타나는 특징이다. 그 속에는 다른 작품에서와 마찬가지로 동양적 요소와 서양적 요소가 함께 호흡하고 있다. 그림 형제의 민중 동화와 낭만주의 창작 동화의 영향을 강하게 받고 있으며, 동시에 『천일야화』나 인도 동화, 나아가 중국의 노장 사상과 불교의 윤회 사상 역시 깊은 뿌리를 내리고 있다. 거기에 헤세 자신의 정신적 위기를 극복하게 해 준 융의 정신분석적 치료법은 여러 편의 동화나 우화 속에서 시련과 방황을 통한 자기 발견이라는 주제로 나타난다. 고통스러운 현실을 '마성'의 힘으로 변화시키고 소망을 이루어 낼 수 있는 동화가 어려운 시기에 처했던 헤세에게 아주 적절한 창작의 형식이었다.

1975년판 『동화집』에 실린 스물여섯 편의 동화는 대부분 1차 세계대전을 전후한 10년 동안 씌어진 글이다. 그중 헤세 동화의 특징을 잘 보여 주는 아홉 편을 골라 분석해 보았다. 「아우구스투스」와 「팔둠」은 소원 성취의 모티브를, 「피리의 꿈」, 「시인」, 「험한 길」, 「마술사의 어린 시절」, 「아이리스」는 지도자에 의한 각성 및 자아 발견의 모티브를, 「픽토어의 변신」은 변신의 모티브를 중심으로 삼고 있다.

그 밖의 동화들도 각각 보여 주는 교훈적 메시지가 다양하면서도 분명하다. 「다른 별에서 온 이상한 소식」에서는 전쟁의 참상을 고발하고 그것을 야기한 인간의 과오를 지탄하는 목소리가 강렬하다. 「유럽인」(1918)은 세계의 종말에 직면하고도 공허한 관념론에 빠져 있는 지식인의 허위 의식을 비판하고, 「지글러라는 이름의 남자」(1908)에서는 동물의 눈으로 바라본 인간의 추악한 본성을 희화화한다. 한 도시, 혹은 국가의 영고성쇠를 묘사한 「도시」(1910)와 「제국」(1918)에서는 물질 문명 때문에 상실된 인간성과 예술 정신의 회복을 희구한다.

헤세의 마지막 동화 「새」(1932)는 아주 우화적이고, 따라서 윤리적 훈계가 강한 글이다. 전설의 주인공 새는 「픽토어의 변신」의 새를 연상케 하지만, 기실 작가 자신의 캐리커처임이 분명하다. 처음엔 마을 사람들에게 신비하고 특별한 존재로 여겨지던 새가 현상금이 내걸린 후부터 탐욕스러운 인간의 목표물이 된다. 새는 사라지고, 인간은 신성한 영혼을 상실한 것이다.

헤세의 동화는 현대 독일 문학의 창작 동화 장르에서 괄목할 만한 기여를 했다. 이 글들은 헤세의 인생관은 물론 그의 다른 장르의 작품들을 이해하는 데에도 큰 도움이 된다. 어쩌면 하나의 소우주처럼 그의 동화 속에는 다른 모든 작품이 지향하는 중요한 주제들, 예컨대 내면성의 추구, 정신분석학적인 무의식 세계로의 진입, 새롭고 현대적인 신화의 창조, 소외된 예술가의 고뇌, 모든 인간은 물론 모든 창조물과의 합일을 위한 노력 등이 분명하게 나타나 있다. 이러한 개인적 주제 외에 정치적, 사회적 문제들 또한 비중 있게 다루어지고 있다. 그러나 이보다 더 중요한 것은, 헤세의 문학 정신이 항상 강조하고 있는 가치, 즉 인간에 대한 따뜻한 사랑, 명랑하고 해학적인 유머가 그의 동화 속에 넘쳐나고 있는 점이다.

나는 자유와 태양과 공기와 일을 호흡했다

테신 시절 초기 헤세의 시와 산문

1 테신 시절의 문학적 성과

헤르만 헤세는 생애의 절반을 남부 스위스 테신 Tessin에서 보냈다. 마흔두 살(1919)에 이곳에 정착한 후 『클링조어의 마지막 여름』, 『싯다르타』, 『황야의 이리』, 『나르치스와 골드문트』, 『유리알 유희』 등 그에게 세계적 명성을 안겨 준 소설과 수많은 시를 발표했다. 남부 독일의 가이엔호펜과 스위스의 베른 시절을 거쳐 이곳까지 오는 동안 그는 경제적으로나 정신적으로나 많은 어려움을 겪었다. 그러나 테신 주의 조그만 마을 몬타뇰라 Montagnola에 은거하면서 새 삶을 찾고, 창작 의욕도 되살릴 수 있었다.

테신에 정착하기 7년 전인 1912년 9월 헤세는 가족을 이끌고 스위스의 베른으로 이주했다. 그로부터 2년 후 1차 세계 대전이 발발했다. 헤세는 스위스에 살고 있었지만, 독일인의 의무를 회피하지 않고 베른의 독일 영사관에 자원병으로 지원했다. 심한 근시 때문에 불합격되었지만, 이듬해 8월 베른 영사관에서 비군사적인 일, 즉 전쟁 포로를 위한 복지 회에서 일하게 되었다. 책임자였던 동물학자 볼테레크의 제안을 받아들여 독일 포로를 위한 도서 센터의 일을 보았는데, 재정이 빈약해서 여러 기관과 친구들에게 직접 편지를 보내 도서를 기증받았다. 신문과 독일 포로 문고도 발간하여 배포하는 등 구호 사업에 열심이었지만, 헤세에 대한 독일 내의 평판은 좋지 않았다. 1914년 11월 13일자 ≪신 취리히 신문≫에 기고한 그의 글 「오 친구여, 그런 음조로 노래하지 맙시다. O Freunde, nicht diese Töne!」와 1915년 10월 15일 역시 같은 신문에 발표한 글 「다시 독일에서 Wieder in Deutschland」 때문이었다.

전자의 글에서 그는 독일의 인텔리 층에게 호소했다. 전쟁의 야만성과 국수주의에 반대하고 "전쟁의 극복만이 예나 지금이나 우리의 가장 고귀한 목표요, 기독교적 서구 정신의 마지막 귀결"이라고 주장했다. 나폴레옹 전쟁 때의 괴테를 본받아, 세계 시민적인 사고와 지식인의 양심에 따라 행동하고 전쟁을 부추기는 일을 자제하자고 호소했다. 「다시 독일에서」에서는 독일의 국수주의자들에 대한 거부감을 더욱 분명히 표출했다.

나는 이 큰 기만의 결정에 동참할 수가 없다. 그야말로 죄 없는 다수의 피와 고통의 덕을 보는 그런 삶의 분위기를 찬양할 수가 없다.

그러나 그 결과 헤세에게 돌아온 것은 많은 비난과 따돌림이었다. 독일 신문들은 당장 그를 변절자, 배반자로 매도했다. 여러 출판사에서는 이런 파렴치한 근성이 있는 작가의 책은 이제부터 출판하지 않겠노라고 선언했다. 신문사나 출판사의 친구들까지 그를 경원하고 많은 비난의 편지가 날아드는 바람에 헤세는 깊은 마음의 상처를 입고 고립무원(孤立無援)의 상황에 처하게 되었다.

거기에 가정적인 불운까지 연속되었다. 1916년 3월 아버지가 사망했고, 같은 해에 막내 아들 마르틴이 중병에 걸렸다. 더욱 고통스러운 것은, 아내 마리아 베르누이가 정신병 악화로 요양원 신세를 지게 된 것이었다. 당시 발표한 시 「추방된 자 Der Ausgestoßene」에는 그 즈음의 절망적 심경이 잘 나타나 있다.

축복 없는 세월

길마다 폭풍이 분다.
어디에도 고향은 없고,
미로와 실패뿐!
내 영혼 위에 무겁게
신의 손이 얹혀 있다.

서른아홉 살이 되던 1916년 초 헤세는 육체적, 정신적 상태가 나빠져
심한 노이로제에 걸리게 되었다. 일을 중단하고 로카르노 등지에서 요양
했으나 효과를 얻지 못하고, 루체른의 개인 병원 존마트에서 본격적인
정신분석 치료를 받았다. 융의 제자 요제프 베른하르트 랑 박사의 도움
으로 모두 예순 번 치료를 받았고, 헤세 자신이 프로이트와 융의 심리학
에 심취한 결과 그를 괴롭히던 경직 상태에서 벗어나 내적인 위기를 극
복할 수 있었다.

이러한 정신분석의 체험과 지식을 바탕으로 그는 문학적 결실까지 얻
어 냈다. 1917년에 집필해 1919년에 발표한 소설 『데미안』이 바로 그것
이다. 휴전이 이루어진 1918년 「예술가와 정신분석」이라는 글에서 헤세
는 자신의 앞날을 예견하고 있다.

전쟁의 종말과 함께 나는 완전히 변모했고, 고도의 정신적 시련도 끝났
다. …… 내가 할 일은 다만 혼돈 속을 끝까지 들여다보면서 때로는 이글
거리는, 때로는 꺼져 가는 희망을 안고 혼돈의 저편에서 다시 자연을, 다
시 순수무구함을 찾는 것이었다.

『데미안』을 집필한 1918년 말 헤세의 가정은 완전히 파괴되고 말았
다. 부인은 여전히 정신병원 신세를 지고 있었고, 큰아들은 친구인 화가
아미에트에게, 둘째와 셋째는 남부 독일의 한 기숙학교에 맡겨졌다. 외
톨이가 된 헤세는 1919년 4월 스위스 남쪽 테신 주의 루가노 근교로 거

처를 옮겼다. 이 산자수려한 곳에서 몇 주일 머문 다음 5월에는 북쪽으로 한 시간쯤 떨어진 산간 마을 몬타뇰라에 은거했다. 그리고 다행히도 현실적 절망 상태를 극복하고 창작 의욕도 되살릴 수 있었다. 포도밭과 밤나무가 무성한 이 마을에 사냥꾼들을 위한 바로크식 성채 카사 카무치가 있었는데, 이곳이 이 고독한 시인의 은신처가 되었다. 「새 집으로 이사했을 때」(1931)라는 글에서 헤세는 안빈낙도(安貧樂道)하던 테신 생활의 일면을 묘사하고 있다.

　　많은 점을 고려해 볼 때 이곳은 지금껏 살아온 집 가운데 가장 독특하고 아름다웠다. 물론 여기에서 나는 소유한 것이 없었다. …… 이제 나는 빈 털털이의 대단치 않은 시인이었다. 남루하면서 다소 수상쩍기도 한 이 방인이었다. 우유와 쌀과 마카로니로 살고, 낡은 옷은 너덜너덜할 때까지 입고, 가을이면 숲에서 알밤 따위를 저녁 식사용으로 주워 오는 그런.

　　헤세는 부근에 새 집을 짓고 이사할 때까지 카사 카무치에서만 12년을 살았다. 창에서 내다보는 기막힌 전망, 그리고 주변의 아름다운 풍광에 매료되어 이곳을 떠날 수가 없었다. 그중에서도 늘 애용하던 곳이 너비 한 걸음 깊이 반 걸음의 조그만 테라스였다. 이따금 구름이 드나들기도 하는 이 장소에서 그는 사색하고 글을 쓰고 그림을 그리며 속세에 초연한 생활을 즐겼다. 이곳에서 내려다보이는 울창한 밤나무 숲은 그의 산책장소요, 주옥 같은 산문과 시가 잉태된 곳이요, 많은 그림을 그렸던 화실이기도 했다.

　　초기 테신에서의 생활을 회고하면서 헤세는, 이 시절이 그의 생애 중 "가장 풍성하고 화려하고 부지런했고 가장 빛나는 시기"[41]라고 말한 바 있다. 시민으로서의 생활엔 실패했지만, 예술가로서의 새 삶을 여기에서 되찾은 것이다. 결국 헤세는 죽는 날까지 43년 동안 테신에 머물면서 찬란한 후기 문학의 인생을 영위했다.

2 시화집 『테신』의 시와 에세이, 그리고 수채화

1990년에 독일의 헤세 연구자 볼커 미헬스는 테신 시절 헤세의 예술가적 산물을 모아 한 권의 책으로 출간했다. 『테신』이라는 표제를 붙인 이 책에는 「작가의 관찰기, 시, 수채화」라는 부제에 걸맞게 마흔 편의 산문과 스물여섯 편의 시, 그리고 서른세 점의 수채화가 수록되어 있다. 시의 경우는 1977년 프랑크푸르트에서 출간한 『시전집』에서 선별했고, 산문 역시 이미 발표한 것 중 테신 시절과 관련 있는 글들을 뽑아서 재편집한 것이다. 책의 말미에 산문의 출처를 일일이 밝히고 있는데, 그에 의하면, 『회고록』(1937)에서 두 편, 『방랑』(1920)에서 다섯 편, 『그림책』(1926)에서 여덟 편, 유고집 『한거(閑居)의 기술』(1973)에서 열 편, 『뉘른베르크 여행』(1927)에서 한 편, 『작은 기쁨들』(1977)에서 여덟 편, 『후기 산문집』(1951)에서 한 편, 『회상』(1955)에서 두 편, 『꿈의 여행』(1945)에서 한 편을 선정했고, 나머지 두 편은 유고로 남았다가 이 책에 처음 실린 것이다.

자연 예찬의 글이라고 볼 수 있는 이 책의 단초는 『방랑 Wanderung』이다. 두 편의 시(「저녁의 여로」, 「색채의 마술」)도 이곳에서 뽑았고, 사이사이에 수채화를 삽입한 편집 스타일로 보아도 『테신』은 『방랑』을 확대한 증보판이라 할 수 있다. 『방랑』이 출간된 것은 1920년이지만, 씌어진 시기는 포로 구호 사업에 종사하던 때다. 헤세는 몇 주씩 남부 스위스를 찾아 신경과 의사인 힐데가르트 융 노이게보렌의 별장에 머물기도 하는 등 테신의 자연과 친숙하게 되었다. 1918년까지 네 번에 걸쳐 모두 12주를 머물면서 시와 산문을 쓰고 그림을 그렸다. 그것을 엮은 것이 『방랑』이다. 스물세 편의 미니어처에서 헤세는 가이엔호펜과 베른에서의 시민적 삶을 떠나 남부 스위스 테신의 자연적 삶으로 옮겨 가는 방랑아의 도정을 묘사했다. 자연 속에 동화되어 거기서 참된 삶의 지혜를 배우려는 노력이 글과 그림 어디에나 나타난다. 「나무」라는 에세이의 한 구절을 들어 보자.

우리가 나무의 속삭임에 귀기울이는 법을 배우게 되면, 우리 생각의 부족함, 성급함, 졸속함은 비할 바 없는 만족을 얻게 된다. 나무에 귀기울이기를 배운 사람은 더 이상 나무가 되기를 원치 않는다. 그는 지금의 자신 외에 아무것도 되고 싶어 하지 않는다. 지금의 그가 바로 고향이며 행복이기에.

테신으로 이사한 1919년은 개인적 불행이 겹쳤음에도 불구하고 헤세의 생애 중 가장 풍성하고 부지런했던 한 해였다. 방과 책상이 마련되자마자 봄에는 『클라인과 바그너』를, 여름에는 『클링조어의 마지막 여름』을 썼고, 겨울에는 『싯다르타』 1부를 완성하는 한편, 니체의 차라투스트라를 본따 자신의 운명을 사랑하라고 호소한 책 『차라투스트라의 귀환』과 세 편의 논평으로 엮은 『혼돈을 보다』를 내놓았다.

헤세는 이 시기에 그림 그리기에 더욱 심취하여 다음 해에 출간한 시집 『화가의 시』에는 열 편의 시 하나하나에 손수 그린 채색화를 곁들였고, 이후에 나온 『테신의 수채화 11장』(1921)과 『계절』(1931)에도 그의 수채화를 이용했다. 평생 3,000장 가량의 수채화를 그렸을 정도로 헤세에게 그림 그리기는 글쓰기 못지않게 비중이 컸으며, 그의 자연 친화는 그림을 통해서도 더 한층 깊어졌음을 알 수 있다. 「수채화 그리기」라는 에세이에서 헤세는 이렇게 자부한다.

나는 그리 훌륭한 화가는 아니다. 아마추어에 불과하다. 그러나 이 넓은 골짜기에서 계절과 날들과 시간의 면모, 땅의 이랑, 호숫가의 모습, 푸른 숲 속의 유쾌한 오솔길을 나만큼 알고 사랑하며 그것들을 마음속에 간직하고 함께 사는 사람은 없을 것이다.

343쪽에 달하는 1990년의 책 『테신』에는 기존에 썼던 글들을 포함한 산문과 시, 그리고 수채화들이 제작 연대순으로 나열되어 있다. 대부분 몬타뇰라 근교의 자연 속에서 체험한 것들이기에, 폴커 미헬스가 후기에서 밝혔듯이, 글과 그림 하나하나가 강렬한 흡인력을 갖고 우리를 테신의 아름다운 풍광 속으로 끌어들인다.

헤세의 대담한 주관성과 신선한 자기 이야기 방식 덕분에 이 글들은 일종의 일기장처럼, 그러나 동시에 우리 세기 전반부의 비판적 연대기처럼 읽혀진다. 그 개인적인 것이 아주 강렬하게 체험된 것이기에, 우리 모두에게 해당되는, 연관성 있는 것들이 눈에 보이는 듯하다.

테신 지방의 사계, 숲 속의 오솔길, 외로운 농가, 언덕 위의 빨간 집, 호수 골짜기와 구름, 혹독한 푄 바람과 그의 희생이 된 복숭아나무. 어느것 하나도 헤세의 글과 그림에서 소중히 다루어지지 않은 것이 없다. 이 사화집은 시인이자 화가였던 헤세가 어떻게 자연에 대한 감정 이입에 성공하고 있는가를 생생하게 보여 준다.

사화집 『테신』에 수록된 시와 산문은 대부분 테신 시절 초기에 얻은 자연 친화적 생활의 결실이다. 서문 역할을 하는 「테신에서의 새 출발」은 1931년에 쓴 글 「새 집으로 이사했을 때」에서 발췌한 것이고, 그 밖의 글들은 집필한 연대순으로 나열했다. 그 사이사이에 삽입된 그림들(서른세 점) 역시 시나 산문의 내용에 걸맞고 테신의 사계(四季)를 보여 주려는 편집 의도에도 상응한다. 이 시기엔 글쓰기와 그림 그리기가 거의 같은 비중으로 행해졌으니, 여기 수록된 그림들은 시와 산문에 못지않은 중요성을 지닌다. 그림을 그림으로써 헤세는 언어 표현 능력을 더 풍성하고 더 강력하고 더 윤기 있게 할 수 있었다. 『테신』에 실린 헤세의 아름다운 글과 그림들은 도시 문명에 찌들어 사는 우리에게 어떻게 자연을 사랑하고 또 그것에 가까워질 수 있는가를 가르쳐 준다. 남루한 옷을 입고 숲 속의 알밤으로 식사를 대신할 때도 있지만, 자족하는 자연 속의 삶이야말로 고난의 시대를 헤쳐 나가게 했을 뿐 아니라 그의 예술 세계를 더욱 순수하고 깊이 있게 해 주었다.

나의 중요한 실험은 성공을 거두었다. 이 시대를 힘들게 만든 모든 것에 도 불구하고 이곳의 나날은 아름답고 풍요로웠다. 악몽에서, 오랜 세월 지속된 그 악몽에서 벗어난 양, 나는 자유를, 공기와 태양과 일을 호흡했다.

「테신에서의 새 출발」의 한 구절이다. 자유를 만끽하며 쓴 『테신』의 시와 산문들은 한마디로 테신 지방의 자연 예찬이다. 숲과 하늘과 구름과 바람, 어느 것을 묘사하든 작가 헤세의 따뜻한 애정이 넘쳐난다. 그러나 글의 행간에서 번득이는 촌철살인(寸鐵殺人)의 사상을 간과할 수가 없다. 인간과 문명 세계를 보는 그의 혜안이 도처에서 드러나기 때문이다.

3 『테신』에 나타난 자연 친화 사상

베른하르트 첼러는 그의 헤세 전기에서, 테신의 자연이야말로 헤세 문학을 다시 피어나게 한 활력소라고 강변한다. 테신의 풍광을 만난 것이 헤세의 언어 능력을 풍성하게 했고, 그것을 더 강력하고 윤기 있게, 더 완벽하고 다채롭게 해 주었다. 자연 속에 은거했지만, 침체되었던 창작 활동을 활발히 재개하면서 헤세는 시대의 질곡으로부터 자유로워질 수 있었다.

병(病)은 지나간 것 같다. 나는 죽지 않았다. 다시금 지구와 태양은 나를 위해 선회하고, 오늘도 오랫동안 푸른 하늘과 구름, 호수와 숲이 생기를 되찾은 내 눈빛 속에 비친다. 다시금 세계는 내 것이 되어 내 마음속에서 그 다채로운 마법의 음악을 연주한다.

테신 시절 초기에 쓴 시와 산문들은 제목에서도 알 수 있듯이 대부분 자연에 대한 기술이요, 구절구절마다 자연 친화의 마음이 배어 있다. 이러한 글들을 모아 논 책 『테신』은 따라서 헤세의 자연 사랑을 확인하는 데 아주 적절한 텍스트다. 전술한 대로 1977년에 간행한 『시선집』에서 테신 시절에 쓴 시 스물여섯 편을 선별해 산문과 그림 사이사이에 적절히 삽입했다. 계절의 변화에 따라 편집한 산문이나 그림의 내용과도 상응하도록 배치한 것이 특징이다.

첫 번째 시 「로카르노의 봄」에서는 삼라만상이 새로운 기대감 속에서 움터나는 모습을 노래한다. 시냇물과 태양의 위무를 받으면서 "타향살이의 슬픔"을 까맣게 잊는다.

나뭇가지들, 새벽의 미명 속에 흔들린다.
푸른 기대감 충만한 속에
연하고 새로운 모습으로
삼라만상이 움터난다.
......
산골 시냇물은 푸른 바위를 적시고,
태양은 날 기꺼이 어루만지며
까맣게 잊게 해 준다,
타향살이의 슬픔을.

돌과 시냇물과 자작나무 잎새의 "성스러운 음성 들으며, 가슴은 기쁨과 감사함에 넘친다."(「아르체노 근처에서」) 시인은 때로 삶의 덧없음을 한잔 술로 달래면서 자연과의 동화를 통해 극복하려는 의지를 보여 준다.(「집, 들, 울타리」)

너희들은 언젠가 모두 떠나가겠지,
죽고 시들고 썩고 사라지겠지,
바람에 날리고 흩어져
다정한 해님을 다시는 볼 수 없겠지?
내 친구인 나무여, 너도 한낱 먼지가 되겠지,
초록색 덧문이여, 빨간 지붕 너희들도?
오, 풀잎과 나뭇잎은 오늘도 살랑거리고
사랑의 술잔 오늘도 가득 넘치는구나!
내 너희들을 마시리니, 내 안으로 들어가거라.
풀과 호수와 종려수나무가 나는 되리라!

"플라타너스 줄기에서 햇살이 노닐고, 나뭇가지 사이로 보이는 하늘
이 술잔 속에 비치는"(「여름날의 저녁」) 여름을 지나 삶을 휘젓는 가을
이 찾아온다. 꽃이 시드는 조락의 계절에조차 시인은 열매를 선사하는
자연 순환의 섭리에 찬탄을 보낸다. 떨어지는 알밤처럼 밝게 웃으며 겨
울을 준비하는 폭풍우와도 결연히 맞선다.(「늦가을의 산책」)

나는 사랑을 꽃피웠다. 그 열매는 고통이었다.
나는 믿음을 꽃피웠다. 그 열매는 미움이었다.
내 앙상한 나뭇가지에 바람이 몰아친다.
나는 바람을 비웃는다. 아직은 폭풍우에도 끄덕 없다.
……
아침 바람에 차갑게 떠는 골짜기.
여물어 떨어지는 알밤들
밝고 알차게 웃는다. 나도 함께 웃는다.

웃음 짓던 세계는 화려함을 잃고 곧 황량해진다. "잎 진 나뭇가지 사

이로 살의에 찬 겨울의 눈이 번득인다."(「1944년 10월」) 그러나 테신의 겨울은 투명하고 깨끗하다. "산이 보랏빛 베일을 쓰고 유리처럼 반짝인다."(「테신의 겨울」) 시인은 남쪽 산허리를 돌아 불어올 봄의 입김을 기다리며 구도자의 자세가 된다. 차가운 땅에 묻히는 이웃을 바라보면서도 슬픔을 만류할 수가 있다. 죽음이란 끝이 아니고 자연으로 돌아가 하나가 되어서는 다시 시작하는 것이기 때문이다.

> 그러나 너, 사랑스러운 친구여,
> 묻힌 이웃을 슬퍼 마라.
> 더 이상, 행복했던 여름을,
> 젊음의 축제를 그리워 마라!
> 모든 것은 경건한 추억 속에 남고
> 말 속에, 그림 속에, 노래 속에 머문다.
> 고상한 새옷 차려입고,
> 귀환의 축제를 영원히 준비한다.
> 너, 지속하도록 도와라, 변화하도록 도와라.
> 그러면 네 마음속에 피어나리라,
> 믿음 깊은 기쁨의 꽃이.

마흔 편에 달하는 산문 역시 자연 친화적인 사상을 담지 않은 것이 없다. 테신의 자연에 묻혀 지내던 일상사를 일기를 쓰듯 소상하게 기술한다. 이 지방 토박이 몇 명의 이야기를 제외하곤 대부분 자연 풍광에 대한 묘사임으로 극적인 내용을 기대하기는 어렵다. 그럼에도 불구하고 담담히 늘어놓는 한 은거자의 삶의 기록 속에서 우리는 전원 생활을 통해 얻는 즐거움과 인생의 지혜를 함께 맛보게 된다. 「남쪽의 여름날」(1919)에서 작가는 전시(戰時)의 속세에서 부대끼며 사는 사람들에게 충고한다.

밤바람이 창밖의 나뭇가지 위에서 노래한다. 달빛이 빨간 포석 위로 쏟아진다. 고향의 벗들이여, 너희들은 무엇을 하고 있는가? 손에 꽃을 들고 있는가, 아니면 수류탄을 들고 있는가? 아직 살아 있는가? 나에게 우정의 편지를 쓰고 있는가, 비방의 기사를 쓰고 있는가? 사랑하는 벗들이여, 너희들이 원하는 것을 하여라. 그러나 때때로 잠깐이나마 잊지 말아라, 인생이 얼마나 짧은 것인가를!

헤진 옷을 꿰매어 입고 알밤을 주워 끼니를 때울 때도 있지만, 전시에 벼락부자가 된 밀수꾼 앞에서 조금도 부끄러움 없이 당당할 수가 있다. 돈을 벌어 편안히 사는 것보다 정신적 가치를 만들어 냄으로써 삶의 무상함을 극복하고 삶을 영원케 한다는 자부심을 갖고 있기 때문이다.(「남쪽에서 보낸 겨울 편지」)

저는 생산을 합니다. 당신들은 전화를 하고요. 후자가 돈은 더 벌 것입니다. 그 대신 생산은 훨씬 더 유쾌하지요. 시를 짓고 그림을 그리는 것은 즐거움입니다. 아시겠어요? 그 대가로 돈을 요구하는 것은 천박한 일입니다. …… 저는 생산하면서 살고 있습니다. 세상을 위해 가치를 창조하며 살고 있습니다. 그것이 아무리 보잘것없더라도 말입니다.

「테신의 성모 마리아 축제」(1924)에서는 산속에 숨겨진 순례 교회와 그 안에 안치된 성모상을 묘사하고 있다. "숲 속을 헤매다가 놀랍게도 불쑥 만나게 되는" 이 성소는 명성보다는 은신을 원하는 점에서 작가와 공통점을 갖는다. 1년에 한 번 열리는 축제엔 성모상이 교회 밖으로 날려져 사람들에게 공개된다. 성모 마리아는 황금빛을 발하며 우아하고 빛나는 미소를 보낸다. 이 순간이야말로 축제의 절정이요, 한 해를 위한 신성(神性)에 대한 봉헌이다.

자연 친화적 산문의 압권은 「저녁의 구름」(1926)이다. 카사 카무치의 발코니에서 바라보는 조망의 아름다움과 이곳까지 넘나드는 구름의 정경을 묘사한 글이다. 저녁나절 발코니에 앉아 있을 때면 구름과 하나가 된다. 비 오는 날이나 바람이 사나운 날이면 구름이 방 안까지 들어온다. 작가는 여기에서 '관조의 능력'을 배운다. 그것은 "세련되고, 치유력이 있으며, 종종 아주 즐거운 기술"이다. 바깥 세상에서는 터득하기 힘든 기술이다.

저 아래쪽 세계에서 살면서 세계와 나를 진지하게 받아들였을 때, 나는 많은 것을 경험했고, 견디기 힘든 것을 많이 보았다. 그중엔 전쟁도 있었다. ──그러나 어떤 사람, 어떤 나라, 어느 국회에서도 무언가 예상치 않은 놀라움, 어린이 놀이 같은 천진난만함을 본 적이 없었다.

「여름의 끝」에서는 다가오는 뇌우에 대한 두려움을 그리고 있다. "한여름은 뇌우에 의해 망쳐져서 불길을 파들대며 순식간에 스러져 소멸하기" 때문이다. 그리하여 "여름이 가라앉는 계절에 인간은 시듦과 죽음에 대해, 세계에서 몰려오는 냉기에 대해, 혈관을 파고드는 냉기에 대해 저항한다." 그러나 이것 역시 거역할 수 없는 자연의 섭리다.

이렇듯 여름의 마지막 뇌우는 무섭다. 죽음과 싸우는 여름의 투쟁, 필연적인 죽음에 대한 거친 저항, 그 고통에 찬 광란, 자기 방어와 거역은 처절하다. 그러나 이 모든 것은 덧없는 일이다. 몇 차례의 광란이 지난 후 속절없이 소멸될 수밖에 없다.

가을엔 딸기 넝쿨과 감자밭 잡초를 제거하기 위해 들불을 피운다. 매캐한 연기 속에 목동의 피리 소리가 들려온다. 피리 소리는 "땅을 경작하는 자의 삶, 근면과 수고의 삶, 그러나 서두르지 않고 도대체 근심 따위는 없는 그런 삶을 찬미한다."

『테신』에는 여기저기 자연 파괴에 대한 우려가 기술되고 있다. 자연
아 헤세에게 문명 세계는 자연을 망치는 주범이다. 취리히나 바젤에서
겨울을 나고 돌아올 때마다 마을의 모습이 바뀌어 감을 목격하고 안타
까워한다. 골짜기의 숲이 몽땅 사라지고 그 자리에 별장이 들어선다. 우
편 마차가 자동차로 대체되고, 즐겨 그림을 그리던 숲 둘레엔 철조망이
쳐진다. 「테신에 대한 감사」(1954)에서 헤세는 말한다.

현대적 도시에서, 유용하지만 황량한 건축물의 한가운데서, 종이 벽들
의 한가운데서, 가짜 나무의 한가운데서, 순전한 대용물과 허위의 한가운
데서 산다는 것이 내겐 완전히 불가능하다. 거기에선 아주 빨리 시들어
죽어 버릴 것이다.

테신 초기의 시와 산문은 한마디로 자연에 몰입한 은둔자의 기록이다.
글 한 구절 한 구절마다 자연을 사랑한 인간의 숨결이 흠뻑 배어 있다.
테라스에서 불타는 여름의 황혼을 응시하고, 푄 바람에 희생된 복숭아나
무를 아쉬워하거나, 테신 산골의 니나 노파와 진한 커피를 함께 나누는
모습에서 전원 생활에서만 가능한 여유와 인간미를 느끼게 된다.
베른하르트 첼러가 헤세 전기에도 썼듯이, 정원 가꾸는 일은 테신에
서도 헤세의 중요한 일과였다. 고향을 가졌다는 안온감을 느끼며 꽃과
나무를 심는 것이 도시 생활에 혐오감을 갖고 있던 시인에겐 무엇과도
바꿀 수 없는 행복의 일부였다. 자연 속에서의 이러한 노동이 고도의 정
신 세계를 추구하는 그에게 삶의 활력을 선사하고, 정신성과 감성 사이
의 조화를 이루게 해 주었다.

후기 30년의 문학, 그 대작들 속에 나타나는 안정감과 명랑성은 신의
피조물인 자연과 정신적 존재와의 조화, 사계의 리듬과의 내적인 결합에
뿌리를 두고 있다.[42]

거기에 나이 마흔에 시작한 그림 그리기가 그의 문학에 윤기를 더해 주었다. 시와 산문에 색감을 부여하고, 사물을 더 사실적으로 묘사하도록 도와주었다. 자신을 화가라고 생각하지는 않았지만, 그림 그리기는 굉장히 아름다운 일이며 사람을 즐겁고 참을성 있게 만든다고 헤세는 고백한다. 헤세는 물질적, 정신적으로 힘들었던 시기에 자연 속에 은거하여 꽃과 나무를 가꾸고 그림을 그리면서 자신의 위기를 이겨 냈다. 따라서 그 시절 초기에 얻은 시와 산문들에는 자연에 귀의함으로써 정신적 안정을 되찾고 보다 깊고 새로운 창작의 세계로 비약하려는 작가의 의지가 담겨 있다. 단문인 「테신의 한 이력서」(1932년경)가 훗날 대작 『유리알 유희』로 재생산된 것은 우연이 아니다.

3장에 소개된 몇 구절에서 보듯이 『테신』의 시와 산문들은 우선 아름답고 신선하다. 꽃과 수목의 향기가 묻어날 듯 생생한 자연 묘사가 돋보인다. 그러나 단순한 자연 스케치에만 그치지 않는다. 그 속엔 따뜻한 사랑이 가득 담겨 있다. 그것은 자연뿐만 아니라 인간에 대한 사랑이기도 하다. 헤세는 테신 시절에 좋은 글을 많이 쓸 수 있었다. 구도자를 자처하는 헤세가 자연과의 교감 속에 보다 큰 지혜를 터득하고 그것을 끊임없이 새로운 문학 작품으로 승화시켰기 때문이다. 「빨간 집」(1919)에 기술한 대로 헤세는 일순간의 성취감에 만족치 않고 항상 '동경의 별'을 향해 달리고 또 달렸다.

나는 아직도 많은 길을 우회할 것이다. 성취된 많은 것이 또 나를 실망시킬 것이다. 모든 게 먼 훗날에야 그 의미를 보여 줄 것이다. 대립이 해소되는 곳, 거기에 열반이 있다. 나에겐 아직도 밝게 빛나고 있다, 사랑스러운 동경의 별들이.

헤세 인생의 한 우회로였던 테신은 그의 삶과 문학을 구원하고 살지게 했으며, 나아가 평생의 안식처이자 창작의 산실이 되었다. 그의 문학

적 생애의 대전환기였던 테신 정착 초기의 글들을 살펴 그 문학적 성과
를 고찰해 보는 것은 따라서 매우 중요하고 의미 있는 일이다.

2부

현대 독일 문학의 실험 정신

아름다움을 본 자는 이미 죽음의 손에 맡겨진다

토마스 만의 예술가 소설 『베네치아에서의 죽음』

1 대가 정신의 비극

1912년에 발표된 토마스 만Tomas Mann(1875-1955)의 소설 『베네치아에서의 죽음Der Tod in Venedig』은 『부덴브로크 가의 사람들』(1901), 『토니오 크뢰거』(1903) 등의 걸작과 더불어 그의 초기 문학에 속하는 작품이다. 헬무트 코프만은 이 작품이 "개인적 특성이 아주 강하게 나타나고 있는 점에서 『부덴브로크 가의 사람들』를 훨씬 능가하고 있다."[43]고 말했다. 또 베노 폰 비제는 "그 짜임새에 있어서나 문장 간의 긴밀한 연결과 형성에 있어서 만이 쓴 작품 중 최상"[44]이라고 극찬했다.

주지하는 바와 같이, 청년기 토마스 만 문학의 핵심은 예술가 정신과 시민 정신 간의 갈등, 그리고 그 조화에 관한 것이다. 만이 그의 한 편지에서도 밝혔듯이, 이 소설에서는 예술가 문제를 절실하게 다루었던 『토니오 크뢰거』의 주제가 다른 옷을 입고 나타난다. 『베네치아에서의 죽음』의 주인공 아셴바흐는 말하자면 토니오 크뢰거의 늙은 모습이다. 평생을 의지와 극기로 일관해 온 이 금욕의 예술가는 그 대가로 품위와 명예를 얻어냈지만, 한편으로는 "자기 자신과 유럽 정신이 부과한 임무에 너무 바빴으며, 창작 의무에 너무 짓눌려 있어서" 다채로운 외부 세계를 사랑하는 자가 될 수 없었다. 따라서 이 노경의 예술가가 간절히 원하는 것은 이러한 의무감으로부터 벗어나 멀고 새로운 것을 그리워하는 것이다. 그러나 정신 생활을 운명적으로 영위해야 하는 예술가가 그의 시선을 도취적 삶, 그 감각적 쾌락에 돌리게 될 때 그를 기다리는 것은 걷잡을 수 없는 자기 혼란과 품위의 상실이었다.

한 예술가가 감각적인 아름다움의 노예가 되어 타락해 가는 과정. 만은 이러한 착상을, 만년의 괴테가 17세의 소녀 울리케에게 보냈던 사랑의 이야기에서 얻어냈다. 이것이 여러 가지 다른 요인들과 결합하면서 예술가의 품위 타락의 문제를 다룬 "대가 정신의 비극"[45]으로 묘사된 것이다.

만은 이 작품 속에 예술과 생의 문제, 미와 죽음의 문제는 물론, 그가 처해 있던 세기말의 데카당스적 체념, 심지어 전쟁 발발에 대한 예감까지 그려 보려 했다. 특히 이 작품은 형식 면에서 고도의 상징적 수법을 쓰고 있어서, 그 진면목을 알기 위해서는 이러한 표현상의 문제, 즉 빈틈이 없는 문장, 현미경을 통해 보는 듯한 정밀한 관찰과 분석, 작품의 이면에 감춰진 작가 자신의 아이러니 등에도 유의할 필요가 있다.

2 작품의 동인(動因) ── 대가들의 투영

괴테를 위시한 몇몇 대가들의 일면이 이 작품 속에 투영되고 있음이 틀림없는데, 우선 앞에서 밝힌 바와 같이 괴테와 울리케와의 관계[46]가 이 소설의 직접적인 동인이 되었다. 즉 이 "망측스러우나 아름답고 감동적인 이야기"가 베네치아에서 죽는 한 예술가의 이야기로 변모된 것이다.

착상의 변화가 생겨난 것은, 이 소설을 시작할 즈음 접하게 된 구스타프 말러의 죽음 때문이었음이 분명하다. 말러의 서거일인 1911년 5월 18일 만은 베네치아로 가는 길목에 있는 섬 브리오니에 머물고 있었는데, 이 존경의 대상이었던 음악가의 죽음에 깊은 충격을 받았다. 1921년 3월 18일자 볼프강 보른에게 보낸 편지에 만은 이렇게 쓰고 있다.

구스타프 말러가 서거할 당시 나는 체류 중이던 브리오니 섬의 빈 신문에서 제후의 예를 갖춰 애도한 그의 최후에 관한 기사를 읽었다. 후에 이 감동은 여러 가지 인상이나 생각들과 결합되어 열광적인 죽음을 맞는 내 소설의 주인공 아셴바흐에게 이름(구스타프)을 부여했을 뿐 아니라, 그의 외모에 대한 묘사도 말러의 그것과 일치시켰다.

소설의 주인공 아셴바흐를 통해 묘사되고 있는 말러의 초상은 따라서 만이 이 대가에게 보내는 존경의 표시였다. "우리 시대의 가장 진지하고 성스러운 의지를 구현한 사람"[47)으로 믿은 말러의 죽음은 마침 계획 중이던 괴테에 관한 소설에 커다란 연상 작용을 일으켰을 것이다.

또한 말러의 외관을 하고 있는 아셴바흐에게 당대의 음악가 리하르트 바그너의 일면이 부각되어 있으리라는 것도 의심할 여지가 없다. 바그너 역시 아셴바흐처럼 1882년 베네치아에 체류하면서 「인간성에 있어 여성적인 것에 관하여」라는 논문을 집필하던 중 협심증의 발작으로 죽었던 것이다. 『베네치아에서의 죽음』을 막 시작했을 무렵에 씌어진 것으로 확신되는 만의 논문 「리하르트 바그너의 예술에 대하여」는 아셴바흐의 운명에 관한 이 소설의 주제와 뚜렷한 연관성이 있다. 만 연구자 엔드라이에크 H. Jendreiek의 말대로, "바그너 비판의 예술 이론이 문학화된 것"[48)이 이 소설이라고 보아도 좋을 것이다. 만은 이 논문에서, 자신의 예술적 성공과 인식이 바그너의 덕이었음을 고백하면서도, 한편으론 그를 도취적-디오니소스적 예술관의 대표자라고 꼬집고 있다. 도취에서 비롯되는 바그너의 낭만파적 경향에 대해 새로운 의고전성(擬古典性), 즉 지극히 논리적이고 형식적인 것, 명확하며 동시에 엄격하고 밝은 것을 기대한 것이다.

만은 바그너 예술관의 일부를 주인공 아셴바흐에 상징적인 수법으로 재현시키고 비판적인 분석을 가하고 있다. 따라서 이 소설의 무대인 베네치아는 바그너의 베네치아로 볼 수 있으며, 질병과 죽음을 배태하고 있는 기후는 바그너적 기후로 여겨진다. 만이 존경했던 니체는 그의 논문 「바

그녀의 경우」에서 바그너의 음악을 병적인 것으로 표현하면서 '시롯코 열풍'(북아프리카에서 지중해 연안 지방으로 불어오는 열풍)에 비유했는데, 만의 이 소설에서 중요한 요소가 되는 것이 바로 시롯코 열풍이다. 만은 니체와 같이 바그너의 음악을 퇴폐적인 시대병의 한 모델로 간주했으며, 이러한 병이 지니는 위험을 소설 속에 표현해 본 것이라 할 수 있다.

외형상 소설이 갖는 특징인 동성애적인 면과 죽음에 대한 노발리스적 동경으로 인해 우리는 슈테판 게오르게Stefan George와 아우구스트 폰 플라텐August von Platen과의 연관성을 살펴볼 필요가 있겠다. 1920년 7월 4일자 칼 마리 베버에게 보낸 편지에서 만은, 시인 게오르게와 열네 살의 소년 막시밀리안 크론베르거와의 동성애적 사랑[49]이 그의 작품에 영향을 미치고 있음을 시인한다. 막시밀리안이 게오르게 문학의 구심점이 되고 이상이 된 것처럼, 타치오는 아셴바흐에게 완성된 미의 전형이었고 그를 죽음으로 이끌고 간 운명의 실이었다.

노발리스의 시 「밤의 찬가Hymnen an die Nacht」(1800)에서 보이는 사랑의 승화와 죽음에 대한 동경은 게오르게의 추모시나 플라텐의 「베네치아 소나타」 등에 공통적으로 나타나는 분위기다. 즉 절대적인 무한, 존재가 충족되는 곳인 죽음에 대한 낭만적인 동경이 『베네치아에서의 죽음』의 일면으로 강하게 나타나고 있다. 특히 플라텐은 생의 마지막에 해당되는 수년간을 베네치아와 깊은 관계를 맺고 지냈다. 아름다움과 죽음에 대한 소망을 노래한 「베네치아 소나타」의 다음 한 구절은 만의 주인공 아셴바흐의 운명과 극히 상응되고 있음을 알 수 있다.

아름다움을 눈으로 본 자는
이미 죽음의 손에 맡겨졌도다.

우리는 소설 속에 나타나는 신화적 분위기도 다분히 맛보게 되는데, 그것의 근원이 플라톤이라는 것을 쉽게 알 수 있다. 파이드로스Phaidros

를 향한 아셴바흐의 미에 관한 독백은, 말할 것도 없이 플라톤의 『파이드로스』에 나오는 소크라테스와 소년 파이드로스와의 대화를 모방한 것이다. E. 침머에게 보낸 편지에서 만 자신도 『베네치아에서의 죽음』과 플라톤 사이의 신화적 연관성을 지적하고 있으며, 파이드로스와의 대화를 "소설 전체의 핵심"이라고 말하고 있다. 소설의 끝 부분에 두 번 나오는, 이 시공을 초월한 플라톤으로의 회귀[50]는 아셴바흐와 타치오와의 관계를 소크라테스와 파이드로스의 신화적 자취 속에 재현하는 구실을 하며, 나아가 예술가의 타락한 찬미주의, 바그너적 도취의 예술관에 대한 경고의 의미를 지니는 것으로 해석해도 무방할 것이다.

주인공 아셴바흐의 프로필 속에서 우리는 또한 작가 자신의 많은 분신을 보게 된다. 주인공의 예술가 기질이 어머니의 영향에 연유한 점, 병약한 신체, 일찍 학업을 중단한 점, 고향을 떠나 뮌헨을 거주지로 정한 것, 집필 시간을 오전에만 한정하는 습관, 교양 있는 가문의 규수와의 결혼, 브리오니와 폴라를 경유한 베네치아의 여행과 체류, 노벨상 수상, 의지와 극기의 문학가 정신, 정신과 예술에 대한 많은 에세이를 썼으며 프리드리히 대왕에 관한 힘찬 작품을 계획 중인 점[51] 등은 모두 만 자신의 초상이며 자기 투영인 것이다.

3 예술가의 삶

토마스 만이 초기에 관심을 가진 것은 예술가 기질과 시민적 삶과의 대립 관계였는데, 이 주제는 『베네치아에서의 죽음』에서도 중요한 비중을 차지한다.

1923년 3월 1일 『베네치아에서의 죽음』의 프랑스어 번역자 베르토에게 보낸 편지에서, 만은 이 작품이 "토니오 크뢰거 이야기를 좀 더 높은 삶의 단계에서 하고자 하는 것"이라고 했으며, 또한 「약력」(1930)이라는 글에서도 토니오 문제의 계속성을 강조하면서 이 '베네치아에서의 멸망의 이야기'를 '북부 청년에 관한 이야기'의 속편으로 이해해 주기를 바라고 있다. 이 점에 대해 만 연구서를 펴낸 잉에 디어젠은 이렇게 말한다.

이 작품에서 아셴바흐가 나가고자 하는 길은 토니오 크뢰거의 마지막 계획과 일맥상통한다. 토니오 크뢰거의 계획은 방향만을 제시했지, 그것의 실적은 미지수인 채였다. 구스타프 아셴바흐는 그 계획을 실현했고, 무엇이 미해결점이었는가를 확인했고, 또한 토니오가 미처 생각지 못했던 대가를 지불했다. 즉 인간이 살고 있는 사회의 질서가 공허하고 부서지기 쉽다는 그의 인식을 부인해야 하는 대가를.[52]

예술과 생의 갈등을 겪는 토니오 크뢰거의 계획이란 무엇이었던가? 소설 『토니오 크뢰거』의 마지막 부분을 다시 살펴보자.

제가 지금껏 해 놓은 것은 아무것도 없으며, 하나 대단한 것도 못 됩니다. 전 좀 더 나은 것을 해 볼 생각입니다. 리자베타 ──이것은 하나의 약속입니다. …… 저의 눈앞에는 아직 태어나지 않은 허깨비 같은 세계가 나타나서 질서와 정돈을 원하고 있습니다. 무수히 붐비는 군중들의 그림자가 저를 향해 자유와 구원을 요청하는 모습도 보입니다. 비극적이며 우스꽝스러운, 또는 양자를 합쳐 논 듯한 군중들 ──나는 이들을 정말 사랑합니다. 그러나 나의 가장 깊고 은밀한 사랑을, 나는 금발 머리에 푸른 눈을 가진 사람들, 쾌활하게 살아가며 행복에 찬 사람들, 이 사랑스러운 평범한 사람들에게 바치렵니다.

『토니오 크뢰거』에서 예술가는 평범한 시민적 삶의 밖에 서 있는 사람이다. 그는 인생에 직접 참여하지 않고 '유리문을 통해' 이 약동하는 삶을 관찰할 뿐이다. "인간적인 일에 참여하지 못하면서 인간적인 것을 표현하느라 죽도록 피곤한” 이 모순이 토니오의 문제다. 그는 한스 한젠이나 잉에보르크 홀름과 같은 생의 향유자가 되고 싶지만 “그의 이마에 찍힌 낙인이 그들을 당황케 하기 때문에” 이들과 동료가 될 수 없다고 생각한다. 그는 어머니로부터 물려받은 예술가 기질을 운명적인 것으로 받아들이고 “무의식적이며 말이 없는 인생 위에 미소를 띄우고 군림하는 정신과 언어의 힘”에 헌신한다. 만은 『토니오 크뢰거』에서 이러한 예술 세계로의 도피에 회의를 나타내고, 자신과 같은 예술가는 ‘고등사기(高等詐欺)’의 일면을 지닌다고 생각한다.

그러나 『베네치아에서의 죽음』의 예술가 아셴바흐는 이러한 회의론자가 아니다. 그는 예술의 위대성을 확신하고 “줄기찬 인내와 의지를 가지고” 창작에 종사하는 사람이다. “실로 위대하고 포용력이 있으며, 진실로 존경해 마지않아야 할 것은, 단지 인생의 모든 단계에서 특징 있는 생산을 해낼 수 있는 힘을 부여받은 예술가뿐”이라고 생각한다. 청년 아셴바흐의 예술가로서의 모습은 “남자다운 지성과 젊음”의 상징이었고, “칼과 창이 그의 몸을 꿰뚫었어도 이를 악물고 태연스레 서 있는” 성 세바스티안의 풍모를 갖고 있다. 토니오가 갈망했던 시민 계급에 대한 애정이 그에게서는 해결된 듯이 보인다. 그의 삶은 “예술에 의해 높여진 삶”이었기 때문에 예술과 생의 갈등이 더 이상 문제가 되지 않는다. 그는 삶을 사랑하며 예술에 봉사했고, 모든 사람들의 존경의 대상이 되었으며 대가다운 품위를 지니게 되었다.

그러나 만의 예술가에 대한 회의는 완전히 사라진 것이 아니다. 노년에 접어든 아셴바흐의 예술가적 변화는 토니오의 문제가 아직 해결되지 못하였음을 보여 준다.

시간이 흐름에 따라 아셴바흐의 글 속에는 어딘지 관료적이고 교육적인 냄새가 났다. 그의 문체는 급기야 직접적인 대담성도, 정밀하고 참신한 음영도 사라져 갔다. 대신 모범적인 것, 고정화된 것, 전통에 부합되는 것,

보수적이고 틀에 박힌 형식적인 것으로 변해 갔다.

이러한 비판적인 지적은 아셴바흐의 몰락에 대한 하나의 경종으로 이해될 만하다. "작품의 일부가 학교 교과서의 독본으로 채택되는" 성공이 실은 예술가로서는 타락을 의미하는 것이다. 그것은 삶의 편에 지나치게 몰두한 나머지 예술가 기질을 망각한 것으로 보는 것이다. 이러한 삶의 지나친 경도, 삶의 구현인 아름다움에 대한 감각적 체험이 바로 아셴바흐의 품위 상실의 원인이 되고, 그의 멸망의 시작이 되는 것이다. 정신(예술)과 삶, 이성과 감성의 종합을 본질로 하는 예술가가 그 조화를 깨뜨리고 어느 일면만을 지나치게 고양할 때, 마침내 자기 멸망의 길을 가게 된다는 경고가 바로 『베네치아에서의 죽음』의 주제라고 할 수 있다. 다시 말해 『토니오 크뢰거』에 나오는 다음과 같은 경고를 확인하는 셈이다.

인간이 되어 느끼기 시작할 때 예술가는 끝장인 것입니다.

정신의 신봉자로서 품위와 규율을 지키는 금욕주의자가 되어야 할 예술가 삶의 디오니스적 도취에 빠질 때, 그는 쉽사리 에로스의 노예가 되는 것이다.

4 아셴바흐의 몰락 과정

만인의 존경과 애호를 받고 있는 금세기의 경탄할 만한 작가 구스타프 폰 아셴바흐는 노작의 피로와 의무감에서 벗어나고픈 충동을 느껴 환상과 현실이 교차되는 도시 베네치아를 찾아간다. 때마침 시록코 열풍이 가져오는 후덥지근한 기후가 그를 적이 실망시켰으나, 투숙하던 호텔에서 만난 열네 살의 소년 타치오의 완벽한 미의 모습을 대하고 깊은 애정을 쏟게 된다. 그러나 예술가로서의 품위를 지키지 못하고 오로지 에로스의 노예가 되어 버린 아셴바흐는 당시 유행하던 콜레라의 위험을 알면서도 그 도시를 떠나지 않고, 급기야는 타치오의 아름다움을 찬미하는 가운데 운명적인 죽음을 맞이하는 것이다.

일견 단조롭기조차 한 베네치아에서의 예술가의 몰락이 의미하는 것은 무엇일까? 왜 하필이면 에로스에 의해 죽음을 당하게 했을까? 이러한 문제에 좀 더 가까이 접근하기 위해 우리는 이 소설의 교묘하게 설계된 서술, 즉 베노 폰 비제가 말하는 "사건을 표본적인 것, 상징적인 것으로 만드는 독특한 구성 방법"[53]에 유의해야 한다. 베네치아, 타치오, 콜레라, 그리고 죽음 자체도 한 예술가의 몰락 과정을 기술하기 위한 한낱 상징들이기 때문이다.

우리는 우선 아셴바흐의 이 미묘한 죽음이 이루어진 장소인 베네치아의 상징성에 눈을 돌리기로 하자. 바그너가 죽은 도시, 니체가 사랑한 도시, "일찍이 포만스럽게 예술이 무성했고, 음악가들에게는 요람을 흔들어 포근히 잠재우는 듯한 음향을 선사했던 도시"인 베네치아는 가히 "예술가의 비극적 운명을 이야기할 만한 장소"[54]다. 1911년 5월 만은 부인과 함께 브리오니를 거쳐 베네치아로 여행을 했으며, 그때 맞은 말러의 죽음이 다른 관심사들과 얽혀 베네치아─소설의 동인이 되었다는 것은 앞에서 말한 바와 같다. 「정신적 삶의 형태로서의 뤼벡」(1926)이라는 연설에서 만은 자신의 베네치아 소설을 회고하며 이렇게 말한 적이 있다.

베네치아와 뤼벡. 그중 베네치아는 나의 소설 『베네치아에서의 죽음』의 배경이 되었었는데, 이 죽음으로 유혹하는 도시, 기막힌 낭만의 도시에 있게 되면 나는 마치 내 고향에 온 듯한 기분이 든다.

죽음으로 유혹하는 도시, 낭만적인 도시라는 표현은 아셴바흐의 죽음과 얼마나 밀접한 관계가 있는가! 아름다움에 도취되어 죽음을 자초하는 예술가가 그 최후를 맞는 장소로서 이보다 더 적합한 곳이 있을까? "아첨을 떠는 믿을 수 없는 미인과 같은 도시, 반은 동화적이고 반은 나그네를 사로잡는 함정과 같은 도시"가 바로 베네치아다. 베네치아는 또한 바다의 도시다. 물에서 탄생한 에로스처럼 타치오의 아름다움은 바다를 배경으로 했기에 더욱 돋보였고, 나그네인 아셴바흐를 사로잡았다. 그리하여 베네치아는 소설 속에서 "아셴바흐의 운명 속에 작용하고 있는 미와 몰락, 음악, 그리고 죽음의 단일화를 상징하는 장소"[55]가 되었다.

작품 기법상의 특징, 즉 철저한 상징화를 이용한 심리주의적 구성이라는 관점에서 볼 때, 베네치아–타치오–콜레라–죽음으로 이어지는 아셴바흐의 몰락 과정은 결코 우연이 아니다. 그것은 처음부터 규정된 죽음이며 피할 수 없는 운명이다. 이 예정된 운명극의 심층에는 갖가지 상징적 존재들이 부침하고 있으며, 얼핏 보아 사건과 무관해 보이는 주변 인물들이 기실 주인공의 죽음과 밀접한 관련을 맺고 있음에 주의해야 한다. 비제의 말처럼 "이들은 모두 한통속이며, 모든 것을 위험스러운 것, 바닥이 없는 심연, 모험적인 것, 몽환적이고 낯선 것, 그리고 그것을 넘어 그로테스크한 것 속으로 유인해 가는 존재들"[56]이다.

우선 아셴바흐가 처음 만난 인물, 뮌헨의 한 공동묘지의 제사장에서 만난 방랑객에게서 그가 강렬한 여행 충동을 느낄 때부터 이 "죽음의 무도"[57]는 시작된다. 이 사나이와의 순간적인 만남이 죽음에 관한 명문(銘文)들 밑에서 이루어졌다는 것부터가 간과해서는 안 될 일이다. 이 "여윈 목과 불쑥 솟아오른 후두 돌기를 가진 호리호리한 사나이"는 석양 속에 얼굴을 찌푸리고 "어딘가 지배적인, 과감한, 아니 심지어 난폭하기까지 한 자세"를 취하고 있는데, 이것은 가히 죽음의 사자에 어울리는 모습이다.

이 방랑자에게서 아셴바흐가 느낀 것은 "그의 내부 속에 이상하게 확산돼 가는 그 무엇, 일종의 가슴 설레는 불안과 멀리 떠나고픈 젊은이다운 갈망"이었고, 앙리 루소의 그림을 연상케 하는 영상, 즉 섬들과 늪과

흙탕이 있고 대나무 숲 속에 눈을 번득이는 범이 앉아 있는 원시 황무지에 대한 동경이다. 이 뮌헨의 방랑자와 아셴바흐는 아무런 대화도 나누지 않는다. 그에게서 받은 충격은 단지 일상의 의무감에서 벗어나고픈 욕망뿐이다. 그러나 이 원시 황무지의 영상이 아셴바흐의 운명과 얼마나 밀접한 관련이 있는가 하는 것은, 소설이 끝날 즈음 영국인 관광 안내원의 입을 통해 밝혀진 도시 오염의 진상으로부터 충분히 알 수 있다. 아셴바흐 죽음의 직접 원인이 되는 콜레라는 "갠지스 삼각주의 뜨거운 소택지에서 발생해서 대나무 숲 속에 범이 웅크리고 있는 곳, 사람들이 접근을 꺼리는 원시 황무지와 섬들로부터 악마의 숨결과 함께 솟아오른 것"이기 때문이다.

죽음의 무도는 소설의 3장에서 다시 뚜렷이 나타난다. 잠깐 등장하고 마는 인물이지만, 구식 서커스 단장 같은 인상을 주는 기선의 매표원에 주목할 필요가 있다. 그는 사무적인 태도로 여객들의 주소와 성명을 적고, 베네치아 행 선표를 팔고 있었는데 "그의 민첩한 행동과 공허한 베네치아 찬사는 어딘지 사람을 멍청하게 만들어 꼬여들이는 듯했고, 베네치아로 가기로 한 여객의 결심이 흔들리지나 않을까 하는 걱정의 기색이 보였다." 이 사나이는 피할 길 없는 죽음으로 가는 중간 역에 마중 나온 두 번째 전령이다.

이러한 해석이 독단이 아니라는 것은 선상에서 만난 '가짜 젊은이'로 인해 즉시 분명해진다. 자신의 나이와 주름살을 화장으로 감추고 꽃다운 젊은이들 틈에 끼어 있는 이 늙은 멋쟁이는 아셴바흐에게 "어쩐지 이세계가 쉽사리도 기이하고 찌그러진 모습으로 변해 가는 듯한 감을 주는" 존재다. 이 분장 노인은 취기로 인해 결국 자신의 추한 모습을 완전히 드러내게 되는데, 이것은 이 시점에서 독자가 아직은 포착할 수 없는 아셴바흐 자신의 운명을 암시하는 상징적 사건이다. 즉 이 노인을 깨끗이 잊어버리는 소설의 종반부에서 아셴바흐는 그의 소년 타치오의 마음을 사기 위해 이 가짜 젊은이를 은밀히 흉내 내는 철저한 품위 상실에 빠지고 말기 때문이다. 물론 이 멋쟁이 노인은 뮌헨의 방랑자와 동일인은 아니다. 그의 역겨운 태도에서 아셴바흐가 느끼는 것은 여행의 충동도, 호전적인 위압감도 아닌 단지 '마비된 감정'뿐이다. 그럼에도 불구하고 우리는 예의 방랑객의 찌푸린 얼굴에서는 물론, 기선의 매표원의 표정에서도 읽을 수 있었던 그 일그러진 감정을 갖게 된다.

아셴바흐의 요구를 묵살한 채 그를 리도까지 실어다 준 괴상한 곤돌라 뱃사공 역시 외모부터 뮌헨의 방랑객을 생각 나게 한다. 그의 노란 멜빵에서 방랑자가 입었던 바바리의 노란 색감을 느낄 수 있고, 불그레한 갈색머리에 짧은 콧날, 그리고 무엇보다 빛 바랜 흰 이빨에서 둘의 공통점을 찾을 수 있다. "그 독특한 검은 색깔로 해서 모든 것 중에서도 관을 연상케 하는" 곤돌라는 스틱스 강을 건너 죽음의 명부로 실어다 주는 나룻배이며, 고집 센 곤돌라 사공은 샤론의 모습을 생각나게 한다. 그도 죽음의 전령답게 순간적으로 나타났다가는 홀연히 사라져 버린다. 뮌헨의 방랑객이 거리의 혼잡으로, 익살꾼 가수가 정원의 어두움 속으로, 그리고 소년 타치오가 안개 자욱한 바다의 수평선 저편으로 사라지듯이.

죽음으로 인도하는 마지막 사자는, 호텔에 나타난 떠돌이 악사들 가운데 기타를 연주하는 익살꾼 가수다. 그의 거동은 "뻔뻔스럽고 용감하며", "반쯤은 뚜쟁이 같고, 반쯤은 코미디언 같으며, 잔인하고 뱃심 좋고 위험스러워 보이나 유쾌하다." 그의 몸에서 풍기는 석탄산 냄새는 콜레라가 만연한 베네치아의 분위기와 일치한다. 모두 혼연일체가 되어 그의 대담한 웃음 후렴에 장단을 맞추는 장면은 차라리 섬뜩한 무정부적 상황이다.

그는 웃음을 있는 대로 다 털어놓을 작정인 듯 무릎을 굽히고 장딴지를 치면서 허리를 눌렀다. 웃는다기보다는 차라리 고함을 지르고 있다는 게 옳았다. 그는 테라스 위를 향해 손가락질을 해 댔다. 그 위에서 웃고 있는 사람들보다 더 웃기는 사람들은 없다는 듯이.

아마도 이 대목이 가장 전율할 만한 부분이리라. 전염병에 오염된 베네치아에서의 괴이한 웃음, 이 무례하고 불쾌하고 우스꽝스러운 것으로의 완전한 몰입, 이것은 작가의 상징적 표현의 계획적인 은폐다. 이 테라스를 향해 내뱉는 거짓 웃음은 곧 저승에서 나오는 조소이다.

5 예술가와 아름다움

아센바흐 멸망의 결정적인 원인은 말할 것도 없이 열네 살의 폴란드 소년 타치오다. 타치오를 처음 만난 순간 아센바흐는 그 소년의 "완전한 아름다움"에 경탄했으며, 그의 모습에서 "가장 고귀했던 시대의 그리스 조각품"을 연상했다. "비교할 바 없이 사랑스러운 매력을 지닌 꽃송이 같은 머리"는 바로 에로스의 머리다. 시록코 열풍의 불쾌한 기후 때문에 다른 휴양지로 떠나려던 아센바흐는 잘못 발송된 짐 때문에 다시 베네치아로 돌아오나, 기실 그의 떠남이 그다지도 고통스러웠던 것이 타치오 때문이었음을 깨닫는다. 이제 타치오는, 그가 삶을 영위하는 이유가 되고, 그에게 "섬세한 관능의 기쁨"을 선사하는 위험한 에로스가 되어 버린 것이다.

그것은 도취였다. 이 늙어 가는 예술가는 주저 없이, 아니 탐욕스럽게 이것을 받아들였다. 그의 정신은 진통의 아픔을 느꼈고, 교양은 혼란에 빠졌으며, 그의 기억은 젊은 시절로 돌아가 지금껏 한번도 스스로의 불길로 생기를 얻지 못했던 아득한 옛날의 생각들을 일깨워 주었다.

그는 늘 먼발치에서만 소년을 바라보았지만, 어느 날 소년이 보내 준 "나르치스의 미소"는 "그를 압도하고 몇 번이고 몸을 떨도록" 만들기에 충분했다. 이 유혹적인 미소는 아센바흐의 운명에서 결정적인 전환점이 된다. 에로스 신의 무서운 선물을 받은 아셴바흐는 마침내 감각적인 아름다움, 그 디오니소스적 도취에 빠지게 되고, 그가 애써 쌓아올린 이성과 품위와 명예를 버려야 했다. 심지어는 베네치아에 창궐한 콜레라의 위험을 뻔히 알면서도 '말없이' 머무르는 것이며, 그가 경멸해 마지않았던 선상의 가짜 젊은이의 흉내를 내면서도 조금도 부끄러움을 느끼지 못한다. 그는 이제 거침없이 말한다.

　　이 혼돈이 가져다 주는 이득에 비할 때, 예술이나 미덕이라는 것이 도대체 무슨 가치가 있었던가?

　전술한 바와 같이 이 작품에는 플라톤에서 인용한 소크라테스 대화의 모방이 두 차례 나오는데, 이 부분이야말로 아셴바흐 몰락의 자기 해명이 되는 곳이며 "아셴바흐와 타치오와의 관계가 신화화되는 무대"다. 아셴바흐 같은 예술가가 영원한 미의 비유를 보았을 때, 그것의 제물이 되는 까닭은 무엇인가? 그것은 "아름다움만이 사랑스러운 것이고 동시에 눈으로 볼 수 있는 것", 즉 "우리가 감각적으로 받아들이고, 감각적으로 지녀 나갈 수 있는 유일한 정신적 형태"이기 때문이다. 그 밖에 신성한 것, 가령 이성, 미덕, 그리고 진리 따위는 감각적인 것으로 나타나지 않는다. "아름다움은 느낄 수 있는 자를 정신으로 이끄는 길이며, 예술가가 정신에 도달하는 길"이다. 이 길은 "위험하면서도 사랑스러운 길이며, 시인들이 이 길을 가게 되면 으레 에로스 신이 나서서 길잡이가 되기 마련이다." "예술가는 나락에 대한 본능적인 애착을 타고났기에", 그가 도취와 탐욕에 이끌릴 때 "무서운 감정적 방종"에 빠져든다. 이렇게 아셴바흐는 베네치아에서 완성된 미의 의인화인 타치오를 만났고, 그와의 만남이 그의 나락이 된 것이다.

　니체가 말하는 인간 본질의 이원성, 즉 아폴론적인 것과 디오니소스적인 것이 인간의 내부에서 대립하며 경쟁하고 있다는 생각에 만이 전적인 공감을 표하고 있음을 감안할 때, 우리는 이것을, 한 예술가의 내면에서 일어나는 두 세력 간의 충돌로 이해해도 좋을 것이다. 아셴바흐 비극의 진원은 다시 말해서 디오니소스적인 힘에 너무 깊이 빠진 나머지 그의 아폴론적인 본질, 즉 품위와 도덕성을 상실한 데 있다.

우리는 지금까지 드높은 정신의 소유자인 한 예술가가 감각적인 아름다움의 탐식자가 되어 멸망하는 과정을 살펴보았는데, 여기에서 멸망, 즉 죽음이라는 것도 하나의 상징화에 불과하다는 것을 또한 알 수 있었다. 그것은 드라마틱한 뜻에서의 생의 종말이 아니고, 너무 외곬으로 정신에 봉사하는 예술가가 정신 일변도의 생활에 몰두할 때, 삶의 무서운 복수를 당할지도 모른다는 두려움의 한 표출이다. 그것은 어떤 의미에서 보다 절실한 삶의 애착을 역설적으로 표현하고 있는 것인지도 모른다. 「테이블스피치」라는 글에서 만은 이 작품에 나타난 '죽음'의 문제를 상기하며 이렇게 말하고 있다.

> 삶에 친해지는 방법에 두 가지가 있다. 그 하나는 죽음이라는 것을 전혀 모르는 것인데, 이것은 순박하고 건실하지만 둔감한 쪽이다. 다른 하나는 죽음을 잘 알고 있는 것인데, 이 편이야말로 완전한 정신적 가치를 지니는 것이라고 나는 생각한다. 예술가나 시인 그리고 작가들이 삶에 친해지는 방법이 바로 이렇다.

『베네치아에서의 죽음』 역시 토마스 만의 문학가적 성장 과정 속에서 산출된 하나의 실험, 즉 그의 '예술가 연구서'였다. 사실 『토니오 크뢰거』로부터 추구해 온 예술가 문제가 이 소설에서도 뚜렷한 해결을 보지 못한 듯하다. 진정한 예술가 정신이 무엇인가 하는 문제를 그가 계속 『마의 산 *Der Zauberberg*』(1924), 『파우스트 박사 *Doktor Faustus*』(1947) 등에서 필생의 과업인양 추구하고 있음을 보아도 익히 알 수 있다.

횡경막 아래 아늑한 곳엔 새끼 쥐들의 보금자리

고트프리트 벤의 초기 시와 표현주의

1 벤과 표현주의

『시체 공시장 · 기타 *Morgue und andere Gedichte*』(1912)라는 시집으로써 일약 주목의 대상이 되고 독일 표현주의 운동과도 밀접한 관계를 맺게 된 고트프리트 벤 Gottfried Benn(1886-1956)의 원래 직업은 의사다. 청교도적인 목사 집안 출신으로서 한때는 아버지의 권고에 따라 신학을 공부했지만, 1905년 베를린의 군의관 양성학교에 입학해 자신이 원하던 의학의 길을 택했다. 아버지의 소망을 거역하면서까지 자연과학 분야로 방향을 바꾼 이유는, 벤 자신이 자전적 요소가 강한 글 「한 지성인의 인생」에서 피력했듯이 "사고의 냉정함, 솔직함, 날카로운 이해력, 모든 판단에 대한 예증의 전제, 가차없는 비판, 요컨대 대상에 대한 독창적인 측면"에 관심을 가졌기 때문이다. 이 시기에 벤은 예술과 철학 공부도 게을리 하지 않은 한편, 창작의 붓을 들어 "현실과 그것의 가치 기준이라는 엄청난 문제"와 대결하게 되었다.

베를린에 머물던 1910-1912년은 마침 독일에서 소위 표현주의 운동이 절정에 달한 시기여서 벤은 자연히 이 방면의 문학에 심취하고 있던 일련의 작가들과 만나게 되었다. 표현주의 시인의 대표격이라고 할 게오르크 하임이 스물두 살의 나이로 죽던 해, 그리고 프란츠 카프카가 표현주의 소설 『선고』를 썼던 해에 벤은 문제의 시집 『시체 공시장 · 기타』

를 내놓았다. 이 시집은, 곧 이어 출간된 트라클과 슈타들러의 시집과 함께 표현주의적 색채가 짙게 나타난 작품으로 평가받았다.

그러나 벤 자신은 의도적인 표현주의 작가는 아니었다. 아직 표현주의 문학의 이론이 정립되지 않은 단계이기도 하지만, 자신의 시들이 표현주의의 계열에 속하는가 여부에 대해서 의문을 나타냈다. 훗날 『표현주의 10년의 서정시』(1955)라는 책의 서문에 벤은 이렇게 쓰고 있다.

선별해 놓은 시 중 많은 수가 표현주의와는 상관이 없다는 것을 발견했다. 아니, 내 작품 중에서 뽑힌 시들조차 왜 '표현주의적'인지 알 수 없었다. 「의사」, 「영국 카페」, 「젊은 헵벨」이 어째서 표현주의 시란 말인가? 하츠벨트, 카자크, 클라분트, 리히노브스키, 뢰르케, 바그츠가 어째서 표현주의자들이란 말인가? …… 출판인은 말하기를, 누구누구는 이러이러한 문학 논문에서 표현주의자로 규정지었다는 것이다. 나는 말했다. 그렇다면 당신은 무엇이 도대체 표현주의 시인지 알고 있소? 나로선 그걸 모르겠소 …… 표현주의란 무엇일까? 그것이 도대체 존재하기는 했던가?

벤은 이 글에서 표현주의의 개념을 알기 위해 수종의 연구서나 논문을 섭렵한 경위를 말하고, 글의 중간쯤에서 나름대로의 설명을 개진하고 있다.

우선 나는 다음과 같은 점을 지적하고 싶다. 다른 나라에선 미래주의, 큐비즘, 그리고 후에 초현실주의라고 불렸던 이 양식이 독일에선 표현주의라는 명칭을 갖게 되었다는 것, 다양한 경험적 변모를 보였지만, 현실 파괴, 가망 없음, 사물의 뿌리에 접근한다는 기본 태도는 일치한다는 것이다.

이러한 자체 해석은 벤 문학의 기본 성격을 시사하는 것이다. 초기 시집인 『시체 공시장·기타』와 『육체』(1907)에도 이러한 현실 파괴, 사물과 세계의 근원성에 대한 추구가 중요한 특성으로 나타나고 있다.

작가는 운명적으로 그 시대의 사조에 휩쓸리게 마련이다. 초기 시의 표현주의적 성격에 회의를 표하던 벤도 후에는 「표현주의」(1933), 「니힐리즘 이후」(1932) 등 표현주의에 관한 에세이를 쓰고 있거니와, 1910년에서 1920년대 사이의 시, 즉 그의 초기 시에는 하임 스타일의 표현주의적 특성이 강하게 드러난다.

2 인상주의와 자연주의의 영향

다른 표현주의 작가들, 예컨대 슈타들러, 하임, 트라클처럼 벤도 처음엔 인상주의 내지 상징주의의 영향을 받으며 시를 썼다. 자연주의의 색채는 물론, 서정시인의 정취마저 풍겼다. 테오 마이어가 그의 논문 「고트프리트 벤과 표현주의」에서 지적했듯이, 벤의 초기 시는 사실상 '표현주의적'이라는 공약수로 집약될 수 없다. 구분이 뚜렷하지는 않지만, 인상주의, 자연주의, 표현주의의 요소들이 특색 있게 결합되어 있다. 인상주의에서 시작해 자연주의적 경향이 나타나고, 그 위에 표현주의적 특징이 오버랩되면서 앞의 경향을 불식하거나 극복하는 식이다. 벤은 결코 자연주의, 인상주의, 상징주의에 대한 반기를 든 사람이 아니다. 아름다움과 삶에 대한 동시대인들의 찬미에 관심을 가지고 특히 니체, 보들레르, 랭보 등에게서도 많은 영향을 받았다.

아직 이러한 모방시의 범주에서 벗어나지 못한 시 두 편을 살펴보자. 〈시체 공시장〉 연작을 발표하기 전인 1910년 ≪국경의 사자≫에 발표한 「수빙(樹氷)」과 「축복받지 못한 자의 낙원」이다. 그중 「수빙」은 그 시대를 풍미한 미적 인상주의의 산물이다. 강한 감각적 지각을 통해 풍경이 지닌 장식성을 아름답게 형상화하고 있다.

안개 자욱한 대기로부터

무언가 녹아 내린 것
밤새 전나무며 회양목나무에 붙어
하얀 그림자가 되었다.

구름에서 떨어지는 하얀색
솜사탕처럼 빛나며
조용히 어두운 세계에 창백한 아름다움을 선사한다.

"창백한 아름다움"으로 "어두운 세계"를 구원하고 변용시키는 것. 이것은 사실적 세계를 조화롭고 아름답게 형상화하려는 상징주의적 '대비 기술'이다. 이 시에서는 무엇보다 상징주의 시인 슈테판 게오르게의 영향이 두드러진다. 1연에 나오는 두운 "나무와 회양목 Baum und Buchs"은 게오르게의 시 「죽은 듯 고적하다는 유원(遊園)에 와 살펴보라」에 나오는 두운 "자작나무와 회양목으로부터 Von Birken und von Buchs"를 모방하고 있다.

「수빙」에는 인상주의적 뉘앙스와 감각적인 풍경시 분위기가 나타나는 반면 「축복받지 못한 자의 낙원」에는 자연시다운 서정성이 짙게 풍기고, 여기에 구사된 자연적 요소들이 벌써 시적 자아에 대한 은유가 되고 있다.

섬을 찾는 내 습벽에 싫증이 났다.
시든 푸른 나무, 말없는 양 떼에게도
나는 되고 싶다. 해안이, 만곡(彎曲)이,
아름다운 배들이 있는 항구가.

자아와 세계를 합일하려는 욕구가 강하게 나타나는 시다. 삶과 아름다움에 대한 찬미의 태도가 뚜렷하다. 이것은 릴케, 호프만슈탈, 게오르게 같은 상징주의자들이 즐겨 구사하는 내적 장식성과 인생 찬미의 모습을 담은 정취적 서정주의 스타일이다.

벤은 동시에 1910년경 즉물적이고 자연과학적인 광학성(光學性)에도 깊은 공감을 갖고 있었다. 1910년에 쓴 글 「대화」에서 예술과 자연과학과의 관계에 대해 언급하고 있는데, 이러한 광학성은 향후 그의 시작(詩作) 활동에 중요한 요소가 된다.

게르트: …… 따라서 우리가 한 편의 소설을 쓰기 전에, 화학, 실험 심리학, 원자론, 태생학을 공부해야 한다는 것인가요?

톰: 당신은 다소 대담한 표현을 하시는군요. 물론 저의 대답은 예스입니다.

문학과 자연과학의 공생이라는 자연주의의 강령을 추종하는 「대화」의 문학관은 『시체 공시장·기타』에서도 드러난다. 의학적인 광학성이 시편의 소재가 되는 사체(死體)의 즉물적인 관찰에 생기를 부여한다. 그러나 『시체 공시장·기타』에 나타나는 자연주의 이론은 일부분에 불과하다. 다섯 편의 그로테스크한 시들은 추악한 사실을 파헤치고는 있지만, 윤리성이 내재된 1880년대식 자연주의와는 상당히 거리가 있다. 즉 정확한 환경의 재생산, 거짓 없는 현실 묘사에 따르면서, 벤은 한편으로 생물학적 대상의 몰락이라는 소위 '도발적인' 묘사를 구사한다. 서정적인 정취를 충격적으로 해체시킴으로써 일상적인 독자의 미학을 깨뜨린다. 따라서 벤의 시에는 객관보다는 주관이, 외관보다는 내면성이 더 중요하게 관찰되는데, 이것은 반(反)자연주의 경향을 띤 표현주의와 일치한다.

3 반(反)서정시 「작은 아스터 꽃」

익사한 맥주 운반인이 테이블 위에 올려졌다.

누군가가 그의 이빨 사이에 짙은 담자색의 아스터 꽃 한 송이를 꽂아
놓았다.
　　긴 메스로 흉곽으로부터
　　살갗을 절개한 후
　　혀와 구개를 잘라 낼 때,
　　그 꽃을 건드린 모양이다.
　　옆에 위치한 뇌수로
　　미끌어져 들어갔으니 말이다.
　　봉합할 때, 그것을
　　흉곽 속 대팻밥 사이에
　　집어넣었다.
　　너의 화병 속에서 실컷 마시려무나!
　　조용히 쉬어라,
　　작은 아스터 꽃아!

　이 시의 시적 자아는 정취적, 서정시적인 자아가 아니다. 적나라한 해
부 광경, 사체 절개를 보고하는 의학적인 자아다. 서사적 양식으로 전문
용어를 구사하면서 벤은 해부의 끔찍한 정경을 태연스레 묘사한다. 서정
적인 제목과 반서정적인 내용의 불일치를 통해 독자의 고정관념을 완전
히 깨뜨리는 수법을 쓰고 있다. 일종의 충격 요법이다. 의사의 자연과학
적 시각 아래서 사체는 더 이상 감정, 정취, 이성을 지닌 주체가 아니라,
흉곽, 피부, 혀, 구개 등 신체 기관으로 구성된 의학적 해부의 객체에 지
나지 않는다. 상황 묘사라는 측면에서 볼 때, 어떤 의미에서 이 시는 철
저한 자연주의보다 더 '자연주의적'이다. 같은 시체 공시장의 모티브라도
릴케의 시 「시체 공시장」(1906)에서 묘사되는 사자(死者)들은 아직 품위
와 깊이를 갖고 있다.

눈동자는 눈꺼풀 뒤에서 시선을 돌려,
이제는 내부를 들여다본다.

하임의 괴기한 담시 「시체 공시장」에는, 사자의 위엄을 그리려고 한 때문이기도 하지만 짙은 파토스가 들어 있다.

우리는 너희들 위로 자랐다. 산처럼 높다랗게
검은 죽음의 밤에, 신처럼 거대하게.

그러나 벤의 시에는 파토스와 고아함 등이 철저히 배제되어 있다. '자연주의적' 수법으로 의학적 진단의 기술에 철저를 기하고 있을 뿐이다. 동시에 주목할 것은, 경험적 사실을 서사적으로 묘사하면서 동시에 "창의적인 결합술"[58]을 사용하고 있다는 점이다. 해부라는 추악한 분위기와 아름다움의 상징인 아스터 꽃을 병존시키는 대비법이다. 관습적인 독자의 상상력에 대한 충격적 파격, 꽃 모티브가 갖는 정취적 서정성의 파괴가 자행된다.

처음 열두 줄의 서사적 기술에 이어 마지막 부분에 가서야 두 개의 '서정적' 감탄조가 나타난다. 그러나 이것은 역시 정취를 불러일으키기는커녕 여지없이 소멸시켜 버린다. 멜랑콜리에 강한 시니시즘이 곁들여졌기 때문이다. 꽃을 시체 속에 던져 넣는 의사 시인의 도발성은 일상적인 사고의 벽을 무너뜨리는 시니시즘이다. 따라서 「작은 아스터 꽃」은 낭만적인 자연시도, 상징적인 예술시도 아니다. 전통적인 미학의 시가 아니라, 현실에 대한 새로운 접근을 통해 서정적 관습을 파괴시킨 일종의 반시(反詩)라 할 수 있다.

이러한 '메타포의 투쟁' 속에는 표현주의적 성향이 강하게 나타난다. 외적인 세계, 의식, 정취의 조화로운 통일을 당돌하게 파괴하고, 해체된 각각의 요소를 특이한 모티브로 재구사함으로써 이미 몽타주 형식의 원리를 배태하고 있다. 환경의 모든 디테일을 면밀하게 재생산하는 아르노 홀츠 Arno Holz 식 자연주의와는 달리, 사물의 본질적인 것에 관심을 갖는 것이 초기 벤에 나타나는 몽타주 기법의 특징이다. 즉 벤은 모방적인 환경 모사(模寫)에 국한하지 않고, 창의성 있는 몽타주를 통해 환경과 대상의 본질적인 것에 접근한다.

4 「아름다운 청춘」의 시니시즘

통념을 깨뜨리는 도발적인 결합술은 〈시체 공시장〉 연작 중의 하나인 「아름다운 청춘」에도 나타난다. 아름다운 제목과 끔찍한 내용을 결합시키는 대비법은 현실 파괴의 충격뿐 아니라 무기력한 자기 만족에 빠져 있는 일상인들에게 죽음의 테마를 각성시키는 효과를 주기도 한다.

> 갈대밭 사이에 길게 누운 처녀의 입이
> 무언가에 갉아먹힌 듯했다.
> 가슴을 절개하자 식도에는 구멍이 숭숭
> 급기야 횡격막 아래 아늑한 곳엔 새끼 쥐들의 보금자리가 있었다.
> 작은 암놈 한 마리는 죽어 있었다.
> 다른 놈들은 간과 콩팥을 먹고 살았고,
> 차가운 피를 마시면서
> 예서 아름다운 청춘을 보냈다.
> 놈들의 죽음 또한 빨리 찾아왔으니,
> 몽땅 물 속에 던져졌기 때문이다.
> 아, 조그만 주둥이들이 찍찍대던 소리라니!

이 시에서 대비를 이루고 있는 것은 처녀의 시체와 새끼 쥐들이다.

사랑의 이미지를 주는 처녀가 죽은 후 쥐의 보금자리가 된다는 충격적 대비에서도 강렬한 시니시즘이 존재한다. 끔찍하고 비일상적인 체험이 과거의 시제로 논리적 필연성을 갖고 보고된다. 가슴, 식도, 횡격막 등의 용어를 구사하면서, 사자의 디테일이 즉물적으로 묘사된다. 해부자가 내장을 들어내듯이, 이 의사 시인은 언어가 가지는 의미의 다양성을 각인해 낸다. 독자는 제목에서 느끼기 쉬운 감상성의 토포스Topos에서 떠나지 않을 수 없다. 일상적인 감정과 사고의 틀에서 벗어나야 한다. 벤의 이러한 반미학적 행위는 도발적인 시니시즘에서 기인하는 것이고, 이것은 나아가 광범위한 비판의 성격을 갖는다. 정취, 감상, 자연, 사회, 종교의 영역뿐 아니라 시인과 언어, 아니 의식에까지 이르는 비판이다. 이러한 비판적 시니시즘은 시 「육체」에서 현실, 의식, 그리고 언어에 대한 위기감으로 나타난다.

누가 미래를 알 것인가?
뇌는 미로다. 동물은 돌멩이로 느끼기도 한다.
돌멩이. 하지만 돌멩이 말고 무엇일까? 언어다! 고함소리다!
……
나는 내 사고의 중심에 침을 뱉는다.

독자를 당혹케 하는 벤의 도발적 시들은 모두 위장된 형식성을 폭로하려 한다. 이러한 폭로 행위 앞에선 아름다운 외관도, 형이상학적인 가치도 소멸할 수밖에 없다. 그러나 벤의 시니시즘은 파괴를 목적으로 삼는다기보다 현실에 대한 고통을 표현하고 있다고 보는 것이 옳다. 그는 자신의 고통을 괴로운 조소 속에 감추고 시 속에 '시니컬한 형상'을 만들어 낸다. 시니시즘은 미학적 카테고리에서 볼 때, 독자의 마음을 상하게 함으로써 비판 의식을 일깨우려는 문학적 도발성의 근단적 형태다. 때문에 도전적인 시인은 시니컬한 존재일 수밖에 없다.

벤의 공격적인 시는 정서적 표현 형식으로는 가능하지 않다. 언어를 분석하는 지적 능력을 전제로 한다. 즉 비판적 지성에 의한 '두뇌시'라 할 수 있다. 정취적인 서정시가 아니고 정신적인 언어 예술, 영감적 신비가 아니라 비판적 의식이 우선하는 시다.

벤의 시 「가수」에 묘사되는 가수이자 시인은 "두뇌의 원리를 이용한 폭파자"이다.

> 한때 가수는 그것을
> 이원적으로 행했지만,
> 오늘날 그는 두뇌의 원리를 이용한 폭파자,
> 매시간 절실하게
> 시의 꿈을 엮기 위해
> 그의 힘든 실존을
> 서서히 그리고 기묘하게
> 무(無) 속으로 짜 넣는다.

초기 벤의 두뇌 서정시를 배양한 지적 토양은 의사로서의 경험이다. 「두뇌」(1915)로 시작된 일련의 의사 소설에 등장하는 주인공 뢰네가 문학 속에 투영된 벤 자신의 모습이다. 『시체 공시장』을 비롯한 표현주의 시들에 나타난 파행성의 모험, 문학의 영역에 전개되는 이 추악함의 미학은 냉정한 의사의 시각이었기에 가능했다.

5 「밤의 카페」와 인간의 사물화

벤의 시에서는 또한 인간의 사물화가 전례 없는 강도와 냉혹함을 가지고 언어로 표현되고 있다.[59] 1912-1914년에 생겨난 초기 시 중의 하나 「밤의 카페」에서는 이러한 각도로 벤의 문학을 살펴보기로 한다.

824 : 여인들의 사랑과 삶
첼로는 재빨리 마셔 댄다. 플롯은 3박자의 길이로 깊게 트림한다: 멋
진 저녁식사
소북은 탐정 소설을 끝까지 읽는다.

푸른 이빨들, 얼굴의 여드름이 안질에게 윙크한다.
머리카락 속의 지방질이
편도(扁桃)가 튀어나오게 벌린 입에게
목 주위의 믿음, 사랑, 소망을 이야기한다.

젊은 종양은 안짱코가 마음에 든다.
그녀를 위해 맥주 세 잔 값을 지불한다.

모창(毛瘡)은 카네이션 꽃을 사서
이중 턱을 구슬른다.

B-단조 : 35번. 소네트
두 개의 눈동자가 울부짖는다:
무리가 그 위에 달라붙도록
쇼팽의 피가 홀 안으로 뿌려지지는 않는다!
끝이다! 야호, 끼끼!

문이 흐르듯 지나간다: 어느 여인.
말라붙은 황무지. 가나안의 갈색.
순수무구함. 굴의 왕국. 향기가 함께 온다. 거의 향기랄 수도 없다.

내 두뇌를 향해 달콤하게 솟아오르는 공기뿐이다.

비만이 뒤편에서 총총히 걸어 나온다.

밤의 카페에서 흥청거리는 군상들을 극도로 사물화시킨 시다. 인간들이 그들의 추악한 속성으로 상징화되고 있다. '푸른 이빨', '얼굴의 여드름', '안질', '젊은 종양', '안짱코', '모창', '이중턱'. '지방질' 등 극단적인 의인화는 그 밖에도 얼마든지 찾아낼 수 있다. 사람을 첼로로, 플롯으로, 소북으로, 악기 연주를 마시기, 트림하기, 탐정 소설 읽기로 묘사한다. 이러한 인간의 사물화 내지 사물의 의인화의 공통점이 있다면, 한결같이 추악한 것에 초점을 맞추고 있는 점이다. 인간은 주체로서의 일반성을 상실하고 추한 속성으로 사물화된다.

이것은 수사법상 일부로서 전체를 대신하는 대유법(代喩法)의 범주에 속하는데, 대유적 관념 뒤에서 우리는 의사 시인인 벤의 해부학적 시각을 느낄 수 있다. 이 시에서도 역시 벤은 추악함의 미학을 구사함으로써 충격적인 반응을 노리고 있다.

추한 것의 가면을 벗기는 도발성. 이것은 벤의 초기 시 대부분에서 볼 수 있는 특성이지만 그중에서도 앞에 언급한 「작은 아스터꽃」과 「아름다운 청춘」을 위시하여 「진혼곡」, 「의사」, 「진통을 겪는 여인들의 방」, 「완성」, 「남자와 여자가 암병동을 지나다」 등에서 더욱 두드러진다. 육체의 추함과 몰락을 기술함으로써 충격을 유발하는 기법이 이미 보들레르의 「썩은 고기 한 조각」에서도 사용되고 있음에 유념할 필요가 있다.

그 밖에도 벤의 시에는 '부스럼', '여드름', '구토물', '똥'에 이르기까지 육체적 몰락과 파괴, 인간 존재의 격하를 드러낼 수 있는 온갖 대유가 구사된다.

6 「급행 열차」와 「영국 카페」에 나타나는 환상의 확산

1920년대에 접어들면서 벤의 시에 차츰 강하게 나타나는 것은 꿈, 도취, 환상으로의 경도다. 적나라한 사실 세계를 시니컬하게 표현하던 그의 시 세계는 차츰 내면으로 선회하여 근원적인 심층 투사를 보여 준다. 이들 시에서 우리는 상징주의와 자연주의 성향에서 해방되어 독자적인 표현주의자로 변모된 벤의 모습과 만난다. 벤의 분신인 의사 뢰네가 등장하는 연작 소설에서는 주인공의 입을 빌려 진화론, 물질주의, 실증주의에 신랄한 공격을 퍼붓는다. 뢰네는 한 병리학 교수의 주장에 대해 이렇게 반박한다.

경험을 축적하고 체계화하는 것 —— 이것은 가장 하위의 두뇌 활동이다.

벤의 시에는 세기 초의 모방적인 표현주의에서 벗어나 환상적 표현주의 경향이 점점 강렬하게 나타난다. 도취나 무의식, 즉 관념적이며 주관적인 현실을 표현하기 위해 객관적인 외적 현실의 묘사가 지양된다. 그것은 자연과학의 실증주의, 현대 문명의 메커니즘에 대한 표현주의적 반란이요, 논리학의 권능에 대한 회의다.[60] 체계적인 논리성과 고정화된 외적현실의 이미지에서 벗어나 의식의 밑바닥에 존재하는 환상적, 무의식적 심층을 탐구하려는 점에서 다다이스트나 초현실주의자들의 강령과 일맥상통한다. 『시체 공시장·기타』를 전후한 시들에서 나타나는 사실적인 관찰과 인상, 즉 경험적 현상 세계에서 감각적으로 지각된 것이 어떻게 도취적이며 원형적인 삶의 표현으로까지 확산되는가 하는 것을 「급행 열차」라는 시에서 살펴보자.

코냑과 같은 갈색. 잎새와 같은 갈색. 적갈색. 말레이시아인의 황색.
베를린을 출발 트렐레보르크와 동해 해수욕장으로 가는 급행 열차.(1연)

시의 모두(冒頭)에서는 우선 현실 체험에 대한 정확한 감지와 인상이 그려진다. 즉 피서지행 기차 안에서 색채어로 인간들의 복작거림이 생생하게 재현된다. 그러나 곧 감각적 인상들은 관찰자인 시인의 비전을 자극해 관념의 메커니즘을 발동하여 현실과의 경계를 소멸시킨다.

> 발가벗고 가는 육체.
> 바다 때문에 입 속까지 갈색이 되어 무르익어 가라앉는다.
> 그리스적 행복으로.(2연)

1연에서의 감각적 인지가 2연에 와서 객체와 주체 사이의 간극이 소멸됨으로써 환영이 되고 있음을 알 수 있다. 기차에 탄 인간들에게 중요한 것은 개별적인 존재 자체가 아니라 그들의 내부에 작용하고 있는 원상(原象), 즉 개성적이고 본능적인 삶이다. 같은 시기에 나온 시 「영국 카페」에서도 역시 카페라는 현실에서 받는 감각적인 인상에서 시작해, 표현주의적 관념의 세계가 불러내는 도취적 삶으로 확산되어 감을 볼 수 있다.

> 온통 좁은 구두를 신은 약탈자의 무리
> 러시아 여인들, 유대 여인들, 죽은 백성들, 먼 해안들이
> 새해의 밤 속으로 미끌어져 간다.(1연)

> 티레네의 바다. 범법자 같은 청색.
> 도리스식 신전 장미꽃의 잉태 속에서 평야들. 들판은
> 수선화의 죽음을 죽는다.(6연)

여인들과 죽은 백성들과 먼 해안들이 현실이라는 시간과 공간을 넘어 관념의 차원으로 들어간다. 3연에서는 성서적 메타포를 이용하여 신화적

인 분위기를 연출하다가, 마지막 6연에서는 「급행 열차」에서 보았던 '그리스적 행복', 즉 관념적 도취적인 '남방 콤플렉스'가 나타난다. '오 Oh'라는 감탄사, '너 Du'라는 호칭, 과장된 은유 등 격렬한 언어를 구사하면서 시적 환상은 넓게 확산되어 간다. 현대 문명의 일면인 카페로부터 성서 신화인 라헬을 거쳐 고대 예술과 지중해, 도리아 신전과 푸른 바다의 무한성에 이르기까지.

지금까지 몇 편의 초기 시를 소개하며 살펴보았듯이, 벤의 표현주의는 해부 서정시에서 보여 주는 자연주의적 표현주의로부터 환상에 의한 삶의 관념적 표현에 이르는 '표현주의적' 표현주의로 전이해 갔음을 알 수 있다. 테오 마이어는 초기 벤의 표현주의의 본질을 다음과 같이 특징 짓고 있다. 즉 "몽타주 기법을 이용한 사실주의, 창조적인 주관성, 그리고 현실을 초월하는 파토스"[61]로.

7 후기 벤의 표현주의

〈시체 공시장〉 연작과 「육체」 이후에도 벤의 시들에는 표현주의 경향이 계속 남아 있을까? 물론 제한된 범위 안에서지만, 후기 벤에게서도 표현주의적 특징은 도처에서 발견된다. 1920년대의 작품들 속에서 벤은 언어 몽타주를 새로운 구조와 형태로 발전시키고, 보다 창조적이고 자유롭게 언어를 구사함으로써 격정적이면서도 고상한 기술 방식을 개발했다. 동시에 초기 시에서 보여 주던 도발성을 더욱 확대하여 많은 시들 속에서 아이러니, 패러디, 풍자성의 색채를 짙게 풍긴다. 주제의 범위가 더 넓어지고 행간마다 시대 비판적인 풍자가 번득이고, 형식상의 구사도 견실해진 감이 있다. 이러한 주제의 확장과 몽타주 형식의 견실함을 보여 주는 시로 「가수」(1925)를 들어 보자.

싹, 개념의 발생,
브로드웨이, 방위,
경마와 안개를
가수는 피 속에서
늘 형상을 이루며
늘 언어에 섞어 넣는다.
나와 너 사이의
균열을 망각한 후에.

이 시연은 벤이 1920년대에도 아직 표현주의의 경향을 띠고 있음을
확인하고, 그것을 어떻게 생산적으로 발전시키고 있는가를 뚜렷이 보여
준다. 이 시 속에선 처음부터 일체의 일화적(逸話的) 체험, 현실의 디테
일에 대한 날카로운 관찰 따위가 배제된다. 그 대신 농축된 몽타주 기법
으로 현실의 불일치 요소들이 블록처럼 나열된다.

또한 벤의 1920년대 시들에서 신화적인 파토스나 시대 비판적 풍자가
어떻게 구사되고 있는가도 주목할 만하다. 이것은 전술한 대로『시체 공시
장』시절에 생겨난 도발적인 시니시즘을 발전시킨 것이다.「밤」(1923)이라
는 시에서 벤은 종전처럼 도발적이고 반서정적인 언사를 구사하고 있다.

뛰어라, 너희들 엉성한 어릿광대,
여전히 별과 빛,
너희들의 배가 터져
최후의 심판에 이르기까지
맹수, 외로운 불꽃
죽어 꺼져 가는 운명,
어머니들의 잉태한 자궁으로부터
유선(乳腺)이 터진다.

이것은 표현주의적 공격시 계열에 속한다. 〈시체 공시장〉 연작처럼 아름다운 현상 기술을 포기하고 날카로운 시니시즘으로 교란된 독자의 의식에 충격을 준다. 벤의 후기 시들은 점차 세계 풍자와 역사 풍자까지 확대되었다. 1920년대 벤 시에 풍자적 패러디가 발전한 것은, 시적 자아의 새롭고 자유로운 표현을 의미한다. 그러나 벤의 풍자는 미래 개선적인 계발성을 갖고 있지는 않다. 그것은 비난조의 격렬한 풍자도, 농담조의 우스꽝스러운 해학도 아니다. 현실과 이상의 모순을 단정하려는 것도 아니고, 단지 현실을 비판적으로 폭로하고 그것의 생산적인 계기만을 언어화시키는 시니시즘의 풍자다.

소위 정태시(靜態詩)로 발전해 가는 1930년대의 벤의 시가 표현주의를 완전히 거부한 것은 아니다. 오히려 벤 자신은 이 시기에 표현주의에 대한 깊은 관심을 보이고 있다. 1933년에 집필한 에세이 「표현주의」에서 벤은 표현주의에 대해 변호하면서, 그가 중요시하는 '창조적 정신'이 그를 심리적으로 표현주의의 왕국으로 이끌고, 그것의 방법을 마치 자신이 타고난 것인 양 느끼게 한 것이라고 주장한다. 이 시기에 쓴 글로써 또 하나의 표현주의의 역사적 가치를 높이 평가하고 있는 에세이가 「염세주의 이후」(1932)다. 그리고 분석심리학이 신화의 재발견, 나아가 그로 인한 인류학적 개선을 이루는 데 기여했다고 말한다.

이 시기에 벤은 표현, 형식, 공작성(工作性)의 개념을 강조하고 있는데, 이는 이제 후기 벤의 시학이 예술의 객관성에 시선을 돌린 증거다. 1932년 「학술원의 연설」에서 말한 "환각적, 구조적 양식"은 창조적 주관성의 표현주의적 이념을 절대적 형식의 구조적 이념과 결합시키는 경향을 가리킨다. 에세이 「표현주의」에서 벤은 이렇듯 새로운 형식으로의 발전을 일컬어 디오니소스적인 것이 아폴론적인 것으로 변화한 것이라고 비유한다.

이렇듯 벤의 문학은 표현주의와의 인연을 끊지 않았다. 훗날 그는 "독일의 표현주의는 확실하게 사라졌다."고 말하고는 있지만, 동시에 표현주의의 역사적, 지속적 영향력을 반복해서 강조하고, 나아가 자신을

140

표현주의자로 자처했다. 사실 1940년대 이후의 벤 시 속에도 몽타주 기법, 이야기식 스타일, 그리고 파토스가 적지 않게 나타난다.

눈에 보이지 않는 그림을 그릴 테다

지그프리트 렌츠의 『독일어 시간』과 의무관

1 권력과 예술의 갈등

전후 독일 문단에 등장한 젊은 작가들의 구호는 필연적으로 같을 수밖에 없었다. 그다지도 인간을 무기력하게 만들었던 폭력에 대한 증오와 규탄이었다. 하인리히 뵐이 그러했고, 귄터 그라스가 그러했다. 열일곱 살에 해군에 입영하여 "여름날의 소전투와 눈 속의 견고한 포위, 진격과 슬픈 후퇴"[62]를 체험한 지그프리트 렌츠Siegfried Lenz(1926-)의 경우도 예외는 아니다. 1968년에 나온 그의 대표작 『독일어 시간 Deutschetunde』 은 반파시즘 계열에 속하는 소설 중에서도 특히 세인의 주목을 끈 작품이었다. 방송극 『무죄자의 시대』 이래 4년의 각고 끝에 완성한 이 책은 출간되기가 무섭게 경이적인 판매량을 기록했고, 뉴욕 언론이 지적한 대로 "수년 내의 독일 소설 가운데 가장 깊은 인상을 주며, 생각에 잠기게 하는 책 중의 하나"로 평가되었다.

한마디로 『독일어 시간』은 나치스의 전체주의에 대한 비판서다. 렌츠 자신이 한 인터뷰에서 해명한 대로 "나치 시대의 창작 금지를 소재로 권력과 예술과의 갈등을 그린 소설"이다. 이러한 테마가 성공을 거둔 데에는 렌츠 자신도 예상치 못했던 일이라고 고백했지만, 특히 독일인의 관심을 끈 것은, 이 금지령을 집행하는 경찰관 예프젠Jepsen의 융통성 없는 의무관이다. 이러한 "지나친 의무 의식, 무비판적이고 맹목적인 복종심"이야말로 나치 시대, 대부분의 독일인이 빠져들었던 시행 착오의 일면이었기 때문이다. 국가(나치)가 부여한 임무를 수행하기 위해서는 우정의 단절도, 가정의 파탄도 감수하는 인간, 의무의 개념을 '도덕적 명령' 이상으로 착각하는 인간. 경찰관 예프젠으로 대표되는 이 존재가 바로 독일 민족성의 일면을 보여 주고 있음을 이 작품은 시사한다. 학교 소설과 같은 제목을 가진 이 작품에서 이루어지고 있는 수업은 독일어뿐 아니라, 독일인의 성격, 독일인의 역사, 독일인의 의무 관념에 관한 것이다.

'맹종적인 의무관'이라는 문제성 있는 테마를 표출하는 데 있어 렌츠는 특유의 세밀하고 해학에 넘치는 서술 기법을 십분 구사하고 있다. '이야기꾼'다운 그의 필치로 우리는 작품의 배경인 독일 북쪽 해안의 향토성에 젖을 수 있으며, 행간에 배어 있는 은은한 해학에 접해 문학 작품으로서의 아름다움과 재미를 맛보게 된다. 이 작품은 어떤 의미에서 시대 소설로서 보다 옹골찬 문체에 비중을 둔 향토 소설로서 더 큰 성공을 거두고 있기도 하다.

2 의무관의 상충

경찰관 예프젠

그림 절도죄로 감화원에 복역 중인 소년 지기 예프젠 Siggi Jepsen은 독일어 시간에 "의무의 기쁨"이란 제목의 작문을 부과받고, 전시 중 고향의 한 화가에게 내려졌던 창작 금지와 그것을 감시하던 아버지의 행각을 머리에 떠올린다. 당시 그곳의 파출소장으로서 화가 난젠에 대한 창작 금지령을 전달하고 그 준수 여부를 감시하게 된 지기의 아버지는, 당사자가 비록 막역한 친구이긴 하지만, 예술적 자유를 위해 지시를 위반하려는 행위를 묵과할 수가 없다. 질서를 최선의 미덕이라고 생각하는 그로서는 우정보다 의무의 집행이 더 중요한 일이기 때문이다. 그는 필요 이상으로 난젠의 그림을 압수하거나 파손하고, 그로 인해 생기는 친구와 가족 사이의 소원함도 대수롭지 않게 여긴다. 이 "영원한 명령 수행자"는 종전 후에도 맹종의 아집에서 벗어나지 못한다. 그림 은닉처인 풍찻간의 방화(放火)를 아버지의 소행으로 단정한 지기는 아버지로부터 화가의 그림을 보호해야겠다는 강박 관념에 사로잡혀 그림을 훔치는 상습 절도범이 된다. 감화원에서 회상의 기록을 마친 후 석방 통고를 받지만, 지기에게 새삼 제기되는 문제는 어디로 가서 무엇을 할 것인가 하는 것이다.

회상의 형식을 취한 이 '틀 소설 Rahmenerzählung' 속에는 두 개의 시간이 존재한다. 감화원이 있는 엘베 강의 섬에서 작문을 쓰고 있는 현재와 작문의 내용이 되고 있는 시점, 즉 10년 전의 과거다. 소설 『독일어 시간』의 배경은 주로 회상 속의 사건들을 가능케 했던 역사적 시간이며, 시대를 보는 관점의 차이가 바로 작품의 모티브가 된다. 우선 W. J. 슈바르츠의 말을 들어 보자.

이 작품의 비상한 성공을 어떻게 설명해야 좋을까? 우선 그 테마에 공을 돌려야겠다. 불행했던 과거에 대한 현실적인, 정치적인 테마 말이다. 옌스 올레 예프젠과 막스 루드비히 난젠이라는 두 대립되는 인물 속에서 렌츠는 독일인으로서 가능한 두 인간상을 그려 내는 데 성공했다. 즉 군도(軍刀) 소리를 철컥이며 부동 자세를 취하는 독일인, 그리고 다른 하나 정신적, 예술적 독일인을.[63]

이 둘은 말할 것도 없이 각각 힘과 예술을 상징하는 존재들이다. 한 사람은 유니폼을 입고 명령을 내리고 질서와 훈육을 신봉한다. 요컨대 그는 프러시아 정신의 산물이다. 반면 화가 난젠은 세계주의, 민주주의, 자유주의의 대변인, 즉 바이마르적인 인물이다. 한쪽은 어떠한 체제이든 비판 없이 맹종하는 자이고, 다른 한쪽은 개인의 자유를 제한하는 체제에 반항하는 자다. 한쪽은 '일반적 질서'를 최선의 미덕으로 생각하나, 다른 한쪽은 획일성에 목적을 둔 규범 따위는 지키지 않아도 된다고 생각한다. 따라서 양자가 생각하는 의무의 개념이 상이할 수밖에 없다. "베를린에서 제시되었으면 그것으로 충분하다."는 것이 경찰관 예프젠의 의무관이다. 그에겐 의무 자체가 중요한 것이지, 그것이 수행할 가치가 있는가 없는가는 문제가 되지 않는다. 친구인 우편 집배원 오코 부로드젠과의 대화가 이를 단적으로 증명한다.

> (옌스) : "우리가 의무를 수행할 때, 거기에서 무엇을 얻는가, 또는 그것이 유익한가 어떤가 따위를 나는 문제삼지 않네."
> (오코) : "중요한 시기에 의무를 행하지 않았기 때문에 살아남은 사람도 많네."
> (옌스) : "그렇다면, 그는 의무를 행한 게 아니지."

따라서 친구 난젠에 대한 창작 금지를 전달하고 감시함에 있어서도 이러한 사고 방식이 그의 모든 행동 기준이 된다. "주어진 임무가 없으면 반쯤 넋이 나가는 사람"이었기에, 블레켄바르프에 사는 화가를 감시하고자 순찰용 자전거를 타고 달릴 때 그가 내뱉는 신음소리엔 "은밀한 만족감"마저 섞여 있다. 이 "영원한 명령 수행자, 나무랄 데 없는 집행자"의 모습을 화자 지기는 이렇게 희화적으로 묘사한다.

> 나의 아버지는 달리고 있었다. 궂은 봄날에도, 우중충한 일요일날에도, 아침에도 저녁에도, 전시에도 평화시에도 그는 사명의 소롯길을 향해 페달을 밟았다. 언제나 그를 블레켄바르프로만 이끌어 가는 그 소롯길을 향해, 영원히 영원히, 아멘.

경찰관 예프젠의 비극은 의무 자체에 지나치게 충실한 나머지 인간성을 상실하는 데 있다. 부과된 임무 수행을 위해 죽마고우를 탄압하고 탈영병인 아들(클라스)을 고발하고, 화가의 모델이 되었다는 이유로 딸을 내쫓는다. 체제의 종말이 왔는데도 의무의 노예가 된 그는 금지령이 무효화된 화가의 그림을 추적하고, 자기 때문에 그림 절도범이 된 아들을 체포하러 나선다. "자신의 의무를 수행하는 사람은, 설령 시대가 바뀐다 할지라도 걱정할 필요가 없다."는 것이 그의 소신이다.

옌스 예프젠 이외에도 이 책에는 많은 맹종적 소시민들이 등장한다. 예프젠의 부인 구드룬이 그렇고, 영국 방송을 청취한다고 친구를 고발하는 불트요한이 그렇고, 교사 프루겔과 감화원 선생 코르프윤이 그러하다. 이들은 모두 나치 체제의 비인간적 질서 의식이 만들어낸 "권력이 그다지도 쉽사리 뿌리를 내릴 수 있도록 도와준" 독일적 의무 관념의 한 반영이다.

화가 난젠

한편 화가 난젠의 의무는 무엇일까? 그것은 예프젠식 의무와는 차원이 다르다. 예술가적 양심과 사명감에 대한 의무인 것이다. 표현의 자유, 다시 말해 개인의 자유를 수호하려는 의지다. 그에겐 예프젠식 의무 수행이 "맹목적 월권 행위"로 여겨지며, 나아가 힘이 있는 자들로 하여금 "월권 행위를 할 수 있도록 도와주는 것"으로 보인다. 따라서 당국이 명령한 창작 금지령에 승복할 수가 없는 것이고 "보이지 않는 그림"을 그리면서까지 이러한 물리적인 폭력에 꺾이지 않는 것이 그의 사명감이자 의무관이라 할 수 있다. 양자의 의무관의 상충은 다음의 대화에 잘 나타나 있다.

(옌스): "나는 다만 내 의무를 수행할 뿐이네, 막스"
(난젠): "내 말 좀 들어 보게, 옌스, 세상에는 결코 포기할 수 없는 것

들이 있다네. 분명히 알아두게. 난 계속 그림을 그리겠어. 눈에 보이지 않는 그림을 그릴 거야. 너무 많은 빛이 담겨 있어 너희들 눈에는 아무것도 띄지 않을, 그런 보이지 않는 그림을 말이야."

(옌스) : "자네 알겠지, 막스, 내가 무엇에 대한 의무를 부여받고 있는지를."

(난젠) : "암, 암, 알고 말고, 분명히 얘기해 두네만, 너희들이 의무가 어쩌고 할 때마다 구역질이 난단 말이야. 너희들이 의무, 의무해 대면 다른 사람도 무언가 각오를 하지 않으면 안 되겠지."

'타락한' 예술가라는 낙인이 찍혀 회화 제작 금지를 당하고 700여 편의 그림이 압수되는 이 인물은 제3제국 치하에서 갖가지 탄압을 당하던 예술가 군(群)을 대표한다. 표현주의 화가이며 '그려지지 않은' 그림을 그려 탄압에 대항했던 실제 인물 에밀 놀데 Emil Nolde(1867~1956)가 난젠의 모델이다. 파이너트 D. Peinert는 양자 간의 유사점으로 다음의 사항들을 예시한다. 두 사람 다 북부 독일 출신인 점, 둘 다 판화 수업을 받은 점, 둘 다 여행을 했으며 잠시 베를린에 체류했다가 그들의 고향인 쉴레스비히-홀스타인의 습지대로 돌아와 정착한 점(실제 인물 놀데는 루테뷜 Rüttebüll의 운텐바르프에, 작중인물 난젠은 루크뷜 Rugbüll의 블레켄바르프에), 둘 다 꽃, 풍경, 바다, 가면, 그리고 색깔의 대비가 화려한 환상적 그림들을 그린 점, 두 사람 다 나치 치하에서 창작 금지를 당했고, 그에 대항하여 놀데는 '그려지지 않는 그림' 시리즈를, 난젠은 '보이지 않는 그림' 시리즈를 그린 점 등이다.

화가 난젠의 모델이 누구였는가 하는 것은 여기에서 그리 중요한 일이 아니다. 중요한 것은, 난젠이 암담한 상황에 처해 있던 예술가들의 양심과 용기를 대변하고 있다는 점이다. 그의 의무는 힘의 폭력에 맞서 개인의 자유를 지키려는 것에만 그치지 않는다. "역사적 예견"을 가지고, 예술을 통해 앞날에 대한 희망을 민중의 가슴속에 일깨워 주는 의무까지도 걸머지는 것이다. 즉 선구자적 사명 의식이다. 그는 친구 예프젠의 단견을 나무라며 이렇게 말한다.

"2년, 또는 3년 후에 무슨 일이 생길지 생각해 보세. 아니, 어쩌면 더 빠를지도 몰라. 우리에게 어떤 의무가 있다면 그건 바로 앞날을 예견하는 일이야."

『독일어 시간』이 보여 주는 것은 한 시대에 있었던 힘의 폭력만이 아니다. 그것의 제물이 되는 복종의 의무관만도 아니다. 화가 난젠의 세계관 속에서 우리는 짙은 휴머니즘을 발견한다. 그는 불행한 동료 화가의 두 아이를 양육한다. 동료 미술인과 한 식구처럼 기거하며, 심지어 집에서 쫓겨난 예프젠의 아들까지 보살펴 준다. 따라서 화가 난젠의 의무는 예술가적 사명을 넘어 모든 인간에게 사랑의 소중함을 전하려는 휴머니즘적 실천이다.

작품 속에는 화가 이외에도 마음이 따뜻한 휴머니스트들이 많이 등장한다. "우리의 친애하는 간수" 요스비히는 소년 감화원이라는 규제의 메커니즘 속에 몸담고 있으면서도 원생들에 대한 애정을 잃지 않고 있다. 옌스 예프젠 같은 기계적 인물과는 다른 존재다. 항상 웃음을 보이며 아이들에게 고명과자를 선사하는 화가의 아내 디테, 화가 난젠의 재능을 인정함은 물론 그의 인간성까지 존경하고 있는 부스베크 박사, 난젠에 대한 탄압을 안타까워하며 인간성을 상실해 가는 친구 옌스를 교도해 보려고 애쓰는 집배원 오코 등은 모두 휴머니즘에 넘치는 사랑의 실천자들이다.

소년 지기

그러나 『독일어 시간』의 문제는 맹종자로서의 의무관과 양심의 수행자로서의 의무관 사이의 상충에 그치지 않는다. 두 의무관 사이에서 갈등을 겪는 소년 지기가 있다. 그에겐 상충된 두 개의 의무가 동시에 주어진다. 염탐꾼으로써 아버지의 의무 집행을 도와주는 보조역이 되는 것, 그리고 소년다운 정의감 때문에 강박증에 시달릴 정도로 화가의 그림을 보호하려는 태도가 그것이다. 작중인물 마켄로트가 그의 논문에서 명명한 병, 즉 "예프젠 공포증"은 신경병 이상의 의미를 갖는다.

작가는 소년의 눈을 통해 한 시대의 선악을 바라보게 한다. 그리고 자신의 메시지를 대변케 하고자 한 소년의 희생을 설정한 것이다. 소년원에 수감된 지기에게 원장이 묻는다. "자네는 왜 여기에 왔다고 생각하지?" 지기는 대답한다.

"전 저의 아버지, 즉 루크뷜의 파출소장을 대신해 여기에 온 것입니다. 제 생각으론, 쿠르트헨 역시 그 어떤 사람들, 예컨대 루이제 아줌마나 빌헬름 아저씨를 대신하여 여기에 있다고 봅니다. 어쩌면 이곳의 모든 소년 원생들이 누군가를 대신하고 있는지도 모르지요."

지기는 누구인가? 그의 병은 무엇인가? 그는 왜 아버지를 비롯한 기성세대를 매도해야 하는가? 그 해답을 우리는 "루크뷜은 독일에 대한 은유"[64]라고 한 한스 바게너의 말에서 찾을 수 있을 것이다.

3 향토성과 아이러니

렌츠는 첫 소설 『창공의 보라매』(1951)로 작가적 명성을 얻은 후 주로 고향인 북독 마주렌 지방을 배경으로 한 향토색 짙은 작품들을 써왔다. 『줄라이켄 사람들은 그다지도 다정했다』(1955), 『등대선』(1960) 등에서 이미 바다 풍경을 성공적으로 묘사하고 있으며, 『독일어 시간』에도 작품의 배경으로서 소위 '마주렌의 진주(眞珠)'라고 불리는 북해와 그 연안의 풍경들이 한 폭의 그림을 보듯이 전개된다. 끝없이 출렁이는 파도,

모래톱, 갈매기의 서식처인 반도, 제방과 도랑, 북부 도시 후줌으로 향하는 국도, 비와 바람이 잦은 녹색의 초원과 풍차들은 모두 화자 지기의 기억을 통해 되살아난다. 루크뷜은 실재하는 장소가 아니다. 그러나 파도와 폭풍우와 북해의 하늘에 피어나는 구름은 현실이다. 우리는 작품 속에서, 난젠이 즐겨 그리던 바다의 낙조를 볼 수 있고, 배의 엔진 소리와 갈매기의 울음소리를 들을 수 있다.

바다는 해안의 방축을 때렸다. 새파란 불꽃을 튀기며 돌들의 틈새로 들어갔다가는 거품의 혓바닥을 날름거리며 다시금 처얼썩 떨어져 내렸다. 저편 바다 쪽으로부터는 어두운 색의 삭구(索具)가 솟아나와 장루돛, 웃돛, 큰돛들을 잔뜩 부풀리면서 미끄러지듯 다가오고 있었다.

작문의 형식을 빌려 이야기하고 있는 주인공의 회상은 이러한 풍경 공간에서 비롯된다. 향토에 대한 감정 이입이야말로 소설 『독일어 시간』에 색감과 깊이를 주고, 스무 개에 달하는 에피소드 하나하나에 생동감 있는 사실성을 부여한다. 렌츠는 한 인터뷰에서, 향토에 점점 강하게 귀의하는 자신의 경향을 일컬어 "우리가 잃었다고 믿는 어떤 것을 획득하려 애쓰는 주기적인 방식"[65]이라고 말했는데, 이러한 향토와의 연계성은 작중인물 난젠의 입을 통해서도 나타난다. 창작 활동을 위해선 대도시가 낫지 않겠느냐는 방문객의 질문에 대한 답변이다.

우리가 필요로 하는 수도(首都)들이란 우리들 자신의 마음속에 있는 것이지요. 저의 도시는 여기에 있습니다. 이곳은 제게 필요한 모든 것, 아니, 그 이상의 것을 갖고 있지요. 저에게 남은 몇 년의 여생을 가지곤, 이 조그만 땅에 관해 할 만한 얘기를 다 하기에도 모자랄 지경입니다.

향토로 연결되는 마음의 줄은 석방 후 어느 곳으로 갈 것인가 망설이는 지기에게도 작용한다.

나의 줄은, 내가 알기로, 루크뷜을 결코 떠나지 못할 것이다. …… 어떠한 사건도, 어떠한 해진(海震)도, 어떠한 지진도 이 연계성을 끊어 놓지는 못할 것이다. 이곳에 나는 영원히 매여 있는 것이다.

렌츠가 자기 고향의 이미지를 옮겨 놓은 가상의 장소 루크뷜의 정취 속엔 센티멘탈리즘이나 일말의 병적인 낭만주의도 나타나지 않는다. 『백마의 기수』에 나타나는 것과 같은 북국의 황량함이나 웅혼함도 보이지 않는다. 동향의 시인 T. 슈토름이 시적, 몽상적, 목가적으로 그린 프리스란트의 해변 풍경을, 렌츠는 마치 사실주의 화가의 그림처럼 냉정하게 그려낸다.

나는 그저 평평한 땅을 펼쳐 놓고, 그 위에, 몇 개의 도랑과 화란식 수문(水門)으로 무장시킨 어두운 운하들을 새겨 넣은 다음, 인공의 언덕 위에 다섯 개의 풍차간을 세워 놓는다.

풍경 묘사에서 색깔을 빈번히 사용하는 것도 이 작품의 한 특징이다. 그것은 화가 소설답게 색감의 이미지를 전달하는 데 아주 적절한 방법이 된다.

초원과, 멀리 후줌으로 뻗어 있는 가로수는 아직 초록색을 띠고 있었지만, 어느새 황갈색의 흐릿한 빛에 싸여 갔다. 그늘진 도랑들은 납덩이 같은 색깔. 여전히 벽돌 색의 노을이 시야에 가득했다. 산은 없고…… 그저, 갈색의 띠와 같은 길들이 나 있는 녹색과 황색의 초원, 검은 열매들이 달려 있는 오리나무의 도열…….

그림을 묘사하는 다음과 같은 표현은 색채어 구사의 극치를 이룬다.

저기, 하늘과 바다가 하나로 합쳐 있었다. 엷은 레몬 색이 밝은 청색에게 자기 구실을 다하도록 설득하고 있었다.

이러한 색채어의 사용은, 언어에 색감을 주고, 상황을 묘사하는 데 풍부한 상상의 여지를 남기며, 나아가 객관적 기술의 경직성을 막아 준다.

여기에 렌츠 특유의 우의적(寓意的) 해학이 곁들여 작품의 아름다움에 일조한다. 그를 일컬어 "상징적이고, 이해성 있는, 달콤한 언어를 구사하는 우화가"[66]라고 칭찬할 만큼 그의 해학은 익살맞고 다정스럽다. 그것은 홍소가 아니라 빙그레 짓는 미소를 요구한다. 날카로운 위트가 아니라 조심스럽게 내놓는 유머다. 축하객들을 물고기로 둔갑시켜 묘사하는 생일날의 장면(3장), 예프젠의 가족들이 청어 구이를 먹는 장면(10장)은 그중에서도 일품이다.

사실주의적 강령에 충실한 이 책에서 '천리안(千里眼)' 이야기를 다루고 있는 것은 특이하다. 그러나 작품의 향토성과 연관 지워 볼 때, 이것은 프리스란트의 '신비적 현상'을 다룬 바 있는 슈토름의 영향이라고 볼 수 있다. 슈토름의 『그리스하우스의 연대기』에 나오는 늙은 장님 마텐처럼, 『독일어 시간』의 경찰관 예프젠도 천리안을 갖는다. 그는 향토회의 시사회에서 전설적인 시령자(視靈者)의 환시(幻視)를 인정받는다. 그러나 이것은 향토적 요소를 지닌 일종의 해학적 풍자로 받아들여야 할 것이다. 즉 앞날을 내다보는 신통력을 가진 사람이 기실 목전에 닥쳐온 시대의 변화는 전혀 예측하지 못한다는 역설이 내포된 것으로 말이다.

4 시각적 비전 Vision의 기술

귀환병 이젠뷔텔의 귀향 장면(14장)을 읽어 보면 작가의 기술(記述)이 얼마나 '시침떼기식'인가를 알 수 있다. 이젠뷔텔이 부상으로 두 다리를 잃고 러시아 전선으로부터 돌아온다. 다른 남자의 아이를 임신한 그의 부인이 정거장에서 그를 마중한다. 썰매 같은 수레에 올려놓은 남편을 그녀는 필사적으로 끌고 간다. 이 극적인 순간 부부 사이의 대화는 단 한마디도 없다. 여자 혼자서 한 말도 단 세 마디뿐이다. 그중 한 마디, 화가의 도움을 사양하며 하는 말은 "잘될 거예요. 꼭 잘되어야 하고요." 렌츠가 다년간 기자 생활에 종사했기 때문일까? 그의 문장은 한마디로 냉정과 절제다. 이 장면에서 "그녀의 마음은 이 순간 찢어지는 듯했다." 는 식의 표현은 있을 수가 없다. 그러한 표현은 렌츠가 갖는 말의 뉘앙스가 아니다. 렌츠의 문장은 겉보기에 철저히 무감정적이다. 그저 객관적 사실만을 면밀히 기술할 뿐이다. 이러한 서술 방식에 대해 알프레흐트 베버는 이렇게 말한다.

『독일어 시간』에는 인물, 행동, 장소, 기분 어느 것 하나라도 곡진(曲盡) 하게 기술되지 않은 것이 없다. 기술, 그리고 또 기술이다. 하지만 여기에 기술되는 것을 우리는 볼 수가 있다. 우리의 눈으로 그 디테일의 속까지 꿰뚫고 들어간다.[67]

이 소설은 1인칭이지만, 이 화자는 작가를 대리하는 스물한 살의 소년이다. 사건의 대부분은 이 소년원생 지기의 회상의 기록 형식으로 기술된다. 따라서 사건이 일어났던 과거와, 그것을 기록하는 현재와의 사이에는 10년의 시차가 존재한다. 요컨대 사건의 목격자(내지 체험자)는 열한 살짜리 소년인 셈이다. 이 점이 사건을 객관화한 이유가 된다. 아니, 어쩌면 작가 자신의 의도적인 문학적 장치인지도 모른다. 따라서 지기의 역할은, 그의 "회상의 금고"에 간직된 기억들을 천연덕스럽게 이야기하고 있으면 그만이다. 작가의 고충은 이 열한 살배기 소년을 어떤 사건의 현장에든 약방의 감초격으로 참여시키는 일이다. 일어나는 모든 것을 목격하도록 해야 하기 때문이다. 이 이야기꾼은 모든 곳에 존재해서 모든 것을 보고 들어야만 한다. 따라서 스물한 살의 지기는 그의 기술을, 모든 감관이 동원되었던 '시각적 비전'에 의지하는 수밖에 없다. 10장 중의 한 구절을 보자.

그날 아침의 마구간에서 내 기억이 이끌어낸 것은 그것이 전부가 아니다. 도끼의 날 없는 쪽으로 두개골을 맞추던 소리가 들리고, 내려치는 중압 때문에 두개골이 땅바닥에 동댕이쳐지던 모습이 보이고, 아프게 내 팔을 움켜잡던 유타의 손가락이 느껴진다.

기억을 되살리는 데 세 개의 지각동사인 '듣다', '보다', '느끼다'가 동원된다. 거기에 '냄새 맡다', '맛보다'까지 합하여 이 작품에서 아주 빈번히 사용되는 동사들이다. 지기가 그의 기억을 되살리는 데 오관을 동원한다는 반증이다. 그중에서도 비중이 큰 것은 시각이다. 화자는 끊임없이 보고 관찰한다. 창문을 통해, 망원경을 통해, 열쇠 구멍을 통해, 낡을 풍차간의 조망 창을 통해 바라본다. 그것은 철저한 외관의 묘사와 연결된다. 화자에게 중요한 것은 사실성이다. 주관이 개입할 수가 없다. 열한 살 소년의 영상이기 때문이다. 설사 스물한 살의 지기가 그의 주관을 삽입하고 싶어도 그것은 추측의 형태에 그칠 뿐이다.

그들은 도랑의 거울 속에서 서로를 알아보았다. 그리고 누가 알랴? 이 상봉의 순간에 둘을 붙잡아매는 기억 하나가 번개같이 그들의 뇌리에 되살아났을는지 어떤지…….

그러나 과연 지기의 서술에 주관이나 감정이 들어 있지 않을까? 한낱 기억의 조각들을 모아 붙인 모자이크에 불과한 것일까? 렌츠가 취하고 있는 앙가주망의 자세를 감안해 볼 때, 그의 작품이 얌전히 그려 놓은 바다의 사생화만일 수는 없다. 스스로도 헤밍웨이의 영향을 시인하고 있지만, 작가에게 요망되는 것이 "세계를 외면하고, 가위로 예쁜 은종이나 오려 붙이는 데 있지 않다."[68]고 렌츠는 말한다. 귄터 그라스식의 대담하고 독설적인 외침은 들어 있지 않지만, 『독일어 시간』을 읽고 났을 때 우리가 느끼는 것은, 그 충실한 기술의 뒤편에 스며 있는 작가 자신의 진한 호소력이다. 꼼꼼한 외관 묘사를 대할 때마다 우리는, 서술 대상을 마치 심리학적 해부를 통해 이해하고 있는 듯한 기분이 든다. 서술자 지기가 이 내면의 삶을 모른 척하고 있을 뿐이다. 감정을 아낌으로서 더욱 농밀하게 감정을 노정하는 것. 이것이 렌츠가 지닌 표현상의 재능이다. 예컨대 이젠뷔텔의 귀향 장면에서는 전쟁의 비참함을, 생물 교사 프루겔의 수업 장면에서는 우생학을 빙자한 전쟁의 합리화를, 날개 없는 풍차의 그림에 관한 기술에서는 밝은 시대에 대한 간절한 기원을 우리는 절감할 수가 있다. 무성영화 같은 장면 묘사에서도 들리지 않는 소리를 들리게 하는 것. 이것이 렌츠식의 서술 방식이다. 그림의 압수 때문에 유리창 안에서 실랑이를 벌이는 장면이 그런 예다.

그림에 대한 집요한 심사가 이루어지고 있음을 나는 알아차렸다. 아버지의 집게손가락이 요구하듯 그림을 내리 찍었다. 그러자 화가의 몸이 그 앞으로 다가갔다. 요구되고 거부되고, 간청되고 퇴짜를 당했다.──모든 것이 소리 없이, 흥분된 수족관의 침묵 속에서.

이 수족관의 침묵 속에서 우리는 격렬한 싸움의 소리를 들을 수가 있다. 보는 것, 즉 시각적 비전이야말로 지기의 회상록의 주도동기(主導動機)가 된다. 그러나 지기가 보는 것은 실상만이 아니다. 그의 시각은 좀 더 넓고 깊은 데까지 감지해 낸다. 본다는 것은 화가 난젠의 생각과도 같이 "꿰뚫고 들어가는 것이며, 증대시키는 것. 혹은 새로운 것을 창출해 내는 것"이기도 하기 때문이다. 시각적 영상을 기술하는 것. 이것이 『독일어 시간』에서 화자의 기능이다. 그러나 단지 보이는 것만을 기록하는 것이 아니다. 내면의 소리를 더 커다랗게 전하는 일, 허구를 더욱 사실화하는 것이다. 전술한 작품의 주제를 전하기 위해, 한 시대적 사건을 뚜렷이 바라보는 눈(眼)이 되도록 하는 것이다.

5 '독일어 시간'에서 배워야 할 것

문학 작품에서, 한 시대를 조명해 보는 방법은 매우 다양하다. 그것이 역사적 전기를 가져온 대사건의 시대에 있어서는 더 말할 나위도 없다. 한 과오의 시대를 성찰해 보는 데 렌즈는 지엽적 현상의 하나, 즉 '과잉된 의무 수행'을 문제로 삼았다. 그리하여 나치 시대에 있었던 인간의 갈등, 전체주의의 속성인 편협한 국수주의로 인해 순박한 소시민 계급이 어떻게 인간성을 상실해 가는가 하는 것을 보여 주려 했다.

소년의 눈을 통해 시대를 고발한다는 점에서 『독일어 시간』은 귄터 그라스의 『양철북』(1959)과 그 맥을 같이한다. 전쟁이란 사건이 만들어 놓은 상황 속에서 갈등을 겪는 소년들, 즉 『독일어 시간』의 지기 예프젠과 『양철북』의 오스카 마체라트는 다 같이 작가가 의도적으로 만들어 낸 시대의 제물들이다. 지기는 소년원에, 오스카는 정신병원에 구금되어 지나간 과거를 기록하는데, 이 소년들의 회상록이야말로 두 작가가 내놓는 시대의 비판서다. 전체가 독립적인 듯 보이는 몇 개의 삽화(揷話)로 구성되어 있다는 점, 그리고 각각의 삽화가 특이한 사건들로 점철되며 전체의 골격을 이루어 가고 있다는 점에서도 두 작품은 공통점을 갖는다. 다만 다른 점이 있다면 현실을 비판하는 어조의 강도다. 이른바 '악한소설(惡漢小說)'로서 그 어조가 지극히 날카롭고 그로테스크한 『양철북』에 비해 『독일어 시간』의 분위기는 은근하고 유화적이다. 렌츠의 작품 속에서 철저히 파멸하는 인물은 찾아볼 수가 없다. 그는 흑백 논리를 피하는 중도적 스타일을 택하기 때문이다. 경찰관 예프젠의 죄과만 해도 그렇다. 그의 죄가 명백하기는 하지만, 렌츠는 그의 죄를 법률에 의해 기소되기 어려운 죄로 처리한다. 소시민 계급의 죄는 시대적 상황에 더 큰 책임이 있다는 것이 렌츠의 생각이다. 초기작 『창공의 보라매』(1951)에 그는 이렇게 쓴 적이 있다.

우리가 인생에서 행할 수 있는 것에는 두 가지가 있다. 정당한 것과 정당하지 않은 것이다. 그러나 무엇이 정당하고 무엇이 정당하지 않은 것인지 누가 결정할 수 있을까? 죄란 것은 피할 수 없는 세례 선물, 누구나 보이지 않는 죄의 끈을 목에 두르고 산을 오르내리는 것이다.

당국으로부터 회화 금지를 감시하라는 임무를 부여받지 않았던들, 경찰관 예프젠은 건실한 치안 유지자로서 순찰용 자전거나 몰고 다녔을 것이며, 지기의 작문을 읽고 난 누나 힐케의 말처럼, 때로 아이들에게 옛날이야기를 들려주기도 했던 선량한 아버지로 남아 있었을지도 모른다. 소설 『독일어 시간』이 보여 주는 것은 한 개인의 그릇된 의무관에 대한 성토뿐만이 아니라, 인간의 의식을 어떤 메커니즘 속에 몰아넣으려는 힘과 폭력에 대한 증오다.

그러나 우리가 경계해야 할 시대가 어찌 나치 시대뿐이랴? "그들이 나에게 글짓기의 벌을 내렸다."라고 『독일어 시간』은 시작하고 있거니와, '그들 sie', 즉 보이지 않는 집단의 힘은 언제나 개체 위에 군림하여 복종의 미덕을 요구한다. '독일어 시간'에 우리가 배워야 할 것도, 이러한 가증할 역사의 반복에 대한 성찰과 경계다.

운명을 예견한다고 해서 그것을 피한 적이 있는가

막스 프리쉬의 익살극 『만리장성』

I 정치적 신념의 고백

스위스 작가 막스 프리쉬 Max Frisch(1911~1991)의 드라마 『만리장성 *Die Chinesische Mauer, Eine Farce*』은 1946년 스위스의 취리히 극장에서 초연된 후 네 번에 걸친 개작 과정을 거쳤다. 초판에서는 모두 스무 장이었으나, 재판(1955)에서 7, 10, 20장을 대폭 손질하고 13장을 새로 삽입했다. 다시 3판(1965)을 거쳐 결정판인 4판에 이르러서는 모두 스물네 장으로 불어났다. 특히 초판에서 "백성의 소리"인 '민구(民口, Min Ko)'를 다가오는 시대의 위험을 예고하고 진실을 수호하려는 지성인으로 그렸으나, 1955년 판부터 '민구'와 '현대인'을 별개의 인물로 나누어 놓았다. 4판은 파리의 오데온 국립극장 공연을 위해 개작되어 그곳에서 공연되었다. 같은 해에 '파리 개정판'이라는 부제를 달고 출판되었고, 프리쉬의 『희곡집』에 수록된 후 결정판으로 간주되었다.

'익살극'(Farce)이란, 정치 현실을 문학 작품 속에 표현할 때 고대 희극에서 즐겨 쓰는 수법이다. 그 전성기는 15~16세기의 프랑스였으며, 독일에선 젊은 괴테를 비롯하여 슈투름 운트 드랑 운동가들과 낭만주의자들에 의해 도입되었다. 정치성, 시사성을 살리는 데 매우 적절한 극 형식이다.

익살극 『만리장성』의 테마는 크게 세 가지로 나뉜다. 첫째, 세계 도처에서 자행되는 전체주의의 횡포에 대한 고발, 둘째, 이러한 체제 아래에서 침묵할 수밖에 없는 지식인의 무기력에 대한 풍자, 셋째, 인류 멸망을 자초하게 될 핵전쟁에 대한 우려와 경고가 그것이다.

이 작품이 나온 시기에 기록된 프리쉬의 「일기(日記)」에서 이러한 테마 전개의 열쇠가 되는 구절을 찾을 수가 있다.

어디서나 마찬가지로 우리는 선택의 기로에 서 있다. 침묵하는 자들의 증인이 되든지, 아니면 침묵하든지 하는.

프리쉬는 극중의 정치 현실을, 2000년 전인 중국의 진시황제 시대로 옮겨 놓는다. 그러나 작가가 익살극의 장치를 의도적으로 사용하고 있는 만큼, 이러한 역사적 현재란 중요한 문제가 아니다. 시대만 고대의 중국이지, 그 속엔 로마 시대의 브루투스로부터 현대인에 이르기까지 다양한 시대의 인물들이 등장한다. 이들에게 시대란 얼굴에 걸친 가면의 차이에 불과하다. "무대는 항상 인간의 정신 속"[69]이라고 믿는 프리쉬에게 시공을 초월한 무대는 오히려 그의 사상을 더 자유롭게 전달할 수 있는 장소가 된다. 따라서 사필귀정의 역사성을 일깨워 주기 위해 진시황제와 클레오파트라의 대화를 설정했다고 해서 조금도 어색한 일이 아니다.

황제 상황이 심상치 않은걸.
클레오파트라 수천 년 전부터 그래 온 것 아닌가요?
황제 오늘날처럼 심각한 적은 없었지.
클레오파트라 그런 소린 시저도 했어요. 안토니우스도 그랬던 것 같은
　　데요. 전 역사를 만드는 남자들을 알아요. 어떤 때는 스페인식, 또
　　어떤 때는 중국식이지요.

이 극을 막스 프리쉬의 "정치적 신념의 고백"[70]이라고 인정할 경우

극중인물 '현대인'은 부단히 그의 신념을 설파하는 존재다. '만리장성'은 세계의 발전을 경직시키는 전체주의적 시도의 상징이며 이러한 정치적 전횡을 일삼는 전제자는 또 하나의 전제자를 낳게 한다는 것이 역사적 필연성이다.

2 독재자의 속성

페터젠 J. Petersen이 평했듯이, 프리쉬는 이 작품에서 시공을 초월하는 방법으로 사회, 정치적 계몽의 목적을 달성했다.[71] 앞에서 열거한 세 가지 테마는 이러한 사회, 정치적 계몽의 핵심이다. 첫 번째 테마, 즉 전제정치에 대한 각성을 촉구하기 위해 작가는 각 시대의 전제자들(진시황제, 나폴레옹, 스페인의 필립 왕 등)이 지니는 공통적인 속성을 소개한다.

첫째, 이들은 한결같이 민중에게 평화와 질서를 선사하기 위해 애쓰는 지도자임을 자처한다.

> 황제 나의 충신들이여! 그대들은, 내가 이 옥좌에 오른 이래 한 가지
> 일만을 위해 싸워 왔음을 알리라. 오직 평화를 위해, 야만인의 평
> 화가 아닌 진정한 평화를 위해, 궁극적인 평화, 그것은 다시 말해
> 참다운 질서, 행복한 질서, 궁극적인 질서라고 할 수 있는 위대한
> 질서인 것이오
> 환관들 만세 ! 만세 ! 만세 !

위의 인용문에 나타나는 "나의 충신들이여 Meine Getreuen!"와 "만세 Heil!"라는 말에 유의할 필요가 있다. 이것은 나치 시대에 애용되던 말들로 히틀러의 연설에 대한 패러디다. 대학살을 자행하면서도 히틀러 역시 줄곧 유럽의 평화를 쟁취하기 위한 "위대한 질서"를 부르짖었었다.

둘째, 이들은 질서 유지를 위해 우선 사상과 언론의 자유를 제한한다. 진시황제와 히틀러는 똑같이 분서(焚書)의 만행을 저지른 장본인들이다. 이러한 통제를 수행하기 위한 친위대가 조직되는 것 또한 상례다. 진시황제의 친위대장 다힝엔은 그러한 임무에 충실한 주구다.

다힝엔 내가 모르는 말을 하는 자 몽고의 개에게 끌고 가리라! 내가 이 해할 수 없는 말을 하는 자 몽고의 개에게 끌고 가리라!

직언하던 신하가 "소리 없이 끌려 나가는" 장면(18장) 역시 이것을 희화적으로 묘사한 것이다
셋째, 전체주의의 모델을 그렸다고 할 수 있는 조지 오웰의 『1984』와 마찬가지로 전제자는 대개 가상의 적을 만들어 낸다. 진시황제의 경우 지하 조직의 리더는 바로 "민구", 즉 "백성의 소리"다. 이 존재는 백성들의 적대감을 표출하기 위한 과녁이자 반대 세력을 위협하고 탄압하기 위한 구실이 된다.

전령관 우리 제국의 백성들이여! 오늘날 우리나라에는 최후의 공적, 자 신을 백성의 소리라고 자처하는 단 하나의 반역자가 살아 있다. 우 리 제국을 샅샅이 뒤져 그를 색출하고 말 것이다. 그자의 머리를 창끝에 매달 것이다! 또한 그자의 말을 입에 담는 자 역시 그와 같 은 꼴이 될 것이다!

넷째, 전제군주는, 누구보다도 자신에 대해 정확한 평가를 알고 있다. 이러한 전제자의 속성에 대한 풍자가 절정을 이루는 부분은 19장에서 연출되는 "공개 재판" 장면이다. 네 개의 손가락을 펴고 다섯 개라는 대답을 강요하는 『1984』에서의 고문이 여기에서도 자행된다. 벙어리로 하여금 날조된 죄상을 '말하라'고 강요하는 것이 그것이다. 작가는 드라마

의 회화성을 빌려, 폭군 자신이 그의 진면목을 폭로하는, 즉 '백성의 소리'의 역할을 수행하도록 만든다.

황제 이 반역자, 이 치가 떨리는 고집쟁이놈아, 네 더러운 머릿속에 무슨 생각을 갖고 있는지 우리가 모르는 줄 아느냐, 이 거리나 싸다니는 얼간이 같은 놈. 만리장성은 장삿속에 불과한 거라 이 말이지? 수많은 백성들이 그 장삿속 때문에 죽어 간다고? 아니면 이의를 제기해 봐!

(벙어리는 말이 없다.)

세계에 평화를 가져온 이 진시황제를 보고 거머리라? 내가 가난뱅이들의 피를 빨고, 너희들의 노동으로 거둔 열매에 의해 살이 찐다 이거지! …… 조국의 구원자가 아니라 백성을 약탈하는 강도, 백성을 죽이는 살인자, 범죄자라고? 이의가 있으면 말해 보란 말이야!

(벙어리는 말이 없다.)

이의가 없다는 것이렸다?

(벙어리는 말이 없다.)

감히 내 얼굴을 향해 범죄자라고? 궁전의 백관이 모인 자리에서 내 얼굴에 대고…… 세계에서 가장 강력한 나를 보고 뭐 겁쟁이, 우스꽝스러운 바보, 천치, 지레 겁을 먹는 허수아비라고? 내가 발발 떤다고? 신하들이 날 미워하고 있는 것을 알기 때문에 그들의 충언을 무서워하는 거라고? 뭐 어째, 온 나라의 성실한 사람 치고 내 얼굴에 침을 뱉지 않으려는 사람이 하나도 없어?

……

감히 내 얼굴에 대고 말을 해. 내가 뭐 고문 통치를 한다고? 이 거짓말쟁이야, 너야 말로 고문 맛을 한번 보아라! 감옥에 가지 않으려면 누구나 범죄자가 돼야 한다고? 머리가 좋은 자라도 그의 예지를 숨길 수밖에 없다고 했겠다. 이 오라질 놈아, 네깟놈이 예지가 뭔지 알기나 하니? 머리 좋은 놈은 모두 죽여 버리기 때문이라 이거지? 나를 보고 사기꾼, 옥좌에 앉은 페스트 같은 존재라고? 내 손이 뻗는 곳엔 썩은 내가 난다고? 나 같은 게 무슨 천자냐고? 나 같은 건 인간도 아니고, 우리 시대의 정신병자라고? 이의가 있으면 말해 봐!

......

내가 전쟁을 일으켜, 백성들의 분노를 다른 데로 돌리고, 백성들의 애국심을 가지고 나 자신이 살아남으려고 한단 말이지?

마지막으로 전제자에 적용되는 필연성은, 그의 측근에 그를 파멸시키려는 또 하나의 전제자가 발톱을 갈고 있다는 사실이다. 요동의 영웅 우창이 그 전형이다. 그 역시 미란의 지적대로 "권력에 의한 행복"을 믿는 사람이다. 백성들을 자극하여 쿠데타에 의해 황제를 실각시킨 우창은 더욱 가혹한 전제주의의 자질을 보인다. 전제자 시저를 죽였던 브루투스는 그 이유를 이렇게 설명한다.

> 브루투스 불의를 제거하기 위해 불의를 행하면, 한때는 자유, 정의, 공공의 안녕에 걸었던 희망이 피로써 끝나게 마련이다.
> ......
> 오랫동안 경멸당하고 천대받았던 백성의 힘으로 그 뻔뻔한 폭군을 파멸시켰지만, 분기한 백성의 머리 위엔 벌써 새로운 전제자가 올라앉아 그들을 다스리기 때문이다.

이 익살극에 나타난 프리쉬의 정치적 계몽 사상은 명백하다. 끊임없이 반복되는, 권력자에 의한 대중 착취에 주의를 환기시키려는 것이다. 전제주의의 종식을 간절히 바라는 작가의 희망은 '현대인'의 입을 통해 재삼재사 반복된다. 스페인의 전제군주 필립 왕을 위시한 과거의 독재자들을 향한 탄원은 이러하다.

> 현대인 …… 여러분, 여러분들은 모두 다시 돌아와서는 안 됩니다. 그것은 너무나 위험합니다. 여러분의 승리, 여러분의 제국, 신의 은총을 받은 여러분의 옥좌, 십자군 출정과 귀환, 이젠 더 이상 이런 것들이 소용없습니다. 우리는 살고 싶습니다. 역사를 만드는 여러분의 방식이 우리에겐 별 효과가 없습니다.

3 지식인의 용기, 그리고 반핵(反核)

드라마를 주도하는 '현대인'은 소위 지성인을 대표하는 존재다. "평균치의 지성인"으로 자처하는 그는 우리 시대 어느 곳에서나 흔히 볼 수 있는 전형적인 인텔리겐치아다. 미혼의 법학박사, 욕실 없는 방 두 개짜리 아파트의 소유자, 봉급도 받지 못하는 어떤 잡지의 동업자, 애연가, 정당에 가입한 사실이 없고, 물리, 역사, 신학 서적을 심심파적으로 읽는 사람이다. 그러나 이 드라마 속에서 그의 역할은 대단히 중요하다. 시공을 초월하는 상황에서 그만이 역사성의 법칙을 깨닫고 있기 때문이다. 그에게 부여된 임무는, 첫째, 지식의 힘을 빌려 미래의 역사를 예언하는 것, 둘째, 백성을 기만하여 그릇된 역사를 만들어 가는 전제주의에 대한 경고와 간언을 하는 것이다. 후자의 경우엔 그의 용기가 문제가 된다.

역사성을 예언하는 경우 지식인에게 주저나 시련이 따를 필요가 없다. 사실의 확인 내지 유추에 의한 것이기 때문이다. 각 시대의 인물을 만나 역사가 보여 주는 필연성을 역설할 때마다 '현대인'의 말 속에서 은근한 지적 자만심마저 엿볼 수 있다.

나폴레옹 유럽이 즉 세계이다.

현대인 더 이상 그렇지 않습니다. 각하!

나폴레옹 유럽의 주인은 누구인고?

현대인 각하!

나폴레옹 왜 대답을 않는가, 시민이여?

현대인 각하…… 원자는 분열이 가능합니다.

나폴레옹 그게 무슨 소리인고?

현대인 노아의 홍수를 만들 수 있습니다. 당신은 명령만 내리면 됩니다. 각하, 다시 말해, 우리는, 인류가 존속할 것이냐 아니냐 하는 갈림길에 서 있습니다. 하지만 각하! 누가 그것을 선택할 것입니까? 인류가 해야 할까요, 아니면 각하가 해야 할까요?

진시황제의 체제에 대한 간언의 십자가를 지는 '현대인'처럼, 지식인이 처하는 어려운 경우가 현실 참여와 비판이다. 상아탑의 파우스트로만 있을 수 없는 역사적 현실 앞에서의 갈등이다. 사고와 행동의 불일치가 흔히 드러나는 지식인의 속성이기 때문이다. 전제자의 전횡 앞에서 나약함을 보이는 지성인의 면모를 이 드라마에서는 아프게 풍자한다. 히틀러 치하에서 그에게 동조했거나 혹은 입을 다물었던 지식층에 대한 강한 패러디다.

황제 그놈의 머리를 창끝에 끼어야 해!
(황제는 마신다. 우유가 입가에 묻는다.)
현대인 혹시라도 그가 진범이 아니면?
황제 입 다물어!
현대인 입 다물겠습니다.
황제 무슨 말을 하려고 했지?
현대인 아무것도 아닙니다.

황제   우리에겐 머리가 하나 필요한 거다, 이 법학박사야. 그게 네 머
        리일 수도 있어.

한걸음 더 나아가 지식인은 위정자의 독선에 비위를 맞추거나 아부를
보내기까지 한다.

현대인   …… 거리로 뛰쳐나오는 건 진정한 백성이 아닙니다. 그건 우
        리의 백성이 아닙니다.
왕자   그렇다면?
현대인   선동자, 스파이, 테러리스트, 불순분자들이지요.
왕자   그게 무슨 뜻이지?
현대인   다시 말해, 누가 백성인지는 통치자가 결정한다는 말씀입지요.
        오늘날 거리로 나오는 자는 우리의 백성 취급을 받을 수 없습니다.
        진정한 백성이라면 항상 통치자에게 만족해야 하는 것이지요.
황제   그거 좋은 말인데.

19장에는 이러한 지식인의 나약함 내지 현실 타협적인 태도에 대한
변명이 나온다. 시대의 흐름 앞에 한 개인의 힘이 무슨 소용에 닿겠느냐
는 논조다. 무고한 벙어리가 '민구'의 누명을 쓰고 끌려와 속죄양이 되는
과정에서, 고문의 현장을 방관할 수밖에 없는 '현대인'은 자기 변명을 역
사성의 법칙 속에서 찾는다.

미란   당신은 그가 벙어리라는 것을 알고 있지요?
현대인   네.
미란   그런데도 벙어리가 고문당하는 걸 내버려두었지요. 모든 걸 다
        알고 있으면서도?
현대인   내버려두었다고요?

166

미란 어깨나 으쓱해 보이는 것, 그것이 고작이었어요! 어깨를 으쓱하
고 담배나 한 대 더 피워 무는 것이 전부였죠. 벙어리를 고문해서
소리치게 하려는데 말을 할 수 있는 당신은 옆에 서서 침묵했어요.
그게 전부라고요?

현대인 낸들 별수가 있었던가요?

미란 그깟 지식들일랑 다 집어치워요! 시간과 공간은 하나라고? 참
멋지군요! 세계는 열에 의해 죽는다고요? 알량하네요! …… 에네르
기는 질량 곱하기 광속도라!

현대인 (제곱입니다.)

미란 그게 다 무슨 소용이죠? 위대한 공식 따월랑 집어치워요! 한 인
간의 살가죽이 벗겨지는 판국에 어깨나 으쓱거리고, 담배나 한 개
비 더 피워 무는 주제에…….

현대인 (잠시 침묵하다가 갑자기 외친다.) 도대체 날 보고 어떻게 하라
는 겁니까? …… 우리 같은 지식인이 운명을 예견하고 있다고 해서
그 운명을 피한 적이 한 번이나 있는 줄 아십니까? 우리 지식인들
은, 역사가 더 이상 그런 식으로 만들어져선 안 된다는 걸 쓰기도
하고 말할 수도 있습니다. 그러나 역사는 그대로 계속 가는 겁니다.
부단히!

소수이긴 하지만 나치 체제에 도전한 지식인들이 있었다. 그 대가는
투옥, 추방, 나아가 죽음이었다. 일부 지식인이 취하는 용감한 행위를 프
리쉬는 이 드라마의 절정으로 삼는다. '현대인'의 입을 통해 "우리가 직
업을 택하듯 그렇게 순교를 택할 수 있는가?"라고 반문하면서도 결국
"역사를 만들려는 사람은 자신을 희생하는 수밖에 없다."는 사실을 시인
한다. 작가는 지식인의 순교 장면 역시 희화적으로 묘사하고 있다.

황제 …… 내가 폭군인가? (푸추가 차분하고 냉정하게 올가미를 준비한

다.) 왜 대답이 없는가?

현대인 제가 아는 한, 아직 어떤 폭군도 자신을 폭군이라고 부른 적은
없습니다. 칭호보다 탐나는 건 자리일 테니까요.

황제 가냐 부냐?

현대인 이 형리가 뭘 하는 거지요?

황제 내가 폭군이냐?

현대인 (자기도 모르게 담배를 입에 문다.) 그렇소

(푸추가 현대인의 몸에 올가미를 씌운다.)

전술했듯이, 이 드라마에서 간과할 수 없는 또 하나의 중요한 테마는
반핵 사상이다. 독재자들의 전횡과 결부시킬 때 핵전쟁에 대한 우려와
경고는 오히려 현실성을 지니는 문제가 아닐 수 없다. 과거의 전제자들
이 현존한다면 어떤 엄청난 사건을 저질렀을까? 핵과 전쟁의 공포에 떨
고 있는 오늘날의 인류에게 작가는 이런 질문을 던지고 있는 것이다. 희
대의 영웅들은 위대해지기 위해 많은 사람을 희생시키는 데 서슴지 않
는 기질을 갖고 있기 때문이다. "오늘날 옥좌에 앉아 있는 사람의 기분
하나, 신경증, 노이로제, 과대망상에 의한 하찮은 생각, 소화불량에 의한
초조감조차 인류 파멸의 원초가 될 것"이라고 '현대인'은 말한다. 비키니
섬에서 행한 핵실험의 충격을 프리쉬는 이렇게 「일기」에 적고 있다.

모든 신문마다 비키니 섬의 사진이 실려 있다. 원자탄이 폭발한 후 수
시간 동안 연기가 마치 검은 코올리꽃처럼 피어 있었다. 이번엔 중요한
실험 중의 하나에 불과하다. 종려나무들도 아직은 서 있다. 그러나 모든
것이 의심할 여지 없이 더 개량될 것이다. 비키니를 향한 진보는 최후의
발걸음인지 모른다. 노아의 홍수를 만들어 낼 수 있다. 그것은 엄청난 일
이다.

죄악에 빠진 인류를 멸망시켰던 노아의 홍수는 신이 내린 징벌이었다. 그러나 이제는 신의 손을 빌릴 필요도 없이 인류 스스로가 자멸의 화근을 만들어 내고 있다. 프리쉬는 경고한다. "방사능에 대해선 그것을 막을 노아의 방주가 없다."라고. 드라마의 종결부, 권력의 화신들이 회동한 가운데 '현대인'은 목숨을 내건 인류 구원의 연설을 한다. 진시황제의 재판 장면과 함께 역시 이 드라마의 핵심이 되는 부분이다.

현대인 …… 여러분, 우리는 수소폭탄 내지 코발트 폭탄 시대에 살고 있습니다. 그것이 의미하는 바는 무엇입니까? (현대 물리학에 대한 지식을 요할 것도 없이) 이 지구상 어느 곳에서든 폭군인 자는 온 인류에 폭군일 수 있다는 것입니다. 그는 지상의 온 생명체를 일거에 파멸시킬 수 있는 수단을 손에 쥐고 있습니다. 인류사상 처음으로 우리는 인류를 존속시킬 것인가 말 것인가의 기로에 서 있습니다. 노아의 홍수는 만들 수가 있는 것입니다. …… 그러나 우리는 결단을 내려야 합니다. 인류는 지속되어야 한다는 결단! 그것은 즉, 역사를 만드는 여러분의 방식이 더 이상 문제시되지 않는다는 사실을 의미합니다. 전쟁을 불가피한 것으로 간주하는 어떠한 집단도 용납할 수가 없음은 자명한 일입니다.

4 가공(架空)의 진열장

프리쉬는 익살극 『만리장성』에서 브레히트 식의 '소외 효과 V-Effekt'를 몇 가지 방식으로 시도하고 있다.

첫째, 사건의 무대를 고대 중국으로 거슬러 올라가 잡은 것이다. 이러한 거리감 Distanz을 통해 현실적 상황에 휩쓸려 들어가는 관객으로 하여금 통찰력을 잃지 않도록 하려는 것이다.

둘째, 무대 장치가 갖는 소외 작용이다. 오른편에 중국식 계단, 왼쪽 전면엔 현대식 안락의자가 배치됨으로써 고대와 현대가 이질감을 갖고 공존한다. 현실적 사건이 이곳에서 벌어진다는 환상에서 벗어나도록 하기 위함이다.

셋째, '시간의 통일'이 가면 인물들의 개입을 통해 깨진다. 그 밖에도 시간의 경과는 실제 인물이 행하는 관객을 향한 대사로 적절히 단절된다.(6, 11, 15장) 그들은 추측되는 관객의 생각을 표현함으로써 연극에 빠져드는 관객의 주의를 다시 환기한다. 11장에 나오는 황제의 대사는 보자.

> 황제　저 아래에 앉아 있는 그대들이 무슨 생각을 하고 있는지 나는 잘 알고 있소. 그러나 그대들의 희망 따위를 나는 우습게 생각한다오. 그대들은, 내가 오늘 밤 이 옥좌에서 말려나리라 생각하겠지? 그래야 연극이 끝나고 나름대로의 의미를 지닐 테니까 말이오. 내가 실각하면 그대들은 안심하고 집으로 돌아가 맥주를 마시고 안주를 씹을 수 있을 테지. 그렇다면야 그대들에겐 얼마나 흡족한 일이겠소? 그 따위 연극론은 집어치우시지! 사람 좀 웃기지 마시오 관람석에 앉아 있는 여러분들! 어서 밖으로 나가 신문을 사 보시오. 제1면에 내 이름이 적혀 있음을 볼 것이오. 내가 실각할 리 있겠소? 난 연극론 따위에 집착하지 않아요.

넷째, 연극의 종결부에선 시간의 개념마저 철폐된다. 사건이 다시 반복의 궤도에 오름으로써 관객의 관념으로부터 역사적 일회성을 빼앗아 간다.

다섯째, 앞에서 몇 차례 예시한 적이 있거니와 히틀러 시대의 패러디가 소외 효과에 일조한다. 18장에서 연출되는 전제군주의 병적인 광란의 폭발 장면, 그리고 당시에 애용되는 말들의 재인용이다. 이러한 어투는 시대를 초월해 어떤 전제자의 경우에도 적용시킬 수 있는 소외 작용의 촉매제다.

이 극은 서막과 본극으로 나뉘어 있다. 서막은 소위 발단(發端)의 장이다. 연극의 이해를 돕도록 설명이 행해지고, 관객이 잘못 오도되지 않도록 특정한 사정에 대한 주의를 미리 환기시킨다. "세계 역사상 아무런 역할도 한 적이 없는 어머니"의 중요성을 암시하는 것 따위가 그것이다. 그러나 일의적(一意的)인 해석 방향을 제시해 주지는 않는다. 진리란 양면성이 있기 때문이다. 따라서 작가는 관객에게 연극의 갈등을 통찰하는 예지를 견지하도록 요구한다. 관객은 환상에 빠져 무대 위의 사건을 사실로써 받아들여선 안 된다. 무대는 우리의 의식 세계 속에 투영되는 도해(圖解)에 기여할 뿐이다.

또한 서막에는 연극 속에 내재하는 변증법이 암시된다. 그것은 이중성의 방식이다. 우선 사건의 무대는 중국의 남경(南京)이자 동시에 우리의 의식 속이다. 따라서 시간도, 진시황제의 시대와 오늘날이 하나가 된 이중 구조다. 거기에 연기자들도 실제 인물과 가면 인물로 나뉜다. 실제 인물은 본래의 연극을 진행해 나가는 데 반해, 가면 인물은 우리의 뇌리에 내재하는 '가공의 진열장 Musée imaginaire' 구실을 한다.

다섯 명의 실제 인물(현대인, 황제, 왕자, 공주, 어머니)은 고전극의 전통적 주인공들의 면모를 보여 준다. 그들은 개별적 존재로서의 구실만을 갖고 있는 것이 아니다. 평균치적 특징, 즉 전형적인 인간상으로 묘사된다. 가면 인물은 은밀한 방법으로 실제 인물과 관련을 맺고 있다. 작가는 그들을 의식의 상징화로써 복합적인 동시성 속에 넣고 있다. 텍스트 몽타주의 수법으로 이들을 언어화한다. 우리의 뇌리 속에 존재하는 실제 인물(혹은 가면 인물)은 오로지 언어 속에서 존재를 갖는다. 원래의 극 속에서 가면 인물은 실제 인물과 직접적인 관계는 맺지 않는다. 부단히 소외 작용의 소임을 다하며 관객의 주의를 환기할 뿐이다. 극이 끝날 무렵 그들은 '정해진 유형'대로 반복 과정을 통해 다시 관객의 기억 속으로 돌아간다. 연극은 다시 가면 인물 줄리엣의 서시와 함께 시작된다.

그것은 종달새가 아니라 나이팅게일이었어요.

그것이 이제 막 당신의 불안한 귓전을 스치고 지나갔어요.

　

새로이 가면 인물들은 폴르네즈 춤을 추며 돌아가고, 무대이며 동시에 우리의 의식 속에서 전개되던 극은 끝난다. 아니, 다시 시작된다.

우리는 신을 향해 추락해 간다

뒤렌마트의 「터널」, 그 일상 속의 비일상성

Ⅰ 그로테스크와 풍자적 캐리커처

프리드리히 뒤렌마트Friedrich Dürrenmatt(1921-1990)의 단편소설 「터널 Tunnel」은 1951년에 집필되어 이듬해인 1952년에 단편집 『도시 *Die Stadt*』에 수록되었다. 이 책의 후기에서 뒤렌마트가 "「터널」은 예외적인 작품이다."라고 할 정도로, 수록된 다른 산문들은 물론 초기 드라마들과도 뚜렷한 차별성을 보인다.

이 작품에서 뒤렌마트는 비슷한 시기에 씌어진 소설 『판사와 사형 집행인』(1950), 『의혹』(1951), 『사고(事故)』(1956), 희곡 『미시시피 씨의 결혼』(1952), 『노부인의 방문』(1956) 등에서 자주 구사한 서술 기법, 즉 "복지 사회의 합리적인 세계에서 예상할 수 없는 것과 불가해한 것에 대한 감각을 활성화하고 혹은 흔들어 깨우기 위하여"[72) 그로테스크한 표현 방법을 사용하고 있다. 따라서 뒤렌마트 문학에 나타나는 중요한 특징 중 하나는, 그의 작품이 대부분 '무시무시하고' '마적이고' '불안한' 분위기를 내포하고 있다는 것이다. 뒤렌마트의 그로테스크는 현실 세계의 과장이나 왜곡, 또는 불쾌감의 유발 등을 통해 폭소와 경악을 동시에 자아낸다. 이런 환상적 그로테스크를 통해 독자나 관객은 마음 깊숙한 곳까지 충격을 받는다. 복잡하고 요란한 현대 사회의 영향 때문에 그러한 공격적인 방법이 아니고는 작가의 메시지를 전하기 어렵다는 것이 뒤렌마트의 생각이다.

뒤렌마트의 작품에서 눈에 띠는 그로테스크의 방법은 우선 등장인물들의 외형과 행동의 낯설음이다. "기이한 우아함"을 지닌 자하나시안(희곡 『노부인의 방문』의 여주인공), 소설 「사고」의 늙은 사람들처럼 「터널」의 주인공인 스물네 살의 대학생 역시 외관과 행동거지에서 공통점을 보인다. 카이저의 다음과 같은 견해는 뒤렌마트가 구사하는 그로테스크 수법의 극적 효과를 적절히 뒷받침해 준다.

그로테스크는 낯설어진 세계다. …… 우리가 믿고 고향처럼 친숙한 것에 속했던 것이 갑자기 낯설고 섬뜩한 모습을 드러낸다. …… 공포는 우리를 아주 강하게 엄습한다. 왜냐하면 우리의 신뢰가 가상(假像)으로 증명되는 것이 바로 우리의·세계이기 때문이다.[73]

소설 「터널」은 이러한 기법상의 특이함을 근거로 몇 가지 접근이 가능하다. 1978년 개정판에서 뒤렌마트는 몇 군데 사소한 수정과 함께 마지막 구절 "신이 우리를 떨어뜨렸다. 그리하여 우리는 신을 향해 추락해 간다."를 삭제함으로써 작품 내용에 커다란 변화를 가져왔다. 즉 이 작품을 신학적 관점에서 해석하던 비평가들은 궤도 수정이 불가피하게 되었다.

평상시에 통과하던 터널이 미궁의 심연으로 변해 끝날 줄을 모른다. 이러한 일상적 세계에 존재하는 비일상적 사건의 개연성을 프로인트 W. Freund는 플라톤의 이데아, 또는 실존주의적 불안의 양태로 해석하려 한다. 일상 속에 도사리고 있는 가상(假想)의 세계를 뒤렌마트는 그 특유의 전율적이고 그로테스크한 기법을 이용하여, 깊이 있는 작품 한 편을 만들어 냈다.

소설의 초현실적 특성은 텍스트의 서두에서부터 감지된다. 외형적 구조에 있어 "비상하게 포괄적이고 중첩된 문장"이 독자를 당황하게 만든다.

스물네 살짜리 남자, 은밀히 존재하는 무시무시한 것을 그는 보았는데 (이것은 그의 능력이었다. 아마도 그의 유일한 능력이었다.) 이 무서운 것이 그에게 아주 가까이 접근하지 못하도록 몸이 뚱뚱했고, 그것이 흘러 들어올 수 있는 육신의 구멍들을 막기를 좋아했으니, 예컨대 담배를 피우거나(올몬트 브라질 10), 안경 위에 두 번째 안경, 즉 선글라스를 쓰거나, 귀에는 솜뭉치를 틀어막는 식이었다 : 이 젊은이는 아직 부모에게 의지하면서, 기차로 두 시간이면 도착하는 한 대학에서 애매한 공부를 하고 있다. 어느 일요일 오후 5시 20분발 7시 27분에 도착하는, 늘 타고 다니던 열차에, 다음날의 세미나에 참석하기 위해 올라탔지만, 이미 그 세미나를 빼먹기로 결심하고 있었다.

이 얼마나 복잡한 문장 구조인가! 서두에 주어를 내세워 강조한 다음, 복잡한 부문장들이 따르고, 괄호 속에도 설명조의 구와 절이 삽입되어 있다. 마침표 대신 콜론을 사용한 부분까지 술어를 찾아볼 수 없다. 다시금 서두의 주어를 이어받은 문장 역시 복잡하기는 마찬가지다. 주인공의 행동에 대해선, 그가 대학으로 가는 기차를 탔다는 것 외에는 알 수가 없다. 부가적 문장들이 그에 관한 설명보다는 분위기 묘사와 내적 상태를 투영해 내는 데 주력하고 있기 때문이다.

이 문장에서 우선 알 수 있는 것은 우스꽝스러운 대학생의 외양이다. 뚱뚱한 몸에 담배를 피고, 안경 위에 또 하나의 안경을 걸쳤고, 귀에는 솜뭉치를 틀어막았다. 이것은 작가 자신에 대한 풍자적 캐리커처라 할 수 있다. 이 문장을 자세히 살펴보면, 그로테스크한 외관과 달리 주인공이 중요한 능력을 소유하고 있음을 알게 된다. "은밀히 존재하는 무시무시한 것을 보는" 능력이다. 외양과는 일치하지 않는 내적이며 정신적인 능력이다.

그는 남들과 다른 통찰력을 지녔기에, 자신의 내적 질서를 견지하기 위해 우스꽝스럽게 보이는 방어 체제를 구축하고 있는 셈이다. 텍스트의 다른 지면에서 작가는 또 한번 대학생의 진면목을 괄호 속의 삽입절로 설명하고 있다.

(그가 행한 모든 것은 다만 행위의 배후에서 질서에 도달하려는 구실에 불과했다. 질서 자체가 아니면 질서에 대한 예감만이라도. 그 무시무시한 것에 맞서 그는 지방질로 몸을 감쌌고, 입에 담배를 꽂았고, 귀에는 솜뭉치를 틀어막았다.)

작가 자신의 캐리커처이기도 한 대학생의 능력은 세계의 이면에 존재하는 무시무시한 요소, 즉 재앙이나 문제점을 남보다 먼저 통찰하는 것이다. 그것은 바로 지진계의 역할을 수행해야 하는 작가의 임무이기도하다. 따라서 뒤렌마트의 소설 「터널」을 이해하는 열쇠는 주인공의 이러한 선각자적 기능과 사명감이라 할 수 있다.

2 운명에 대한 대응

일상적인 궤도를 달리는 기차가 어느 날 문득 들어간 터널에서 빠져나오지 못한다. 이것이 이 이야기의 비일상성이다. 그러나 돌변한 운명에 대한 사람들의 반응은 다양하다. 대부분의 승객들은 문제의 심각성조차 느끼지 못한 채 일상적 삶에서 벗어나는 어떤 것에도 관심이 없다.

그가 지나치는 사람들은 편안하게 행동했다. 그 기차가, 그가 일요일오후마다 탔던 다른 기차와 구별되는 건 아무것도 없었다. 불안해하는 사람은 아무도 눈에 띄지 않았다.

여행객들은 터널 속의 긴 운행을 인정하지 않는다. 시간표대로 출발하고 정차하고 도착하는 기차의 규칙성을 애써 믿으려고 한다. 터널 속

176

의 어둠이 정도 이상 오래 지속되자 빨강머리 소녀는 독서를 계속할 수 없는 상황에 짜증을 낼 뿐이다. 그것은 전등에 불이 들어옴으로써 쉽게 해결된다. 혼자서 장기를 두는 남자에겐 장기의 묘수 풀이, 즉 "님소비치 방어 문제"를 해결하는 것이 비정상적인 터널의 길이보다 더 중요하다. 터널의 길이가 이상하게 길지 않나 하는 대학생의 질문에 그는 통계 연감을 근거로 사건의 심각성을 일축하려 한다.

"스위스에는 많은, 엄청나게 많은 터널이 있습니다. 저는 이 지역을 처음 여행합니다만, 한 통계 연감에서 읽은 내용이 문득 떠오르는군요. 즉 스위스처럼 많은 터널을 가진 나라도 없다는 내용 말입니다."

장기 두는 남자는 모든 것을 통계 수치에 의해 해결하려는 유형이다. 그러나 대학생은, 통계학이 "예상치 않은 일"에 대한 어떤 대답도 할 수 없다는 사실을 통찰한다. 그는 자신이 틀린 기차를 탔다는 사실을 확인함으로써 이 수수께끼를 해결할 수 있으리라는 희망을 가진다. 그러나 검표를 하러 온 차장 역시 문제 의식을 파악하는 데 소극적이다. 기차가 취리히로 향해 가고 있다는 사실만이 그에겐 중요하다. 운행 시간에 차질이 생겼음을 알고 불안해하면서도 외적인 사태에 그 이유를 전가하려 한다.

"곧 올텐이 나타날 겁니다. 18시 37분 도착이죠. 악천후가 오는 것 같군요. 그래서 갑자기 밤처럼 된 겁니다. 아마도 폭풍우인 것 같아요. 네 그럴 겁니다."

이번엔 장기 두는 남자가 나서서 차장의 잘못을 지적해 준다. 그러나 그의 사고방식은 여전히 통계 연감을 벗어나지 못한다.

"당치도 않은 소리요. 우리는 지금 터널을 통과하고 있어요. 암벽을 똑똑히 볼 수 있단 말이오. 무슨 화강암처럼 보이는걸. 이 세상의 터널들은 모두 스위스에 모여 있는 모양이야. 나는 그걸 어떤 통계 연감에서 읽었단 말이야."

차장은 무언가 비일상적인 것이 발생했음을 감지하면서도 사고의 전환을 감행할 수가 없다. "거의 애원하듯이" 기차의 일상적 운행 계획을 확인시켜 줄 뿐이다. 어쨌든 기차는 취리히로 가고 있으며, 12분 후면 여름 운행 계획에 따라 올텐에 도착할 것이며, 자신은 매주 세 번씩 이 기차를 타고 다닌다는 사실을 역설하는 게 고작이다. 대학생은 좀 더 책임 있는 사람, 즉 열차장을 만나기로 결심한다. 열차장 역시 처음에는 예기치 않은 터널 속 운행을 믿지 않으려고 한다. 여전히 기차의 규칙성을 더 신뢰하려는 것이다.

"손님, 나는 당신에게 할 말이 별로 없군요. 우리가 어떻게 이 터널 안으로 들어왔는지 나는 모르겠어요. 그것을 설명할 수가 없습니다. 하지만 생각을 좀 해보십시오. 우리는 궤도 위를 달리고 있어요. 따라서 터널은 어느 곳으론가 통해 있겠죠. 물론 터널이 끝나고 있지 않다는 것을 제외하고는, 터널에 무언가 잘못이 있다는 것을 어떤 것으로도 증명할 수가 없어요."

열차장은 비정상적인 사태를 인식하지만 거기에 대처할 의지가 부족한 사람이다. "나는 항상 희망 없이 살아왔다."고 고백하고 있듯이 일종의 운명론자이다. 그러나 문제 해결에 집착하는 대학생의 노력에 고무되어 열차장의 역할을 수행하려고 소극적이나마 책임 의식을 발휘한다. 화물칸 책임자와 기관수는 어떤 행동을 취했는가? 절망적인 상황을 극복하지 못한 채 두 사람 다 열차에서 뛰어내린다. 자살만이 이들에겐 유일한 탈출구다. 결국 현실을 직시하고 사태 해결을 시도하려는 사람은 스물네 살의 대학생과 열차장뿐이다. 이들에게 선각자의 고통이 따를 수밖에 없다. 이들의 행동을 통해 명백해진 것은, 자신의 역사성을 의식하면서 실질적인 행동을 할 수 있는 것만이 의미 있는 행동이라는 사실이다.

3 신(神)을 향한 질주

뒤렌마트는 단편집 『도시』의 후기에서 "이 산문은 무언가를 이야기하려는 시도가 아니라, 자신과 싸워 무언가를 얻어내려는 필연적인 시도에 가치를 두려 한다."고 밝혔다. 세계의 이면에 존재하는 무시무시하고 끔찍한 것. 주인공 대학생은 이런 것들을 예감하고 볼 수 있는 '불행한' 능력을 부여받았다. 터널 속으로의 무한 질주는 방향 감각을 상실한 현대 세계에 대한 비유다. 책 읽는 소녀, 장기 두는 남자, 검표원 등은 이러한 시대의 위기를 통찰하지 못하는 사람들이다. 상황을 인식한 열차장은 문제를 대면하는 데 있어 염세적이다. 지식인을 대표하는 대학생조차 갖가지 방어 기제를 이용하여, 비일상성과의 충돌을 회피하려 한다. 그러나 터널 속에 던져진 운명을 인식한 이상 이러한 실존에서 벗어날 수가 없다. 문제점을 규명함으로써 열차, 즉 우리의 세계를 구하는 것이 그의 임무가 된 것이다. 그는 우선 열차 책임자에게 기차를 세우도록 요구한다.

"이 터널에 무언가 잘못된 것이 있다면, 당신 자신이 터널의 존재를 설명할 수 없다면, 당신은 기차를 세워야 합니다."

기차가 광속도로 심연을 향해 추락하고 있음을 확인한 그들은 기차를 세우기 위해 조종실로 가야겠다는 합의에 이른다. 그들은 온갖 어려움을 무릅쓰고 기관실을 향해 나아간다. 그러나 조종실에 이르렀을 때 기관수는 이미 기차에서 뛰어내린 후다. "우리는 어떻게 해야 하지요?" 하는 열차장의 절망적인 부르짖음에 대한 대학생의 답변은 냉정하다.

"아무것도 없어요. 신이 우리를 떨어뜨렸어요. 그리하여 우리는 그를 향해 추락하는 것입니다."

이 마지막 문장은 자연스럽게 소설 「터널」에 대한 신학적 해석을 가능하게 했다. 물론 사회 비판적 해석도 병존했는데, 1978년의 개정판에서 마지막 문장을 삭제하고 "아무것도 없어요"만 남겨 놓음으로써 두 가지 해석이 엇비슷한 비중을 가지고 양극을 이루게 되었다.

이 작품이 상징하는 바는 명확하다. 터널 속으로의 운행은 전술한 대로 우리 세계 속에서의 삶이다. '지방질'과 '담배'라는 말로 상징되는 복지와 향락은 우리 세계의 전면(前面)이다. 대부분의 사람들은 그 표면의 뒤편을 투시할 줄 모른다. 각자가 모두 유리되어 있어서 자기 자신만을 볼 뿐 시대의 문제성을 통찰하지 못한다. 통찰자들(학생과 열차장)조차도 내적인 필연성을 갖고 이 무정부적인 파국을 저지할 수가 없다. 열차장은 운명론자요 염세주의자이지만, 적어도 기차를 정지시켜야겠다는 의무감은 아직 가지고 있다. 대학생은 어떠한가? 그는 혼란과 절망을 인식할수록 현실에 대해 더욱 강한 투시력을 갖게 된다. 그리하여 "유령과 같은 즐거움마저 가지고" 어떻게 했으면 좋을까 하는 열차장의 물음에 서슴없이 "아무것도 할 일이 없다."고 대답할 수 있는 것이다.

따라서 이 소설은 우리의 시대 상황을 우화적으로 표현하고 있을 뿐 아니라, 그것을 넘어 현대인들의 행동 양식을 비판하고 있다. 우리의 현실에 열린 마음을 갖자(비록 무시무시한 측면일지라도), 그리고 궁극적으로 신의 은총을 인식하자는 것이 작가의 요구 사항이다. 깨끗하고 안전하고 부르주아적인 스위스와 유럽, 그 서구적 삶의 표면 밑에 혼돈적인 것, 위협적인 것은 물론 '터널'이라는 극복할 수 없는 현재, 그 끝나지 않으려는 어두운 공간이라는 현실이 놓여 있다. 뒤렌마트는 1950년대 초 스위스라는 시대적 배경으로부터 일상적 사건이 어떤 최악의 가능성으로 전환할 수 있는가 하는 점을 냉정하게 묘사하고 있다. 탑승한 승객들이 보여 주는 것은, 경제 기적이라는 기차 속에서 포만하고 향락적이고 기관에서 정한 일정만을 맹신하는 사회의 속성이다.

4 '동굴' 속의 실존

이러한 사회 비판적 우화의 특성 외에도 이 짧은 소설이 의미하는 바는 다양하다. 작가 자신도 언급한 바 있지만 기차가 헤어나오지 못하는 '터널'을 소위 플라톤의 '동굴'에 비유하기도 한다. 동굴 속에서와 마찬가지로 기차 속에 가득 찬 사람들은, 그들이 사물의 그림자를 유일한 현실이라고 여기는 지상의 세계에 얽매어 있다. 그들에게 현상 뒤의 세계, 즉 '이데아의 왕국'은 생소하다. 플라톤의 말을 빌려, 밝은 현실에서 되돌아 나와 인간들을 그들의 미망(迷妄)으로부터 구원하려는 사람은 미덥지 않게 보인다. 첫눈에 젊은 대학생이 바로 그런 사람에 상응한다는 것을 알 수 있다. 그는 다른 사람들이 오인하는 비일상적이고 무시무시한 것에 대한 깊은 불안과, 기차에 올라탈 때 보았던 밝은 현실에 대한 기억을 갖고 있다.

태양은 아직도 작렬하며 빛나고 있었다. 그들이 통과해 지나가는 풍경들, 즉 언덕과 숲들, 멀리 주라 산맥과 마을의 집들이 황금 같았다. 그토록 모든 것이 낙조 속에서 찬연히 빛났었기에, 지금 돌연 생겨난 터널의 어둠이 더 뚜렷이 의식되었다. 그것이 어쩌면 그 어둠이 생각한 것보다 더 길게 느껴진 이유이기도 했다.

그러나 플라톤의 동굴과 달리 터널 속의 세계는 단순히 미망의 그림자 나라가 아니라 압박해 들어오는 현실이요, 햇빛 속의 풍경처럼 현실적이다. 뒤렌마트에게 자기 기만은 바로 인간들이 무시무시한 터널의 현실을 외면하려는 데서 기인한다. 그들은 현실을 친숙한 듯 위장하거나 간단히 무시해 버리거나 한다. 터널은 동굴과 같은 현실을 그릇되게 인식하는 태도의 반영이 아니라 무섭게 나타나는 현실을 옳게 받아들이지 않으려는 구실이다. 스스로를 기만하는 탑승자들 중 마지막 사람이 열차장이다. 그는 근본적으로 그 무시무시한 것을 예감하는 자다. 그러면서도 역시 선로의 정해진 규칙성에 의존하려 애쓴다. 사물의 규칙성에 대한 그의 믿음은 의심할 바 없는 현실 앞에서 흔들린다.

대학생은 열차장과 함께 기관실로 이동하는 모험적 시도를 벌이면서 모든 자기 기만에서 벗어나, 기차가 "광속도로 암벽의 세계 속으로 미친 듯이 질주하고 있음"을 확인한다. 그는 살아오면서 항상 두려워했던 것, 즉 "이 진입의 순간, 이 돌발적인 지표의 함몰, 땅 속으로의 모험적인 추락"이 지금 일어나고 있음을 알게 된다. 기관실에 어렵게 도착하여 확인한 것은, 열차가 기관수도 없이 점점 더 증가하는 속도로 암석의 심연을 향해 곤두박질치고 있다는 사실이다.

행동주의자로 변모한 대학생은 귀마개도 선글라스도 착용하지 않고 앞쪽 기관실로 나아간다. 이제 분명해진 것은, 조금 전까지 예감했던 무시무시한 것이 눈앞의 현실로 나타났으며, 그것을 쫓아낼 전망이 없다는 사실이다. 열차장이 "항상 희망 없이 살아왔다."고 고백하는 반면, 젊은 이는 "조종실의 유리창에 누워 심연 위로 얼굴을 밀착하고 있다." 모든 저항의 시도가 무산된 지금, 이 피할 수 없는 상황에 몸을 맡기고 자신의 운명으로 받아들이는 것이다. 출구도 없이 미친 듯이 달리는 기차의 운행은 "인간이 살아가야 할 것으로 예시되어 있는 길"[74]을 나타낸다. 그것은 초월적 존재, 즉 신을 향한 질주다.

차실 안에 존재하는 삶의 환상을 포기하고 기차가 어디로 가고 있는지 자신의 눈으로 바라보려는 용기를 가진 자는 이 "죽음의 유희"를 직시하면서 심연 속으로 빨려들어가는 자신을 확인할 수 있다. 기차는 "고라의 무리처럼 심연 속으로 미친 듯 달리고 있다." 구약성서에서 고라와 그의 추종자들은 정의와 평등에 대한 소명감을 가지고 모세와 맞서 권력을 잡으려 하다가 신의 벌을 받는다. 갑자기 땅이 꺼지면서 그 속으로 빨려들어가는 것이 그들에게 내려진 벌이다. 기차 속 인간들의 상황이 이와 유사하다. 자기 확신 속에서 신앙심이 흔들리고, 자신의 생각과 이념을 고수하는 사람들이 돌연 발밑의 땅을 잃어버린 것이다. 어떠한 계획도, 각자의 안전을 추구하는 어떠한 난공불락의 지위도 존재가 추락하는 현실 앞에서 인간을 구원할 수가 없다. 자기 자신과 운명의 환영 속에 피신해 있는 자들은 심연 속으로 떨어지는 돌발적인 운명을 놀라움 속에 바라볼 뿐이다.

이제 기관실에 있는 모든 기계 장치들은 쓸모가 없어졌다. 제어기는 더 이상 작동하지 않는다. 다시 한번 차실 안, 그 자기 기만 속으로 도피하려던 열차장은 경사진 통로를 거슬러 오르지 못하고 추락하여 피를 흘리며 젊은이 옆에 눕게 된다. 심연 속으로의 추락이 확인된 순간 모든 것이 몰락의 선고를 받은 것이다. 각자에게 남아 있는 것은 '무시무시한 것'을 참아 내고 모든 도피의 기도를 단념하는 것이다. 신이 인간을 추락시켰고, 인간은 그를 향해 달려가고 있기 때문이다. 구원이 존재한다면, 피안(彼岸)의 천상이 아니라 차안(此岸)에 존재하는 심연 속에 놓여 있다. 윤리적 행위의 원천인 신은, 인간이 더할 나위 없는 무기력 상태를 드러낼 때에만 함께하는 것이다.

이 환상적인 우화는 실존철학적인 해석 또한 가능하게 한다. 실존철학의 관점에서 볼 때, 이 작품은, 각자에게 실존적 상태가 자연스레 나타나는 한계 상황을 형상화한다. 기차 승객들의 거부감에는 특히 하이데거가 말하는 'man', 즉 자기 성찰을 차단하고, 그럼으로써 자신에 대한 진실을 회피하려는 목적을 가진 인간의 행동 양태를 투영하고 있다. 각 개인은 문화가 제공하는 다양한 향락에 친숙해 있고, 가상적 존재에 틀

어박혀 자신을 망각하고 있다. 주인공인 대학생에게 주어진 과제는, 무엇보다 이 환상을 벗겨 내고 인간들로 하여금 허무한 고독 속에서도 시대 속의 참된 실존을 의식하게 하는 일이다. 거기에 불가피하게 나타나는 것은 유한성에 대한 의식이다. 여기서부터 불안이 생겨난다. 불안은 인간들에게, 자신들이 어쩔 수 없이 '세계 안에 존재함'을 이해하고, 아무도 도망칠 수 없는, 만난 세계에 친숙해질 가능성을 열어 준다. 불안 속에는 시대 안의 존재로서의 인간 실존이 드러난다. 피상적으로 믿었던 것들을 잃어버릴 때야 비로소 존재의 가장 핵심이 되는 것이 나타난다.

뒤렌마트의 소설은 주인공을 죽음의 면전으로 끌고 감으로써 죽음 속으로의 진입에 대해 이야기하고 있다. 미친 듯이 달리는 기차의 앞쪽에서 유리창을 통해 보고 있는 것은 운명적 미래를 보여 주는 죽음의 추락이다. 인간의 시선은 그것을 참을 수밖에 없다. 운명의 짐을 벗어 버릴 가능성이 존재하지 않기 때문이다. 단지 냉정한 현실 인식 위에서만 인간이 무엇을 해야 할 것인가에 대한 답변을 얻어낼 수 있다. 작가는 그러한 답변을 아끼고 있다. 소설의 결말을 의식적으로 열어 놓고 있다. 독자 자신의 성찰을 통해, 인간이 이상과 이념의 저편에 무슨 할 일이 남아 있는지 깨닫게 하기 위해서다.

일상 속에 도사리고 있는 비일상성. 이 예기치 못한 위기 상황이 발생할 개연성은 상존한다. 현실에 안주하는 자는 이것을 통찰하지 못하며, 또한 그것을 해결할 능력이 없다. 헤르만 헤세의 시 「단계 Stufen」의 한 구절은 현실을 직시하며 자신의 문제를 타개해 나가려는 자에게 적절한 교훈이 될 것이다.

　　한 생활권에 안주하여 길들여지면
　　무기력해지기 십상
　　떨치고 떠날 각오가 된 자만이
　　습관의 마비에서 벗어날 수 있다.

3부

동독 문학에 남아 있는 것

이 침묵의 시대에 우리는 침묵하지 않으련다

1970년대의 동독 문학

1 신주관주의 문학의 태동

1949년 소위 '독일 민주주의 공화국(DDR)'이라는 명칭으로 동독 정부가 수립된 이후 문화 활동 전반은 이상적인 사회주의 국가 건설이라는 공동의 목표 아래 이루어졌다. 문학의 경우도 예외는 아니다. 1951년 3월에 개최된 통합사회당(SED) 중앙위원회 5차 총회에서는 소련의 강령주의 문학방식인 '사회주의적 리얼리즘'을 채택하고 "신생동독의 문화적 발전을 위한 경고와 계율"[75]을 제시했다. 이런 문학적 실천을 위해 자연발생적으로 나타난 것이 '건설 문학', '생산 문학', '도달 문학' 등의 도식적 문학 형태였고, 심지어는 예술가와 노동자 간의 거리를 좁히자는 구호 아래 1959년에 '비터펠트 노선 der Bitterfelder Weg'[76]을 선언하여, 1960년대 동독 문학의 정신적 지표로 삼았다. 이런 식으로 동독 건국 후 당분간은 사회주의 국가 건설이라는 공동의 목표 아래 작가와 당국 간의 협력 관계는 별 문제 없이 이루어져 왔다. 그러나 건국 후 20년 가까운 세월이 지나는 동안 사회주의 체제가 지닌 갖가지 모순과 문제점이 드러나면서, 작가들은 국가 발전을 위해 유보했던 자유에 대해 재고하게 되었다. 특히 1960년대 말부터 싹트기 시작한 신주관주의(新主觀主義) 경향의 문학은, 당국이 내세우는 획일주의적 전체성에 맞서 개인의 의식과 삶의 중요성을 강조하려 했다. 그로부터 시작된 동독 작가들의 시련과 조용한 저항은 갖가지 양상으로 그들의 작품 속에 투영되었다. 젊은 작가일수록 개인적 자유를 신장하려는 열망이 더욱 고조되어, 어떤 의미에선 민중의 힘으로 이루어졌다고 볼 수 있는 독일 통일의 중요한 단초가 되었다고도 하겠다.

소련에서 차용해 온 사회주의적 리얼리즘 문학은 1940년대 후반과 1950년대, 그리고 1960년대가 거의 지나도록 줄곧 동독 문단을 지배해 왔다. 이러한 도식적인 문학에 등장하는 인물들은 거의 역사적, 사회적 상황과 운명을 같이하는 '긍정적 주인공 der positive Held'[77]이어야 했다. 이러한 인간형이야말로 사회주의 국가 건설에 유용한 전범(典範)이었다. 그러나 1960년대를 거치면서 동독의 많은 작가들은 전형성의 훈련에 길들여지기를 거부하기 시작했다. 대신 개인의 주관을 강조하고, 사회적, 정치적 규범주의에 얽매이지 않고 개인의 심리적, 윤리적 갈등을 작품의 주제로 삼으려 했다. 1960년대의 동독 문학을 연구한 글에서 G. 클루게는 이러한 경향을 두 가지 특성으로 요약했다.

첫째, 인간의 주관의 새로운 발견, 즉 자아의 회복이며, 둘째, 문학적 표현의 근거와 대상으로서의 인간의 재발견이다.[78]

이러한 탈규범주의 경향은 소위 '신주관주의 Neue Subjektivität'라 불리는 문학의 흐름으로 나타났다. 신주관주의를 표방하는 작가들은 이제 개인을 어떤 추상적 이념의 전형으로 삼기를 거부하고 개인 각자의 삶과 감정, 심지어 고뇌와 갈등까지도 문학적 표현의 대상으로 삼으려 했다. 이 시기의 대표적 작가인 크리스타 볼프 Christa Wolf 역시 한 문학 대담에서 전형적 전체성에 대한 반발을 분명히 했다.

나는 역사적 결정론에 승복할 수 없고 하지도 않겠다. 그러한 생각은 개인, 종족, 계층, 민중을 뒤집을 수 없는 역사적 법칙의 대상으로만 봄으로써 완전히 전체주의적 역사철학에나 상응할 뿐이다.[79]

그녀의 소설 『크리스타 T의 추념 *Nachdenken über Christa T.*』(1968)은 단연 개인을 사회적, 정치적 시위물의 역할에서 빼내어 예술적 묘사의 중심 대상으로 삼은 작품이다. 자아 실현과 행복의 성취를 열렬히 추구하는 개인, "기나긴, 끝나려 하지 않는 자기 자신에게 향하는 길" 위에서 있는 개인이 주인공이다. 주인공 크리스타 T.는 현실과 이상의 괴리에 고뇌하면서도, 오직 "자기 자신이 되기 위한 노력"을 경주하며 살아간다. 그러나 시대 상황이 그녀의 간절한 인간적 요청에 부응하지 못하여 그녀는 좌절하고 결국 병들어 죽는다. 여기에서 주인공을 파멸로 이끈 원인은 무엇일까? 직접적인 사인이 된 출혈성 백혈병만이 아니라는 것이 1인칭 서술자, 즉 작가 볼프의 진단이다. 한 평범한 동독 시민의 자기실현을 도와주지 못하고 삶의 의욕을 꺾어 버린 현실 쪽에 더 큰 책임이 있다고 그녀는 주장한다.

소설 『크리스타 T.의 추념』은 따라서 전형성과는 거리가 먼, 한 평범한 개인의 죽음에 대한 애도이며, 개성화의 중요성을 강변한 주관성 회복의 선언이라고 해도 좋을 것이다. 소설은 이렇게 시작된다.

이제 머리를 돌리고 어깨를 으쓱하는 사람, 그녀, 즉 크리스타 T.를 외면한 채 보다 크고 보다 효율적인 삶의 행로를 제시하려는 자는 지금까지의 이야기를 아무것도 이해하지 못한 사람이다. 이것이 바로 내가 그녀를 소개하려는 중요한 이유다.

"개성화의 권리를 추구하는 이 멜랑콜리한 노래"[80]는 출판되자마자 서독 쪽에서는 커다란 반향을 불러일으켰다. 많은 연구가 이루어졌고, 호의적인 서평과 논문이 줄을 이었다. 그러나 동독의 평단에서는 우선 비판의 세례를 감수해야 했다. 개인과 사회의 관계를 사적인 것으로 전락시킨 점, 등장인물에 대한 객관적 비판이 결여된 점, 여주인공의 삶에 나타나는 모범성의 결여와 염세주의적 사고방식 등이 비난의 표적이었다.

그러나 날카로웠던 비판은 시간이 흐름에 따라 강도가 약해졌고, 특히 예술 분야에 해빙 무드가 조성된 8차 전당대회 이후 이 소설의 주제 및 미학상의 방법론을 긍정적으로 보게 되었다. 문학 평론가들과 문화부 당국자들도, 볼프가 그녀의 소설에서 말하고자 한 개체 의식의 중요성을 이해하기 시작했다. 이제 『크리스타 T.의 추념』은 개인의 고난과 갈등을 추적해 가는 신주관주의 경향 소설의 기본 모델이 되었다. 몇 년 간격을 두고 나온 두 편의 중요한 소설, 즉 브리기테 라이만의 『프란치스카 링커한트』와 게르티 테츠너의 『카렌 W.』 역시 주인공의 개성화 문제를 천착한 모방작들이다. 두 소설의 여주인공 프란치스카와 카렌도 크리스타 T.와 마찬가지로 "처한 사회 환경 속에서 벌이는, 힘든, 그러나 헛되지 않은 자기실현의 도정"[81]을 보이는 개인들이다.

여류 건축가로서 자기실현을 위해 노력하는 프란치스카는 현실과 이상 사이의 모순, 다시 말해 "실제로 존재하는 것과 장차 존재할 것 사이의 간극"을 메우는 방법을 발견하지 못한다. 즉 직업 생활에서도 사생활에서도 행복에 대한 욕구와 현실적 제한 사이에 조화를 이루어 내지 못한다. 그녀의 욕구는 끊임없이 희망과 실망 사이를 오르내리는 미해결의 상태로 남게 된다.

『카렌 W.』의 주인공 카렌 발다우 역시 개인의 행복관과 사회적 규범 사이에서 갈등을 벌이는 인간형이다. 수년간의 결혼 생활 후 홀연히 남편과 집을 떠나는 것은 자신의 존재 가치를 비판적으로 점검해 볼 기회를 갖기 위해서다. 그동안의 소시민적 행복이 한낱 허상에 불과하다는 통찰과 함께 그 편협하고, 습관적인 집착 때문에 자기실현에 대한 갈구가 좌절되었음을 깨닫는다.

예컨대 이 고지식한 삶의 방식, 이 눈에 보이는 선로, 그 위를 우리는 정해진 기차를 타고 정해진 역을 지나 정해진 목표에 도달했다. 처음에 승차한 후 하차하거나 비상 브레이크를 잡아당기는 일도 없이.

그러나 도피처인 시골에서도 카렌은 삶의 의미를 부여할 만한 새로운 전망을 찾지 못한다. 별수 없이 도시로 되돌아오지만 다른 종류의 새 출발을 시도할 것인지는 미결이다.

두 작품의 주인공들 또한 크리스타 T.와 마찬가지로 정신적 구원을 얻지 못한 존재들이다. 이러한 정신적 방황, 혹은 좌절로서의 죽음 등은 물론 '긍정적 주인공'의 면모에선 찾을 수 없는 요소다. 우여곡절을 겪으면서도 성공적인 사회주의 국가의 역군으로 부각되어야 하는 '생산 문학' 혹은 '도달 문학'의 공식에 위배됨은 물론이다. 문학 속에서 주관성을 회복하고자 하는 노력은 1960~1970년대를 지나면서 동독 문학에 나타난 각성과 개안의 경향이었다. 그러나 그 결과 필연적으로 따라오는 것은 전체성, 전형성을 개인의 미덕으로 여기는 집권층과의 끊임없는 마찰, 그리고 그로 인해 초래되는 작가들의 고통과 수난이었다.

2 일시적 해빙기와 인습에 대한 도전

1970년대에 들어오자 동독 문학에서 사회와 국가를 향한 개인의 요망 사항이 더욱 명료하고 한층 구체화되었다. 『크리스타 T.』 계열의 소설이 보여 주듯, 작가들은 개인의 체험과 삶의 행로에 더 많은 관심을 기울였고, 잘 길들여진 사회주의적 인간형이 아니라 보다 생동감 있고 감각적이고 현실적인 인간을 주인공으로 선택했다. 개인이 원하는 행복 추구, 그의 슬픔, 그의 멸망과 죽음이 빈번하게 작품의 테마가 되었고, 허물이나 죄를 개인에게서뿐 아니라 집단, 국가, 심지어는 당에서까지 찾고 또 확인하려 했다. 자연 당국의 탄압이 따르게 되어 많은 작가들이 출판 금지를 당하거나 작가 동맹에서 축출당하는 수난을 겪었고, 소신을 굽히지 않으려고 서독으로 이주하는 일이 빈번했다.

결국 상황을 합리적으로 파악한 당국에서도 더 이상 고정된 틀 속에 예술 행위를 규격화하기에는 무리가 따름을 인정하게 되었다. 1971년 노령의 울브리히트가 실각한 후 신임 서기장 에리히 호네커는 12월에 개최된 4차 중앙위원회 총회에서의 연설을 통해 당의 현저한 의식 변화를 표명했다. 그가 예술 분야에서 자유의 신장을 약속한 대목은 다음과 같다.

확고한 사회주의 입장에서 벗어나지 않는다면, 나의 견해로는 예술과 문학 영역에서 금기란 있을 수 없다고 본다. 그것은 작품의 내용은 물론 그 양식의 문제에도 해당된다. 요컨대 우리가 예술적 걸작품이라고 부르는 것이 안고 있는 문제점 말이다.

이러한 언명은 갖가지 제한 속에 있던 작가들을 고무시켰다. 그들은 서랍 속에 깊숙이 넣어 두었던 원고들을 꺼내 출판사로 보냈다. 그리하여 1970년대 초에, 사장되었을 뻔한 중요한 작품들, 예를 들어 폴커 브라운의 『카스트의 강요되지 않은 삶』(1972), 울리히 플렌츠도르프의 『젊은 W.의 새로운 슬픔』(1972), 하이너 뮐러의 희곡들, 귄터 드 브륀의 『수상(受賞)』(1972), 프란츠 퓌만의 여행 일기 『22일, 혹은 반평생』(1973), 자라 키르쉬의 『주문(呪文)』(1973), 이름트라우트 모르그너의 『트롬바도라 베아트리츠의 삶과 모험』(1974) 등이 빛을 보게 되었다.

그중에서도 『젊은 W.의 새로운 슬픔』의 공연과 출판은 일시적 해빙기의 덕을 톡톡히 본 경우다. 플렌츠도르프 자신이 "원래 서랍 속에 넣어 둘 생각으로 썼다."고 술회할 정도로, 이 글은 당국의 비위를 상하게 하는 요소를 많이 지니고 있었다. 그러나 1972년 3월 《의미와 형식》에 게재되었고, 그 해 여름 같은 제목으로 극화되어 동독 내 열네 개 극장에서 성공리에 공연되었다.

한 여교사의 아들로 "지금까지 최상급의 견습생"이었던 주인공 에드가 비보는 집과 학교를 떠나 베를린의 한 움막으로 도피한다. 끊임없이 자행되는 선생들의 복종 강요에 신물이 났고, 그러한 교육이 자기 발전

192

을 위한 놀이 공간을 거의 허용치 않는다는 생각 때문이다. 이곳에서 그는 괴테의 주인공 베르테르를 모방해서 친구 빌리에게 녹음 테이프를 이용한 편지를 기록한다. 말하자면 열일곱 살짜리 동독 청년의 고백록인 셈인데, 이 속에서 그는 사회와 교육이 표방하는 권위주의와 규범들을 반박하고 개성화를 억압하는 소시민적 질서 의식과 안정성 추구를 비판한다.

소설의 결말에서 작가는 볼프의 크리스타 T.식의 문제성 제기, 즉 독자의 판단을 유도하는 공간을 만들어 놓고 있다. 주인공이 괴테의 베르테르와 유사한 실연을 겪은 후 페인트 공들을 위해 안개 없는 분무기를 만들다가 감전사(感電死)한다는 설정이다. 이 죽음에는 여러 가지 해석이 따를 수 있겠지만, 요컨대 에드가와 같이 요구 사항이 많은 개체는 파멸할 수밖에 없다는 생각이다. 자살이 아니면서도 피할 수 없는 죽음, 즉 크리스타 T.와 같은 종류의 죽음이다. 녹음 테이프를 통해 들리는 사자(死者)의 항변은 절실하고 엄중하다.

그에 대한 책임은 그대들 전부에게 있다. 나에게 멍에를 씌우고 무수히 활동성, 활동성만을 노래하듯 강조해 온 그대들에게……

플렌츠도르프는 사회주의 국가에서 한 개인의 죽음을 주제로 다루면서 뿌리 깊은 금기를 깨뜨렸다. 이 작품이 지닌 또 하나의 특징은 참신하고 탈규범적인 언어 구사다. 다양한 언어, 예를 들어 베르테르식 언어, 젊은 노동자의 일상어, 성인의 표준어, 신문 용어 등이 현실의 일차원성을 깨뜨린다. 주인공 비보가 사용하는 말은 청소년들의 '블루진 언어', 즉 비판이 담긴 반항어다.

당국은 예상대로 이 작품이 보이는 새로운 주관주의, 규범에 대한 적대감, 모범적 문화에 대한 비판 등에 못마땅한 시선을 보냈다. 주인공에 대한 친밀감을 느낀 젊은이들이 '그릇된 이상형'에 감염되지 않을까 우려했다.[82] 그러한 시각에 대해 슈테판 헤름린은 이렇게 옹호했다.

　　이 책은 오늘날 동독의 젊은 노동자를 대변하는 것이다. 실로『젊은
W.의 새로운 슬픔』은 1950년대의 생산 문학과는 전혀 다른 종류의 '노동
문학'이다. 이 책은 사회주의적 산업 사회의 발전 과정 속에서 '실제적' 욕
구를 가진 '실제적' 노동자를 묘사하고 있다.

　1970년대에 찾아온 해빙기는 아슬아슬하게 명맥을 유지해 갔다. 플렌
츠도르프 등에서 나타나는 창작의 자유를 당은 묵과할 수 없었다. 방파
제를 넘으려는 '예술적 방종'을 쉽게 방임하지 않았다. 검열을 통한 금지
와 제한 조치는 제9차 중앙회의가 열린 1973년 이후 강화되어 비어만
사건이 터진 1976년까지도 고삐를 늦추지 않았다. 이 시기에 나온 두
편의 중요한 작품, 즉 라이너 키르쉬의『하인리히 슈라크한트의 지옥 여
행』(1973)과 폴커 브라운의『미완성 이야기』(1975)에 대한 당국의 태도
가 좋은 예다. 키르쉬의 희극은 플렌츠도르프의 소설과 마찬가지로 개인
의 생기 있는 자기실현의 시도를 주제로 삼았는데, 잡지 ≪시대의 연극≫
에 게재된 후 격렬한 비판을 받았고, 작가는 당에서 축출당하는 시련을
겪게 되었다. 연극 공연은 물론 허가도 얻지 못했다. 문화부 당국자들은
폴커 브라운의 소설에 대해서도 비슷한 조치를 취했다. 이 작품은 1975년
≪의미와 형식≫에 실리기는 했으나 단행본으로 출판되지는 못했다. 동
독에서 책으로 나오기까지는 13년의 세월(1988년까지)이 필요했다.
　소설『미완성 이야기』의 주인공 카린은 통합사회당 고위층의 딸인데,
고등학교를 중퇴하고 아웃사이더 같은 삶을 살아가는 노동자 프랑크를
사랑한다. 그러나 프랑크가 서독과 접촉하고 있다는 누명 때문에 양친은
물론 카린을 고용한 신문사의 책임자까지 프랑크와 헤어질 것을 강요한
다. 연인을 사랑하면서도 카린은 주위의 집요한 압력에 굴복하게 되고,
충격을 받은 프랑크는 자살을 기도하기에 이른다.

이 작품이 보여 주고자 하는 것은 이러한 갈등을 야기한 비극적 사건의 전말만이 아니다. 이로 인해 황폐해 가는 인간 상호 간의 관계다. 프랑크의 아버지는 폭음을 일삼게 되고, 그로 인해 아내와의 관계도 불안해진다. 카린의 어머니는 입신출세에만 전념하고, 아버지는 가정의 유대감보다 대외적인 위신을 중시해 딸의 진심을 이해하지 못한다. 작가는 주인공 카린의 인식 과정을 통해 이러한 재앙과 그것을 초래한 사회적 동기를 보여 주려 한다. 카린은 국가의 요구와 현실 여건이 상충하고 있음을 통찰하고 "같은 나라에 두 개의 세계가 있었다."는 인식에 도달한다. 개인의 불행과 절망의 책임이 정치가들의 편협한 사고와 관료주의의 경직성에 있다는 사실을 탄핵한다.

"왜 당신들은 걱정되는 일을 말하지 않고 서로를 의심하기만 하는 거죠? 이 뚱뚱이, 말라깽이 관리들은 책임 질 일만 생기면 진땀을 흘려 대는군요. 목이 달아나느니 차라리 입을 다문다는 거지요."

결국 주인공 카린은 조국의 현실에 대한 비전을 잃어버린다. 그녀가 내린 결론은 너무나 시니컬하다.

이제 그녀는 생각했다. 개인의 고뇌가 사회에 방해가 될지도 모른다고.

동독 사회의 현실을 고발한 폴커 브라운의 시니시즘은 부분적으로 라이너 쿤제의 산문집 『놀라운 세월』(1976)을 강하게 연상시킨다. 이 작품역시 당시 동독에서는 출판되지 못했다.

3 비어만의 시민권 박탈과 대 엑소더스

창작의 자유를 둘러싼 작가와 당국 간의 싸움은 1976년 11월 볼프 비어만Wolf Biermann의 시민권 박탈과 함께 다시금 첨예화되었다. '노래 제작자'를 자처하는 비어만은 하이네와 브레히트, 그리고 중세 프랑스의 음유시인 프랑소와 비용의 영향을 받아 재치 넘치면서도 날카로운 비판을 담은 시들을 발표했다. 1962년 시 낭독회에서 발표한 시 때문에 당에서 축출당하고, 시집 『철사 하프 *Die Drahtharfe*』의 출간으로 당에서 경원시하는 인물이 되어 버렸다. "사악하게 위장한, 속물 근성의 무정부적 사회주의자"라는 딱지가 붙어 다녔고, "낯설고 해로운 주장과 비예술적인 졸작을 유포한다."[83]는 혐의를 받았다. 『철사 하프』에 실린 시 「보다 나은 시대를 기다리지 마라」의 몇 구절만 봐도 이 용기 있는 시인이 얼마나 큰 시련과 싸울 각오를 하고 있었는지 알 수 있다.

> 많은 사람들이 독하게 말하는 소리 들리네.
> "사회주의 —— 멋지고 좋은 거지.
> 하지만 여기 우리가 쓰고 있는 건 틀린 모자야!"
> 많은 사람들이 외투 주머니 깊숙이에서
> 주먹 불끈 쥔 모습 보이네.
> ……
>
> 많은 사람들이 머리카락을 쥐어뜯고
> 많은 사람들이 증오에 차 있는 모습 보이네.
> 침묵의 수건으로 가리고
> 많은 사람들이 밤마다 비탄하는 소리 들리네.
> "내일이 우리에게 가져다 줄 게 뭔가.
> 무엇에다 우리는 희망을 걸까.

무엇에? 무엇에? 무엇에?"

1974년 비어만은 동독을 떠나라는 당국의 권유를 단호히 거부했다. 1976년 가을 그는 '의사의 자유·볼프 비어만을 위한 여행의 자유'라는 단체의 도움으로 서독 연주 여행길에 올랐다. 11월 13일 쾰른 체육관에서 4,000여 명의 청소년과 대학생들 앞에서 발표회를 가졌는데, 네 시간 반에 걸친 발표회의 마지막 낭독 작품이 「프러시아의 이카루스에 관한 담시」였다.

> ......
> 그리고 너 떠나야 한다면 가야겠지.
> 많은 사람들 우리의 반쪽 나라를
> 탈출하는 양 보았지만,
> 나, 여기에 붙박여 있으련다.
> 이 미운 새가 냉정히 나를 움켜잡아
> 국경선 너머로 질질 끌고 갈 때까지.
>
> 그러면, 나, 프러시아의 이카루스가 된다.
> 쇳물 부어 만든 회색 날개 너무 아파
> 하늘 높이 날아오른다 ── 그러곤 추락하여
> 한 점 바람 풀썩 일으키고는
> 슈프레 강 난간 위에 녹아서 늘어져 버린다.

태양을 향해 날아가다 밀납으로 만든 날개가 녹아 익사하는 이카루스 신화를 독일의 현실에 빗대어 노래한 시다. 그런데 불과 며칠 후 이 이카루스의 운명은 바로 볼프 비어만의 운명으로 현실화되었다. 이카루스가 바다에 떨어져 익사했듯이, 비어만은 시민권을 박탈당하고 망명 생활 속으로 떨어지고 말았다. "이곳(동독)에 붙박여 있으려는" 의지와 관계 없이 "미운 새"는 그를 아예 집안으로 들어오지 못하게 했다. 국가에 불충한 행동을 했고, "반공산주의적 소요꾼"의 행태를 보였다는 이유 때문이다. 이러한 조치에 대해 어용지인 ≪신독일≫은 "적절한 대응"이라 두둔하는 것을 잊지 않았다. 이로써 비어만은 자신이 선택한 나라 동독으로 귀환하는 것이 불가능해졌다.

그러나 비어만의 시민권 박탈은 당의 경직성이 자초한 실수였다. 이 조치는 문제성 있는 작가들에 대한 경고용이었으나, 오히려 많은 작가들에게 예술가로서의 용기와 동료애를 발휘하는 계기를 마련해 주었다. 비어만에 대한 귀국 금지령이 내려진 바로 다음날 저명한 동독 작가 열두 명[84]이 당국에 항의하는 공개 서한에 서명하고, 비어만이 귀환할 수 있는 권리를 존중하도록 촉구했다. 이 서한은 서독의 매스컴으로 넘어가 즉시 온 천하에 공개되었다.

볼프 비어만은 거북한 작가였고, 지금도 그러하다. ──이 점에 있어서는 과거의 많은 작가들도 마찬가지였다. ──우리 사회주의 국가는, 프롤레타리아 혁명이 스스로를 끊임없이 비판해야 한다는 '무월(霧月) 18일'의 마르크스의 말을 상기하면서, 무정부적 사회 형태와는 달리 이러한 거북함을 의연히 숙고하며 참을 수 있어야 할 것이다. …… 우리는 그에 대한 시민권 박탈에 항의하면서, 결정된 조치를 다시 한번 재고해 주기 바란다.

며칠이 지나는 동안 일흔 명 이상의 예술가와 지식인들이 합세해, 당국으로선 심각한 문화 정책적인 문제에 직면하게 되었다. 그러나 당은 "거북함"을 의연하게 참아 내지 못했다. 권력자들은 즉각, 그리고 가혹하게 반응했다. 저항하는 작가들에게 갖가지 음험한 술수를 동원해 제재를 가했다. 개인적 차등을 두면서 혹자에게는 불이익 조치를 가하고, 혹자는 협박으로, 혹자는 투옥과 가택 연금, 또는 조직으로부터의 축출 등의 방법으로 탄압했다. 그리하여 브라운의 『미완성 이야기』가 발표된 지 1년 후 예술의 영역에서 아슬아슬하게 지탱해 오던 해빙 무드와 국가 질서를 고수하려는 당국 사이의 균형이 사상누각처럼 무너져 버렸다.

이제 동독 문단에는 근본적인 변화가 불가피하게 되었다. 작가들은 자신의 정신적 토양인 사회주의 국가의 미래를 낙관할 수 없게 되었고, 따라서 당국과의 '유익한 협력 관계'를 재고할 수밖에 없었다. 전술한 대로, 소속감을 잃은 작가들이 이미 건국 초기부터 서독으로 이주를 감행했는데, 비어만 사건을 계기로 대대적인 두 번째 엑소더스가 시작되었다. 이번에는 과거와 달리 그 정도가 통제하기 어려운 규모에 이르렀다.

1976년에 토마스 부라쉬, 베른트 옌취, 지그마 파우스트, 울리히 샤흐트가 동독을 떠났다. 1977년엔 자라 키르쉬, 라이너 쿤체, 한스 요하임 셰틀리히 및 출감한 유르겐 푹스, 크리스티안 쿠너트, 게룰프 파나흐가 뒤를 따랐다. 1982년까지 길든 짧든 영어 생활을 했던 루돌프 바로, 토마스 에르빈, 볼프강 힝켈다이 등이 이주에 가담했다. 유레크 베커, 에리히 뢰스트, 귄터 쿠너트, 클라우스 포헤, 롤프 슈나이더, 볼프강 힐비히, 우베 콜베, 모니카 마론 등은 장기간의 비자를 갖고 양쪽을 왕래하면서 서방의 자유에 길들여졌다. 1983년 이후엔 볼프강 헤게발트, 자샤 안더존을 위시해 수많은 작가들이 완전히 동독을 떠났다.

동독이 잃은 것은 문인들만이 아니었다. 베노 벤손 등 수많은 연출가, 이레네 뵈메 같은 연극 이론가, 카타리나 탈바흐 같은 배우, 틸로 메데크 같은 작곡가, 게오르크 바첼리츠 등 많은 화가들도 여기에 가담했다. 이러한 대대적인 엑소더스는 우연히 일어난 현상이 아니었다. 당국의 제재와 탄압에 대해 오랫동안 쌓여 왔던 불만과 항의의 표출이었다. 이주자 중 대부분이 출간 금지, 공연 금지 등을 빈번히 겪었고, 정치적 이유로 구금 생활을 한 사람들도 많았다.

비어만 사건 이후 그 충격을 완화하기 위해 당국은 서독 이주자들에 대해 애써 태연한 자세를 견지했다. 허가 없이 서독에서 책을 출간하는 행위에 대해서도 미미한 벌금형만 부과하는 '관대함'을 보였다. 그러나 급증하는 대탈출 현상을 더 이상 방관할 수 없게 된 당국은 작가동맹 등을 통해 제재의 고삐를 조이기 시작했다. 1978년 5월에 열린 8차 작가회의에서는 문제 작가들에 대해 대대적인 회원 자격 박탈을 감행했다. 안나 제거스에 이어 회장이 된 헤르만 칸트는 반대파를 비판적으로 누르는 데 수완을 발휘했다. 서독으로 이주한 작가들의 행태를 "퇴행의 움직임"이라고 비난하고, "사회주의적 독자의 나라로부터 베스트셀러의 나라로 들어간 것"이라고 꼬집었다. 1979년 8월에는 벌칙 규정을 강화했고, 이런 규칙 위반에 대해 "국가를 적대시하는 선동", "불법적인 연계", "공공연한 품위 실추"라는 용어를 구사했다. 마티스, 라테노브, 에르빈 등이 구금되고, 로버트 하베만과 슈테판 하임에게는 새롭게 외환관리법을 적용해 거액의 벌금형을 부과했다. 이에 바르치, 베커, 엔들러, 뢰스트, 포헤, 슐레징거, 디터 슈베르트, 마틴 슈타데 등 여덟 명의 작가들이 호네커 서기장에게 연명의 편지를 보냈다.

비판적인 작가들을 비방하고 입을 봉하고 동료 슈테판 하임에게 행한 것 같은 벌칙에 의한 탄압이 점점 더 빈번하게 시도되고 있다. …… 검열과 벌칙 규정을 적용해 비판적인 작품의 출판을 방해하고 있다.

그러나 이 서한은 용납되지 않았다. 작가동맹의 베를린 지부는 마음에 들지 않는 작가들을 제거하는 데 이 항의 서한을 호기로 삼았다. 바르치 엔들러, 포헤, 슐레징거, 디터 슈베르트, 슈테판 하임, 야콥스, 롤프 슈나이더, 요하임 자이펠 등을 작가동맹에서 축출했다. (이에 반발하여 뢰스트는 자발적으로 작가동맹을 떠났다.) 이 제명 조치에 250명의 회원이 동의했다. 반대자는 50명에 불과했고, 반대 발언에 나선 사람도 슈테판 헤름린 한 사람뿐이었다.

1970년대 후반과 1980년대 초에 검열에 복종치 않는 모든 작가들에겐 앞날이 불투명한, 극히 어려운 시기가 되었다. 많은 사람들이 용기를 잃고 타협하거나 "석화(石化)된 희망"(쿠르트 바르치의 시 「망명자들」의 한 구절)을 등지고 떠날 수밖에 없었다. 반관적(半官的)인 작가동맹에서는 이들의 엑소더스에 대해, 건전한 동독 민중의 육체로부터 병든 사지를 고통 없이 절단해 내는 것이라고 호언했다. 그러나 이로 인해 동독 문화계 전반에 초래된 충격과 손실은 실로 엄청난 것이었다.

물론 사회주의 국가에 대한 이상을 잃지 않고 조국에 남아 있던 소신파 작가들도 적지 않았다. 이들은 사회주의 이념의 실천에 실패하고 있는 정책가들에게 경종을 울리는 역할을 자임하고자 했다. 희망이 석화된 나라에 밝은 미래를 마련하기 위해 때로는 탄압과 맞서 싸우며, 때로는 당국과의 마찰을 피하기 위해 위태로운 곡예를 벌이며 소신껏 작품 활동을 지속해 나갔다. 1968년에 썼던 비어만의 시 「격려」는 바로 이 용기 있는 작가들을 향한 격려라고 해도 좋을 것이다.

이 침묵의 시대에
우리는 침묵하지 않으련다.
나뭇가지에서는 푸른 싹이 돋아난다.
우리는 모든 사람들에게 그것을 보여 주련다.
그러면 그들도 알게 될 것이다.[85]

겨울에 이어 욕망의 여름이 찾아왔다

통일 전후의 동독 문학

1 동독 문학에서 남아 있는 것

1990년 10월 3일 독일은 대망의 통일을 이룩하고 이념의 차이로 나뉘었던 두 나라를 하나로 합쳐 놓았다. 실로 분단 반세기 만에 이루어진 역사적 사건이다. 그러나 예상했던 일이긴 하지만, 통일 후 3년 가까이 지나는 동안 갖가지 후유증에 시달려 왔다. 재결합의 속도가 빨랐던 만큼 통일의 반작용 역시 놀랍도록 빨리 찾아온 것이다. 사회주의 체제의 해체로 인한 대량 실업, 그로 인한 상대적 빈곤감이 구동독인의 자존심을 상하게 했다. 이의 개선을 요구하는 파업이 상당 기간 계속되었고, 심지어 1992년에는 통일정부에 대한 불만이 외국인 배척이라는 극단적 행동으로 표출되기도 했다. 로스토크 등 구동독 지역에서 일어난 이 시위의 동인은 그 해 8월 31일자 ≪슈피겔≫에서 지적했듯이 "서쪽에 대한 분노와 동쪽의 비참함에 대한 절망"이었다. 문학에서도 통독에 따른 후유증이 없지 않았다. 크리스타 볼프 Christa Wolf의 소설 『남아 있는 것 Was bleibt』을 둘러싼 문학 논쟁도 그 한 예다. 1990년 한 해를 가열했던 이 논쟁이 진정은 되었지만, 당하는 입장에 선 옛 동독 작가들의 정신적 박탈감은 적지 않았다. 구동독 작가 폴커 브라운 Volker Braun은 그의 '소유'였던 조국을 잃어버린 회한을 이렇게 노래했다.

여기에 나는 아직 있다. 나의 나라는 서쪽으로 들어가고 있다.

오두막에 전쟁, 궁궐엔 평화

나 자신도 조국을 발길로 걷어찼다.

조국은 보잘것없는 명예마저 빼앗겨 버렸다.

겨울에 이어 욕망의 여름이 찾아왔다.

나, 후추가 자라는 땅에 남아 있지만 모든 책들을 이해할 수 없게 되었다.

가져 본 적이 없는 것을 빼앗기게 될 것이다.

살아 보지 못한 나라를 영원히 그리워하게 될 것이다.

희망은 덫처럼 길 가운데 놓여 있었다. 나의 소유, 그것은 이제 너희들의 발톱 안에 있다.

나, 언제 다시 나의 나라, 내 모든 것이라고 말할 수 있으랴.

——「소유 Das Eigentum」[86]

동독 지역의 대규모 파업이 원만하게 수습되었듯이, 통독 후에 발생한 정치적, 경제적 문제도 서서히 해결되어 갔다. 따라서 이러한 '환희 뒤의 환멸'은 일시적인 현상에 불과했던 것 같다. 격변의 소용돌이를 겪고 다시 과거를 되돌아볼 때, 불과 몇 년 전의 동독이 아득한 옛날에 존재했던 나라처럼 느껴지기도 한다. 정치 체제가 와해되어 버린 지금, 시간을 거슬러 그 나라의 문학을 논한다는 것 자체가 구시대의 유물을 매만지는 감이 없지 않다. '참된 사회주의 Resozismus'[87]를 표방하며 40여 년간에 걸쳐 전개된 동독 문학에서 지금 남아 있는 것은 무엇일까? 브레멘 대학 교수 볼프강 에머리히는 그 대답으로 다음의 세 가지를 제시하고 있다.[88]

첫째, 독재 체제 안에서 이루어지는 지적, 예술적 활동의 가능성과 좌절에 대한 지속적 교훈.

둘째, 40년이 넘는 동안 씌어진 적지 않은 작품들.

셋째, 1950년 이후에 태어난 젊은이들에게 제기된 문학의 양자 택일 문제.

젊은 세대들의 갈등을 내포하고 있지만, 사회주의 체제의 산물인 동독 문학은 에머리히가 말하는 교훈을 계속 간직하고 있다. 사회주의라는 이 데올로기의 영역 속에서 싹트고 성장해 온, 이 다른 한쪽의 독일 문학이 존재한 기간은 길지 않다. 그러나 독일 문학사의 한 장으로서 갖는 중요 성을 간과해서는 안 될 것이다. "위대한 희망과 뼈아픈 각성의 역사를 이 야기해 주는 증인으로서"[89] 사회주의 이상이 어떤 문제점을 지니고 좌초 되어 갔는가를 증언해 주는 것만으로도 우리에게 주는 교훈이 적지 않다.

건국 이후 통일에 이른 오늘날까지 동독 문학은 몇 개의 유사한 그룹 에 의해 주도되어 왔다. 우선 건국 초의 동독 문단을 대표한 그룹은 1914년까지 출생한 작가들이다. 이들은 대개 반(反)파시즘 운동을 벌였 던 투사들로, 망명지나 나치스의 감옥, 또는 수용소를 나와 동베를린의 소련 점령지로 모여들었다. 안나 제거스, 요하네스 베허, 페터 후헬, 베 르톨트 브레히트 등이다. 이들과 더불어 1915-1930년에 태어난 세대가 등장했다. 헤르만 칸트나 크리스타 볼프처럼 청소년기에 나치즘을 체험 한 세대로서 동반자 의식이 강한 작가들이었다.

다음은 1930년대 이후에 출생한 그룹이다. 이들은 전쟁의 종반부를 체험했을 뿐 나치즘의 시련을 겪진 않았다. 이 세대 역시 새로운 유토피 아로서의 사회주의 국가 건설이라는 공감대를 갖고 있었다. 그러나 이상 적인 사회주의에 대한 요구 사항을 개진했고, 체제를 비판 없이 받아들 이려 하지 않았다. 볼프 비어만이나 폴커 브라운 같은 작가는 현존하는 동독 사회에 대해 커다란 실망감을 표현하기도 했다. 이들이야말로 크리 스타 볼프와 더불어 전환기에 들어선 동독 문학의 기수들이었다.

위 세 그룹엔 공통점이 있다. 즉 자신들을 사회주의자로 이해했고, 문 학에 부여된 사회적 임무를 받아들였다. 그들은 적어도 1970년대 중반까지 정신적 구심점으로서의 사회주의적 이상주의에 집착하고 있었다. 그러나 1950년대 이후에 출생한 젊은 작가들은 이러한 묵시적 동의를 깨뜨렸다. 이들은 '순수한 동독산'으로서 전쟁도 나치즘도 체험하지 않은 세대였다. 텔레비전을 통해 서방의 자본주의 세계를 보고 배웠고, 사회 조직에 구속당하기를 싫어하여 프렌츨라우 베르크 지역에서 가난한 삶을 영위했다. 더 이상 자신들을 어두운 시절의 후손으로 느끼지 않았을 뿐 아니라, 모범적인 사회주의 역군으로서 자기 발전을 도모하려는 생각도 하지 않았다. 따라서 1980년대에 들어와서는 문학의 경우 동·서를 나누는 국경선이 사실상 무의미해졌다고 할 수 있다.

2 문명 비판과 변화의 예고

1960년대 후반에 동독은 경제 발전을 성공리에 마치고 세계의 주요한 산업 국가 중 하나로 발돋움했다. 그러나 기술 혁명을 통한 '사회주의 산업 사회'로 전환하면서 이제까지 서방 세계에서나 볼 수 있었던 부정적인 결과들도 함께 나타났다. 소모적인 생활 방식, 무절제한 소유욕, 그리고 인간 관계의 소원함과 같은 경향이었다. 이것은 '행복으로 충만한 인간적 삶'을 지향하는 사회주의적 이념에 배치되는 현상들이었다.

1963년에 주창된 '신경제 체계'는 생산력 향상에 우선권을 부여한 나머지 정신성을 강조하던 사회주의 사회에 대한 일체감과 충실성을 깨뜨리고, 나아가 마르크시즘의 미래 자체에 대한 불신을 초래했다. 1968년 바르샤바 동맹군이 체코의 민주화를 무력으로 짓밟은 사건을 위시해 볼프 비어만의 시민권 박탈이나 소련의 아프가니스탄 침공 같은 사건을 겪으면서 사람들은 일대 사고의 전환을 하지 않을 수 없었다. 결국 지식인들은 시인 귄터 쿠너트의 말과 같이 "독단적으로 계획을 세우고 기계적으로 개성을 말살하는 도구적 이성의 위험"을 경계하기에 이르렀다. 1980년 10월

뷔히너 상 수상식 연설에서 크리스타 볼프는 다음과 같이 말했다.

우리는 예의 도구화된 사고를 대상으로 하는 꿈 앞에 의기소침하게 서 있습니다. 그 사고는 여전히 이성이라고 지칭하지만, 오래전에 해방과 성숙을 지향하는 계몽적 성향에서 일탈했고, 유용성에 대한 망상을 가지고 산업화 시대로 빠져들었습니다.[90]

산업화가 인류에게 유용한 기여를 하리라는 망상은 주지하는 대로 갖가지 폐해를 초래했다. 냉엄한 메커니즘은 비인간화를 부추겨 무서운 경쟁 사회로 만들었으며, 산업화에 따른 환경 파괴는 세계를 죽음의 땅으로 변질시키고 있다. 1980년대의 동독에서도 서구 문학의 영향을 받았으며, 비인간화에 대한 각성, 반전·반핵 사상, 그리고 자연 파괴를 염려하는 문명 비판적 문학이 나타났다. 생태 비판적 자연시(自然詩)에는 "땅이 그것의 목적 때문에 죽어 간다."는 위르겐 레너트의 주장대로, 산업화로 인해 파괴되는 자연 생태계에 대한 강한 우려가 나타났다. 19세기 이후 문명화된 인류 진보에 대한 회의가 크게 일어난 것이다. 이러한 문명 비판적 태도는 하이너 뮐러의 드라마에서도 두드러진다. 1983년에 나온 드라마 「퇴락한 강변」은 미망으로 치닫는 인류 문명에 대한 비유로서 「요한 계시록」의 종말론적 예언을 떠올리게 한다. 크리스타 볼프의 두 소설 『그 어느 곳 아무 데도』(1979)와 『카산드라』(1983) 역시 '약속의 유토피아' 대신 '경고의 유토피아'를 묘사함으로써 기술 만능주의의 망상을 비판한 작품들이다. 앞 글의 주인공인 클라이스트와 귄데로데의 경우처럼, 사람들이 타인과 사회와의 물질적 관계를 통해 자신에게 도달하게 되는 곳은 그 어느 곳, 아무 데도 존재하지 않는 것이다. 볼프는 또 소련 체르노빌의 원전 사고에서 소재를 얻은 작품 『원전 사고』(1987)에서 인류를 삼켜 버리는 '거대한 기계'에 대해 언급하고, 『카산드라』와 마찬가지로 반전·반핵·평화주의, 그리고 자연 및 생태 보호의 중요성을 역설한다. 원전의 방사능 누출 사고는 완전히 미혹에 빠진 인류 발전 상의 오류라면서 이렇게 탄식한다.

인류 진화 과정 중 어떤 십자로에서 길을 잘못 들어 우리가 파괴 충동 에 대한 욕구와 쾌감을 갖게 된 것일까?

무서운 속도로 확산되어 가는 기계 문명은 "사랑의 대치물"이 될 수 가 없다. 일찍이 쿠너트는 그의 시 「우주 비행 Raumflug」(1976)에서 문 명화에 따른 약육강식의 장이 된 지구의 모습을 희화했다. 지구를 찾은 외계인조차 야만화된 지구인의 타락상에 실망하여 상종할 엄두도 내지 못하고 귀환할 수밖에 없다.

여기서는 두 다리로 걷는 생물을 볼 수 있다.
그들은 누군가를 살육하여 이익을 얻을 때
문화라고 부른다.
아마도 이 병에는 치료가 소용없을 듯.

흰둥이는 검둥이를 잡아먹고,
부자는 가난뱅이를
즙 짜는 기구로 짜 댄다.
이 열등한 종족으로부터는
아무것도 기대할 것이 없기에
우리는 다시 귀환 길에 오른다.

알림 :
이곳에서 인간은 살 수 없다.
훗날에는 몰라도……

달에 공기가 없고
물밑에 향기가 없듯이
이곳엔 인간성이 결여되어 있다.

동독의 정치, 사회적 메커니즘 속에서 자신의 좌표를 찾으려는 작가들에게, 1985년에 집권한 고르바초프의 글라스노스트 정책은 새로운 힘과 희망을 주었다. 1987년 5월 베를린에서 개최된 '국제 작가들 회의'에서 하이너 밀러는 대다수의 동독 지식인들의 견해를 대변하는 연설을 했다.

고르바초프의 정책은…… 실로 미래를 가능하게 만드는 유일한 위상을 허용한다. …… 지금 소련에서 시도되는 것은 엄청난 교정 작업이며 희망의 르네상스다.

비어만 사건[91] 이후 불가피하게 지속되던 동독 문단의 경직 상태도 전환점에 이르렀다. 당국의 간섭과 검열은 상존했지만, 작가들의 창작 활동에는 여러 가지 고무적인 조치가 내려졌다. 1985년엔 새로운 생각을 보여 주는 세 권의 책, 즉 귄터 드 브륀의 『새로운 영광』, 폴커 브라운의 『이런저런 소설』, 그리고 크리스토프 하인의 『호른의 최후』가 출판될 수 있었다.

1986년엔 동서독 문화 협정이 체결되었다. 비록 일시에 괄목할 만한 결과를 보여 주지는 못했지만, 연극의 상호 방문 공연, 더 많은 작가들의 낭독회, 학자 교류, 서독 도서관의 상호 협력, 동독 책들과 영화의 서독 도시에서의 공개 등 작지만 긍정적인 합의가 이루어졌다. 동독을 떠났던 한스 마이어가 동베를린의 예술 아카데미에서 칼 크라우의 예술에 대해 연설하게 되었고, 20년이 지나 하이너 밀러가 다시 작가동맹에 받아들여질 수 있었다. 특히 브륀은 검열의 횡포성을 거론하고, 크리스토프 하인은 검열을 구태의연하고 무익하며 헌법에 위배된다고 비난했다.

1988년엔 바람직한 조치들이 가시화되었다. 플렌츠도르프의 드라마 『자유 박탈』이나 지금까지 공연 금지되었던 브라쉬, 브라운, 뮐러의 희곡들이 공연될 수 있었다. 브리기테 부르마이스터, 하랄트 게르라흐, 우베 자에거나 베르트 파펜푸스-고레크의 출판이 허용되었고, 동시에 이미 서독에서 출간된 쿠너트, 키르쉬, 베커 같은 작가들의 작품도 동독에서 출판할 수 있었다.

그러나 "문호를 널리 개방하겠다."던 작가동맹 의장 헤르만 칸트의 약속은 기대에 못 미쳤다. 1988년에 발표한 출판허가제의 폐지가 검열 제도의 폐지를 의미하는지에 대한 공식적인 언급도 유보되고 있었다. 공산당의 아성은 건재했고, 비밀경찰의 감시와 사찰도 여전했으며, 이들의 활동과 그로 인한 인권 침해 사례를 언급하는 것은 엄한 금기에 속하는 것이었다. 그러나 1988년 젊은 작가 크리스토프 하인이 이러한 부당한 금기 사항에 도전하는 작품 『탱고 연주자』를 내놓았다. 소위 '프라하의 봄'을 전후한 1968년경의 동독을 무대로 하고 있지만, 실상 1980년대 말의 동독 상황을 겨냥한 작품이었다. 이 작품은 프렌츨라우 베르크 그룹의 활동과 더불어 곧 다가올 역사적인 변화를 예고하는 신호음이기도 했다.

3 프렌츨라우 베르크 그룹의 언어 실험

1980년대 초 한 무리의 신세대 작가들이 주목을 받기 시작했는데, 이들은 모두 1950년 이후에 출생한 '순수한 동독산'이었다. 그들은 선택의 여지 없이 사회주의 국가 "안에 태어난" 존재들이었다.(우베 콜베의 첫 시집이 『이 안에 태어나 *Hineingeboren*』(1982)였다.) 이들이 성장했을 때 사회주의는 더 이상 희망을 주지 않는 한낱 '기형화된 현실'로 인식되었다. 그들은 자신들을, 파시즘과 전쟁으로 점철된 어두운 시절의 후손으로 느끼지 않았다. 1979년의 한 인터뷰에서 우베 콜베는 이렇게 말했다.

나의 세대는 현실 참여적 행위에 있어서는 수수방관자들이다. …… 나는 말할 수 있다. 우리 세대는 완전히 불확실하다는 것, 이곳의 진정한 토박이 존재도 아니고, 다른 곳을 선택할 수 있는 존재도 아니라는 것을.[92)]

이 젊은 작가들은 공식적으로 제시된 길을 거부했다. 선배들과는 달리, 조국의 발전에 동참해야 한다는 사명도 느끼지 않았다. 일상적 삶의 방식도 달랐다. 산업 사회의 기식자가 되기를 꺼렸기 때문에, 동베를린의 변두리 프렌츨라우 베르크의 누옥이나 드레스덴, 라이프치히, 예나 등에서도 집세가 싼 구시가에 삶의 근거지를 정했다. 작품 활동 외에도 단역 배우, 정원사, 체육관지기, 집사, 말 사육사, 소시지 판매원, 유치원 보조원, 묘지기, 매장인 등이 그들의 직업이었다.

어느덧 프렌츨라우 베르크에는 예술인 마을이 형성되었고, 사회주의적 속물성에 모반을 일으킨 새로운 세대의 무대가 되었다.(1987년 당시 35명의 문인과 300여 명의 화가와 그래픽 디자이너가 살고 있었다.) 우베 콜베 등 젊은 작가들뿐 아니라 중견 작가인 키르쉬, 엔틀러, 에르브, 에리히 아른트 등도 이곳에 거주한 적이 있었다. 우베 콜베의 시 가운데 프렌츨라우의 한 누옥에서의 삶과 사랑을 노래한 것이 있다.

우리는 프렌츨라우 베르크
네 계단 높이 올라간 지붕 밑 방에서 산다.
비둘기들이 무시로 드나든다.
네 눈에 띄지 않게 나는 쥐며느리들을
재빨리 창틀 아래서 죽인다.
……
하늘이 어둑어둑해지며
우박 내리는 속에서 나는 웃는다.
눈물을 흘리며,

그리고 우리 사이의 냉기 속에서
여전히 나는 웃는다.
육체가 피워 내는 먼지 속에서 나는 웃는다.
힘이 기진한 채
우리에게 주어진 안온함을 향유하면서.

이 시에 묘사된 '비둘기', '쥐며느리', '어두운 하늘', '우박' 등은 시인의 집을 에워싼 시대적 암울함이다. 따라서 '흐르는 눈물과 우리 사이에 존재하는 냉기' 속에서의 웃음은, 이 두려움에 맞서는 절망적인 시도다. 콜베들에게 중요한 것은 '우리 사이의 냉기'를 따뜻하게 하고, 서로간의 간극 위에 사랑의 다리를 놓는 일이다.

이들은 작품 활동을 통해 '울타리 나라' 안에 갇혀 사는 절망을 한탄했고, 한때 제시되었다가 '냉각되고 관료화된' 약속에 대해 분노했다. 그들은 같은 강도로 서서히 고사해 가는 공산주의 유토피아나 사회주의 관료주의를 불평 없이 받아들이는 국민들에게도 각성을 촉구했다. "집토끼처럼 만족하며, 몇 마일 넓이의 정방형 안에 둘러싸여 살고 있는"[93] 이들을 자포자기 환자로 매도했다. 이들 1980년대 기수들의 저항 의식의 뿌리는 역시 비어만의 시민권 박탈 사건까지 소급된다. 젊은이들 사이에도 이 사건은 커다란 반작용이었다.

1979년부터 동베를린의 프렌츨라우 베르크, 혹은 드레스덴의 외곽 지대를 중심으로 젊은 작가들의 엔솔로지가 나오기 시작했다. 첫 번째로 나온 것은 자샤 안더존, 루츠 라테노브, 헬가 마우어스베르거, 베르트 파펜푸스 등이 동인이 되어 펴낸 《어떤 바람도 문을 닫지 못한다》였다. 드레스덴에서 나온 잡지 《그리고》는 새롭고 실험적인 작품들, 시적 선언 등이 실린 동인지였다. 그러나 사회주의 사회의 전범(典範)이 되는 작품이나 그 강령과 결별을 선언했기 때문에 1984년 폐간될 수밖에 없었다. 안더존, 슐라이메, 슐레겔 등은 베를린으로 이주해서 그곳의 활력 넘치는 문학 서클과 합류하게 되었다. 1981년부터 우베 콜베는 베른트 바그너, 로타르 트롤레 등과 함께 소규모의 엔솔로지 ≪임금님은 벌거벗었다≫를 발간했다. 이들은 간행사에서 자신들의 입장을 이렇게 천명했다.

어린이처럼 현실을 용기 있게 지적하는 외침("임금님은 벌거벗었다.") 이 필요했다. …… 그것을 위해 문학이 출판사, 편집자, 서점, 인쇄소에 의지하지 않고도 길을 찾을 수 있음을 알았다. 실로 구텐베르크 이후 5세기 만에 재현되는 문학 출판물이었다.

이 잡지는 1983년 ≪미카도 Mikado≫라 개명해서 1987년까지 존속했다. 검열이 상존하는 나라에서 이 극단적인 잡지가 살아남을 수 있었던 것은, 100부가 넘지 않는 동인지 정도는 탈법적 출판이 가능했기 때문이다. 동인지의 필자들은 미미한 발행 부수에 개의치 않았다. 얼마나 많이 읽히느냐보다 '누가 읽느냐'가 중요했기 때문이다. 이 자비 출판된 잡지에 기고한 사람들은 젊은 무명 작가들만이 아니었다. 꽤 명성을 지닌 작가들, 예를 들어 엘케 에르브, 볼프강 힐비히 등의 작품도 게재되었다. 드레스덴인들이 이주함에 따라 다른 잡지들도 나왔다. 1984-1987년까지 주로 드레스덴 출신 예술가들에 의해 ≪손실≫이 발간되었다가 1988년 부터는 ≪응용≫에 의해 밀려났다. 흥미 있는 계획은 라이너 셰들린스키가 간행한 ≪아리아드네 공장≫인데, 무엇보다 프랑스의 탈구조주의에 고무된 예술철학적 에세이와 시들이 눈에 띄었다. 잡지를 만드는 사람들은 조그만 서클을 이루었고, 완벽한 출판보다 작업 과정을 더 중요시했다. 이들은 기구나 연맹에 가입하지도 않고, 대부분 독자적인 창작 생활에 몰두했다. 당국의 지원을 기대할 수 없었는데도 정기적으로 이러한 엔솔로지들이 나올 수 있었던 것은 순전히 창작을 향한 열정 덕분이었다. 그렇다고 그들은 자신을 문학적 반기를 든 집합체로 인식하지도 않았다. ≪미카도≫의 경우 필자들의 정치적, 문학적 신념은 서로 같

212

지 않았다. 공통점이 있다면 모든 인습적인 질서에 대한 반감, 적어도 문학 세계에서만이라도 도구화된 이성, 즉 규격화된 틀에서 벗어나는 것이었다.

그러나 여전히 이런 종류의 잡지에 글을 발표하는 것은 모험이었다. 1980년대 중반까지도 당국은 이러한 작가들을 반대편으로 간주했다. 국가와의 관계에 무심하고 배타적인 고립주의로 도피하려 한다는 비난을 받기 일쑤였다. 그러나 동구권을 휩쓴 자유화의 물결에 밀려 문화 정책이 수정되기에 이르고, 따라서 이들의 입지도 크게 개선되었다. 1988년 동베를린의 아우프바우 출판사와 할레의 중부 독일 출판사는 마침내 재능 있는 젊은 작가들의 작품을 게재하기에 이르렀고, 같은 해 ≪미카도≫의 세 발행인은 그들 잡지에 실린 글을 선정해 서독에서 출판했다.

이 새로운 세대의 관심사는 무엇보다 언어의 문제였다. 언어야말로 '실질적' 의식이므로, 언어를 변화시키는 것이 또한 의식을 변화시키는 것이라고 보았다. 우베 콜베에 의하면, 그들의 가장 큰 불안은 '규정된 언어'에 빠지는 것, '지배하고 있는 언어의 집합적인 기만'을 용인하는 일이다. ≪미카도≫ 편집인들의 회고담에는 이들의 생각이 극명하게 드러나 있다.

우리가 원하는 것은…… 종합 예술 작품도, 연금술도, 문학적 반대의 집합도 아니었다. 우리는 단지 개인의 언어를 발표할 다른 지면을 원했다. 우리가 보여 주고 싶었던 것은, 누군가가 자신의 언어와 투쟁하고 있다는 사실이다. 다시 말해 언어 속에 존재하는 현재를 폭파하려 했다.

이들은 일상의 엄격한 이데올로기적 사고가 언어를 훼손했고, 선전 목적으로 오용했고, 언어의 의미를 점차 낯설게 만들었다고 생각한다. 이러한 언어 실험 속에서 그들은, 온통 미만해 있는 이데올로기적, 혹은 폐쇄적인 사고와 언어의 틀에서 벗어나려고 애썼다. 1956년 생의 시인

라이너 셰들린스키는 확언한다.

사회의 전체주의적 담론이 개인의 아주 작은 활동까지를 결정한다. 그것이, 어떤 사람이 행하는 모든 것을 위해 하나의 사회적 의미를 형성함으로써. …… 이러한 '의미' 밖에는 무언(無言)이 지배하게 된다. 1970년대 서유럽의 테러리즘 역시 사회적 불협화음으로 생겨났다. …… 예술의 언어, 즉 시적 언어는 봉사적이고 전문적인 언어 밖에서 움직인다.[94]

이들은 사회적 담론이 형성하는, 폐쇄된 사고 안으로 들어가기를 거부했다. 이들에게 무엇보다 중요한 것은, 문학 활동을 통해 모든 감시와 감독으로부터 자유롭고, 독자들로 하여금 잃어버린 환상을 찾게 해 줄 '관념의 공간'을 마련하는 일이었다. 이러한 계획을 가지고 독선적인 사회주의 문학관으로부터 얼마나 동떨어져 있는가 하는 것은, 이들이 문학적 모범으로 삼은 작가들을 보아도 알 수 있다. 많은 젊은이들이 프랑스 상징주의 시인 말라르메, 보들레르, 랭보 그리고 구체시와 다다이즘의 영향을 받았다고 고백한다. 이론적 선구자들을 레닌으로부터 루카치, 브레히트로부터 블로흐에 이르는 마르크시즘의 조상에서 찾지 않고, 라캉이나 푸코 같은 현대 프랑스 심리분석학자들과 구조주의자들에게서 찾았다. 리더격인 우베 콜베의 경우는 독일 표현주의 영향을 짙게 지니고 있다. G. 벤의 조야한 시적 즉물성(卽物性), G. 트라클의 몽상적 이미지, G. 하임의 마성(魔性)을 불러내는 기술 등을 그는 배웠다.

이들의 문학은 이데올로기적 사고의 공식을 단연 거부했다. 1960-1700년대의 많은 동독 작가들이 찬미했던 에른스트 블로흐의 '희망의 원리'에도 냉소적이었다. 1950년대의 경직된 사회 상황 속에 '태어나진' 이 세대에겐 현존하는 것, 자신의 처해진 환경만이 관심사였다. 개인적 불안, 상처, 환상 등 동시대인들의 체험을 재인식시키는 시적 형상화가 중요할 뿐이었다. 현존하는 삶의 이미지를 냉정히 기술하는 데 그칠 뿐

이상적 요소, 전망 따위는 피안의 것들이다. 우베 콜베의 시 「회수(回數)」
에서 느끼는 감정도 그런 것이다.

다섯 번
나는 폭행당한 이야기를 들었다.

네 번
나는 보았다.
남자들이 자신을 매질하는 것을

세 번
그들은 자신의 개를 학대했다.
나의 눈앞에서

두 번
나는 여자 친구를 위해
청소년보호국으로 달려갔다.

한 번
나는 원했다.
병든 어머니의 목 조르기를.

나는 열여덟 살이다.
사회주의 속에서 성장했다.
전쟁은 겪지 않았다.

콜베의 시는 자유분방하고 모험적이다. 언어의 마술적 기능을 통해 거짓되고 부패하게 보이는 세계에 대항할 뿐 아니라, 그것을 통해 새로운 세계를 구축하려 한다. 주제를 예술성이 풍부한 언어 방식으로 숨김없이 농축시킬 때마다, 일상의 찌꺼기를 걸러 정화하고, 변형된 언어로 새로운 음조와 의미를 창조해 내는 매력을 보인다. 콜베와 그 세대들의 문학에서 느끼는 것은 "원래는 형언할 수 없는 것을 말하려고 누군가가 싸우고 있다"[95])는 확신과 감동이다.

4 볼프의 『남아 있는 것』을 둘러싼 문학 논쟁

1990년 10월 3일 양 독일의 통일은 현실로 나타났다. 동독의 많은 지식인들이 사회주의 자체 안에서의 변화와 개혁을 바랐지만, 동구권을 휩쓴 민주화의 물결은 베를린 장벽을 삽시간에 무너뜨리고, 성공적인 자본주의 체제인 서독으로 흡수 통일되고 말았다. 이 격동의 시기를 전후해 동독 작가들은 잠시 시대의 변화를 지켜보며 자신의 입장을 숙고해 보는 수밖에 없었다. 공산당이 무너지고 슈타지가 해체되는 마당에 체제 순응적이었던 작가들은 더욱 속죄의 침묵을 지켜야 했다. 이 미묘한 시기에 나온 크리스타 볼프의 소설 『남아 있는 것』의 출판은 어긋난 타이밍 때문에, 통일을 목적에 둔 독일 문단에 큰 파문을 던지게 되었다.

원래 볼프의 『남아 있는 것』이 집필된 시기는 1979년이었다. 아직 비밀경찰의 권력이 막강하고 엄격한 검열 제도가 상존했던 때다. 결국 이 책은 10년간 서랍 속에 방치되어 있다가 통일의 열기가 극에 달했던 1989년 11월 약간의 수정을 거쳐 출판되었다. 그러나 작가의 해명 한마디 없이 출간된 이 소설은 그렇지 않아도 동독 작가들의 석연치 않은 과거에 촉각을 곤두세우고 있던 서독의 비평가들에게 비판의 빌미를 제공했다. 주인공인 여류작가(크리스타 볼프임에 틀림없는)가 비밀경찰의 감시를 받으며 몇 개월간을 불안과 긴장 속에 보낸 내용을 기록한 글인 데다,

10년 전에 쓴 글을 신상의 위험이 사라진 뒤에야 내놓은 '비겁함' 때문이었다.

1990년 4월 24일자 《벨트》에서 위르겐 제르케가 볼프의 정직성 결여를 지적한 이후, 《차이트》, 《프랑크푸르터 알게마이네 차이퉁》 등이 볼프는 물론 과거가 의심되는 동독 작가들까지 함께 비판대에 올려놓기 시작했다. 결국 문학적 논쟁이 개인의 과거까지 들추는 '종교 재판'의 양상을 띠게 되자, 독일 PEN 클럽에서도 논쟁의 과열을 진정시키려는 노력을 기울였다. 독일 문단은 역사적인 통일이 실현되는 과정에서 동독에 잔류했던 작가들의 과거를 추적하려는 경향을 보였으며, 이러한 쟁점의 첫 표적이 된 크리스타 볼프의 '불운'은, 그녀가 지금껏 누려 온 명성이 동서를 막론하고 남달리 크고 화려했기 때문이었다.

소설 『남아 있는 것』은, 감시를 받고 있는 주인공이 그로 인해 겪는 심리적 불안과 절망을 현실과 상념을 교차시키면서 기록한 일기체의 글이다. 소설의 서두는 이렇게 시작된다.

불안해하지는 말자. 귀에는 쟁쟁하지만 입에는 담지 않은, 예의 다른 언어로 어느 날엔가 나는 이것에 대해서도 말해야 될 것이다. 내가 알기로, 오늘은 아직 너무 이른 것 같다. 그러나 때가 되었을 때, 그것을 감지할 수 있을까? 도대체 나의 언어를 발견하기나 할까? 언젠가 늦을 텐데. 그렇게 되면 어찌 이날을 기억할 수 있단 말인가?

이런 결의와 걱정이 엇갈리는 가운데 주인공 '나'는 '이날들' 가운데 하나, 즉 "서늘하고 잿빛으로 흐린 5월"의 어느 하루를 기술하기 시작한다. 아침에 눈을 뜨기가 무섭게 내다보는 창밖엔 여전히 나를 감시하는 젊은이들이 진을 치고 있다. 이들을 볼 때마다, 차라도 한 잔씩 나누며 대립하지 않고 대화를 나눌 수 없음이 아쉽다. 가택 수색을 방지하기 위해 이중, 삼중으로 자물쇠를 채우고 장 보기 위한 외출에 나선다. 상점의 쇼윈도 앞에서 미행 여부를 확인하고 안도의 한숨을 내쉰다. 슈프레 강 다리 난간에 서서 갈매기들이 자유롭게 나는 모습을 보고 있자니, 궁지에 몰리고 있다는 불안과 고통 때문에 나 자신이 다른 인간이 되어 가는 기분이다. 절망에 차서 나는 "비전도, 매력도 없이 탐욕과 권력의 힘으로 타락한 도시" 베를린을 바라본다. 많은 사람들이 마치 감시조의 세 젊은이처럼 "악몽과 무의미한 활동 사이에서" 그들의 시대를 낭비하고 있는 것 같다. 장 보기를 마치고 우체국에 들렀을 때, 대학 시절의 친구였던 위르겐 M이 나를 보고도 모른 체한다. 이상주의를 꿈꾸던 철학도가 이제는 비밀경찰의 요원이 되었으니 요주의 대상인 나를 기피하는 것도 무리가 아니다. 아니 어쩌면 부하들을 부리며 철저히 나를 사찰하고 있을지도 모른다. 귀가하여 몇 장의 편지를 읽고 답장을 쓰면서도, 서신마저 감시되지 않을까 하는 우려 때문에 속마음을 털어놓을 수가 없다. 전화가 걸려 오자 도청당하지 않나 주위를 살피게 된다. M을 위시한 감시인들에 대한 분노가 솟구친다. 인간이 인간을 불신하는 행위, 이를 어찌 삶이라고 부르랴? 문학 지망생의 방문을 받고도, 그 소녀와의 대화가 도청당할까 마음에 걸린다. 소녀가 내심의 진실을 이야기하려 하자 그녀를 위해 제지할 수밖에 없다. 떠나면서 소녀는 구차하게 묻지 않는다. '남아 있는 것'이 뭐냐고?

다시 외출하여 입원해 있는 남편을 찾아본 후, 아침에 초청받은 낭독회장으로 간다. 인기 작가인 나는 낭독회가 끝난 후 여러 사람들의 사인 공세를 받는다. 그리고 한 쌍의 젊은이를 통해 낭독회 전에 일어난 해프닝에 대해 듣게 된다. 내 낭독회에 대한 과민 반응으로 경찰이 입장하기 위해 모여 있던 사람들을 강제로 해산시킨 사실이다. 내가 항의하자 문화부 책임자는 주거 침입을 방지하려 했다는 변명으로 사태를 호도한다. 밤 11시가 되었어도 감시자들은 아직 문 앞을 지키고 있다. 나아갈 길이 모두 막혀 버린 기분이다.

무엇이 남아 있는가? 나의 도시를 받치고 있는 것은 무엇이며, 무엇으로 그것은 멸망해 가는가?

대충 줄거리를 살펴보았거니와, 매스컴에서 문제삼았던 것은 물론 소설의 내용이 아니었다. ≪차이트≫가 지적한 대로 '우리를 곤혹스럽게 하는' 지각 출판 때문이었다. ≪프랑크푸르터 알게마이네 차이퉁≫의 비판은 한층 강도를 더했다. 10년이 지나서야 출판하는 것은 "무의미하고 시대 착오적"이라고 비난하면서, 동독 작가들의 정직성에 대해 언급하고, 지금이 제2의 '영점(零點)의 시간'임을 상기시켰다.

독재가 끝날 때마다, 관여했던 자들은 죄와 책임에 대해서 말하지 않고 새로운 언어의 필요성을 운위한다. 양심의 가책 앞에서 침묵의 애매한 공간으로 피신하는 것, 그것은 이미 2차 대전 후 나치 시대의 지식인들이 보인 작태와 유사하다.[96]

비판의 강도가 점점 거세지자, 서독의 중진 작가들을 중심으로 이러한 '지식인 사냥몰이'에 대한 자성의 소리 또한 높아지기 시작했다. 개인적으로 볼프 변호에 가장 적극성을 보인 사람은 『양철북』의 작가 귄터 그라스다. 7월 16일자 ≪슈피겔≫과의 대담에서 그는, 일부 비평가들이 이런저런 식으로 논의될 수 있는 책 한 권을 가지고 한 인간 전부를 계량하고, 또 성급한 과거 청산 작업에 이용하고 있다고 비난했다.

그런 내용의 책을 이전에는 전혀 출판할 수 없었다. 그녀는 영웅도 아니고, 또 영웅이 되어 달라고 요청받은 적도 없었다. …… 그녀는 다른 유형의 인간이다. 마지막까지 공공연히 동독 사회를 이해하면서, 그 속에서 기본적인 변화가 올 수 있다고 믿었다. 나는 그렇게 믿지 않지만, 그렇다고 그런 견해가 틀렸다고 말할 권리는 없다.[97]

그라스는, 특정 작가에 대한 비판이 계속되면 지식인 사회에 일종의 증오의 감정이 생겨날 것이라고 우려했다. 서쪽의 40년과 동쪽의 40년이 각각 특유한 발전을 해 왔다는 사실에 유념하자고 호소했다. 찬반양론이 분분한 가운데 볼프를 둘러싼 논쟁은 1990년 말쯤 진정되었다. 문학에서 과거 청산의 문제가 예상 외로 빨리 표출된 감이 있으나, 이것은 ≪차이트≫의 그라이너가 역설한 대로 "지식인의 윤리", 즉 정직성의 문제를 성찰하는 계기였음을 생각할 때, 변화의 진통을 겪고 있던 통일독일로서는 짚고 넘어갈 문제였음에 틀림없다.

문명 비판, 터부에 대한 저항, 보다 자유로운 언어 투쟁 등 1980년대를 지나며 이어 온 작가들의 자유 의지, 그리고 그에 따른 시련과 극복은 통일이라는 민족적 드라마를 연출해 내는 데 일조했다는 확신을 준다. 어느 국가, 어느 체제이든 개인의 자유와 권리를 제한하거나 억압할 경우 참다운 문학이 생겨날 수 없음은 물론, 작가들은 필연적으로 이러한 정치적 견제와 맞서 싸우게 된다는 적절한 본보기를 동독 문학에서 발견할 수 있었다.

이제 대망의 통일이 실현되어, 옛 동독 작가들은 염원해 마지않던 창작의 자유를 완전히 얻게 되었다. 동시에 크리스타 볼프를 둘러싼 논쟁을 통해 자유에 대응하는 책임과 양심 역시 얼마나 크고 무거운 것인가도 절감하게 되었다. 이제 이들은 급작스러운 변화, 넘치는 자유, 또는 저항의 상대를 잃어버린 허탈감 때문에 잠시 펜을 멈출지도 모른다. 그러나 볼프나 헤르만 칸트 같은 동료 작가들의 과거 청산적 시련을 목도하면서 격변의 시대에 대처하는 자신의 위상을 새로이 정립할 것이다. 그리고 진실을 이야기하며, 시대의 비판자, 경고자가 되어야 하는 작가의 소명을 다할 것임에 틀림없다. 자유주의 체제에도 다른 형태의 모순과 갈등과 문제점이 도처에 상존하고 있기 때문에.

아무리 주위를 둘러봐도 어디에나 장벽뿐이다

슈테판 하임의 『콜린』과 과거 극복의 의지

1 슈테판 하임의 생애와 회고록

1988년 8월 15일자 ≪슈피겔≫은 동독 작가 슈테판 하임 Stefan Heym 에 관한 특집을 꾸미고, 그 해에 그가 집필한 회고록의 요약을 4주에 걸 쳐 게재했다. 850쪽에 달하는 이 방대한 책의 제목은 '추도문 Nachruf'. 하임의 많은 작품처럼 당시 동독에서는 빛을 보지 못하고, 우선 서독에 서 출판되었다. "독일 유대인이자 지식인 공산주의자로서의 모험적 삶" 이 기록된 이 회고록에는 사회주의 국가 동독에서의 체험도 여과되지 않고 기술되어 있어, 그렇지 않아도 불편한 관계에 있는 동독 당국의 심 기를 더 언짢게 했다. 이 회고록에 기록된 하임의 "모험적 삶"을 일별해 보면 대략 다음과 같다.

슈테판 하임의 본명은 헬무트 플리크 Helmut Flieg. 독일의 켐니츠에 서 유대인 상인의 아들로 태어났다. 김나지움의 최고 학년에 재학할 때 ≪민중의 소리≫라는 신문에 발표한 시 때문에 퇴학을 당할 때부터 도 주와 망명과 고난의 삶은 시작되었다. 1933년 나치의 손에 아버지가 잡 히고, 하임 역시 체포될 위기에 처하자 체코슬로바키아로 도주했다가, 유대인 단체가 주는 장학금을 받아 미국으로 건너갔다. 미국에 체재 중 ≪독일 국민의 메아리≫라는 주간신문의 편집장을 맡아 독일과 미국의 파시즘에 대항하는 투쟁을 벌였다. 1942년에는 체코에서의 반(反)나치 운동을 다룬 첫 소설 『인질』이 성공을 거두어 《뉴욕 타임스》의 극찬을 받았다. 전시인 1943년 군에 징집되어 특수 부대의 심리전 교육을 받은 후 아이젠하워의 휘하에 들어가 역사적인 노르망디 상륙 작전에 참가했다. 다시 조국에 돌아온 하임은 베를린의 연합국 점령 구역 내에서 선전 팸플릿과 라디오 기사를 작성하거나, 독일군 포로를 심문하기도 했다. 1948년 그는 전쟁 체험을 그린 소설 『십자군의 전사』를 내놓아 또 성공을 거두었다. 영어로 씌어진 이 소설은 서독에서 '고통의 월계관'이라는 제목으로 출간되었고, 한 시대사를 저널리스트적 리얼리티로 갈파한 역작이라는 호평을 받았다. 종전 후 뮌헨에 남아서 전우이자 역시 유대인 이주자였던 한스 하베와 함께 《노이에 차이퉁》을 창간하고 저널리스트로 계속 활동했다. 반파시즘을 표방한 신문이었지만 친소 입장이 짙었기 때문에 두 사람은 자유 진영으로부터 공산주의자라는 혐의를 받게 되었다. 다시 미국으로 건너갔으나 역시 공산주의자로 매도당했고, 미소 동맹의 파기를 공격하고 나서면서 많은 적을 만들었다.

1953년 하임은 '최초의 노동자와 농민의 나라' 동독으로 이주해 이전의 사령관이었던 아이젠하워 대통령에게 미국 장교 임명장과 전쟁 중 받은 훈장을 반납했다. 그러나 그 해 6월 17일 동베를린에서 일어난 노동자 봉기를 목격하고 깊은 혼란에 빠지게 되었다. 그의 망명을 환영했던 울브리히트 정권의 붕괴는 사회주의 신봉자로서 그의 정치적 신조에 의문을 던지게 했고, 천신만고 끝에 얻은 동독에서의 안주가 불안하게 되었다. 하임은 이 노동자 봉기를 "그 어느 날"이라는 표제로 소설화했으나 동독에선 인쇄되지 못하고, 1974년에야 서독에서 "6월의 닷새간"이라는 제목으로 출간되었다. 이후 하임에게 동독은 『추도문』에서 토로했듯이 "실망과 희망이 교차되는 나라, 교조적인 힘과 역동적인 작가 정신 사이의 갈등이 일어나는 현장"이 되었다. 이주 직후 당기관지 《신독일》에 기고한 그의 미국 이주 이야기가 "너무 의기를 저상시킨다."라는 이유로 거절당했을 때 이미 이 갈등은 시작되었다. 그는 작가로서 지녀야 할 표현의 자유를 위해 당국과의 투쟁을 강화해 나갔다. 검열을 피하는 방법으로 『라살레』, 『비방문』, 『다윗 왕에 관한 보고』, 『유랑의 유대인』 등의 소설에서는 현실을 역사와 성서의 소재 속으로 이식하는 수법을 쓰기도 했다.

비어만 사건 이후 갈등은 최고조에 달했다. 비어만의 시민권 박탈을 항의하는 성명서에 서명한 첫 열두 명 가운데 하나였던 그에게 당 기관지는 "망쳐진 유형", "계급의 적에 대한 협력자"라고 비난했다. 작가동맹에서 축출되고 여행 금지 명령이 내려졌으며, 그의 책이 서방 세계에서 출판되었다는 이유로 벌금형을 선고받았다. 마지막 선택지인 동독에서 하임은 "사회주의 국가 밖에선 상상할 수도 없는 죽음과 같은 고립감"을 맛보아야 했다. 그러나 동구권을 휩쓴 자유화 물결은 동독에도 예외 없이 밀려들어 호네커 체제의 경색증도 어느 정도 완화되었다. 하임은 금지되었던 몇몇 작품을 출간할 수 있었고, 일흔여섯의 노경을 방패막이로 동독 정치 체제의 과오에 대해서도 비판의 음성을 한결 높였다. 그러나 골수 사회주의 신봉자인 하임은 통일 열기가 고조되던 시기에도 동독 내에서의 변화를 주장할 뿐 동서의 통일을 원하진 않았다. 1990년 마침내 통일이 실현되고 동서를 아우르는 총선거가 실시되었을 때, 하임은 구동독 지역에서 공산당의 일원으로 출마하여 당선되었고, 최고령자라는 이유로 연방의회의 임시의장을 맡기도 했다.

통일 전에 내놓은 소설 『콜린 Collin』(1979)은 체제 비판의 소리가 낭랑한 실화 소설이다. 특히 흥미로운 것은, 과거의 정치적 과오를 폭로하는 회고록 집필이 소설의 주도(主導) 모티브가 되고 있다는 점이다. 그 후에 간행된 진짜 회고록 『추도문』은 미완성으로 남아 있던 소설 속의 회고록이 생생한 현실이 되어 우리 앞에 나타난 셈이 된다. "뜨거운 죽 주위를 영원히 맴도는 일에 지쳤다."고 술회했듯이, 하임은 이 소설에서 더 이상 역사라는 분장 속에 숨기를 거부했다. 매섭게, 그리고 신랄하게 "뜨거운 죽", 즉 동독의 금기 사항인 스탈린 시대(1950년대)의 정치 상황에 접근하고 있다. 정부의 강령과 시책에 길들여진 사회주의적 리얼리즘 문학 아래서 이 정도의 비판 소설을 쓸 때에는 커다란 불이익을 감수할 각오가 돼 있어야 했다. 그러나 하임은 자기 보신을 고려치 않았다. 1953년의 동독 체재 이후 자신이 직접 보고 겪은 일을 작중 인물 콜린과 우라크의 대결이라는 설정을 통해 투영해 내면서, "거짓을 지니고 살도록 강요당하는 인간에게서 무엇을 기대할 수 있을까?"라는 의문을 던지는 데 주저하지 않았다.

일찍이 베르톨트 브레히트는 소비에트 작가 회의가 끝난 후 "소련에서 소설이 '민스크는 세계에서 가장 지루한 도시다.'라는 문장으로 시작할 수 있을 때 비로소 진정한 '사회주의적 리얼리즘'이 존재할 수 있을 것이다."라고 말한 적이 있다. 『콜린』이 바로 그런 소설이다. 소설 속에서 동베를린은 지루하고 위안이 없는 도시로 묘사된다. "우울한 진열창 앞에 서 있던 우울한 사람들이 우울한 판매장 안으로 들어가는" 회색빛 도시다. 동베를린의 우울을 말할 수 있는 주인공 콜린은 이미 '건설 문학'이나 '도달 문학'이 요구하는 시대의 '긍정적 주인공', 즉 고귀한 청년 개척자가 아니다. 반파시즘 투쟁을 벌이며 사회주의 국가 건설의 이상을 품고 살았으나, 권력 투쟁의 게임 속에서 민중의 꿈이 좌절됨을 목도하고, 죽기 직전 자신의 삶에 대한 각성과 함께 회고적 청산을 하는 노작가다. 즉 콜린은 『다윗 왕에 관한 보고』의 주인공 에탄Ethan과 같은 유형의 갈등을 겪는 인간이다. 솔로몬 왕궁의 시인이자 역사가로서 왕명에 따라 선왕 다윗의 연대기를 새로이 기술하는 데 있어 진실의 왜곡을 강요받는 에탄은 결국 지식인의 양심 때문에 죽음을 자초한다. 소설 『콜린』에서는 이러한 한계 상황 속에서의 진실 추구와 그 투쟁이 더욱 강렬하게 그려지고 있다. 일종의 폭로성 정치 소설이라고 할까? 그러나 값싼 고발 소설과는 달리 이 작품 속에는 "30년간의 동독 역사가 만들어 낸 인간사의 일부"를 파헤쳐 가는 작가의 탁월한 분석 능력이 돋보인다. 이러한 문제점에 대한 분석은 하임의 말대로 "메스를 대어 환부를 건전한 육체에서 떼어 내기 전, 병든 조직의 부위를 알아내려는 외과적 검사"[98]에 비견할 만하다.

2 소설 『콜린』의 주제

콜린의 병

소설 『콜린』의 주요 무대는 동독의 저명인사들을 위한 특수 병원이다. 그곳에 국민상 수상자이자 동독 문학의 대가로 칭송받는 한스 콜린이 심장병 발작으로 입원한다. 담당 의사인 크리스티네 로트는 매우 지적인 여성으로, 몇 가지 임상적인 검사를 실시해 본 후 병의 실체에 대해 의문을 갖게 된다. 이 발병에는 외관상 나타나지 않는 다른 이유가 있을지도 모르며, 병의 규명과 근본적인 치유를 위해 심리분석적인 방법을 강구해야 한다는 것이 그녀의 주장이다. 노련한 병원장 겔링거는 콜린의 병인을 추적함으로써 나타날 위험을 직감하고 크리스티네를 만류한다.

"우리가 어떤 인식의 추구를 위해 너무 깊이 절개하게 된다면, 그래서 너무 많은 조직이 파괴된다면 어찌하겠소, 닥터 로트? 수술엔 성공했지만 환자가 죽어 버린다면?"

그러나 크리스티네는 의사적 양심에 입각해서 여러 가지 방법을 구사하여 콜린이 갖게 된 환상의 병을 추적해 간다. 그 방법 중의 하나가, 자전적 특성이 강한 콜린의 출세작 『스페인의 하늘』을 분석하고 검토하여 작가 자신의 과거를 유추해 내는 일이다. 작중인물 빌란트의 행적을 통해 알아낸 사실 중 중요한 것은, 그가 죽음의 수용소에서 살아남게 된 경위다. 그를 아끼는 상관이 진상을 글로 쓰도록 하여 목숨을 구해 주었던 것인데, 작품 활동이 부진한 만년의 콜린과 연관시켜 볼 때, 이러한 작가적 의무를 다하지 못한 데서 연유한 고뇌가 병을 유발했다는 결론에 도달한다. 일이 잘 진척되지 않거나 무언가를 이야기할 수 없을 경우 병이 그 방어의 메커니즘이 될 수 있다는 겔링거의 견해도 이에 상응한다. "아픈 자는 자신의 의무, 나아가 자신과의 싸움을 벌여야 하는 의무에서 벗어날 수 있기 때문"이다. 겔링거의 진단은 콜린과 크리스티네의 대화를 통해서도 타당성이 입증된다.

> (콜린) : 나는 무언가를 말할 게 있고, 또 말하게 되리라고 생각했소."
> (크리스티네) : "그걸 말했나요?"
> (콜린) : "당신이 날 괴롭게 하는군요."

그러나 크리스티네의 탐색 과정이 진척됨에 따라, 콜린의 병에 한 겹 더 깊은 이유가 내재하고 있다는 사실이 암시된다. 그것은 목숨을 구해 준 하벨카의 증언을 통해, 그리고 공교롭게도 같은 병원에 입원한 적수 우라크와의 논쟁을 통해 드러난다. 우라크 등이 자행한 정치 재판에 참석했던 콜린은 옛 동료 파버와 생명의 은인 하벨카의 무고함을 알면서도 자신의 안위가 두려워서 침묵한 적이 있었다. 이 비겁했던 순간이 바로 고통의 근원이었으며 콜린은 진실을 써야 한다는 작가적 의무감에 시달려야 했다. 만년에 콜린이 쓰기로 결심한 회고록은 비겁한 과거에 대한 빚 갚음인 셈인데, 실은 이 글을 쓰는 동안 느끼게 되는 주저와 갈등이 그의 병을 유발시켰다고 보는 것이 적절하다. 병원까지 집필중인 원고를 가져올 정도로 작가 정신은 투철하지만, 동시에 "순교적 죽음에 대한 공포와 정신적 자기 거세에 대한 저항 사이의 갈등을 견딜 수가 없어서"[99] 차라리 병이라는 방어벽 뒤에 은신하기를 원했던 것이다. 크리스티네와의 대화 중에도 그것은 여실히 나타난다.

"그것(회고록)이 무슨 소용에 닿을까? …… 당신에게 무슨 소용이 있을까? 다른 사람에겐? 내게는? …… 몇십 년이나 묻혀 있던 그 어떤 진실 때문에 내가 순교자 노릇을 한단 말이오? …… 이곳에서 살아가려면, 미리 제시된 모범을 따라야 하는 건데 말이오"

크리스티네는, 진실을 기록하기 위해 불이익을 감수하려는 그의 용기를 높이 평가하고, 이를 외면했을 때 "자신이 채우게 된 재갈, 무생산성 그 공허한 명성"을 어떻게 견디겠느냐고 묻는다. 콜린은 마음을 가다듬고, 병상에서 회고록을 집필해 나간다. 기술하기를 망설였던 내용, 즉 스탈린 시대에 권력 유지를 위해 행해진 무자비한 숙청의 진상을 밝히고, 무고한 동지를 불법 체포하여 정치의 희생양을 만들었던 조작된 재판을 고발한다.

회고록에 대한 두려움이 사라진 콜린에게 대적자인 우라크조차 더 이상 공포의 대상이 아니다. 자신들의 삶과 죽음이 서로 연관성을 갖고 있다고 믿기 때문에, 극도로 쇠약해져 파버에 대한 악몽으로 시달리는 우라크를 보고 일종의 승리감마저 느끼게 된다. 병의 근원이 밝혀지고, "혼자 힘으로 지하실의 시체를 꺼내와…… 사태의 근본을 구명하려는 용기"를 얻게 된 그에게 병원에 누워 있을 필요가 없게 된 것은 당연한 일이다.

"나는 항상 생명을 두려워해 왔다. …… 그 때문에 병이 난 것이다. 나는 이 악마의 소굴에서 나가겠다."

퇴원 후에도 그의 싸움은 계속된다. 과거를 회고하고 진실을 기록하는 것이 쉬운 일이 아니기 때문이다. 결국 콜린은 진실을 찾아가는 도상에서 진짜 심장경색에 걸려 죽게 된다. 그가 얼마만큼의 진실을 기록해 냈는지는 소설 『콜린』 속에 나타나 있지 않다. 원고를 넣어 두는 가방이 가득 차 있었다라고 기록되어 있을 뿐이다. 회고록 집필을 부추겼던 친구 폴로크가 그 원고를 남몰래 보관하는 것으로 소설은 끝난다. 9년이 지난 후 하임의 진짜 회고록인 『추도문』이 세상에 나온 것은 그런 의미에서 더욱 관심을 끄는 일이 아닐 수 없다.

역사적 과오

콜린의 대적자로서 심리적 결투 상대가 되는 존재가 빌헬름 우라크다. 그는 폭력적인 비밀경찰의 보스로서, 스탈린 시대에 저지른 소위 '역사적 오점'의 장본인이자 통합사회당의 강경 노선을 대표하는 존재다. 그 역시 심장 질환으로 입원해 있으나, 적수인 콜린의 죽음이 곧 자신의 삶이라는 경쟁 의식에 지나치게 집착한다. 그는 스페인 전쟁과 르 베르네 수용소 시절부터 콜린과 생사를 함께했다. 나치 치하에선 함께 반파시즘 투쟁을 벌였던 혁명 동지로서 동독 정부가 수립되자 정보 책임자라는 막중한 임무를 부여받고 권력의 핵심에 앉게 된다. 우라크에겐 혁명 과업의 수행 중에 생기는 시행착오나 희생 따위는 큰 문제가 되지 않는다. 갖가지 무리가 따르더라도 바라는 혁명이 성공을 거두어 우리의 세계가 변화하게 되면, 그것으로 모든 것이 변호될 수 있다는 생각이다. "비참함을 극복하고 미성년 상태의 인간을 대신해야 하는 책무"를 수행하는 데 그들이 저지른 불의조차도 "어떤 목적으로 행했느냐에 따라" 가치 평가가 달라질 수 있다고 믿는다. 노동자 출신임을 강조하는 우라크는 콜린과 같은 인텔리겐치아에 대해 반항심을 갖고 있다. 당의 요구에 잘 순응하지 않을 뿐더러, 비판적인 언행으로 대중의 마음에 회의의 씨앗을 뿌리는 존재라고 생각하기 때문이다.

"우리는 옳다, 역사적으로. 비록 그들이 우리를 항상 이해하지는 못하더라도, 우리는 그 계급을 위해 행동한다. 가장 나쁜 것은 회의다. 회의하는 자는 거부하는 자다. 회의하는 자는 스스로 끝장을 보는 자다."

이러한 우라크의 사고에는 권력 유지를 위한 우민(愚民) 정치의 합리화가 배태되어 있다. "민중이 원하는 것은 한 조각의 순대와 유행에 맞는 옷이며, 그것은 노동의 대가로 얻을 수 있다."는 것이 그의 생각이므로, 그 이상의 가치가 존재하는 양 이들을 각성시키려는 자들을 용납할 수가 없다. 회의하고 저항하고 비판함으로써 순수한 대중을 선동하는 자는 단연 적으로 간주된다. 옛 동지인 콜린이나 하벨카는 물론 자신의 손자인 페터 우라크까지도 이 점에선 예외가 아니다.

그의 경계 본능은 콜린이 쓰고 있는 회고록도 예사로 보아 넘길 수가 없다. 지난날의 정치적 과오가 폭로되고 있지나 않은가, 또는 시대의 흐름 속에서 자신이 어떤 모습으로 기술되었을까에 대한 관심 때문이다. 그는 콜린의 병실에 잠입해 회고록을 훔쳐보고, 역사적 과오의 한 페이지가 되는 파버의 재판 사건이 기록되어 있음을 알게 된다. 콜린과의 논쟁을 통해 지난날 자행된 숙청의 비인간성이 확인된다. 그러나 "인간의 운명은, 그가 어떤 사람인지, 무엇을 하는 사람인가에 달려 있다."고 강변하는 우라크에게 사회주의 국가 건설 과정에서의 개인의 희생은 "역사적 필연성"으로 합리화될 뿐이다.

"파버는 나쁜 짓을 하지 않았네. 우리에게 통용되는 법을 위반하지도 않았어. 그 점에 있어선 무죄일세. 그에게 죄가 있다면, 그가 거기에 있었다는 것, 그가 바로 파버일 수밖에 없었다는 것, 그리고 우리가 입히려고 재단한 옷에 꼭 들어맞는 사람이었다는 사실일세."

때마침 장벽을 넘어 서독으로 탈출한 손자로 인해 우라크는 심한 충격을 받는다. 이것 때문에 병이 악화되어 혼수 상태에 빠진 채 지난날 자행되었던 정치 재판에 대한 조작성을 고백한다.

"필요한 건 우리뿐이야, 알겠나? 우리는 바꿀 수 없는 존재지. …… 다른 사람들은 모두 바꿔칠 수 있는 존재들이야. 그들은 각자의 역할을 나누어 받고 연기를 하는 것이지. 요컨대 정해진 규칙에 따라서.

우라크에 의하면, 파버와 하벨카가 희생된 정치 재판에서 대부분의 사람들, 예컨대 재판장, 검사, 증인, 방청객까지도 각본에 따라 행동하는 한낱 연기자에 불과했다. 남은 것은, 죄인으로 선택된 연기자가 오랜 구금과 고문에 못 이겨 조작되어 있는 죄상을 자신의 입으로 시인하는 일 뿐이다. 스탈린 시대의 억압 정치, 즉 '역사적 오점'으로 지칭되는 동독의 과거는 우라크와 같은 인물에 의해 주도되었다. 그들은 사회주의 국가의 건설이라는 미명 아래 권력 유지를 추구하고, 이를 위해선 진실을 은폐하거나 개인의 존엄성을 무시하는 과오를 범하기도 했다. 하벨카를 심문하는 방에 걸려 있는 실물 크기의 스탈린 초상, 혹은 한 시대의 위대성을 강조하기 위해 역사적 사실을 왜곡하는 데 주저하지 않는 솔로몬 왕의 영상 속에도 우라크의 모습은 투영되고 있다.

"작가들은 인생의 교화적인 측면을 강조해야 하는 법. 우리의 과제는 우리 시대의 위대성을 재현하는 일이다. 있는 그대로의 사실과 사람들이 믿어야 하는 사실 사이에서 유리한 쪽의 방식을 택함으로써."[100]

『다윗 왕에 관한 보고』에 나오는 구절이다. 시인이자 사관(史官)으로서의 갈등을 겪는 주인공 에탄은 콜린과 마찬가지로 진실을 지키려는 편에 섬으로써 죽음을 맞이한다. 소설 『콜린』에서 슈테판 하임은 외면상의 승자로 우라크를 택했다. 손자의 탈출로 치명타를 받은 우라크는 일견 콜린과의 승부에서 패배한 듯이 보인다. 그러나 콜린에게 먼저 죽음이 찾아오고, 역사적 과오의 장본인이자 만인의 공포의 대상인 우라크는 오히려 불사신인 양 건강을 회복하여 여전히 그릇된 역사의 수레바퀴를 돌리는 존재로 남는다.

세대 갈등

소설 『콜린』에서는 몇 가지 양상으로 세대간의 갈등과 대립의 문제가 제기되고 있다. 할아버지와 손자 사이인 우라크와 페터, 노경의 환자와 젊은 의사 사이인 콜린과 크리스티네, 그 밖에도 비평가 폴로크와 페터, 병원장 겔링거와 크리스티네와의 상충 관계가 그것이다. 두 세대 사이엔 상호 의존적인 면도 강하지만, 대략 젊은 세대로 대표되는 크리스티네와 페터에게 기성 세대는, 과거에 집착하여 새로운 시대를 이해하지 못하는 사람들로 간주된다. 세대간의 시각 차이가 특히 두드러진 경우가 우라크와 손자 페터와의 대립 관계다. 사회주의 국가 건설의 투사임을 자처하는 할아버지의 인생관에 승복할 수 없는 손자는, 막강한 권력을 휘두르며 또 하나의 파시스트가 되어 가는 우라크에 대해 비판적이다.

"할아버지께선, 예스맨들, 이 건실한 맹종자, 복종적인 관리 나부랭이 말고 아무도 믿을 사람이 없다는 사실이 확실한데도 놀라지 않습니까?"

그러나 "당은 항상 옳다."라는 맹신에 젖어 있는 우라크에게 손자의 반체제적 비판과 도전이 용납될 수가 없다. 더욱이 페터는 학생 시절에 체코의 자유화 운동을 지지하는 전단을 살포하다가 체포되어 구금형을 받은 전력이 있다. 손자의 이러한 행동이 정치가로서의 우라크의 처신에 껄끄러운 걸림돌이 된다. 모든 자유주의자들을 불신할 수밖에 없는 우라크는 손자에게도 감시자를 붙이게 되고, 이것이 페터의 절망을 가중시킨다. 페터가 택하는 최후의 방법은, 암담한 현실에서의 탈출, 즉 "이 시대의 차에서 내리는 것"이다. 연인 관계가 된 크리스티네는 페터의 탈주 계획을 듣고 만류한다.

"저편(서독)에도 해결책은 없어요. 당신 같은 사람이 다른 편에 가 있다고 더 행복해지리라 생각하나요?"

그러나 청년 페터가 생각하는 동독의 현재는 너무나 암울하다.

"난 모든 것을 시도했어요. 개처럼 용감하기도 했고 지렁이처럼 침묵하기도 했고 가축처럼 일하고 승려처럼 살기도 했어요 …… 하지만 아무리 주위를 둘러봐도 어디에나 장벽뿐입니다. 어디서든 장벽에 부딪쳐 상처를 입을 뿐이지요. 어쩌면 난 이 엄청난 목표 상실증에 익숙해질지도 모릅니다."

결국 페터의 서독 탈주는 성공을 거두고, 크리스티네는 그와의 관계가 문제시되어 다른 근무처로 좌천된다. 이의 없이 불이익을 감수하는 크리스티네는 같은 젊은 세대로서 자유로운 개방주의자이며, 시대의 문제점을 방관하지 못하는 적극적인 지식인이다. 그녀의 인간성에 끌린 콜린이 자신의 마음을 털어놓고, 남몰래 집필 중인 회고록을 보여 줄 정도다. 콜린의 눈에는 크리스니테가 다른 사고와 가치관을 가진 새로운 세대의 주역으로 비친다.

"내 느낌을 솔직히 말하면, 당신은 대부분의 우리들과 달리 아직 각질화되지 않고 경화되지 않았소. 희망하는 대로, 느끼는 대로 살고 있다고 할까? 여기, 우리나라에서, 오늘날 우리 시대에 말이오 …… 당신은 다른 경험, 다른 가치관을 갖고 있소"

부인을 사랑하지 않는 콜린은 사후에 회고록을 맡긴다는 유서를 써 놓을 정도로 참신한 크리스티네의 매력에 끌린다. 그러나 크리스티네는 그의 구혼을 거절한다. 시세에 타협하는 남편을 용서하지 않고 "잠자는 개는 내버려 두라."는 병원장 갤링거의 무사안일주의에도 정면으로 맞선다. 그로 인해 젊은 세대 크리스티네가 받는 보상은 남편과의 이혼, 좌천, 애인과의 이별 등 고통과 시련일 뿐이다. 그녀는 자문한다.

"나의 죄는 무엇일까? 나의 시대 속에 얽혀 살면서, 묵묵히 복종하지 않고 그물 속에서도 팔딱거린 것일까?"

페터와 비평가 폴로크 간의 갈등이 심하게 표출되는 곳은 재즈곡이 연주되는 지하 음악실이다. 젊은이를 타락시키는 미국의 재즈 대신 독일 정신이 깃든 민속춤의 보급을 찬성하는 폴로크에게 이 젊은이들의 소음과 광란이 마음에 들 리가 없다. 그는 페터에게, 재즈가 모든 음악의 형식을 파괴하며 오로지 반항심만을 나타내고 있다고 비판한다. 페터는 그의 몰이해에 대해 항변한다.

"물론입니다. 우리의 음악 속에서 그것, 즉 반항심을 표현하는 것보다 중요한 것이 무엇일까요? 그러나 반항만은 아닙니다. 더 많은 것이 있습니다. 낡은 장애물을 제거하는 것, 지금껏 거절되었던 무제한성을 묘사하는 것, 삶이 그것의 사슬을 끊어 버리는 것입니다. 어떤 시 구절 속에서도 우리의 말을 충분히 표현할 수가 없습니다. 때문에 음향 속으로 도피하는 것이지요."

그러나 기성 세대인 폴로크에게 페터의 생각은 "현실 밖에 존재하는 것"으로 비친다. "강제성의 불가피함을 통찰할 필요가 있다."는 생각이다. 따라서 "이러한 강제성의 일부를 수정해야 한다."는 크리스티네에게 "현실의 변화에 따르게 될 위험"을 경고하고 "변혁을 꾀하는 사람에겐 인내와 슬기와 개연성에 대한 확신이 있어야 한다."는 주장을 내세운다. 현실을 떠나려는 페터의 존재도 폴로크에게는 위험한 이상주의자, 즉 "영원히 갈구하는 자, 타고난 낭만주의자"로 비칠 뿐이다. "장벽의 뒤편에도 마술 궁전은 존재하지 않는다."고 믿기 때문이다.

페터와 크리스티네가 현실의 불만에 대처하는 방법은 각각 다르다. 한 명은 현실을 떠남으로써, 한 명은 현실과 맞섬으로써 문제를 해결하려는 의지를 보인다. 소설에 나타나는 동독 젊은이들의 저항은, 낡은 인습이나 가치관에 대한 거부라는 서구 젊은이들의 저항과는 종류가 다르다. 당장 정신과 육체를 옥죄는 족쇄, 그 획일주의와 편협성에서 벗어나고픈 발버둥인 것이다.

3 과거 극복의 의지

"숨막히는 올가미처럼" 과거가 현재의 목을 조여 댄다고 슈테판 하임은 소설에서 쓰고 있다. 콜린과 같은 기성 세대는 과거의 역사 속에서 겪은 어두운 체험을 갖고 있지만, 되도록 아무 일도 없었던 것처럼 침묵한다. 그러나 표면으로 나오지 않는 일, 해소되지 않는 일들이 인간을 병들게 한다는 것이 하임의 생각이다. 그는 소설 『콜린』에서, 소위 문화정책의 관료주의 밑에서 진실을 쓰지 못해 병을 앓아야 하는 예술가를 묘사하고, 나아가 스탈린 시대에 해당하는 동독의 과거와 그 시대의 정치적 과오를 과감하게 상기시키고 있다. 그 목적은 '아버지들의 죄'를 추적하는 것만이 아니다. 작중인물 콜린이 쓰고 있는 회고록처럼 "용기 있는 행동을 통한 치유의 시도"이며 "과거를 극복하면 아주 어려운 현재의 문제도 극복할 수 있다."는 생각에서 기인한다.

우리는 작품 속에서 동독의 과거와 비판적 대결을 벌이는 작가 하임의 진지한 싸움을 만날 수 있었다. 비터펠트 노선을 비판한 헤르만 칸트의 『대강당』, 또는 젊은 작가들의 작품, 예컨대 클라우스 포헤의 『호흡곤란』이나 롤프 슈나이더의 『11월』에는 비교가 되지 않을 정도로 과거청산을 위한 죄의 규명에 적극적이다. 하임은 사실 조명에 타당성을 부여하기 위해, 독일인들이라면 쉽게 알 만한 실제 인물들을 작품 속에 많이 투영시켜 놓았다.[101]

우선 주인공 콜린은 많은 점에서 작가 하임의 자화상이다. 특히 소설의 핵심을 이루는, 동료에 대한 배신의 과오를 하임 역시 저지른 적이 있다. 1965년, 탄압받는 동료 작가 하베만과의 친교를 단절한 것은 자신의 신상을 염려했기 때문이다. 그러나 볼프 비어만의 지적대로, 노작가 콜린의 존재는 "아주 다양한 작가들로 이루어진 정제된 합금(合金)"[102]이라고 보는 편이 타당할 것이다.

그의 적수 우라크는 국가 보안상 에리히 밀케 Erich Mielke가 모델이다. 밀케는 베를린 태생의 정치가로 1931년 나치가 득세하자 벨기에로 도주했었다. 1940년부터 소련에 머물다가 동독 정부가 수립되자 비밀경찰을 창설하고, 1957년 이래 국가보안 장관을 역임한 인물이다. 통일 후 수감되었다가 옥사했다.

숙청의 희생물이 되는 파버는, 1950년의 비밀재판에서 "계급의 적의 도구"라는 죄명으로 기소된 파울 메르커 Paul Merker와 동일인이다. 그는 소설 내용과 흡사하게 미국 스파이 노엘 필드와 접촉했다는 혐의로 중앙당 위원에서 축출되었다. 루켄발데의 한 공영 식당의 책임자로 있다가 1952년 체포되어 8년형을 선고받았으나 2년 뒤에 석방되었다.

하벨카의 모델은 아우프바우 출판사 사장인 발터 양카 Walter Janka다. 그는 1956년 "국가를 적대시하는 음모 집단"을 결성했다는 죄목으로 체포되어 1965년까지 구금되었던 소위 하리히 그룹의 일원이었다. 그는 통일의 기운이 무르익었던 1989년 어려웠던 동독 시절을 회고한 기록『진실을 둘러싼 어려움들』을 내놓았다. 이 책에 의하면 진실 앞에서 침묵한 작가 한스 콜린에 해당하는 실제 인물은『제7의 십자가』를 쓴 안나 제거스와 당시의 시인 요하네스 베허다. 제거스는 작가동맹의 의장을 두 번이나 역임했고, 시인 베허는 공산주의 운동에 가담하여 1945년 '민주 독일의 재건을 위한 문화 동맹'의 의장이 되었다가 후에 장관까지 된 사람이다.

작중인물 하벨카가 헝가리 의거에서 구해내려 했던 다니엘 케레스는 체코 부다페스트 출신의 문학사가이자 철학자 게오르크 루카치를 가리킨다. 소설에서도 묘사되듯이, 그의 저서 『역사와 계급 의식』은 1920년대 유럽 지식층에게 결정적 영향을 끼쳤다.

소련 침공에 대항하는 전단을 살포하고, 나중에 베를린 장벽을 넘는 손자가 실제 인물 밀케 장관에겐 없다. 당시에 전단을 살포한 사람은 문화부 장관 토마스 브라쉬의 아들이었다.

이렇듯 소설에는 건국 초기의 정치와 문화에 관여한 인물들이 상당수 등장하고 있어, 스페인 시민전쟁으로부터 1950년대의 정치 상황을 거쳐 현재의 특수 병원에 이르기까지 실화 소설이 갖는 현실성이 설득력 있게 살아나고 있다. 작가적 모험심의 결정을 이루는 『콜린』으로 세인의 주목을 받게 된 데는 작가 하임 자신이 걸어온 투쟁의 경력이 일조하고 있다. "곤경을 헤쳐 나가기 위해 끊임없이 방향 전환을 해야 했던 고무 인간"[103]으로서, 허락과 금지 사이의 경계선에서 교묘히 곡예를 벌여 왔다는 평을 듣기도 했지만, 그가 창작의 자유를 위해 정면 공격으로 나선 지는 오래되었다. 베를린 장벽이 축조되는 등 경색된 시국 속에서도 그는, 문학의 보편적 원리로 내세워진 강령주의를 비판하고, 많은 자유주의자들과 함께 탈(脫)스탈린 운동에 가담했다. 1964년 12월 하임은 슈테판 헤름린과 함께 이렇게 선언했다.

우리는 양탄자 밑의 오물을 끄집어내야 한다. 양탄자 자체를 청소하고, 스탈린이 떠난 공간을 소독해야 한다.

호네커 체제가 시작되면서, 동독의 사회주의 시스템에 부분적인 변화가 일어나고, 비판적 생각들이 제한적이나마 용인되기 시작했다. 하임은, 가장 효과적인 비판을 개진할 수 있는 사람은 작가들이라고 생각하고, 스탈린주의 아래에서 오용된 자유의 원칙을 작가에 의해 개선해야 된다고 요구했다. 문학 속에서 일어나는 문제와 갈등은 당이나 문화부의 이데올로기적 관리에 의한 것이 아니라고 강변했다. 그는 한 걸음 더 나아가 작가에게 예언자적 기능을 부여하려고 했다. 지식인은, 그들이 가진 인식의 힘으로 시대와 사회를 이끌어갈 책임을 위임받아야 한다는 생각이다. 그는 『다윗 왕에 관한 보고』, 『6월의 닷새간』, 그리고 『콜린』을 통해 그의 주장을 실현해 보려고 했다. 당국의 심기를 건드려, 출판이 금지되고 갖가지 비난과 질책을 받으면서도 "진리를 묘사하는 데 있어, 어떤 손도 눈앞을 가리지 않는 세계 질서"[104]를 위해 진력해 왔다. 하임을 위시한 동독 작가들의 투쟁은 많은 결실을 이루었다. 적어도 초기의 사회주의적 리얼리즘이 추구하던 맹목적인 도식성은 크게 불식되었다. 비터펠트 노선은 극복되었고, 신주관주의로 불리는 건강한 문학 운동이 내일의 희망을 약속했다. 1974년의 한 글에서 하임은 이렇게 말했다.

악평을 받던 긍정적 주인공은 더 이상 존재하지 않는다. 그러나 긍정적인 것의 여운은 남아 있다. 사회주의적이지도, 사실주의적이지도 않고, 스테레오판과 같은 개념인 사회주의적 리얼리즘은 극복된 것처럼 보인다. 그 대신 나타난 것은, 사회주의 속의 인간에 관해 말하는 리얼리즘이다.[105]

신주관주의 운동이 태동한 이후 비어만 사건을 거치면서 하임을 위시한 작가들의 과거 극복을 위한 노력은 많은 결실을 이루었다. 1980년대에 이르도록 창작의 자유는 여전히 당의 의지에 따라 조정되긴 했지만, 초기의 사회주의 리얼리즘이 추구하던 맹목적인 도식성은 점차 불식되어 갔다. 타기의 대상이었던 '긍정적 주인공'도 약한 여운을 남기며 사라졌고, 작가의 비판적 기능, 사회주의 사회에서 인텔리겐치아의 특수한 입지에 대한 작가들의 요망 사항도 꽤 많이 실현되었다. 1980년대를 지나 1990년대 초에 닥쳐올 대전환의 전주곡은 이미 시작되고 있었다.

나는 현재의 나로 머물고 싶다

크리스토프 하인의 소설 『용의 피』와 『탱고 연주자』

ㅣ 두 개체 소설의 남과 여

구 동독 작가 크리스토프 하인 Christoph Hein(1944-)의 두 소설 『용의 피 *Drachenblut*』[106]와 『탱고 연주자 *Der Tangospieler*』가 나온 시기는 각각 1982년과 1989년이었다. 주지하는 바와 같이 1980년대는, 독일인조차 믿기 어려운 역사적 사건이 일어난 시기다. '반파시즘 보호 장벽'이라는 미명 아래 30년 가까이 독일 민족을 갈라 놓았던 분단의 벽이 하루 아침에 무너져 버린 것이다. 특히 감옥 아닌 감옥살이를 하던 동독인들은, 1970년대 이후 끊임없이 손짓해 부르던 서방의 자유를 만끽하고자 물 밀듯 장벽을 넘어왔다. 냉전 체제는 종언을 고했고, 본의 아니게 나뉘어 살았던 양쪽 독일인들은 언제 그런 일이 있었냐는 듯 환호작약하면서 얼싸안았다.

1990년대에 들어서면서 사회주의 국가 동독에서는 기적 같은 일들이 빠른 템포로 일어났고, 이것을 지켜보는 인류는 인간사의 변화무쌍함을 실감했다. 공산당과 슈타지(비밀경찰) 조직이 와해되고, 민주화를 지향하는 자유로운 총선거가 실시되었다. 노선이 같은 서독 정객들이 동독 영역을 활개치고 다니면서 국민들의 환호 속에 선거 유세에 열을 올렸다. 자유화의 기운은 요원의 불길처럼 번져 나가 동구권의 모든 국가들이 같은 유형의 변신을 위해 꿈틀거렸다. 체코에서는 '프라하의 봄'에 실각했던 두브체크가 국민들의 존경을 한 몸에 받으며 정치 일선에 복귀했고, 반체제 작가로 낙인 찍혔던 하벨은 당당히 자유를 쟁취한 체코 민족의 지도자가 되었다.

어느덧 독일 통일이 실현된 지 10여 년이 지나고 있다. 그동안 독일은 갖가지 후유증에 시달리는 등 우여곡절을 겪었지만, 이제 당당한 통일 국가로서 다시 유럽의 맹주로 부상하고 있다. 베를린 장벽이 개방되기 불과 몇 년 사이에 나온 하인의 두 소설 역시 때 지난 고서적처럼 느껴지는 감이 없지 않다. 그러나 정부 수립 후 사회주의 강령에 길들여온 당시 동독 문학의 체질을 상기해 볼 때, 두 소설에 담긴 작가의 시대 정신과 창조적 용기를 쉽게 간과할 수는 없다.

이제 정치 상황이 바뀌어 완전한 자유를 구가하게 되었지만, 불과 얼마 전까지 동독 위정자들이 자행한 독선과 전횡은 아직도 우리의 뇌리에 악몽처럼 남아 있다. 질곡의 시대가 있었기에 자유의 소중함이 더욱 절감되듯이, 하인의 소설 『용의 피』와 『탱고 연주자』를 통해 우리는 억압된 사회에서 일어났던 인간의 고통과 소외와 투쟁을 확인하고 개인의 삶을 속박하는 이데올로기의 허구와 무상함을 개탄하게 된다. 한 여의사의 개성 있는 삶을 냉정하게 천착해 가는 『용의 피』나, 한 대학교수가 억울한 옥살이로 인해 더욱 체제 비판자가 되 가는 과정을 그린 『탱고 연주자』에서 우리는 미구에 다가올 대변화의 징후를 강하게 감지할 수 있었다.

전환기를 살아가는 두 명의 동독인, 클라우디아Claudia라는 여성과 달로Dallow라는 남성은 동일한 시대적 소외감을 절감한다. 그 일차적 원인은 체제의 경직성이다. 자신의 밖으로부터 받는 심리적 압박이 현실에 대한 무관심이라는 병으로 그들 자신을 무장케 한다. 용의 피가 만들어준 각질(角質)을 뒤집어썼다는 생각으로, 그리고 영어(囹圄) 생활의 질서에 대한 향수를 통해 두 주인공은 무관심을 가장한 체제에 대한 반항을 시도한다.

두 소설의 행간에서 우리는 작가 하인의 요청을 접하게 된다. '긍정적 주인공'이라는 박제 인물을 더 이상 만들어 내지 말자, 그리고 당국은 더 이상 작가로 하여금 진실을 그리기 위해 교묘한 위장과 곡예를 부리지 않게 해 달라는 요청을. 실제로 하인은 1987년 11월 25일에 개최된 제10차 작가동맹 회의에서 검열을 통한 당국의 억압 정책을 용기 있게 항변했다. "검열은 구태의연하고 무익하고 어처구니없는 것이다."[107]라고.

하인은 1944년 슐레지엔 지방의 하인츠도르프에서 출생했다. 목사의 아들이라 동독에서 고교 진학이 어려워 서베를린에서 김나지움을 마치고 다시 동독으로 돌아오는 등 그의 생애는 결코 순탄치 않았다. 졸업 후엔 일정한 직업을 갖지 못한 채 서점원, 식당 웨이터, 기자, 엑스트라 배우, 영화 조감독 등을 전전했다. 1967년부터 4년간 라이프치히와 베를린 대학교에서 철학과 논리학을 공부한 후 우선 극작가로 활동하다가 1974년 이후엔 베를린 민중극장의 전속 작가로 일했다. 『낯선 친구』(『용의 피』)는 그가 프리랜서로 활동한 지 3년 후에 이룬 결실이며, 그의 성가를 대번에 높인 작품이다. 냉엄한 현실을 살아가는 인간의 모습을 그린 또 하나의 문제작 『호른의 최후 *Horns Ende*』(1985)를 거쳐, '프라하의 봄'이라는 역사적 사건을 배경으로 한 소설 『탱고 연주자』로 그는 체제 비판의 강도를 한층 높였다.

이 글에서는 시대의 정황이 잘 표출되고 있는 두 소설 『용의 피』와 『탱고 연주자』를 선정해 남녀로 대변되는 두 작중인물 속에 어떤 삶, 어떤 생각, 어떤 시대정신이 투영되고 있는지, 비록 역사의 뒤안길로 사라지고 있지만 구동독 체제 아래 존재하던, 인간의 개성화, 자유화를 위한 노력이 어떻게 싹트고 있는지를 살펴보려고 한다.

2 『용의 피』— 억압적 일상과 정체성의 고수

작품의 평가

동독은 1989년에 건국 40주년을 기념했다. 이 자리에서 스탈린주의의 잔재를 거부하는 연설을 하면서 하인은 이렇게 말했다.

사회의 어딘가 병들었기 때문에 나도 병이 들었다.

1982년에 나온 하인의 소설 『용의 피』에서 시도한 것은 이러한 사회의 병에 대한 진단이다. 그것은 일당(一黨)주의 국가에서 해방되어도 사라지지 않고, 경제적 개선이 되어 풍요로운 사회가 될수록 더욱 심해 가는 성질의 병이다. 『용의 피』가 제기하는 문제는 따라서 동서 양 진영에서 똑같이 치르는 현대 사회의 문명병인 것이다.

『용의 피』는 1인칭 소설이다. 그 속에는 동독 사회에 대한 도전이 엿보인다. 소설의 화자 클라우디아가 전하는 세계관은 "잘 지내고 있다." 는 주장에도 불구하고 다분히 부정적이고 데카당적이다. 그녀의 언행에서 우리는 『이방인』의 주인공 뮈르소의 면모를 강하게 느낀다.

『낯선 친구』(『용의 피』)는 동독에서 출간되자 몇 주 만에 매진되는 센세이션을 일으켰고, 작품에 대한 갖가지 비평적 견해들이 줄을 이었다. 책이 나온 다음 해(1983)에 문예지 ≪바이마르의 기고≫에는 「찬성과 반대」라는 타이틀 아래 여섯 편의 비평이 게재되었다. 타이틀이 암시하듯, 이 도전적인 작품이 동독 사회에 어떤 유익함 또는 해로움을 줄 수 있을까 하는 문제에 초점을 맞춘 글들이다.

우선 뤼디거 베른하르트의 글은 반대 입장을 취하고 있다. 서두에서 그는 "고독을 허락하지 않는 세계에서의 고독한 인간의 운명을 정확히 묘사한 리얼리티"[108]를 호평하고 있지만, 결론에서는 독자에게 어쩔 수 없이 찾아오는, 즉 "거리감을 두고 책을 대할 수밖에 없이 만드는 불안"[109]이 존재한다고 꼬집었다. 클라우스 캔들러는, 여주인공에게 삶의 부정적 요소에 저항하려는 시도가 미약함을 비판한다. 물론 긍정적 태도에서 일탈하지 않는다면, 하인 세대의 작가들이 문제삼을 만한 주제임을 인정하기는 한다.

문학과 현실 세계의 상호 작용에 대한 상이한 이해에 근거를 두고 베른트 라이스트너는 하인을 옹호한다. 하인의 언어로 표현된 현실 부정의 의문성을 라이스트너는 "양식화된 부정(否定)"[110]으로 해석한다. 하인은 여주인공의 바로 이러한 부정성 속에서 모든 것이 만족스러운 인물이 되고 싶은 "인간적 갈망"을 그렸다. 따라서 그의 문학 작품은 허위가 아니라 이상적(理想的)인 것이다.

가브리엘레 린트너 역시 이 작품의 진취적 측면을 두둔한다. 여주인공의 현실 부정적 태도에도 불구하고 아주 매력적인 작품이며, 교육적 경고 따위는 온당치 못하다고 주장한다. 주인공이 살아가는 삶의 방식이 '필요한' 것은 아니지만, 얼마든지 '가능한' 것이다.

반면에 베른트 쉬크는 이 소설에 현실성 있는 내용을 그리 많이 담고 있지 않다고 평가한다. 그 속을 관류하는 것은 사회의 진부한 일상사들이라는 것이다. 마지막으로 우르줄라 빌케는 형식과 내용 면을 나누어 평가했다. "이런 종류의 구성과 유려한 서술 방식은 우리 문학의 하일라이트다."라고 형식상의 재능을 인정하지만, 내용에 대해서는 "성숙한 세계관이 결여되었다."고 지적한다.[111]

이러한 부정적 시각이 우세해서였을까? 1982년에 이미 매진되었음에도 불구하고 그 후 동독에서는 새로운 판(版)이 발간되지 않았다. 그러나 서독에서의 반응은 대단했다. '용의 피'란 타이틀로 초판이 나온 1983년 한 해만 해도 이미 5판이 상재되었다. 특히 하인이 그의 비평가들에 맞서 격렬하고 용기 있는 투쟁을 벌였을 때 이 책은 판을 거듭했다. 하인은 1983년 비평가 프리드리히 디크만에 대한 하인리히 만 문학상 수상 기념 연설에서 동독 당국의 문학 작품 검열에 문제가 있음을 지적했다. 오늘날의 문학 비평에 대해 언급하면서 그는, 예술학은 역사적일 수밖에 없다고 주장했다. 현대의 예술을 그 대상으로 천명하는 학문은 항상 예술을 적대시할 위험을 지니고 있다는 것이다.

그러한 학문은 정치적으로 이해되기 십상이다. 그것은 사실상 이미 예술 정치와 문학 정치가 되어 버린다. 그리고 그것의 비평은 이러한 기능에 종속된다. 즉 그것은 주로 지난 세기의 미학으로부터 나온 "좋은 취향"을 대신한다. 또는 "지배적인 취향"이기도 한데, 그러면 정치적 임무, 즉 검열을 위임받는다. 또는 "미학적 취향"이라고도 하겠는데, 이것은 징후를 받아들여, 그것이 마치 시대정신의 흔적인양 제시된 자취를 좇는 것이 필요하다. 어떤 경우든 그것은 더 이상 학문이 아니고, 교의(教義)에 따라 다루어지는 것이다.[112]

『용의 피』처럼 정치성이 적은 작품마저 동독에서는 대중 속으로 쉽게 확산되지 못했다. 작품에 내재한 부정적이고 데카당스적 분위기, 모범적이라기보다는 강렬하게 개성을 추구해 가는 주인공의 면모가 당국이 표방한 강령주의 문학에서 크게 일탈하고 있기 때문이었다.

각질화된 자아

『용의 피』는 여성 화자, 즉 마흔을 바라보는 여의사 클라우디아가 정체성을 찾으려 애쓰는 가운데 자기 삶의 한 편린을 회상 형식으로 기술한 글이다. 이혼했으나 아이들은 없이 혼자 고층 아파트에서 살고 있는 한 여성의 자아에 관한 예술적 독백이다. 그녀는 자신의 고통을 각질화된 언어 속에 감추려고 하나, 동시에 그것을 끊임없이 표현해야만 한다. 그녀는 자신의 일상을 담담하게 소개하면서 최근에 경험한 자신의 러브스토리를 이야기한다. 부모와 친척, 직장 동료와 지인들과의 일상적 만남, 연인 헨리와의 돌발적인 교제, 그 밖에 일, 자동차, 휴가 여행 등이 소설 전반을 관류하는 에피소드들이다.

애인, 즉 건축가이자 자동차광인 헨리의 장례식과 함께 회상 형식을 취한 클라우디아의 이야기가 시작된다. 이것은 "방어와 거리 두기와 은닉처 찾기의 이야기"[113]다. 꼬리를 이어 가는 이야기 속에서 행복을 주장하고 있지만 실상은 그것이 결여되어 있고, 강함을 과시하지만 실상은 약함을 드러내고, 현재의 편안함을 가장하면서 실상은 사랑을 그리워한다.

나는 모든 것에 대해 준비가 되어 있다. 모든 것에 대해 무장되어 있다. 더 이상 아무것도 나를 해치지 못할 것이다. 나는 불사신이 되었다. 용의 피에 목욕을 했다. 보리수나무 잎이 떨어져 내 몸에 허점을 만들지도 않았다. 이 각피(角皮) 밖으로 나는 나가지 않겠다. 상처받지 않는 나의 껍질 속에서 카타리나에 대한 그리움으로 죽어 갈 것이다.

겉보기엔 단순한, 그러나 실은 긴장감 넘치고 율동적인 문장을 구사하면서 작가는 동독의 한 여성 인텔리겐치아의 삶을 전개한다. 그것은 내면성, 감수성 또는 '신주관주의'와는 무관한 "삶의 경화증(硬化症), 현실포기, 그리고 감정의 각질화를 보여 주는 파노라마"다. 비록 용의 피로 목욕한 지그프리트[114]임을 자처하지만, 주인공의 내부에 둥지를 틀고 있는 것은 황량한 삶에 대한 페이소스와 불안이다. 여기서 언어로 기술되고 있는 개인적 고뇌는 철두철미 사회가 안고 있는 고뇌다. 독일의 고뇌, 즉 독일인의 심성, 권위 의식과 전통주의, 독일적 미덕인 의무, 복종, 질서 등에 관한 고뇌다. 그러나 이것은 무엇보다 동독의 고뇌, 즉 스탈린주의에 대한 불안이요, 사회주의적 리얼리즘'이라는 강령주의에 대한 작가적 고뇌다. 그것은 나아가 현대 산업 사회의 소외 현상에 대한 고뇌이기도 하다. 인간 관계의 냉랭함, 생활, 일, 친분 관계에서의 소외감 등등.

오래전부터 나는 단단히 결심했다. 다시는 결혼하지 않겠노라고 결코 어떤 인간도 나에 대해 조그만 권리도 행사하지 못하게 하겠노라고 ……
나는 확신하고 있었다. 결코 타인과의 거리를 포기해선 안 된다고, 남에게
속지 않기 위해, 내 자신 남을 속이지 않기 위해.

클라우디아는 결혼을 통한 속박뿐 아니라 이웃에 의한 사생활 방해도
원치 않는다. 이웃집 여인 루프레히트 부인은 새를 기르며 외로움을 달
랠 수밖에 없었고, 결국 죽은 지 사흘이 되어서야 사람들에게 발견되었
다. 간호원 카알라 역시 세속적 언행 때문에 백안시당한다. 각질의 표피
로 무장한 이 독보자(獨步者) 클라우디아에겐 타인에 대한 배려가 견딜
수 없는 일이어서, 심지어는 부모도 우연한 결합 때문에 의무적으로 방
문해야 한다고 생각한다. 그녀는 의사답게 '억압'이라는 심리 현상을 빌
려 영혼의 병을 설명한다. 그녀에 의하면, 이 심리적 억압이 바로 우리
가 문명화된 인간이라고 부르는 인간을 초래한 것이다.

나는 알고 있다. 우리 세기에는 심리적 억압을 진단하고 들추어내고 의
식 속으로 끌어내는 일이 통상적이라는 사실을. 그 억압은 질병으로 간주
되어 처리된다. 그 이후로 사람들은 각자 상처입은 영혼을 갖고 있음을
알게 된다. 그것은 자신, 즉 자기만의 조그만 세계와의 관계를 방해한다.
그리고 그 이후로 모두 어떻게든 병이 들게 된다.

플로베르의 보바리 부인으로부터 폰타네의 에피 브리스트를 거쳐 우
베 욘존의 게진네 크레스팔에 이르기까지, 남자들이 그린 중요한 여성상
들과 마찬가지로 크리스토프 하인의 여주인공 역시 고뇌에 순치되거나
체념한다. 이것이 존재하기 위한 저항의 방법이다. 클라우디아는 고뇌를
극복하기 위해 각질을 쓴 자아로 칩거한다. 그러한 제한과 억압이야말로
"자기 방어의 결과요, 위험으로부터 자신을 지키기 위한 방편"이다. 자
기 방어 속에서도 클라우디아는 끊임없이 고뇌와 병의 원인을 천착해

가고, 개성화의 추구, 변화의 가능성을 모색한다. 그녀의 삶의 변화는 일시적이긴 하지만, 타인 즉 헨리와의 만남을 통해 이루어진다.

변화와 정체성의 고수

각질의 피부로 무장했음을 자처하고 세속적인 일상에 초연한 듯 살아가는 여주인공 클라우디아에게 현실은 결코 절망적이지 않다. 병원 일, 아파트 이웃과 병원 동료들과의 관계는 서로의 간섭을 받지 않는 한 그런 대로 견딜 만하다. 그녀에겐 조그만 자동차도 있고, 여름 휴가 때마다 동해안의 바다를 찾으며, 이혼을 했지만 이따금 애인을 사귀어 잠자리를 같이하곤 한다. 게다가 주말이면 인적이 드문 교외에서 취미인 사진 촬영으로 시간을 보내기도 한다. 그러나 그녀가 살아가는 방식은 고립주의다. 사람들을 사귀는 것에 별 가치를 두지 않는다. 그것은 늘 "무언가 귀찮은 것, 즉 우정이라는 짐을 지워주기" 때문이다. 따라서 엘리베이터 안에서 만나는 이웃들이나 간호원 카알라와의 관계도 지극히 사무적이다. 심지어 양친이나 친척을 찾는 것도 "나와는 상관없는 사람들에 대한 의례적인 방문"이다.

부모님을 방문하게 되면 언제나 신경이 곤두선다. 방문하기 몇 시간 전부터 지레 녹초가 되어 버린다. …… 부모와 자식 간이라는 이 우연한 결합은 계속 주장될 것이다. 의미 없는 방문을 강요하는, 형언할 수 없는 부채감…….

이러한 삶의 궤적은 헨리라는 남성을 만남으로써 변화를 맞게 된다. 이 '낯선 친구'는 원자력 발전소를 짓는 건축가로 자동차광이다. 유부남이기에 둘의 관계가 깊어지지 않도록 경계하지만, 명랑하고 긍정적인 생활 태도를 가진 그는 클라우디아가 부정적인 껍질에서 벗어나도록 촉구한다.

무언가 일어나야 합니다. 나는 살고 있어요. 그러나 무엇 때문일까요? 내가 세상에 존재한다는 이 엄청난 해학은 하나의 핵심을 갖게 될 겁니다. 난 그걸 기다리고 있지요.

헨리는 달리고 있어야 살아 있음을 느끼는 사람이기에, 사랑한다는 이유로 한 여자에게 얽매이기를 거부한다. 둘은 자유롭고 독립적이어야 한다고 믿고 있으며, 인습적인 결합 관계 없이도 즐겁게 살아갈 수 있다고 생각한다. 그는 클라우디아에게, 자신은 부적격자이니 사랑에 빠지지 말아 달라고 경고한다. 결혼 생활의 실패로 어느 정도 남성 혐오증을 갖고 있는 클라우디아 역시 둘의 만남에 성적인 유희 이상의 의미를 두려고 하지 않는다. 정체성을 고수하기 위한 그녀의 의지는 확고하다. 헨리와의 교제가 계속될수록 애정의 깊이는 더해 가지만, 자신을 추스리는 힘은 넉넉하다. G시를 찾아 유년기의 자아를 추적하지만, 과거에 대한 집착이 덧없다는 결론을 내리고 확고한 현재의 자아를 확립하려고 애쓴다.

나는 더 이상 어린 소녀가 아니다. 그것에 익숙해졌어야 했다. 모든 것이 질서 속에서 정상적으로 흘러간다. 소리 지를 일도 없다. 히스테리는 금물이다. 나는 현재의 나로 머물고 싶다. 다정하고 지극히 정상적인 여자로.

헨리의 돌발적인 죽음으로 클라우디아의 홀로 서기는 필연적인 것이 된다. 장례식에 참석하여 잠시 추억에 젖은 후 그녀는 다시 혼자만의 삶으로 되돌아간다. 전남편과의 헤어짐, 뒤이은 헨리의 죽음도 그녀를 파멸시키지는 못한다. 다만 상실감에 대한 고통이 잠시 남아 있을 뿐이다. 사랑하는 것도 어느 날엔가는 잃을 수 있다는 분별력이 그녀의 독립심을 굳게 해 주었고, 그녀를 더 현명하게, 다소 뻔뻔하게까지 만들어 주었다. 현실을 직시하는 통찰력을 가지고, 아무것도 뚫고 들어갈 수 없는 각질의 성채 안에 칩거한 채 자신의 정체성을 견지하는 것이다. 소설의 말미는 자신감 넘치는 클라우디아의 굳은 결의로 장식된다.

> 나는 균형 있게 살고 있다. 어느 정도는 사람들의 사랑도 받고 있다. 또 남자 친구도 사귀었다. 마음을 가다듬을 줄 알게 되었고, 그게 그다지 어렵지가 않다. 내겐 계획이 있다. 병원에서는 일을 잘한다. 잠도 잘 잔다. 악몽도 꾸지 않는다. …… 내 피부는 정상이다. 내게 재미있는 것을 나는 할 수 있다. 나는 건강하다. 내가 이룰 수 있었던 모든 것을 나는 이루었다. 부족한 게 없다는 생각이다. 내가 해낸 것이다. 나는 잘 지낸다.

클라우디아는 정말로 모든 현안 문제를 일소하고 결연히 홀로 선 것일까? 정말로 잘 지내는 것일까? 물론 아니다. 여주인공의 결의에는 현실적 삶에 대한 역설이 짙게 배어 있다. 각질의 표피 속에 자신을 숨기고 있다는 것은 강한 현실 부정을 의미한다. 즉 작가 하인은 냉혈적인 주인공을 내세워 동독 사회의 정치 현실을 비판하고 있는 것이다. '참된 사회주의'의 경직성, 나아가 "우리 시대의 산업 사회에서 일상화되어 버린 심리적 불구화"[115]를 성토하고 있는 것이다. 하인의 주장은 1987년에 나온 『호른의 최후』를 거쳐 『탱고 연주자』(1989)에 이르기까지 일관되게 이어진다.

3 『탱고 연주자』—자유에 대한 두려움, 그리고 갈망

무관심이라는 저항

『용의 피』의 주인공인 여의사는 사회의 경직성, 인간의 속물 근성에 등을 돌리고, 자신만의 세계 안으로 도피하려는 성향을 보인다. 『호른의 최후』의 주인공인 역사가는 지방으로 좌천된 후 인간 혐오증에 빠져 자살로 자기 도피를 시도하는 인물이다. 『탱고 연주자』의 주인공 달로 역시 역사가다. 그는 21개월간의 억울한 옥살이를 마친 후 철저한 무관심 주의를 고수하면서 세상사에 초연하려고 한다. 이 세 인물의 공통점은 세상에 대한 저항의 표시로 자기만의 껍질을 쓰고, 현실과 타협하느니 자기 파멸도 감수하겠다는 자세다.

서른여섯 살의 역사학 교수 달로가 2년간의 영어 생활을 마치고 출감 했을 때 먼저 떠오른 생각은 "인생이 나 없이도 계속 잘 흘러갔다."는 것이다. 그가 실형을 받게 된 이유는 너무도 황당하다. 학생 카바레의 멤버 하나가 병원 치료를 받는 바람에 대신 피아노 한 곡을 연주해 준 것이 화근이었다. 연주된 탱고 가사에 노지도자(당 서기장 발터 울브리히 트)를 풍자하는 내용이 들어 있었다는 것이다. 다음날 체포된 그는 당국 의 꼭두각시에 불과한 변호사와 판사의 각본에 따라 21개월의 구금 생 활을 선고받는다.

달로의 출옥으로 소설은 시작된다. 1968년 2월에 출옥 날짜를 맞춤으 로써 작가 하인은 곧 다가올 '프라하의 봄'을 소설의 배경으로 설정하려 는 의도를 보인다. 전과자가 되어 버린 역사학 교수는 대학 연구소의 일 자리를 잃고, 옛 애인과 친구들의 경원 속에 거리를 배회하게 된다. 프 라하 사태가 예견되자 당국은 체코 역사에 정통한 그를 이용하려고 하 나 그는 단호히 거부한다. 그러나 당국은 이러한 지식인의 저항을 묵과 하지 않는다. 어느 직장에서도 받아들이지 않게 함으로써 그를 철저히 소외시킨다. 일자리 얻기를 단념하기에 이른 달로에게는 주어진 현재의 자유마저 두렵기만 하다.

안에서와는 달리 언어와 몸짓이 밖에선 다른 의미를 지녔기 때문에, 사 소한 일이라도 새로이 훈련을 해야 했다. 이제 확인하건대, 감방은 친숙한 곳, 그를 숨겨 주었던 집이었다. 그렇게도 갈망하고 항시 그리워하던 자유 가 그에겐 낯설고 무서워졌다.

감옥에서는 외로움을 느낀 적이 없었다. 사소한 말을 주고받지는 않았지만 "동료 복역수들과의 무언의 연대감"이 생겨나기도 했다. 그러나 출감 후엔 수감되기 전의 나날처럼 살아갈 것이며 그에게 익숙한 상태로 되돌아가 전처럼 "신중하면서도 게으른 일상의 강물을 흘러 보낼 수 있으리라." 믿었다. 완전한 새 출발의 기회, 즉 "실질적인 새 삶의 드문 행운"이라고 생각했다. 그러나 실제로 그를 짓누르는 것은 형언할 수 없는 불안한 감정이다. 자유를 향유하기엔 너무나 무용한 존재이며, 또 준비도 되어 있지 않음을 알고 놀란다. 이제 그의 마음 한구석엔 감옥 생활에 대한 은밀한 그리움마저 생겨난다.

예의 특이한 안온감, 모든 것을 포함하는 완벽한 배려, 그 예외 없이 규칙적인 생활이 그리웠다. 이론의 여지를 허용치 않을 정도로 경직된 규정에 반발하기도 했지만, 그 후론 낮과 밤의 모든 활동이 이 규칙적인 명령에 따랐을 뿐 아니라 그로 인해 생겨나는 온갖 결정으로부터의 해방감을 만족스레 받아들이기까지 했다. 이제는 그 규정된 일과와 지시들, 아무런 생각도 결정도 요구하지 않는 삶의 방식이 그리웠다.

동시에 달로의 뇌리를 떠나지 않는 것은 자신의 삶을 망쳐 놓고도 죄의식을 느끼지 않는 당국자들에 대한 분노다. 그래서 연구소의 복직을 제의하며 협조를 구하는 정보요원들을 물리치고, 직장 동료이며 기회주의자인 뢰슬러를 경멸한다. 자신의 재판을 담당했던 판사의 목을 조르며 그는 분노를 터트린다.

"왜 당신은 나를 당신의 이름으로 재판하지 않았지요, 베르거 씨? 아니면 법의 이름이나 국가의 이름으로 할 것이지, 어째서 하필이면 국민의 이름으로 판결했느냔 말입니다. 당신에겐 그럴 권리가 없어요. 당신은 국민에게 물어 보지도 않았으니까 말이오."

불안을 잊기 위해 달로는 애인을 사귀고, 공권력과 타협하지 않으려고 휴양지의 한 레스토랑에서 웨이터 노릇까지 하게 된다. 세상과의 거리 두기는 이곳에서도 계속된다. 매사를 무관심한 시선으로 바라보고, 정신적 권태감은 여자들을 탐닉함으로써 잊으려 한다. 그의 정신적 타락을 구하고 상황을 급변시킨 것은 아이러니컬하게도 '프라하의 봄'이었다. 체코 사태를 진압하기 위해 바르샤바 동맹군이 투입되었을 때, 조간 신문을 읽지 않은 뢰슬러가 동독군의 개입을 비난하는 실수를 저지른다. 책임을 지고 그가 퇴출당하자 달로는 그의 후임으로 다시 복직하게 된다. 타협하지 않고 고초를 감내한 달로의 승리인 셈이다.

터부에 대한 도전

이 작품에서 하인은 법의 희생물이 된 인간이 동독과 같은 폐쇄 사회에서 어떻게 계속 살아갈 수 있는지의 문제를 다루고 있다. 주인공 달로는 국가가 만든 규범에 의해 자유를 빼앗기고 개인적 삶의 질서를 상실한 인간이다. 개인에 대한 불이익은 출감 후에도 계속되고, 억울함을 호소하는 일도, 과거의 안정된 삶을 되찾는 일도 무망하기만 하다. 부당한 인권 유린에 대한 저항은 고작 철저한 현실 부정의 형태를 띨 뿐이다. 철저한 무관심 속에 현실의 모든 문제 앞에서 지식인으로 관찰하고 인식하기를 포기한다. 『용의 피』, 『호른의 최후』의 주인공들과 마찬가지로 자신의 세계 속에 칩거하며 불운했던 과거를 잊으려고 애쓴다. 자유를 위해 피 흘리는 체코 사태에 대한 역사학자 달로의 반응이 극단적인 예다. 동맹군의 프라하 침공 소식을 들은 소녀가 눈물을 흘릴 때 오히려 성적 욕망을 느끼는 주인공에게서 무관심의 극치와 공포감마저 느끼게 된다.

"어쩌면 당신이 그렇게 냉정할 수 있는지 이해하지 못하겠어요." 소녀가 놀랍다는 듯 말했다.

"난 웨이터에 지나지 않아." 달로가 말했다.

소녀가 항변했다. "당신은 살아 있는 사람이에요, 당신은……."

달로는 그녀의 말을 막고 다정한 표정으로 이의를 제기했다.

"그리고 전에는 탱고 연주자였지. 하지만 오래전에."

그러나 이 무관심의 뒤편에서 강하게 느껴지는 것은 사회적 현실에 대한 풍자와 냉소주의다. 언어와 사상의 자유가 통제되는 동독 사회의 폐쇄성을 성토하기 위한 작가 하인의 의도적 설정이라고 할 수 있다. 일거수일투족이 감시당하므로 감옥 밖으로 나왔다고 해서 감옥을 벗어난 것이 아니라는 생각이다. 옥살이 경험이 없는 철도 공무원이나 달로의 매부 세바스티안도 일상의 감옥을 의식하기는 매한가지다.

"그리고 보면 온 나라 사람들이 감옥에 한 발을 들여놓고 사는 셈이로군. 벌 받는 사람으로부터 그걸 집행하는 관리에 이르기까지."

이러한 진술이 통일되기 이전의 동독 작품에서 감행되었다는 점에 우리는 유의할 필요가 있다. 아직 비밀 경찰의 통제가 존재하고, 반체제 인사들이 온갖 불이익을 감수해야 하던 시기가 아닌가? 기회 있을 때마다 작품의 검열 제도를 통렬히 비판해 온 하인의 행적에 비추어 볼 때, 이것이 들뜬 통일 열기에 편승한 기회주의적 언사가 아님을 쉽게 알 수 있다.

감옥의 분위기를 연출하는 체제 비판 외에도 하인은 이 책에서 또 하나의 터부를 깨뜨리는 용기를 발휘했다. 바르샤바 동맹군의 체코 침공을 역사적 과오로 평가하고 있는 점이다. 하인은 기지를 발휘하여 체제의 맹종자이자 기회주의자인 동료 뢰슬러의 입을 통해 체코 진주(進駐)의 부당성을 성토한다. 즉 체코 침공을 지지하는 조간 신문을 읽지 않은 뢰슬러가 강의 시간에 학생들의 질문을 받자 이 역사적 사건을 비판하고 그 결과 견책을 받는다는 설정이다. 또한 두 명의 비밀경찰이 소설에 등장하여 은밀한 공작을 벌이나 끝내 성사시키지 못한다는 내용 역시 과거에는 다루기 어려운 금기 사항이었다. 물론 동독의 제2세대 하인이 국가와 사회 체제에 대한 문제를 제기하고 비판과 분노의 음성을 높일 수 있었던 것도 동구권 전체가 변화되어 가던 당시 정세와 무관하지 않다. 페레스트로이카를 주창하던 고르바쵸프의 개혁에 편승하여 동독 사회에도 획기적인 변화가 이루어지길 바라는 기대감의 한 표출이라고도 볼 수 있다.

따라서 하인의 『탱고 연주자』가 전하는 메시지는 "이 나라가 감옥이다."라는 게 아니라 "이 나라는 쉽게 감옥이 되지 않을 것이다."라는 게 옳을 것이다. 요컨대 사회주의를 완전히 포기하자는 것이 아니라 애초의 이상대로 개선해 보자는 것이다. 그러나 주지하듯이, 바로 다음 해에 동독은 이상적인 사회주의 국가로 회귀하지 못하고 서독의 자본주의 체제에 흡수 통일되고 말았다. 감옥에 갇혔다는 생각을 강요하던 베를린 장벽은 무너졌다. 비밀 경찰은 해체되고, 하인이 성토해 마지않던 검열 제도도 사라졌으며, 작가들에겐 완전한 창작의 자유가 주어졌다. 이로써 모든 현안이 일소된 것일까? 통일된 독일은 더 이상 감옥의 나라가 아닐까? 그 대답은 간단치가 않다. 독일 통일이 실현된 지 십여 년이 지났건만 여전히 많은 후유증이 남아 문제를 제기하는 목소리가 끊이질 않는다. 서로 다른 이데올로기가 합쳐 조화를 이루기까지는 분명 많은 시간과 인내심이 필요할 것이다.

크리스토프 하인의 두 소설 『용의 피』와 『탱고 연주자』에서 '긍정적 주인공'의 면모를 찾기는 어렵다. 현실 속의 갖가지 제약과 대결을 벌이며 의연하게 자신의 정체성을 찾아가는 개성이 강한 인물들을 만날 수 있었다. 두 남녀의 생활 신조를 기술한 이 책들은, 베를린 장벽이 무너지기까지 폐쇄된 동독 사회 안에서 자유에 대한 갈망을 고조시키고, 국민들을 돌발적인 무혈 혁명으로 몰아 장벽을 무너뜨리게 한 요인 중의 하나다. 그것은 크리스타 볼프의 소설『남아 있는 것』의 화자처럼 "새로운 언어"로 말할 수 있는 날을 기다리기 위한 것이다.

그것을 나는 어느 날엔가 내 새로운 언어로 명명하리라. 어느 날엔가 나는 말할 수 있을 것이다, 아주 쉽고도 자유롭게.

통일 후 하인은 그의 "새로운 언어"로 새로운 작품을 계속 만들어 내고 있다. 1990년에 에세이와 연설을 묶은 책『어렸을 때 나는 스탈린을 보았다.』, 1993년에 소설 『나폴레온-연극 *Das Napoleon-Spiel*』, 그리고 1994년에 단편집 『송아지의 처형』이 잇달아 나왔다. 문학을 통한 하인의 인간 탐구는 중단되지 않을 것이다.

4부

괴테, 그리고 지난날의 독일 문학

불멸의 정신이여, 죄 많은 인간의 구원을 노래하라

독일 계몽주의 문학의 성과와 한계

1 독일 계몽주의의 성격

뤼시엥 골드만에 의하면, 계몽주의는 유럽 시민 계급의 정신적 발전에서 역사적으로 중요한 단계, 즉 인류 사상사에서 단 한 번 찾아온 획기적인 방향 전환의 시기였다.[116] 그러나 독일은 이 새로운 운동의 선두에 낄 수가 없었다. 30년 전쟁의 후유증이 정치, 경제, 문화의 모든 면에 잔존해 있어, 계몽주의 운동이 다른 유럽 국가들처럼 활력을 지닐 수 없었다. 더욱이 주역인 시민 계급이 아직도 절대 군주의 영향력에서 벗어나지 못함으로써, 독일의 초기 계몽주의가 지극히 빈약하고 의기소침한 면모를 보인 것은 당연한 일이었다. 따라서 독일 계몽주의의 본질은 우선 게오르크 루카치의 지적대로 "독일의 비참한 상황에서 시민 계급의 각성이 이루어지고, 또 그러한 비참함에 맞서 싸운 점"[117]이라고 할 수 있다. 30년 전쟁이 끝난 후 독일 시민 계급은 다소 느리기는 했지만 문화의 마비 상태에서 깨어났다. 영국과 프랑스의 영향을 받는 동안 시야가 넓어지고 부당한 권력과도 싸울 용기를 얻게 되었다. 얼마간의 경제적, 사회적 여건이 조성되자 이를 최대한으로 이용하면서 전통과 인습의 온갖 구각(舊殼)에서 벗어나려고 서둘렀다.

18세기 문화의 주역으로 등장한 독일 시민 계급은 활기에 넘쳐 인간의 존재 가치를 믿고 그 진보에 대한 신념을 갖게 되었다. 이성과 감성을 교화시킴으로서 인간 사회의 완성에 도달할 수 있다는 낙관주의자로 변모되었다. 이러한 민중 교화의 선도적 역할을 수행해 낸 것이 철학과 문학이었다. 이성의 우월함을 믿고, 사회적 모럴, 인도주의와 관용 정신을 중요시하는 철학가와 문학가들이 속출했다. 이들은 시민 계급에게 이성적, 도덕적 교양의 척도를 제시해 주고, 독립적인 사고와 사회적 자의식을 갖도록 일깨워 주었다. 빌란트 Wieland는 정신적인 시민국가를 이상으로 삼았고, 레싱 Lessing은 전 인류의 교화라는 원대한 목표를 내세웠다.

이렇듯 18세기는 "근대적 인간이 탄생한 시대"[118]가 되었고, 동시에 근대인의 문제를 예견한 시대이기도 했다. 이러한 새 시대에 대한 확신은 일찍이 르네상스 시대에 배태되어 17세기 바로크 시대를 지나오는 동안 서서히 보편화되어 갔다. 데카르트의 비판적 합리주의, 로크와 흄의 감각적 경험주의, 그로티우스[119]의 자연법 사상, 그리고 라이프니츠의 철학이 계몽주의 시대의 도래를 촉진했다. 사람들은 논리적, 이성적 사고에 눈뜨고, 실질적, 현세적 학문에 눈을 돌렸다. 종교계에도 변혁이 일어났다. 반(反)도그마적인 신관(神觀)이 대두되어, 신적인 우주와 인간의 인식과 감정을 조화시키려는 노력이 생겨났다.

경건주의는 이성의 지나친 강조에 반발하고, 보다 깊은 신앙생활을 추구하려는 목적에서 발생했지만, 실상 여러 가지 측면에서 독일 계몽주의 이상과 부합되는 점이 많았다. 이것은 종교적 신앙심에 개체 사상을 적용하려한 노력으로, 신 또는 영원성의 경험을 인간의 체험, 즉 신을 갈망하는 인간의 마음속에서 찾으려 했다. 이러한 생각은 문학의 영역에까지 영향을 미쳐, 인간의 내면으로부터 나오는 경건한 감정의 엑스터시까지 고양되는 종교성 짙은 작품들을 양산했다.

특히 크리스티안 바이제 Christian Weise(1642~1708)는 방대한 서정시, 드라마, 소설 속에서 종래의 내세주의를 탈피하고 인간 생활의 현세주의를 강조했다. 인간은 행복해지기 위해 세상에서 살고 있기 때문에 자신의 행복을 증진하고 자신의 정서를 구사하고 적으로부터 자연을 지킬 수 있는 자가 현명하다고 말했다. 그는 드라마에 교육적 목적을 부여하여 도덕성, 실용적 세계관, 그리고 정치적 지혜를 추구했다. 계몽주의적 성격이 강하게 나타난 소설 『정치적 탐식자 Der politischer Näscher』(1675년경)에서는 시민 계급을 18세기 교육의 매개자로 규정하고, 궁정은 정신적 지도자의 역할을 시민 작가, 교육자, 관리, 상인에게 양도해야 한다고 주장했다.

독일 계몽주의의 정신적 지주는 단연 고트프리트 빌헬름 라이프니츠 Gottfried Wilhelm Leibnitz(1646-1716)다. 그는 독일인들에게 유럽 철학을 소개하고, 그것을 천재적인 방법으로 발전시켜 모든 학문에 광범위한 영향을 끼쳤다. 그의 철학의 요체가 되는 단자론(單子論)은 인간을 생성하고 노력하는 정신으로 보려는 생각이다. 이 사상은 18세기의 독일 정신계에 발전하고 노력하는 개체 사상을 부여했다. 그의 세계관에서 간파해 낼 수 있는 것은, 이성의 힘, 지상에 내재하는 의미심장한 질서의 의미, 그리고 지상 위에 이상향의 실현을 약속하는 진보와 복음을 믿었던 시대적 확신이다. 그의 사상은 문학적 측면에서도 많은 작가들에게 영향을 끼쳤다. 라이프니츠 철학에 논리적 체계를 부여한 사람이 크리스티안 볼프 Cristian Wolff(1679-1754)다. 그에게 이성과 덕행은 지상에서 인간의 행복을 위해 유용하고 필요 불가결한 것이었다.

이제 독일에서도 프랑스처럼 문학이 계몽적 이념을 유포하는 전달자가 되었으며, 일찍이 갖지 못했던 책임을 부여받게 되었다. 외국의 모범이나 문학 이론을 무비판적으로 수용할 것이 아니라, 영향력 있고 생산성 있게 변화시키는 것이 작가의 임무가 되었다. 문학은 "궁중이나 종교적 교화의 도구에서 벗어나 미학적 특성을 우위에 놓는 대중의 도덕화를 위한 매체"[120]로 탈바꿈해 갔다. 이러한 문학의 기능적 변화가 18세기 전반을 관류하게 되고, 문맹률도 차츰 줄어듦에 따라 절대군주적 계급 국가의 전유물이던 문학이 평등한 권리를 갖는 자유 시민 사회로 전이되어 갔고, 그 결과 인간 개개인의 자의식을 일깨우는 계기가 되었다.

2 클롭슈토크의 「메시아」와 송시(頌詩)

프리드리히 고틀리프 클롭슈토크Friedrich Gottlieb Klopstock(1724-1803)의 「메시아Messias」 중 첫 세 편이 나온 것은 1748년이었다. 이 시편들은 강렬한 선풍을 몰고 지금껏 통용되어 오던 시의 규범들을 깨뜨렸다. 그 후 수십 년에 걸쳐 클롭슈토크는 "열광적이고 예언자적이고 코스모스적 세계를 포괄하는 고귀한 관찰자로서의 새 시인상"[121]으로 추앙되었다. 그의 대표작 「메시아」는 20년이란 세월에 걸쳐 완성된 서사시로, 그리스도의 고난, 희생, 구원을 주제로 삼고 있다. 종교적 체험을 시로 승화시켜, 우정과 사랑, 신과 자연, 조국과 영웅주의, 죽음과 영원, 고귀함과 창조, 신과 인간 세계의 합일을 찬미하고 노래한다. 이 환호하는 영상, 자유롭고 무한한 감정의 고양을 위해 장엄하고 격정적인 언어가 창출된다. 이 시에서는 바로크 시대의 종교적 염세주의 또는 경건주의의 어두운 죄의식 따위를 찾아 볼 수가 없다. 환호의 팡파르와 함께 울려 퍼지는 것은 축복 받고 구원받은 불멸성의 노래다. 「메시아」의 서두는 다음과 같이 시작한다.

불멸의 정신이여, 죄 많은 인간의 구원을 노래하라.
주께서 지상에 내려와 인간을 위해 베푼 구원을.

성스러운 피로 맹약하고, 아담의 후예들에게
신의 사랑 새로이 선사하셨다.
영원한 뜻 이루어지니
유다의 배신도 사탄의 방해도 헛것이로다.
주께서 이루신 이 위대한 화해.

시 전체를 통해 느껴지는 것은 성스러운 것, 영원한 것에 대한 영혼의 감응 작용이다. 역동적이고 감동적인 언어로 신성에 대한 경배와 외경심을 노래한다. 클롭슈토크의 천재성은 독일 시에 역동성, 정신성, 음악성을 불어넣었고, 계몽주의와 로코코를 넘어서는 새로운 언어 구사의 가능성을 제시함으로써 괴테, 실러, 횔덜린 같은 시인들을 배출시키는 계기를 마련했다.

시인 클롭슈토크의 성가는 1771년에 출간된 『송시집 Oden』에서 또 한 번 극치를 이룬다. 18세기 중엽부터 일어난 각운(脚韻)과의 싸움은 클롭슈토크에 있어서도 중요한 당면 과제였다. 당시 젊은 시인들은, 의미에서 운율에 이르기까지 표현의 합리적인 전환을 위해 고대 서정시와 로마 시인 호라티우스의 시, 심지어는 「에다 Edda」의 영향도 도입하는 신축성을 발휘했다. 클롭슈토크는 그리스의 사포, 알카이오스, 아스클레피아도스의 송시 형식을 받아들여 독일 특유의 송시 스타일과 음조를 만들어 내는 데 성공했다. 그의 작품은 변화를 수반한 강렬한 리듬, 격정적인 언어, 사려 깊은 감정의 긴장 상태가 잘 어울려져 시로 승화된다. 클롭슈토크는 보드머, 피라, 랑게, 할러의 서정시에서도 영향을 받았으나, 그 사상적, 감정적 깊이에서는 이들 선배들을 능가한다. 그는 종래의 시 이론에서도 과감히 벗어났다. 오피츠나 고트셰트는 물론, 외국의 작시 이론에서도 탈피하여 고유의 시 형식을 개척했다. 당대의 시인 요한 하인리히 포스 Johann Heinrich Voss에게 보낸 편지에도 클롭슈토크 시 정신의 일단이 나타나 있다.

규칙을 적어 논 책이 아무리 두껍다 한들 매혹되지 마십시오. 그대 마음속에 있는 정신과, 그대 주위에서 보이고 들리는 사물과, 시로 만들려고 생각한 대상의 성질에 물어 보십시오. 그리고 그것이 그대에게 대답하는 것을 따르십시오.

고대 송시의 틀이 그의 열광적이고 고귀한 시의 내용을 담기에는 적합하지 않았다. 그는 과감한 언어 선택과 배어법의 변화로 자신의 목적을 달성하면서, 자기 특유의 송시 방법을 만들어 냈다. 클롭슈토크의 송시 중 사랑을 노래한 「연인들의 두려움」, 우정을 노래한 「나의 친구들에게」, 지배자에 대한 찬미 「프리드리히 5세」 등은 고대의 운각(韻脚)을 참고하고는 있으나, 그 언어의 참신함과 내용의 긴밀함이 자못 뛰어나다. 1766년에 쓴 송시 「여름 밤 Die Sommernacht」도 형식 및 내용 면에 있어 클롭슈토크 고유의 송시 기법을 잘 보여 주는 작품이다.

　　흐릿한 달빛 숲 속에 쏟아지고
　　서늘한 바람 보리수 향기와 함께 불어오면

　　내 마음 사랑하던 사람의 무덤 생각에
　　어두운 그늘이 드리운다.
　　시야에 들어오느니 숲 속의 땅거미뿐
　　내겐 꽃 향기도 불어오지 않는다.

　　오 타계한 그대들과 즐겼던 한때
　　산들바람 속에 꽃 향기가 우리를 감싸 주었지.
　　달빛은 또 얼마나 아름다웠던가
　　너 아름다운 자연아!

　클롭슈토크가 '노래 Gesang'라고 부른, 소위 자유 리듬은 형식, 음조, 사상 등 모든 면에서 고귀한 것을 향한 비약의 언어가 만들어 내는 결정체로 독일 고유의 창조물이 되었다. 이것은 훗날 괴테와 횔덜린에게 커다란 영향을 끼쳤고, 19세기의 하이네, 니체, 20세기의 A. 홀츠에서 B. 브레히트에 이르기까지 많은 독일 시인들의 모범이 되었다.

3 레싱의 시민 비극 『사라 샘프슨 양』과 『에밀리아 갈로티』

아리스토텔레스 이래 금과옥조처럼 신봉되어 오던 비극의 법칙 중의 하나, 즉 군주나 제왕의 운명만이 비극에 적합하고, 하급 귀족, 시민, 농민의 구성원은 희극 또는 목민극(牧民劇)에 속한다는 생각은 계몽주의 시대에 들어서면서 수정되기 시작했다. 1955년경엔 시민 계급이 주인공으로 등장하는, 소위 시민 비극이 나타나기에 이르는데, 고트홀트 에프라임 레싱 Gotthold Ephraim Lessing(1729-1781)의 『사라 샘프슨 양 Miß Sara Sampson』(1955)이 선구적인 작품이다. 레싱이 주도한 독일의 시민 비극은 몇 가지 공통점이 있다.

첫째, 비규칙적이다. 고전 비극의 이론이나 고트세트의 규범에 어긋난다. 둘째, 등장인물은 군주나 역사적 인물이 아니고, 하급 귀족이나 시민 계급 출신이다. 셋째, 등장인물은 대개 자의로 창작된 인물이다. 넷째, 무대는 궁정 밖의 세계다. 다섯째, 대사는 알렉산드리너 시형(詩形)이 아닌 산문이다.

낙후되었던 독일의 연극계를 자극하여 나름대로 시민극을 만들어 내도록 영향을 준 것은 영국인 조지 릴로 George Lillo의 시민 비극 『런던 상인 : 조지 반웰의 이야기』(1731)다. 릴로의 비극 작품에는 두 가지 경향이 서로 대립하고 있다. 사회 규범을 일깨우려는 도덕 교육적 엄숙주의와 오류에 빠지기 쉬운 인간성에 대한 통찰. 도덕적 요구를 충족시키기엔 너무도 유약한 반웰과 같은 인물들이 수차 등장하지만, 그들은 결코 악인은 아니다. 도덕적 질서를 시인하는 데 적합한 인물일 뿐이다. 인간의 오류 가능성을 통찰할 때 항상 제기되는 문제는, 원래 악인이 아니고 나약한 존재에 불과한 인간의 죄가 어디에서 오는 것일까 하는 것이다.

역시 한 나약한 인간의 비극을 다룬 레싱의 『사라 샘프슨 양』에서도 이러한 인간의 죄와 비극의 문제에 관심을 나타내고 있다. 소시민 사라의 이야기는, 죄악으로부터 아버지의 은총어린 용서를 거쳐 변용(變容)에 이르는 그리스도의 수난사와 흡사하다. 죄악 때문에 죽음이 찾아왔으며, 그 때문에 사라는 죽어야 한다. 따라서 이 죽음은 죄악의 결과인 동시에 구원이다.

레싱은 그의 연극 이론서 『함부르크 희곡론』(1767~1769)에서도 죄의 문제를 언급하고 있다. 연극의 주인공은 뭇 인간과 마찬가지로 사소한 실수의 가능성을 갖고 있다. 이러한 작은 실수의 결과 옳지 않을 짓을 하게 되고, 범죄자가 되는 것인데, 이 범법이 바로 그의 비극적인 죄인 것이다. 그 결과는 주인공의 죽음이다. 따라서 그의 비극은, 작은 실수를 죽음으로 갚아야 한다는 점이다. 레싱은 또한 이 책에서 모방이나 순화라는 아리스토텔레스의 개념을 해석하면서 동시에 자신의 비극론을 피력하고 있다. 아리스토텔레스가 말하는 '연민 Mitleid'이 레싱에게는 무대 연기를 경험함으로써 얻어지는 '체험적 공감'으로 해석된다. 레싱은 연민을 어떤 대상에 대한 사랑과 그 대상이 처한 불행에 대한 상심이 혼합된 복합적인 정서라고 생각하고, 공포는 우리 자신과 관련된 연민이므로 이 두 정서는 밀접한 관계를 맺는 것이라고 설명한다.[122] 비극이 기능을 발휘하기 위해서는 관객이 비극의 주인공에 대한 연민의 정을 느끼는 것이 전제되며, 그러기 위해서는 관객과 등장인물 사이에 신분, 계급, 윤리 등등 어떤 면에 있어서도 차이가 있어서는 안 된다. 따라서 연극은 인간에게 무대에서 전개되는 사건을 체험하는 가능성과 함께, 그 세계의 보다 큰 범위와 강도를 제공한다. 그 밖에도 레싱은 행위와 등장인물의 일치, 사건의 정확한 동기 부여 및 논리 정연한 전개를 중요시했다.

우리가 연극에서 배워야 하는 것은 개인이 행한 이런저런 일이 아니라, 특정한 성격을 가진 인간 각자가 특정한 상황에서 어떤 행동을 하는가 하는 것이다.[123]

레싱의 비극 이론이 잘 적용된 연극 『에밀리아 갈로티 *Emilia Galotti*』
(1772)는 이탈리아의 궁중 세계를 빌려 독일 절대주의의 전횡을 탄핵한
작품이다. 권력의 희생양이 되는 시민 계급의 딸 에밀리아의 비극은 명
예를 지키려는 아버지의 손에 죽는다는 사실에만 있는 것이 아니다. 보
다 비극적인 것은, 왕자의 유혹과 자신의 위험을 알면서도 그에게 도전
하지 않으면 안 되는 상황이다. 아버지 오도아르도가 뽑은 칼은 패륜의
왕자를 향한 것이 아니다. 그는 어디까지나 힘의 횡포에 맞서지 못하고
고통 속에 희생당해야 하는 시민의 상황으로 남는 것이다. 여기에 이 정
치극의 파토스가 존재한다. 이 정치적 테마가 고발의 역할을 충분히 해
내고는 있지만, 마지막 단계, 즉 실러 식의 전제군주에 대한 저항을 감
행하지는 못한다. 이 작품은 타락한 절대주의를 배경으로 한 시민 비극
의 영역에만 머문 채 그 이상 넘어서지 못한 감이 있다. 그러나 레싱은
전제 정치에 대항하는 인간의 도덕과 품위에 대해 말하면서, 지금껏 어
느 작가도 시도하지 못한 인간성의 탐구, 사회상의 비판을 드라마 속에
투영해 내고 있다. 그 밖에도 『민나 폰 바른헬름 *Minna von Barnhelm*』
(1767), 『현자 나탄 *Nathan der Weise*』(1776) 등의 대작은 계몽주의 연극
의 모범이 될 뿐 아니라 인류 계몽의 최선책이 연극이라는 레싱의 확신
을 보여 준다.

비록 관청이나 교회로부터 공연 장소를 구하거나 공연 허가를 받는
데 많은 제한을 받았지만, 극장은 도덕적 장소, 시민 계급의 요구를 개
진하는 토론장으로서의 역할을 다할 수 있는 곳이었다. 레싱은 연극 운
동의 목표를 1) 오성의 계몽, 2) 정치적 비판, 3) 도덕적 개선, 4) 국민 교
육에 두었다.[124] 그의 생각을 계승한 실러도, 연극은 인간과 인간을 친숙
하게 맺어 주는 것이어야 한다고 요구하면서, 사회인류학적 관점에서 계
몽극이 보편화되는 전기를 마련했다.

4 계몽주의 시대의 소설과 동화

소설

20세기 문학사가 볼프강 카이저 Wolfgang Kayser는 비교적 정확한 통계치를 가지고, 계몽주의 시대에 소설 장르가 확산되어 가는 과정을 기술하고 있다.[125] 즉 1740년만 해도 1년에 열 편 정도 출간되던 소설이 1770년에 100권, 1785년엔 500권씩 나타난다. 전체 출판량에 대한 비율도 증가 추세를 보여, 1740년에 약 3퍼센트에 불과하던 것이 1800년에는 12퍼센트까지 올라간다. 당시 독서 계층을 이끌어 가던 '도덕 주보'의 설교조(調) 문학이 현저하게 퇴조하고, 향후 소설이 "교화 문학의 역할"[126]을 짊어지게 되었음을 시사하는 현상이다.

바로크 시대부터 나타나기 시작한 소설은 우선 대니얼 디포의 『로빈슨 크루소』를 모방한 모험 소설 내지 유토피아 소설이 주류를 이루었다. 이러한 로빈슨 크루소 풍의 소설로 대표되는 것이 요한 고트프리트 슈나벨의 『펠젠부르크 섬』(1731-1743)이다. 토머스 모어의 유토피아를 연상케 하는 이상 국가를 그린 소설로서 독일의 계몽주의적 시민 소설의 효시가 된다. 신에 대한 외경심을 가진 사람들이 이루어 논 이 시민국가에서는 개인의 삶을 규정하는 것이 제도가 아니라 정직과 경건과 이성이다. 요한 미하엘 폰 뢴의 『궁중의 정직한 남자』(1740)는 '실례를 통한 윤리 교육'을 시도한 유토피아 소설이다. 형식상으로는 궁중 소설의 성격을 지녔지만, 주인공 리베라 백작의 성공담과 정치 개혁안, 그리고 현실의 대립 상으로 묘사된 이상 국가 그리스티노폴리스에는 시민적 세계관이 구속력 있는 규범으로 나타난다.

프랑스와 영국을 풍미하던 사소설(私小說)이 독일 소설계에 침투한 것은 1740년 이후다. 한 개인의 사사로운 이야기를 소설 형식으로 묘사하는 이 스타일이 독일에서는 두 가지 양상을 보였다. 도덕적, 감상적 소설과 희극적, 사실주의적 소설이 그것이다. 전자의 대부격이 되는 사람이 영국의 새뮤얼 리처드슨이다. 그의 영향을 받은 사소설로서 우선 크르스티안 겔러트의 『스웨덴 백작부인 G의 생애』(1748)를 들 수 있는데, 이 작품에는 단순한 모방을 넘어 다양한 소설 기법을 적용해 보려는 노력이 엿보인다. 소설의 대부분이 편지, 문서, 경험담 진술 등으로 이루어진 1인칭 소설로 모험적이고 괴기한 사건을 자신의 체험인양 기술하고 있다. 이 소설 역시 제목과는 달리 시민 소설의 면모를 강하게 보여 준다. 주인공 백작부인의 대화 속에 나타나는 평등 사상의 예를 하나 들어 보자.

　제가 귀족 가문에 태어났다는 것 말고는, 그녀보다 거의 잘난 것이 없습니다. 우리가 이성적으로 고찰해 볼 때, 이 따위 장점이란 게 얼마나 보잘것없는 것인지요.

같은 계열에 속하는 라 로슈의 『슈테른하임 양』(1771)은 독일 최초의 여성 소설로 인정받는다. 주인공 소피 Sophie는 낙관적인 계몽주의의 윤리관을 고수하는 여인이다. 그녀는 운명을 수동적으로 받아들이지 않고, 온갖 굴욕을 이겨 내면서 박애주의적인 활동을 전개한다. 행동하는 여성을 그린 이 소설은 질풍노도기 작가들을 열광시킨 바 있다.

희극적이고 사실적이며 풍자적인 소설은 세르반테스의 『돈키호테』를 모방한 것이 대부분이다. 이 계열의 소설은 리처드슨의 이상주의적 기술 방식에 반대하여, 자연스러운 진실과 일상적인 생활 체험이 갖는 사실성을 중요시했다. 크리스토프 마르틴 빌란트의 첫 소설 『몽상에 대한 자연의 승리, 혹은 돈 실비오 폰 로잘바의 모험』(1764)이 이런 경향을 대표하는 작품이다. 주인공 돈 실비오의 몽상은 요정 동화에 대한 믿음에서 기인한다. 그러나 위트와 환상에 가득 찬 세계를 자유분방하게 노니는 그의 시선은 기실 현실 세계를 향하고 있다. 현실 세계에 대한 풍자와 비판이 궁극적 목표이기 때문이다. 교양 소설의 성격을 띤 빌란트의 『아가톤 이야기』(1767)는 독일의 소설 문학을 새로운 차원으로 끌어올렸다는 평가를 받는다. 고대 세계를 무대로 등장하는 주인공 아가톤은 완벽한 덕망의 인물이나 영웅이 아니다. 연인과의 이별과 재회라는 흔해빠진 삶의 도식을 보여 주는 평범한 인간에 불과하다. 작가는 이러한 인간의 발전 과정에 관심을 갖는다. 몽상가, 플라토니스트, 공화주의자, 영웅, 호색가 등 온갖 인간적 면모를 지닌 주인공이 발전의 결과 덕망과 슬기로움을 갖춘 인간으로 변모 되어 가는 과정을 보여 준다.

일찍이 고트셰트는 소설을 문학 장르 중 "가장 열등한 지위를 가진 것 중의 하나"라고 평한 바 있었다. 그러나 종교와 윤리 의식에 기인한 소설에 대한 거부감이 극복되자 단연 소설은 각광받는 미학적 장르로 인정받기에 이르렀다. 이제 작품의 해석에도 눈을 돌리게 되어 최초의 소설 이론서라고 할 수 있는 프리드리히 폰 블랑켄부르크 Friedrich von Blankenburg의 『소설 연구 Versuch über den Roman』(1774)가 나왔다. 이 책에서 블랑켄부르크는, 소설이 서사시의 자리를 대신하게 되었음을 확인하고, 그 차이점에 대해서도 언급한다.

서사시에서는 주로 시민의 행위가 고려되는 데 비해, 소설에서는 인간의 존재, 그의 내적인 상태가 중요한 일인 듯 보인다.

소설에서는 외적인 사건은 단지 내적 사건과의 관련성에 달려 있다. 소설의 본질과 특징을 블랑켄부르크는, 인간의 내적 이야기, 즉 등장인물이 "많은 사건을 통해 유지할 수 있는 성숙과 형성"이라고 보았다. 이러한 인간의 내적 존재와 외적 존재의 관계를 가시적으로 만드는 것, 그 원인과 작용을 보다 정확한 관련성 속에서 나타내는 것, 그리고 그 방식으로 가능한 한 완벽한 인간의 발전상을 묘사하는 것이 작가의 과제다.

계몽의 역할을 부여받은 소설은 시대가 요구하는 것, 즉 세속적 삶에 대한 생생한 관찰과 체험에 바탕을 둔, 내적 발전을 지향하는 인간 탐구,

심리적인 정신 묘사와 사회 관찰 등을 수행할 수 있었다. 알프레흐트 폰 할러의 방대한 국가 소설도 이성과 도덕적 의지에 대한 계몽주의적 신념을 바탕으로 사회 비판에 초점을 맞추고 있다. 역사와 지리적 여건이 다른 세 개의 표본 국가, 즉 전제 국가인 우종, 입헌적 국가인 알프레드, 이상적인 귀족 국가인 파비우스와 카토를 비교하는 방법으로 새로운 이상 사회를 건설하려는 시대의 요구가 잘 나타난 작품이다.

소설은 이제 시민 독자층의 새로운 관심을 불러일으켰고, 비판적 안목과 정치 의식을 갖도록 도와주는 수단이 되었다. 그러나 많은 독일 소설들이 아직 외국 작품에 대한 모방이라는 약점에서 벗어나지 못하고 있었다. 세르반테스, 아리오스토, 볼테르, 헨리 필딩, 로렌스 스턴 등은 여전히 독일 소설의 모범이 되고 있었다.[127] 이들로부터 배운 이야기 방식, 인간 발전에 대한 심리 묘사 등은 장차 독일의 풍자 문학 및 본격적인 소설 문학에 커다란 영향을 미치게 된 것이다.

동화

동화 및 이와 유사한 장르, 예컨대 초자연적인 것을 믿도록 요구하는 신화, 설화, 전설 등은 일단 계몽주의자들의 배척의 대상이었다. '세계상의 탈신화화'야말로 계몽주의가 표방하는 위대한 업적의 하나였기 때문이다. 18세기에는 그림 동화 같은 민중 동화가 거의 나타나지 않았다. 실재했던 동화도 문단에서 부수적인 역할을 담당하는 데 불과했으며, 때로는 '거짓 이야기, 소문, 또는 허풍'으로 경멸되기도 했다. 그러나 경이로운 것을 무시하려는 계몽주의적 태도에도 불구하고, 17세기 후반에 나타난 요정 동화는 다양한 면모를 보이면서 귀족 사회와 시민 사회에서 명맥을 유지해 왔다. 이러한 요정 동화의 연원은 영국의 아서 왕 이야기, 독일의 민중본, 수도승의 신비극 및 고대 신화, 그리고 1704년 프랑스의 번역판으로 소개된 『천일야화』 등이다. 따라서 독일의 동화 문학역시 외국의 모범들과 부단한 상호 작용을 벌이는 가운데 발전할 수밖에 없었다.

독일어로 쓰인 최초의 18세기 동화는 고틀리프 빌헤름 라베너의 「4월 바보 이야기」(1755년경)다. 게오르크 크리스토프 바이츨러는 「풍구를 가진 기사 이야기」를 써서 라베너와 함께 풍자를 목적으로 하는, 소위 '바보 동화'의 원조가 되었다. 그러나 동화 장르의 사회화를 가능케 한 것은 빌란트의 노력이다. 자유분방한 환상 세계를 그린 소설 『몽상에 대한 자연의 승리, 혹은 돈 실비오 폰 로잘바의 모험』(1764)은 요정 동화의 분위기를 잘 살린 작품이다.

빌란트의 동화는 어떤 의미에서, 기이하고 반어적인 내용이 결코 이성을 해치거나 불합리를 인정하는 것이 아니라, 반대로 계몽주의 원칙을 선전하는 데 적합하다는 것을 보여 주었다. 요한 아돌프 슐레겔에 이르러 동화는 더 획기적인 발전을 보게 된다. 그는 문학 속에서의 '기이한 것'을 필요한 응급 수단으로 인정했을 뿐 아니라, 환상 없이 참다운 문학은 존재할 수 없다는 주장을 폈다. 사실 18세기 중엽엔 교육을 받은 독자층이 꽤 동화에 친숙해 있었다. 1960년대 들어 동화 번역이 활발해졌고, 그런 책들이 사람들에게 각별한 즐거움을 주기 시작했기 때문이다. 1777년에 나온 율리우스 아우그스트 레머의 「타토아바 왕국의 작은 연대기」는 궁정에서 벌어지는 비도덕적 행위에 대한 신랄한 풍자를 보여 준다. 이런 풍자 동화 외에도, 외국 동화를 본뜬 갖가지 마술 동화가 양산된 것도 이 시기다.

빌란트의 동화를 비롯한 초기 동화 문학은 예외 없이 어른을 상대로 한 것이었다. 내용이나 구사된 언어가 어린이를 위한 것이 아니었다. 동화가 어린이를 즐겁게 하기에 적합한 장르라는 것을 인식한 사람이 요한 고틀리프 슘멜이다. 그는 어린이들과 친밀하게 지내면서, 자연스럽고 활기 찬 어린이의 대화를 그대로 모방하려고 애썼고, 나아가 상스러운 표현과 잔혹성을 동화 속에서 추방하려 했다. 그의 동화집 『어린이 놀이와 대화』(1778)는 이러한 노력 외에도, 그 소재 선택에서 외국의 모방을 거의 탈피하고 있다는 데 큰 의미가 있다. 이제 동화는 교육에 관심 있는 사람들에 의해 어린이를 위한 읽을 거리로 받아들여지고, 그 순수성을 이용해서 직접 어린이의 영혼에 영향을 미칠 수 있는 장르임을 인정받기에 이른다. 따라서 어린이의 이해력이나 상상력을 어른의 기준으로 바꿀 필요가 없다는 생각에 도달한 것이다.

어린이는 한때 그들만의 동화의 시기를 갖는다. 그것을 우리는 그대로 놔두어야 한다. 그것이 전 생애에서 가장 행복한 시기이기 때문이다.

동화는 결국 어린이의 영혼과 유년기에 대한 찬미에 뿌리를 두게 되고, 그러한 순수성이 향후 모든 동화의 기본 요소가 된다. 크리스토프 빌헬름 귄터 역시 그의 동화집 『구술로 수집한 어린이 동화』(1787)에서 성인 동화와 어린이 동화를 구분했다. 그는 또한 언어 선택은 물론 동화의 길이에도 관심을 가져 하루 저녁의 이야기 거리로 적당한 양이 되도록 했다.

민중 동화에 대한 이상이 실현된 것은 요한 고트프리트 헤르더 Johann Gottfried Herder에 이르러서다. 그는 이미 1772년 저서 『언어 기원론』에서 시, 신화, 언어 의식의 근원적 통일을 주장했다. 동화 또는 민중 설화에 대한 관심은 헤르더와 그의 문하들에 의해 꾸준히 확산되어 온 독서 계층에게 민중적인 것, 역사적인 것을 일깨워 주고, 낭만적인 소재, 무서운 설화적 소재에도 친숙하게 해 주었다. 이제 소화(笑話)나 거짓 이야기도 초기 계몽주의에서처럼 거부당하지 않아, 루돌프 에리히 라스페스가 개작한 『문흐하우젠 남작의 놀라운 여행 이야기』가 새로운 인기를 얻게 되었다.

중세에 대한 동경 또한 많은 기사 동화나 소설 속에 표현되었다. 레온하르트 베흐터의 『옛날의 설화』(1790-1798)에서 묘사되고 있는 것은 성스러웠던 세계를 향한 도피가 아니라, 고유한 민중 설화에 대한 관심이었다. 무시무시하거나 낭만적인 소재는 시대의 취향에 맞는 역사 동화 속으로 옮겨 갔다. 그러나 이러한 소재, 즉 마법, 정령, 도깨비 이야기들을 즐겨 사용한 후반기 작가들에게서 계몽주의의 본질적인 원칙이 망각되지는 않았다. 신의 창조에 대한 합리성이나 세계의 질서가 의문시되지도 않았고, 선에 대한 인간의 의지도 확고했다.

18세기 말에 이르면 동화의 언어 구사에 대한 또 한 번의 변화가 일어난다. 작가들은 간결하고 살아 있는 언어를 찾게 되고, 인물 묘사의 구체화, 줄거리의 함축에 노력하게 된다. 내용에 있어서도 왕이나 여왕의 존재가 시민적인 관점에서 묘사되는 등, 계몽주의의 정치적 성과가 동화에 영향을 미치게 된다. 익명의 민중 동화도, 저자가 알려진 창작 동화도, 그리고 새로 생겨난 동화극 역시 계몽주의의 토양 속에서 발전했으니, 18세기 계몽주의야말로 독일 동화의 대부분을 선사한 시대라 아니할 수 없다. 그림 동화를 비롯한 낭만주의 동화 역시 이러한 계몽주의 작가들의 노력이 없었던들, 문학성이 결여된 한낱 만담 거리로 남았을지도 모른다.

5 계몽주의의 한계

계몽주의를 르네상스 정신의 연속이라고 볼 때, 그 사상이 낙후되었던 독일인에게 끼친 영향은 지대했다. 18세기를 관류한 이 획기적인 변혁은 정치, 사회, 철학은 물론, 음악, 미술, 문학에 이르기까지 참신한 기풍을 조성해 내어 "중세의 세계관에 맞서 자신의 오성으로 고유의 길을 추구한 새로운 인간상"[128]을 탄생시켰다. 그러나 모든 변혁에 보수 세력의 견제가 따르듯이, 독일의 계몽주의 역시 1장에서 언급한 대로 여러 가지 점에서 인근 국가들과는 다른 상황 속에서 발전했고, 또한 독일만이 갖는 정치·사회 등 여건이 어쩔 수 없는 한계점을 드러냈다. 즉 독일의 계몽주의 사상은 18세기 중반이 지나도록 보수적 전통과의 부단한 경쟁 속에서 형성되어 왔다고 볼 수 있다. 1780년 이후, 즉 프랑스 혁명을 체험하면서 두 세력 간의 분열 양상은 더욱 첨예화되어, 향후 20년간을 이상주의와 고전주의가 자리 잡기까지 위기적인 변혁기의 성격을 지니게 된다.

이러한 상황 아래에서 《베를린 월보》는 계몽주의 운동 전반에 대한 본격적인 재평가를 시작했다. 이 운동의 내용, 목적, 방법 등에 대한 논의가 활발해지고, '진정한 계몽주의'가 한 일이 무엇인가에 대한 논쟁이 일어났다. 결론이 엇갈리고, 의견 대립이 생겼지만, 타당성 있는 문제점들이 빈번히 제기되기도 했다. 계몽주의가 무언가 등가(等價)의 것을 마련하지 못한 채 기존의 정신적, 정치적 질서 구조를 파괴할 수 있을까 하는 의구심이 생겨났고, 계몽주의는 아직 시작에 불과하다, 원래의 목적이 더 쟁취되어야 한다는 의식이 고취되기도 했다. 나아가 문제가 되었던 것은 "인간 계몽과 시민 계급 사이의 모순, 도덕적 자율에 대한 요구와 사회적 공리 사상 및 현존하는 가치관의 적응 사이의 모순"[129]이었다. 요컨대 독일의 경우는 대혁명으로 이어진 프랑스의 성공적 계몽주의와 비교할 때, 여러 영역에서 문제점을 드러냈고 미흡함을 면치 못했다. 독일 계몽주의의 한계에 대해 루카치는 다음과 같은 견해를 피력했다.

그리하여 막바지에 이른 독일 계몽주의의 세계관과의 싸움은 방향을 잃게 된다. 라이프니츠와 볼프의 철학도 영국의 감각주의도, 계몽주의가 그러한 싸움에 의해 제기된 심오하고 발전적인 문제 해결을 위한 길을 터 줄 수 없게 된다. …… 따라서 독일 계몽주의 말기에 나타난 역사적이고 변증법적인 세계관의 성향은 무의식적이고 예감에만 가득 찼을 뿐 불투명하고 불확실한 것이었다.[130]

이러한 독일 계몽주의 운동의 한계점은 근본적으로 어디에 기인하는 것일까? 한스 프리드리히 베셀스Hans Friedrich Wessels는 두 가지 결정적인 이유로, 첫째, 정치적, 사회적 상황이 공고하고, 둘째, 사회적, 정치적 구속을 받지 않는 시민과 여론 집단의 형성이 결여된 점을 든다. 독일 계몽주의는 광범위하고 체계적인 전달 계층을 갖고 있지 못했다. 주로 구성원들이 귀족, 관리, 상인, 학자들인 반면, '원래의 시민'들은 그들의 사회적 지위 때문에 여론의 힘을 일으키지 못했다. 문학에 있어서도 인본주의와 경제적 효용주의가 대립하여, 개체와 사회 사이의 갈등을 해소하지 못하고 있었다. 1790년대 중반엔 실러와 횔덜린도, 계몽주의가 윤리적이고 혁신적인 욕구를 충족시키지 못했다고 비판한다. 그들은, 계몽주의가 인간의 이성을 유용성과 합목적성을 추구하도록 타락시켰으며, 그 결과 절대주의 체제에 얽매일 수밖에 없다고 주장한다. 즉 독일에서는 진보적인 계몽주의 철학이나 문학이 대중 속에 침투하지 못했다. 경제적 후진성 때문에 시민 계급이 매일매일 먹을 빵을 구하기에 바빴고, 따라서 궁정에 기식한 계몽주의 이념이 본래의 혁신적 성격을 상실하고 귀족적이고 냉소적인 성향으로 왜곡되었기 때문이다.

그리하여 프랑스에서는 계몽주의를 신봉하고 완성한 인물들이 그들의 이념을 실천으로 밀고 나가 강력한 민중 운동으로 행동화시킨 반면, 독일에서는 계몽주의의 대단원인 프랑스 혁명에 대해 들뜬 흥분과 소요로 대처함으로써 자기 해체의 위기를 조성하는 데 그치고 말았다. 물론 라이프니츠나 볼프와 같은 사상가 외에 레싱과 클롭슈토크 같은 순수하고 열정적인 계몽주의 문학가들이 있었다. 그러나 이들의 계몽주의 사상은 사회 생활 속에, 즉 광범위한 사회 계층의 정치적, 사회적 사고 및 시민 계급의 생활 태도 속에 한번도 온전하게 동화된 적이 없었다. 즉 독일의 계몽주의는 위대한 개인들의 정열적인 활동에도 불구하고, 그 개인들의 문필 세계를 크게 벗어나지는 못했다. 또한 독일의 계몽주의는 합리주의를 소화함에 있어서도 모순과 취약성을 드러냈다. 독일 지식인들이 한결같이 억압과 전제 정치에 반대하고 자유를 갈구하면서도, 합리주의와 경험주의가 바로 억압 체제에 대항하여 싸우기 위한 정신적 무기임을 옳게 파악하지 못했기 때문이다.

그러나 이러한 한계점에도 불구하고 독일의 계몽주의가 이룩한 성과를 과소평가해서는 안 된다. "세계의 탈미혹화(脫迷惑化)라는 계몽주의 프로그램을 꾸준히 실천하여, 인간에게서 공포감을 없애고 주인의 위치에 올려놓으려는 목적"[131]을 어느 정도까지는 달성할 수 있었다. 많은 갈등과 모순을 겪으면서도 부단히 성장해 온 시민 의식은 계몽주의 철학과 문학의 영향을 받으며 '이성의 왕국', 인간의 개성과 자연성이 존중되는 사회 건설에 크나큰 기여를 해냈다. 자신의 힘을 의식한 젊은 계층은 이제 프랑스 혁명의 기운에 힘입으면서, 자유분방하고 정신력이 고양된 문학 혁명, 즉 질풍노도 운동으로 몰고 갔다. 이성의 자리에 천부의 자연성이, 미덕과 규범의 자리에 힘과 천재성이 들어서게 된 것이다.

인간은 노력하는 한 방황하는 법이다

괴테의 『파우스트』와 그리스 신화

1 르네상스적 인간상 '파우스트'

중세의 파우스트 전설에 흥미를 느낀 괴테가 그것을 작품화하려고 구상한 것은 슈트라스부르크 시절(1770-1771)부터다. 그 이후 예순 개 성상을 이 드라마에 집착해 왔으니, 자연히 그 속엔 작가 자신의 삶과 세계관, 즉 80여 년에 이르는 긴 생애의 온갖 체험과 예지가 깃들여 있다. 소년 시절에 접했던 중세와 그리스 신화의 세계, 젊은 시절에 겪었던 슈투름 운트 드랑의 자유분방한 천재성, 파라켈수스 Paracelsus와 스베덴보리 Swedenborg의 범지학(汎知學)에서 배운 자연철학, 그리고 장년기 이후에 성숙된, 그리스의 조화미를 추구하는 고전주의 정신 등이 작품의 도처에 투영되고 있다.

드라마 『파우스트』의 중요한 의도는, 강력한 인식 욕구를 지니고 용기 있게 자아를 성취해 나가는 르네상스적 인간상을 그려 내는 것이었다. 16세기부터 전해 오는 전설상의 파우스트 상은 근대 정신에 입각해 지식과 삶의 관계를 구명하려 노력하는 인간상을 대변할 만하다. 설화의 주인공 파우스트는 중세에 살았다는 떠돌이 학자로 마술과 점성술에 뛰어났던 사람이다. 신학과 의학에도 상당한 지식을 갖고 있었는데, 상궤를 벗어난 행동들이 과장되게 유포되어 그를 신화적인 인물로 만들었다. 괴테 이전에 이 이야기를 작품화했던 슈피스 Spies, 비트만 Widmann, 피처 Pfitzer, 그리고 영국의 말로Marlowe의 경우 한결같이 주인공 파우스트는 교회의 교리를 어기고 악마와 계약을 맺는 타락자였다. 그러나 계몽주의 극작가 레싱을 거치면서 파우스트 드라마는 차츰 선과 진실을 궁극의 가치로 추구하는 존재, 즉 노력하는 자아의 발전 과정을 다룬 문학 작품이 되었다.

특히 괴테에 이르러 파우스트 상은 세계에 대한 심오한 지식과 명민한 지혜를 동원해 신의 경지까지 도달하려는 의지인으로 나타난다. 그는 "세계를 가장 내밀한 곳에서 통괄하는 것"(『파우스트』, 382-383행)을 알기 위해 자연과 인간의 삶을 실제로 체험하는 행동인이 된다. 그레트헨과의 비극적 사랑을 겪은 후 그의 행동 반경은 시간과 공간을 초월하여, 고대 그리스 신화의 세계까지 뛰어든다. 헬레나와의 환상적인 사랑, 인류애에 바탕을 둔 유토피아 건설, 마침내 악마와의 계약에 따른 죽음, 그러나 "영원히 여성적인 것"(12,110행)에 힘입은 영혼의 구원, 이 모든 인생 역정은 아폴론 신탁이 파우스트에게 내린 운명, 바로 그것이다.

이 운명의 역정은 드라마의 앞부분 「천상의 서곡」에서 이루어지는 신과 악마 사이의 내기로부터 비롯된다. 삶의 회의에 빠진 인간 파우스트를 유혹할 수 있다는 악마 메피스토펠레스의 장담에 주님은 매우 암시적인 답변으로 응수한다.

착한 인간은 비록 어두운 충동 속에서도 무엇이 올바른 길인지 알고 있다.(328-329행)

악마와 신의 가설을 실험하기 위한 견본 인물 파우스트는 마침 학문의 힘으로는 우주의 본질을 구명할 수 없다는 한계를 절감한다. 그는 마술의 힘으로 지령(地靈)을 불러내지만, 그에게서도 명쾌한 해결을 이끌어 내지 못한다. 절망에 빠진 파우스트가 자살을 기도하는 순간 부활절의 종소리가 울려와 바깥 세계의 삶이 존재함을 일깨워 준다. 마을의 선

남선녀와 어울리면서 그는 풍성하고 의미 있는 세속적 삶을 갈망하게 된다. 때맞춰 나타난 메피스토펠레스는 파우스트와 계약을 맺고 쾌락적 삶을 선사하는 대신 영혼을 넘겨받기로 약속한다.

마녀의 부엌에서 영약을 마시고 파우스트는 이십대의 청년이 되었고, 순진무구한 처녀 그레트헨을 첫 쾌락의 대상으로 삼는다. 그러나 소녀의 고귀한 사랑은 방탕한 파우스트의 마음까지 정화시킨다. 이를 못마땅히 여긴 메피스토펠레스의 농간으로 그레트헨은 어머니를, 파우스트는 그녀의 오빠를 죽이게 된다. 죄책감에 빠진 파우스트를 메피스토펠레스는 발푸르기스 밤의 환락경으로 이끈다. 이것이 파우스트를 잠시 도덕적 마비에 빠지게 하지만, 그 와중에서도 그레트헨에 대한 사랑을 말살하지는 못한다.

영아 살해죄로 감옥에 갇힌 그레트헨을 구하러 갔을 때, 미쳐 버린 상태에서도 그녀는 파우스트를 용서하고, 탈출을 권하는 애인에게 자신의 죄 값을 받겠노라고 단언한다. 그녀를 두고 나오며 메피스토펠레스는 말한다. "그녀는 심판 받았노라!" 그러나 천상에서 들려오는 말은 다르다. "그녀는 구원 받았노라!" 이로써 주관성이 강하고 슈트름 운트 드랑의 정열이 넘치는 1부가 끝난다.

2부에선 주관과 열정이 절제되고, 대신 해박한 지식과 원숙한 표현력으로 보다 넓은 세계가 묘사된다. 괴테 시대의 문화와 사회상이 다섯 개 막 도처에 생생하게 재현된다.

서두에서 파우스트는 자연의 치유력에 의해 정신적 회복을 이룬다. 체험의 한계를 인식했지만, 여전히 "삶의 최고 형태"를 추구하는 데 전념하리라 다짐한다. 한 궁성에서 파탄 지경의 황제를 구해 내고, 그의 청에 따라 헬레나의 환영을 찾기 위해 시공을 초월한 "어머니들의 나라"로 들어간다. 그러나 환상의 궁전에 도달해 헬레나에게 손을 뻗는 순간 그녀는 사라지고 파우스트는 땅바닥에 내동댕이쳐진다.

2막에서 메피스토펠레스는 의식을 잃은 파우스트를 그의 옛 서재로 데려간다. 그곳에선 이전의 조수였던 바그너가 인조인간 호문쿨루스를 만들어 낸다. 뛰어난 인지 능력을 갖춘 이 피조물은 헬레나에 대한 파우스트의 동경을 감지하고 그를 옛 그리스 세계인 고전적 발푸르기스 밤으로 안내한다. 파우스트가 헬레나를 찾는 동안 원소의 추출물에 불과한 호문쿨루스는 현실적 존재가 되려다 불꽃이 되어 소멸한다.

3막의 서두는 스파르타 궁성으로 돌아온 헬레나가 장식한다. 그녀는 메피스토펠레스의 계략대로 이웃의 성주 파우스트와 결합하게 되고, 둘 사이에 아들 오이포리온이 태어난다. 날기를 감행하던 오이포리온이 이카루스처럼 추락해 죽자, 환영의 여인 헬레나는 옷과 베일만을 남겨 놓고 사라진다.

자연아로 돌아온 파우스트에게 메피스토펠레스는 다시 한번 욕망과 정열의 즐거움을 마련해 주려 한다. 그러나 파우스트는 그의 제안을 단호히 물리친다. 선행의 가치를 깨달은 그는 황제로부터 받은 해안 지대를 비옥한 땅으로 만들려고 독려한다. 이것은 창조적 욕구의 구현이며, 사회적 책임을 다하려는 결의인 것이다.

백 살에 이른 파우스트는 5막의 서두에서 개간의 삽질 소리가 요란한 해안 지대를 조망한다. 행동하는 자 파우스트는 이제 마적인 것과의 결탁이 무의미함을 인식한다. '근심'의 영이 그의 눈을 멀게 하지만, 마음의 눈은 그가 성취한 자유의 땅, 복락의 사회를 바라본다. 그리하여 순간을 향하여 주저 없이 외친다.

오, 머물러라, 너는 정말 아름답구나!(11,582행)

이 마지막 말과 함께 파우스트는 쓰러진다. 계약 기간이 끝난 것이다. 이 순간을 기다려 온 메피스토펠레스는 부하 도깨비들과 함께 파우스트의 영혼을 빼앗아 가려 한다. 그러나 그 시도는 실패하고 만다. 속죄의 여인, 즉 그레트헨의 사랑이 하늘의 은총을 받아 파우스트의 영혼을 구

해 낸 것이다. 천사들에 둘러싸여 영혼이 승천하는 가운데 신비의 합창
이 쟁쟁하게 울려 퍼진다.

> 미칠 수 없는 것
> 여기에서 이루어지고,
> 형언할 수 없는 것
> 여기에서 성취되었네.
> 영원히 여성적인 것이
> 우리를 이끌어 올리도다.(12,108~12,111행)

괴테의 드라마 『파우스트』는 신과 악마 사이의 쟁점이 한 인간을 통
해 어떻게 전개되어 가는가를 보여 준다. "인간은 노력하는 한 방황한다
Es irrt der Mensch, solang' er strebt."(317행)라는 주님의 확신이 바로
이 희곡의 기본 주제요, 의도된 각본이다. 이 예정된 진실을 증명해 보
이기 위한 존재가 파우스트다. 그는 마치 그리스의 신들이 지켜보는 가
운데 예정된 운명과 사투를 벌이는 오디세우스 같은 존재다. 자신의 운
명을 극복하기 위해 황천행까지 감행한 오디세우스처럼, 파우스트 역시
고전미의 상징인 헬레나를 얻기 위해 "어머니의 나라"로 들어간다. 괴테
가 그리스·로마 문화의 정화를 맛보기 위해 로마로 탈출을 시도했던
것과 같은 변화를 위한 시도다.

2 프로메테우스의 초월성

이탈리아를 방문한 후 괴테는 "나는 이곳에서 다시 태어나고, 혁신되
고, 충실을 기하게 되었다."고 실토한 바 있다. 로마에서 목격한 안티케
문화와 그에 대한 감동과 외경심은 귀국 후에 완성한 『파우스트』에도

십분 나타나 있다. 특히 2부 3막에 기술된 「고전적 발푸르기스의 밤」은 어떤 의미에서 안티케 문화, 그중에서도 그리스·로마 신화에 대한 열정의 산물이다. 그리스 시대의 신, 인간, 요정, 괴물 등 온갖 신화적 존재들이 등장하는 가운데 시공을 초월할 수 있는 초인 파우스트는 헬레나를 아내로 삼아 아이를 낳는 등, 고대의 희노애락을 함께 체험한다. 이 환각의 세계, 자연과 정신이 혼재하는 발푸르기스의 유령계(幽靈界)는 바로 괴테가 창조해 낸 새로운 신화며, 르네상스적 인간 파우스트는 그 속에서 새로운 인간상으로 거듭나게 된다.

괴테가 라이프치히와 슈트라스부르크 대학에 다니던 시절에도 그의 마음속엔 기독교적 도그마뿐 아니라 어떤 종류의 절대적 가치에도 반대하는 생각, 즉 그리스 정신에 바탕을 둔 근대적 파우스트 관(觀)이 생겨났다. 괴테가 관심을 가졌던 범지학에서는 대우주 Makrokosmos와 소우주 Mikrokosmos, 즉 신의 세계와 인간 세계의 대결과 화해라는 명제를 광범위한 지식과 영험적인 현상을 통해 해결하려 했다. 파라켈수스는 『대점성술 또는 크고 작은 세계에 대한 지혜의 철학 전체』라는 저서에서 인간의 내부에 간직된 4대 원소에 관해 이야기하고 있다. 그에 의하면 인간은 신의 형상에 따라 창조되었기 때문에, 신적 이성이 내면에 자리 잡고 있다. 세계와 인간은 땅[地], 물[水], 불[火], 바람[風]의 네 가지 원소로 되어 있으며, 그로 인해 우주와 인간이 서로를 제약하고, 또 서로를 관통하는 것이다. 『파우스트』에도 4대 원소의 중요성을 강조하는 구절이 여러 차례 나온다.

이 원소들의 힘과 특성을
알지 못하는 자,
정령을 다스리는
대가라 할 수 없으리라.(1,278-1,282행)

거룩한 불길에 싸인

바다여, 만세! 파도여, 만세!

물이여, 만세! 불이여, 만세!

진귀한 신의 위업이여, 만세!

부드럽게 나부끼는 바람이여, 만세!

비밀에 가득 찬 동굴이여, 만세!

이 세상 모든 것 축복 있으라.

4원소 모두 축복 있으라!(8,480~8,487행)

4원소의 주문을 외워 지령을 불러내는 행위는 다분히 범지학의 영향
이다. 인조인간 호문쿨루스의 제조 역시 16세기 연금술사들의 염원을 문
학 작품 속에서 구현해 낸 것이다. 젊은 시절의 괴테에게 파우스트 상은
욕망과 힘, 또는 초인적 지성의 대표적 상징일 뿐 아니라 근대적 정신으
로 지식과 삶의 패러독스를 간파하려 노력하는 유형의 상징이었다. 슈트
라스부르크 시절 셰익스피어 비극의 주인공들에 매료된 괴테는 자신도
일련의 거인들, 예컨대 시저, 무함마드, 프로메테우스, 베를리힝겐의 괴
츠 등을 드라마에서 다루어 볼 계획을 세웠다.

그중 프로메테우스의 신화는 괴테에 의해 1773년에 드라마로, 1774년
에 송시로 작품화되었다. 두 작품에서 모두 프로메테우스는 신의 경지에
까지 도달하려는 인간의 의지와 천재성을 일깨우는 존재로 나타난다. 제
우스의 명을 거역하고 인간에게 불을 훔쳐다 준 프로메테우스는 슈투름
운트 드랑의 초인주의에 경도되어 있던 괴테에게 아주 알맞은 문학적
소재였다. 인간에게 자비를 베푼 죄로 제우스는 프로메테우스를 코카서
스 산의 바위에 묶어 놓고 독수리로 하여금 영원히 그의 간을 파먹도록
했다. 그러나 프로메테우스는 굴복하지 않고 이 영원한 형벌을 감내 함
으로써 불의와 압제에 대한 저항 의식을 인간의 마음속에 심어 주었다.

제우스여, 너의 하늘을
구름 안개로 덮으려므나!
그리고 엉겅퀴를 꺾는 어린아이처럼
떡갈나무와 산봉우리에 네 힘을 시험에 보아라!
그러나 나의 땅은
건드리지 말아라.
네 힘을 빌리지 않는
나의 오두막과,
네가 시샘하는
내 화덕의
그 불길도
......
나 여기 앉아 인간을 만든다.
내 형상에 따라
날 닮은 종족을.
울고 고뇌하고
향유하고 기뻐하며,
그들도 나처럼 널 숭배하지 않는다.

신에게까지 도전하고 그와 대등한 위치에 서려고 한 프로메테우스적 인간상. 이것은 괴테가 『파우스트』에서도 그리려 한 인간상이었다. 파우스트가 대우주의 부적을 바라보며 외치는 독백은 신의 반열에 오르려는 인간의 강한 욕구를 보여 준다.

이 부적을 쓴 자는 신이 아니었을까?
이것은 내 마음속의 광란을 잠재워 주고,
빈약한 마음을 기쁨으로 채워 주며,

신비에 가득 찬 충동으로
주위에 미만한 자연의 위력을 드러내 보여 준다.
아니, 내가 신이 아닐까? 내 눈이 이다지도 밝아 오다니!
이 순수한 필치를 보노라니
자연의 섭리가 내 앞에 펼쳐져 있음을 알겠다.(434~441행)

지령을 불러내었을 때, 신을 닮은 자신이 정령에도 미치지 못한다는 사실을 확인한 파우스트의 절망은 클 수밖에 없다. 자살을 기도한 그를 구출한 것은 부활절의 종소리에 실린 신의 의도였다. 이제 자신의 정체성을 찾기 위한 파우스트의 편력이 시작되는 것이다. 비록 예정된 궤적을 가지고 있지만, 회의자 파우스트의 세계 편력은 그의 지식과 정신의 힘으로 신의 경지에까지 도달하려는 프로메테우스적 야망과 집념의 도정이라고 볼 수 있다.

전설상의 인물 파우스트는 따라서 사기꾼 점쟁이나 신통력을 자랑하는 마술사가 아니라 자신의 지식과 능력을 최대한 발휘해 내면에 잠재해 있는 신성화의 가능성, 즉 범신적 요소를 계발해 내려는 사람이다. 그가 세계라는 학교에서 배우고 체험하는 내용은 다양하고 풍성하다. 그 중에서도 그리스 고전 세계의 체험은 주인공 파우스트의 성숙과 발전에 큰 비중을 차지하는 부분이다. 로마를 찾아 안티케 문화에 경탄하는 괴테처럼 파우스트도 그리스적 세계관을 호흡함으로써 자신의 내면 세계를 더욱 확산하고 고양시켜 가는 것이다.

3 「고전적 발푸르기스의 밤」의 신화성

환상적 그리스 세계

1부의 「발푸르기스의 밤」과 「발푸르기스의 밤과 꿈」은 중세 독일에서 벌어지는 정령들의 향연이다. 2부에서 괴테는 그리스 신화의 세계를 옮겨 놓은 듯한 새로운 발푸르기스의 밤을 만들어 냈다. 브로켄 산의 가면극(1부)은 북방의 낭만파를 패러디한 악마와 요괴들의 모임이고, 로마의 사육제에서 힌트를 얻었다는 테살리아 평원의 향연(2부)은 남방의 고전적 분위기와 정신을 희화화한 마술 극장이다.

테살리아의 페네이오스 강변은 파르살루스 전쟁이 벌어졌던 장소로 매년 8월 9일 밤이면 다음 날의 전쟁 기념제를 위해 그리스 신들의 넋이 찾아든다는 곳이다. 괴테의 기발한 문학적 상상력은 이 신화의 세계를 그의 주인공으로 하여금 그리스 정신과 현실감 있게 만나는 장소로 설정했다. 이곳은 중세 인물 파우스트와 옛 그리스의 미녀 헬레나가 만나는 장소가 된다. 파우스트는 어머니의 나라에서 원형, 즉 이데아로서의 헬레나를 불러냈다. 그러나 그것은 현실의 미가 될 수 없었다. 현실적인 헬레나를 찾기 위해 파우스트는 그리스의 영들이 시간을 초월해 모여드는 발푸르기스 밤의 축제에 참가한다. 이곳에선 그리스의 신들, 반인반수의 괴물들, 역사상 실존했던 인물 등 온갖 형상들이 뒤얽혀 삶과 역사의 요지경을 연출해 낸다.

헬레나 찾기에 나선 파우스트를 이 환영의 나라로 인도하는 존재가 인조인간 호문쿨루스다. 그는 완전한 육체를 가지고 있지 않지만 전지전능한 존재다. 괴테가 파라켈수스의 가설에 영향을 받아 만들어 낸 일종의 데몬이지만, 그 상징적인 의미에 대해서는 그리스 신화의 영향을 간과할 수 없다. 따라서 인조인간 호문쿨루스는 중세의 독일인 파우스트와 고대의 그리스인 헬레나 사이에서 교량적 역할을 하는 존재다.

고전적 발푸르기스에서는 시간을 초월한 고대 세계가 재현되고, 해학과 풍자가 동반된 철학, 인생관, 역사관 등이 거침없이 드러난다. 우선 실존했던 등장인물로 그리스 철학자 탈레스와 아낙사고라스가 있다. 이들 사이에서 화성론(火成論)과 수성론(水成論)의 논쟁이 격렬하다. 괴테 시대에 학계에서 벌어졌던 학술 논쟁이 작품 속에 투영된 것인데, 괴테는 4원소론에 근거해 에로스적 합일의 해결을 주장한다. 혼란에서 저절로 에로스 신이 생성되었듯이 만물의 근원인 물과 불은 서로 반발하면서도 하나로 융합되어 조화를 이루기 때문이다. 그 밖에 등장하는 신화적 존재들로는 반인반마(半人半馬)의 현자 히론, 예언자 테레지아스의 딸로 아폴론 신전의 무녀인 만토, 모습을 마음대로 바꿀 수 있는 해신 프로테우스와 갖가지 괴물들, 예컨대 스핑크스, 그라이프, 지레네, 라미에, 포르키아스, 네로이스와 그의 딸들이다.

1,483행이나 되는 이 극중극에서는 그리스 신화의 온갖 존재들이 원래의 줄거리와 관계없이 등장함으로써 어떤 의미에선 작품의 일관성을 해치는 감이 있다. 그러나 본극과의 연계성을 떠나 이 "창조의 밤을 다룬 전대미문의 연극"[132]은 주인공 파우스트가 "발전적, 역사적 과정에 참여하여 자기실현과 변화의 체험을 겪는 장(場)"[133]이다. 괴테는 심미적 조형력(造型力)을 발휘하여 신화 세계의 근원적인 것과 마적인 것에 신선한 생명력을 불어넣었다. 발푸르기스의 밤은 파우스트가 찾아간 저승 세계다. 헤라클레스가 알케스티스를, 음악의 귀재 오르페우스가 에우리디케를 데려오듯 파우스트는 고전미의 상징 헬레나를 데려온다. 괴테는 이 막간극을 이용해 헬레나 에피소드의 비현실적 환상성에 시적 개연성을 부여하고, 동시에 동시대의 여러 사건, 인물, 풍조 등에 대해 희화적 풍자와 비판을 꾀하고 있다. 괴테의 해학과 풍유는 신화적 존재들의 입을 통해 전해지는데, 이들이 원신화(原神話)에서 갖는 오리지날리티는 괴테의 드라마 『파우스트』에서 문학적인 각색으로 많은 변형을 보여 준다.

스핑크스

그리스 신화에서 스핑크스는 여인 상반신에 날개를 달고 사자 몸통을 한 괴물이다. 바위 위에 웅크리고 앉았다가 지나가는 행인을 막아 세우고 수수께끼를 내는데, 푸는 자는 통과할 수 있고 풀지 못하는 자는 목숨을 잃었다. 스핑크스의 수수께끼와 관련하여 유명해진 사람이 오이디푸스다. "아버지를 죽이고 어머니와 결혼하리라."는 저주의 신탁을 듣고, 방랑 길에 오른 오이디푸스는 테베에서 이 스핑크스와 대결한다. 수수께끼를 풀어 테베를 구한 오이디푸스는 왕으로 추대되고 왕비 이오카스테와 결혼까지 한다. 그러나 그녀가 자신의 어머니임이 판명되고, 테베로 오는 도중 살해한 노인이 자신의 아버지임이 드러나자 자신의 눈을 찔러 장님이 된 채 유랑의 길을 떠난다.

오이디푸스 신화의 스핑크스가 괴테의 드라마에서는 상냥하고 다정한 존재로 나온다. 헬레나와 만나는 방법을 일러주기도 하고, 다른 괴물들, 예컨대 지레네와 라미에의 위험성을 경고하기도 한다. 발푸르기스 밤의 축제에 도착한 파우스트들에게 안내자의 역할을 해 주는 셈이다.

> 파우스트　　(스핑크스를 향해) 너희 여성들아, 내게 말해 다오.
> 　　　　　　너희 중 누가 헬레나를 보았는가?
> 스핑크스들　우리는 그녀의 시대까지 미치질 못합니다.
> 　　　　　　우리의 막내들을 헤라클레스가 때려 죽였기 때문이죠.
> 　　　　　　히론 선생에게나 물어 보세요.
> 　　　　　　이런 유령의 축제날엔 뛰놀고 다니지요.
> 　　　　　　그를 붙잡기만 하면 많은 얘길 들을 텐데요.(7,195~7,201행)

위 대사에서 헤라클레스가 스핑크스들을 때려죽였다는 내용은 완전히 괴테의 창작이다. 제우스와 인간 알크메네 사이에 태어난 헤라클레스가 지상의 해로운 괴물을 많이 처치했다는 신화를 원용한 것이다.

히론

『파우스트』에서는 히론 역시 줄거리의 편의에 따라 가공된다. 그는 헬레나의 아름다움에 대한 열렬한 찬미자로서 그녀를 만나려는 파우스트를 적극적으로 도와준다. 영웅 아킬레스가 명부(冥府)의 헬레나를 데려와 아내로 삼았다는 신화대로 파우스트는 히론의 안내를 받으며 그리스의 헬레나를 찾아간다. 신화상의 히론(키론)은 머리에서 허리까지는 인간이고 아래는 말의 몸을 한 켄타우로스다. 그는 아폴론과 아르테미스 신에게 교육을 받은 탁월한 존재로 수렵, 의술, 음악, 예언술에 능했다. 괴테는 히론의 대사를 통해 우미(優美)에 대한 실러의 견해에 동의를 보낸다. 실러에 의하면 우리의 마음을 사로잡는 우미는 생동하는 아름다움 속에만 존재한다는 것인데, 괴테도 이에 찬동했다.

> 여인의 아름다움이란 별것 아니오
> 자칫하면 굳어 버린 모습이 되기 쉽지.
> 찬양할 만한 미의 속성이란 오로지
> 삶을 즐기는 데서 솟아나는 것이오
> 아름다움이란 자기 도취에 빠지기 쉬운데,
> 우아한 아름다움이라야 정말로 거역할 수 없는 것이지.
> 내가 태워다 주었던 헬레나처럼.(7,388-7,403행)

헬레나를 원하는 파우스트의 소청이 하도 간곡해서, 히론은 그를 무녀(巫女)인 만토에게 데려간다. 명계(冥界)로 가는 방법을 알기 위해서다.

만토

만토는 테베의 장님 예언자 테레지아스의 딸로서 아폴론의 신전을 지키는 무녀다. 테레지아스는 오이디푸스 왕의 기구한 운명의 진실을 밝힌 예언자다. 그러나 『파우스트』에서 괴테는 만토를 의술의 신인 아스클레피오스의 딸로 바꾸었다. 아스클레피오스의 신탁소는 여러 곳에 있었는데, 이곳에서 병자들은 신전에서 잠을 잠으로써 신탁의 답변을 구하거나 병을 고쳤다. 드라마 속에서 그의 딸로 변신한 만토는 파우스트의 내방을 예견하고 있었고, 헬레나를 만나려는 파우스트의 소청을 흔쾌히 허락한다.

불가능한 것을 갈망하는 자, 그런 사람을 전 좋아해요.
들어오세요! 용감한 분, 기뻐해도 될 거예요!
이 어두운 길은 페르세포네에게 통하고 있지요.
......

언젠가 제가 오르페우스를 들여보낸 적이 있었죠.
더 잘해 보세요! 기운을 내요! 마음을 굳게 먹고요! (7,488-7,494행)

명부로 가는 길을 알게 된 파우스트 일행은 만토의 격려를 받으며 저승을 지키는 여신 페르세포네에게 내려간다. 그녀의 허락 없이는 헬레나를 이승으로 데려올 수 없기 때문이다. 그리스 신화에서 이따금 죽은 사람을 되살려 오는 경우가 있는데, 헤라클레스, 아킬레스, 오르페우스의 경우가 이에 해당된다. 파우스트와 헬레나의 만남이라는 시적 상상력에 개연성을 부여하기 위해 괴테는 저승에서 망자를 되찾아 온다는 그리스 신화를 십분 이용하고 있다. 이 동화의 세계에 신화의 온갖 요괴들이 빠질 수가 없다.

그라이프, 피그메 족, 아마이제, 두루미 족
「고전적 발푸르기스 밤」에는 많은 괴물들이 등장하는데, 그중 그라이프, 피그메, 개미 족 아마이제, 두루미들이 보물을 에워싸고 싸움을 벌이는 장면이 상당 부분 차지한다. 그라이프는 사자 몸에 독수리 머리와 날개를 가진 괴조(怪鳥)로 산에서 금을 찾아 그것으로 보금자리를 만들고는 잠도 자지 않고 지킨다고 전한다.
드라마에선, 지진의 신 사이스모스가 화산을 폭발시켜 새로운 산을 쌓을 때, 흙에 섞여 나온 황금을 아마이제들을 시켜 파내게 하고 보관한다. 그런데 돌연 난쟁이 피그메 족들이 나타나 황금을 가로채고 아마이제들을 노예로 삼는다. 그러곤 전쟁 준비를 위해 병사들의 투구에 장식할 깃털을 마련하고자 왜가리 떼를 몰살한다. 이에 대해 복수하고자 두루미 족이 개입해 두 종족 간에 전쟁이 발발한다. (이 우화는 실러가 그의 담시(譚詩) 「이부쿠스의 두루미」에서 잘 묘사하고 있다.)

이러한 우화들은 작품과 직접적인 연관성이 없다. 그러나 "추악한 것에도 위대하고 힘찬 모습이 들어 있다."(7,182행)는 파우스트의 경탄처럼 이들은 동화와 같은 신비경을 연출해 줌으로써 헬레나의 출현을 신화화하고, 전개되는 에피소드에 활기를 불어넣어 준다.

라미에, 엠푸제, 지레네, 네로이스와 그의 딸들

메피스토펠레스를 유인하는 라미에는 인간에 아주 가까운 모습을 한 괴물이다. 제우스의 애인으로서 그의 처 헬라의 질투로 아이를 잃었기 때문에 그 이후 다른 사람의 아이를 빼앗는 유령이 되었다. 비슷한 부류로, 여괴 엠푸제는 여러 모습으로 변형이 가능한데, 당나귀 발을 갖고 있어 메피스토펠레스의 친족임을 자처하며 접근한다.(7,732-7,733행).

이 극중극에서 중요한 역할을 담당한 존재가 물의 요정 지레네들이다. 그리스 신화에서는 이들이 아름다운 노래를 부름으로써 뱃사공들의 목숨을 빼앗는 요물로 나타난다. 오디세우스가 험난한 뱃길을 항해할 때 선원들에게는 귀마개를 하게 하고 자신은 아름다운 지레네의 노랫소리를 감상하고자 돛대에 결박토록 한 에피소드는 유명하다. 새의 몸에 젊은 여인의 머리를 하고 있다는 이 요정은 괴테의 드라마에선 전혀 악역을 맡고 있지 않다. 오히려 갖가지 괴물들 사이에 노래꾼으로 끼어들어서 항상 화해와 평화를 촉구한다.

미움을 버리세요! 질투를 버리세요!
하늘 아래 흩어져 있는
깨끗한 기쁨을 모으자고요!
물에서나 뭍에서나
가장 명랑한 태도로

우리의 손님을 환영합시다.(7,166-7,171행)

　지레네들은 그리스 극의 합창단처럼 노래를 불러 사건의 전개를 설명하거나 암시하는 역할도 담당한다. 그들은 또 자신이 물의 존재이면서도 수성론자의 입장만 고수하지 않는다. 「고전적 발푸르기스의 밤」의 마지막 장면에서 루나 여신과 비둘기로 상징되는 하늘, 그리고 물, 땅, 불을 결합시켜 전체 속의 하나로 승화시키고 있다.

　바다의 신 네로이스의 딸들과 트리톤들 역시 에게 해의 축제를 구가하는 요정들이다. 네레이덴이라고 불리는 딸들이 모두 쉰 명이나 되는데, 그중 가장 아름다운 요정이 갈라테아이다. "영원불멸의 품위"(8,388행)와 "매혹적인 우아함"(8,390행)을 갖춘 그녀는 혼돈 속에서 생성되는 에로스처럼 4대 원소의 융화 속에 녹아든다. 아니, 고전적 아름다움의 정화(精華)인 헬레나의 모습으로 다시 나타나는 것이다.

　「고전적 발푸르기스의 밤」은 그리스 정신이 숨쉬는 괴테의 신화다. 그 속엔 그리스 문화와 그 신화 세계에 대한 깊은 이해와 애정이 넘쳐 흐른다. 괴테 시대에 옮겨진 그리스 신화의 여러 형상들은 『파우스트』의 첫 부분 「헌사 Zueignung」에서 노래했듯이 "아물대며 다가와"(1행) 그의 문학적 상상력을 한껏 부추긴 소재원들이었다.

4 헬레나 —— 에피소드의 시적 변용

　『파우스트』 2부 3막부터는 간간이 암시되던 헬레나 에피소드가 본격적인 드라마로 전환된다. 파우스트가 여인과의 관능적 사랑을 갈망한 것은, '마녀의 부엌'(1부)에서 거울 속의 여인을 대한 후부터다. 그러나 세기의 미녀 헬레나와의 관계가 이루어지기까지는 순결한 소녀 그레트헨과 벌이는 사랑의 비극을 겪어야만 한다. 그레트헨은 평범한 소시민 계급 출신으로, 순진무구한 소녀의 전형이다. 드라마의 종결부에서 그녀는 파우스트의 영혼을 구해 줌으로써 "영원히 여성적인 것"(12,110행)의 일부가 된다.

파우스트는 그레트헨과의 비극을 극복하기 위해 헬레나와의 결합을 갈망하게 된다. 그는 헬레나를 불러내고자 "어머니의 나라"로 잠입하는 모험도 마다하지 않는다. 어머니의 나라는 현실계가 아닌 환영의 나라다. 따라서 헬레나는 실상 실체가 아닌 환상이라고 할 수 있다. 저승까지 내려가 그녀를 쟁취한 아킬레스처럼, 헬레나를 향한 파우스트의 연가(戀歌) 역시 절절하기 짝이 없다.

> 아킬레스가 페레에서 그녀를 만난 것도
> 모든 시간을 초월한 것이었지요. 얼마나 드문 행복인가요.
> 운명을 거역하고 사랑을 쟁취하다니!
> 나도 간절한 그리움의 힘으로
> 그 비길 데 없는 자태를 끌어낼 수 없을까요?
> 위대하고 상냥하고 고상하고 사랑스러우며
> 신들에 못지않은 그 영원한 존재를?
> ……
> 이제 내 마음과 몸이 꼼짝없이 사로잡혔으니,
> 그녀를 얻지 못한다면 살아갈 수가 없습니다! (7,435-7,445행)

그리스 신화에서 헬레나는 백조로 위장한 제우스 신이 스파르타 왕비 레다를 범함으로써 얻게 된 딸이다. 그녀는 빼어난 미모 때문에 열 살 때부터 뭇 남성들에게 납치를 당하는 시련을 겪어야 했다. 트로이의 비극은 순전히 그녀를 둘러싼 남성들의 싸움에서 연유된 것이다. 트로이의 왕자 파리스가 그녀를 납치했을 때, 그녀의 남편 메넬라오스 왕은 그리스 연합군의 조직을 요구했고, 곧 아르고스의 왕 아가멤논을 사령관으로

하는 연합군이 결성되었다. 트로이와의 대결은 10년에 걸친 장기전이었지만, 결국 오디세우스의 지략으로 목마를 투입한 연합군의 승리로 결판이 난다.

신화 속의 헬레나는 귀국 후 행복한 여생을 보내지만, 괴테는 『파우스트』에서 헬레나의 후일담을 다르게 엮어 낸다. 중세의 파우스트가 그리스의 헬레나를 만나게 함으로써 고전 세계에 대한 그의 동경을 작품 속에서 형상화하려 했기 때문이다. 괴테는 2부 3막에서 메넬라오스가 부인 헬레나를 신전의 제물로 바침으로써 그녀의 부정함을 응징하려 한다는 픽션을 만들어 냈다. 위험을 감지한 헬레나는 게르만 족의 영주인 파우스트에게 몸을 의탁한다. 둘의 만남은 중세 게르만주의와 그리스 고전미의 결합이며, 둘 사이의 결실인 오이포리온은 인조인간 호문쿨루스와 같은 '반쪽 존재'로서 괴테가 만들어 낸 시적 알레고리다. 황금의 칠현금을 연주하는 이 어린 아폴론은 너무 높이 비상하려다가 이카루스처럼 추락함으로서 자기 멸망을 초래한다. 이로써 환영의 여인 헬레나에게 이승에서 떠나갈 명분이 이루어진 셈이다.

> 행복과 아름다움을 늘 함께 누릴 수 없다는
> 옛말이 슬프게도 제게 증명되었어요.
> 생명의 줄도 사랑의 줄도 끊어져 버렸으니,
> 두 가지를 애통해하면서 쓰라린 이별을 고하겠어요.(9,938-9,941행)

그녀가 사라지며 남긴 옷과 면사포는 구름이 되어 파우스트를 하늘 높이 감싸 올린다. "모든 속된 것을 넘어"(9,952행) 그를 천공 위로 이끌어 올리는 '영원한 여성'의 일부가 된 것이다. 이제 파우스트는 이 구원의 여인이 남긴 여운을 자기 것으로 만들고 새로운 정신을 불어넣으려고 노력함으로써 새로운 창조를 이루어 나가려 한다. 행동인으로 변모한 그가 성숙된 자세로 자신의 신념과 포부를 실현할 단계에 이른 것이다.

헬레나 신화는 괴테 드라마에서 이렇듯 우아한 에피소드로 각색되었다. 고전적 아름다움에 대한 괴테의 동경과 열정이 더없이 아름다운 문학으로 변용된 것이다.

5 행동하는 자의 자기실현

르네상스적 인간 파우스트는 끊임없이 노력함으로써 자아의 한계를 넘어서고, 나아가 신의 경지에 도달하려는 욕구를 지닌 사람이다. 그러나 학문의 힘으로도, 정령의 도움으로도 이것을 성취할 수 없다는 결론에 도달했을 때, 그의 절망은 더욱 절실할 수밖에 없었다. 결국 악마의 사술을 빌려서라도 초월성을 쟁취하려는 것이 파우스트의 욕망이다. 그는 세계의 삶 속을 통과해 가면서 온갖 쾌락과 동시에 그에 따른 고통까지 체험한다. 고귀한 사랑은 악마의 농간으로 엄청난 죄악의 결과를 낳는다. 고전적 아름다움(헬레나)을 획득한 듯하지만, 이것도 한낱 일장춘몽으로 끝난다. 통치자의 권력을 쟁취했지만, 이것 역시 악마의 도움에 의한 것이기에 의미가 없는 것이다.

결국 인간 파우스트의 승리는 타인에 대한 헌신적 사랑에서 기인한다. 버려진 땅을 일구어 만인을 위한 복지 낙원을 만들려고 했을 때, 그의 의지는 악마와의 계약을 초월하는 것이다. 인류애의 산물인 개척의 나라가 실현되는 날 그것은 파우스트가 바라 마지않는 '아름다운 순간'이 되는 것이다.

그렇다! 이 뜻을 위해 나는 모든 걸 바치겠다.
지혜의 마지막 결론은 이렇다.
자유도 생명도 날마다 싸워서 얻는 자만이
그것을 누릴 자격이 있는 것이다.

그래서 위험에 둘러싸이더라도 여기에선
남녀노소가 모두 값진 나날을 보내는 것이다.
나는 이러한 군중을 지켜보며,
자유로운 땅에서 자유로운 백성과 살고 싶다.
그러면 순간을 향해 이렇게 말해도 좋으리라.
"멈추어라, 너 정말 아름답구나!"(11,573-11,582행)

그러나 이런 굳은 결의만으로 그의 영혼이 구제되는 것은 아니다. 그가 저지른 죄과에 대한 용서를 빌고 구원을 간구한 것은 사랑의 힘이다. 그것이 신의 은총을 빌려 이 "언제나 갈망하며 애쓰는 자"(11,936행)를 악으로부터 구원한 것이다. 초월적 의지와 절망 사이, 삶에 대한 회의와 범신적인 신앙심 사이를 오가며, 세계 안에서의 빛과 어둠과 양극성을 모두 체험하고, 결국은 선을 지향하는 그의 의지로 보다 높은 영역으로의 상승을 이루어낸 것이다.

대작 『파우스트』에 담겨 있는 사상을 한마디로 요약하기는 쉽지 않다. 그 풍부한 생각, 그 다양한 표현 기법을 고찰하고 해석하는 데는 시대와 독자에 따라 많은 가능성이 존재한다. 괴테 자신도 1827년 만년의 비서 에커만과의 대화에서 작품의 수용과 평가에 대한 재량권을 독자들에게 선사하고 있다.

그들이 와서, 내가 『파우스트』에서 어떤 이념을 구현했느냐고 묻는다. 마치 나 자신이 그것을 알아서 말해 줄 수 있는 것처럼! 천국으로부터 속세를 거쳐 지옥에 이르는 과정 ──이것이 아쉬운 대로 답변이 될 수도 있을 것이다. 그러나 그것은 이념이 아니다. 행위의 과정일 뿐이다. 나아가, 악마가 내기에 졌다는 것, 끊임없이 노력하는 인간이 힘든 과오의 길로부터 보다 나은 것을 지향함으로써 구원받는다는 사실 ──그것도 보다 효과적이고 많은 것을 일러 주는 사상일 것이다. 그러나 그것 역시, 전체,

혹은 개개의 장면에서 특별나게 기본이 되는 이념은 아니다.

170여 년 전에 나온 괴테의 『파우스트』는 인간 존재의 문제를 아주 전형적으로 다루고 있는 작품이다. 이 드라마 속에서 우리는 인간적 삶의 온갖 우여곡절과 만나게 되고, 동시에 이런 방황을 거쳐 결국 자기실현에 이르는 인간성의 승리를 기쁜 마음으로 확인하게 된다.

괴테는 이러한 인간 드라마를 엮어 내는 데 있어 신화에 의한 상징적 수법을 십분 이용하고 있다. 회의자 파우스트는 프로메테우스적 야망을 실현하기 위해 오디세우스와 같은 인생 편력에 나서고, 헬레나와의 환상적인 결합을 통해 그리스의 고전미를 체험하기도 한다. 신화의 소재를 적절하게 원용함으로써, 드라마 독자들에게 유현(幽玄)하고도 조화로운 그리스적 아름다움을 한껏 선사한다.

로마에서 내 젊은 시절의 꿈이 되살아났다

『이탈리아 기행』에 나타난 괴테의 세계관

오 로마여, 너는 하나의 세계다. 그러나 사랑이 없다면,
그 세계는 세계가 아닐 것이요, 로마 또한 로마가 아닐 것이다.
―「로마의 비가」중에서

1 "세계의 학교" 로마

유럽의 18세기는 여행에 대한 열기가 놀랄 만큼 고조된 시기였다. 루이 부쟁빌(1729-1811)이 프랑스 사람으로는 최초로 범선을 타고 세계 일주를 감행하여 멜라네시아 군도를 발견했고, 세 번이나 세계 여행에 도전한 영국인 제임스 쿠크(1728-1779)는 오스트렐리아의 동쪽 해안을 탐사하면서 태평양의 무수한 섬들을 찾아냈다. 여행가들 말고도 고명한 학자들까지 유럽 안팎의 새로운 땅들을 두루 돌아다녔다. 그 결과 무수한 여행 그룹이 생겨나고, 많은 종류의 여행기들이 출간되었다. 로렌스 스턴의 여행기 『프랑스와 이탈리아에 대한 감상적인 여행』(1768)에 자극받은 영국인들은 유럽 여행길에 즐겨 나섰고 알프스 산까지 정복했다.

그리스·로마 등 고대 국가에 관심을 가진 사람들을 위한 안내서도 많았다. 고고학자 빙켈만의 저서 『고대 예술의 역사』(1764)는 오래전부터 이탈리아 여행을 꿈꾸던 사람들에게 좋은 참고 자료가 되었다. 빙켈만은 이탈리아의 로마를 가리켜 "세계의 대학"이라고 했고, 그의 글들은 자신의 로마 탐구를 토대로 다른 여행자들의 개안(開眼)을 도와주려는 의도가 강하다. 그가 중시한 것은 단순한 지식의 축적이 아니라 "깊은 체험을 통한 변화의 힘"이었다. 로마 탐구에 있어 빙켈만의 진정한 제자가 된 괴테의 경우도 첫 번째 목표는 인간으로서, 그리고 예술가로서의

자기 수양이었다. 새로운 세계와 만나 새로운 자연, 새로운 문화, 새로운 인간상을 천착해 감으로써 자신의 생각과 삶을 확산, 심화, 고양시키는 것이었다. 바이마르를 탈출하여 로마라는 학교에 첫발을 디딘 괴테의 첫 말은 "나는 다시금 살아가는 법을 배워야 하는 어린아이와 같다."는 것이었다. 그는 너무나 편협한 사고 반경 속에 갇혀 지냈던 자신을 발견했으며, 이러한 한계를 극복하기 위해서는 모든 인식과 행동을 포함한 자아의 변화를 시도하지 않을 수 없었다. 상당 기간에 걸쳐 출간된 『이탈리아 기행 *Italienische Reise*』에는 괴테의 이러한 정신적 변화와 성숙 과정이 잘 나타나 있다.

괴테의 이탈리아 여행은 1786년 9월 3일부터 1788년 6월 18일까지 약 20개월에 걸쳐 이루어졌다. 비록 긴 기간은 아니었지만, 이 여행은 괴테의 표현을 빌려 그를 다시 태어나게 하고 혁신시키고 충실을 기할 수 있게 한 일대 사건이었다. 괴테는, 로마에 발을 디딘 순간이 제2의 출생, 진정한 재생이라고 생각했으며, 새로운 세계와 문화를 배워 새로운 인간이 되어 돌아가겠다는 것이 그의 다짐이었다. 이러한 목적에 따라 늘 탐구적인 자세를 견지했으며, 비교적 만족스러운 결과를 귀국 직전의 편지에 써 보낼 수 있었다.

> 제 여행의 중요한 의도는 육체적-도덕적 폐해를 치유하는 것이었습니다. …… 다음은 참된 예술에 대한 뜨거운 갈증을 진정시키는 것이었습니다. 전자는 상당히, 후자는 완전히 성공을 거두었습니다.[134]

괴테에게 이탈리아는 고대 유적과 유물을 찾아보는 관광지만이 아니었다. 공사다망했던 바이마르를 떠난 그에게 정신적 안정감을 되찾아 주고, 잠자고 있던 그의 천재성을 다시 일깨워 준 장소였다. 그것은, 수년간 묵혀 두었던 원고들이 현지에서 완성되거나 개작되었음을 보아도 알 수 있다. 그는 식물학을 비롯한 자연과학 연구에도 몰두했고, 인간과 민족과 예술의 근원인 자연을 철학적으로 고찰하기도 했다. 바이마르의 지인들에게 보낸 많은 편지에 적혀 있듯이, 그는 껍질을 벗는 듯한 자각의 변화를 체험했으며, 그것은 훗날 『파우스트』와 같은 대작을 완성하는 데 중요한 에너지가 되었음에 틀림없다.

젊은 시절 탐닉했던 슈투름 운트 드랑의 조야함을 극복하고 예술의 참된 이상을 추구하는 과정에서 괴테는 고대의 아름다움에 눈을 돌렸다. 빙켈만이 말한 "조용한 위대성과 고귀한 단순성 Stille Größe und Edle Einfalt"이라는 고전주의 정신을 이탈리아 기행을 통해 확인할 수 있었다. 북방의 편협성에서 벗어나 명확한 규범과 조화를 중시하는 남방 정신에 탐닉함으로써 자유분방한 정열을 고귀한 상승으로 승화시켰다. 여행에서 돌아온 후에 쓴 연작시 「로마의 비가 Römische Elegien」(1788-1790)에는 이탈리아 체류시의 삶의 모습과 감회가 생생하게 표현되어 있다.

이제 고전의 땅에서 나는 기쁘고 영감에 차 있다.
옛날과 오늘의 세계가 더 큰 소리, 더 큰 매력으로 말을 건넨다.

프랑스 혁명이 일어나기 직전, 여행이 붐을 이루던 시기에 이탈리아를 찾은 괴테는 내외적으로 독특한 상황 아래서 거듭나기를 시도했다. 괴테는 이탈리아의 매력적인 과거를 관찰하는 데 한순간도 허비하지 않았다. 혼자서, 혹은 친구들의 도움을 받으며 로마의 유적은 물론 나폴리와 시칠리아 섬까지 답사했으며, 유명한 그림이나 조상(彫像)이 있는 곳이면 어디든 달려갔다. 그러곤 편지, 메모, 일기, 스케치, 그림, 자료 수집 등을 통해 관찰한 내용을 충실하게 남겨 놓았다. 거기에 이 여행에 대한 동시대인들의 기록 또한 적지 않다. 이러한 자료들을 총망라하여 괴테 자신이 적절하게 편집해 놓은 것이 바로 『이탈리아 기행』이다. 이 책은 빙켈만의 저서에 못지않게 베르길리우스와 페트라르카의 나라를 동경하는 후세 사람들에게 좋은 안내서가 되었다. 그의 여행기에 매료된 사람들은 괴테를 가리켜 "독일 문화 속에 이탈리아의 신화를 창조한 사람"[135]이라는 찬사를 아끼지 않았다. 마차와 도보 여행에 의한 괴테의 여행은 기차와 자동차, 그리고 비행기를 이용할 수 있는 현대에도 여전히 모방해 볼 만한 모범으로 간주되고 있다.

2 여행의 동기와 경로

괴테가 이탈리아 여행을 감행한 동기는 대략 세 가지다. 첫째, 소년 시절부터 간직했던 남국에 대한 동경심. 둘째, 바이마르의 편협성에서 도피하려는 충동. 셋째, 오랫동안 침체되어 있던 예술가 정신을 되찾고 싶은 욕구. 괴테는 이탈리아 여행을 통해 이 세 가지 소망을 실현하는 데 성공했다. 그 성취감을 만년에 비서인 에커만에게 이렇게 술회할 정도다.

인간이 도대체 무엇인가를 나는 로마에서만 느꼈노라고 말할 수 있네. 이러한 절정, 이러한 행복한 감정에 다시는 도달하지 못했네. 로마에서의 상황과 비교해 볼 때, 훗날 다시는 그렇게 즐거워진 적이 없었어.

이탈리아에 대한 괴테의 관심은 소년 시절에 이미 싹트고 있었다. 이탈리아 여행기를 썼던 아버지의 체험담, 거실에 비치된 로마의 안내서와 지도, 베네치아의 아름다운 곤돌라 모형, 그리고 현지에서 수집해 온 박물 표본이나 대리석상 등이 소년 괴테의 마음에 남국에 대한 동경을 심어 주기에 충분했다. 그는 어학의 대가 지오비나치로부터 이탈리아어도 열심히 배워 두었다.

주지하는 대로, 1775년(26세)부터 괴테는 칼 아우구스투스 공의 초청으로 바이마르에 와 있었다. 그러나 정치인으로 변신해 있던 이 기간이 시인으로서의 괴테에겐 침체기였다. 산적한 국사를 돌보는 데 시간을 빼앗겨서 그 후 10년간의 창작 활동은 위축될 대로 위축되어 있었다. 그의 내면에서 들끓던 천재 의식이 잠들고, 체념과 안일에 젖어 버린 감도 없지 않았다. 이러한 상황에서 그를 구해 내는 일은 떠나는 것뿐이었다.

이탈리아 여행은 어떤 의미에서 이러한 소극적 삶을 박차고 적극적인 삶을 찾아 나선 시인 괴테의 일상으로부터의 탈출이었다. 1786년 11월 1일 로마에 도착하는 즉시 띄운 편지에서 그는 여행을 결행하게 된 이유를 밝히고 있다.

뭇 사람들의 육체와 정신은 이 북국에만 얽매어 있습니다. 이곳에 대한 매력이 사라져 감을 보았기에 나는 외로운 길을 떠나 제어하기 어려운 욕구가 이끌어 당기는 구심점을 찾기로 결심했습니다. 그렇습니다. 그것은 지난 몇 년 동안 일종의 병(病)과 같은 것이었습니다.

이탈리아로 떠나기 몇 해 전부터 괴테는 자연과학 연구에 몰두하고 있었다. 일메나우 광산을 감독하기 위해 지질학 및 광산학에 관심을 갖게 되었고, 예나 대학과 관련되는 일을 하다가 비교해부학에도 전념하게 되었다. 그는 당시에 이미 모든 생물의 원형과 친족성에 대해 숙고했다.[136)

자연과학 연구에 흥미를 가질수록 괴테는 자신의 모든 관심사가 정사를 돌보는 일 때문에 방해받는다고 생각했다. 이제는 결단을 내려야 할 시기가 도래했던 것이다. 그는 자신의 작품 간행에 대해 출판업자 괴셴과 계약을 맺은 뒤 모든 공무와 사적인 일을 정리했다. 그리고 공작에게 미정의 휴가를 신청했다. 그러나 구체적인 휴가 계획은 공작에게도, 절친한 샬로테 폰 슈타인 부인에게도 함구했다.

1786년 9월 3일 그는 공작 일행과 휴양 차 머물었던 칼스바트를 "몰래" 빠져나왔다. 이 뜻밖의 행위로 일행은 수수께끼 속에 빠졌고, 얼마간 그에 대해 섭섭한 감정까지 갖게 되었다. 그러한 도피성 여행에 대해 괴테는 『이탈리아 기행』의 서두에서 이렇게 변명하고 있다.

새벽 3시에 나는 칼스바트를 몰래 빠져나왔다. 그렇지 않았다면 사람들이 나를 보내지 않았을 것이다. 일행은 8월 28일의 내 생일을 진심으로 축하해 주려 했다. 그것만으로도 날 붙잡아 둘 권리를 가진 셈이었다. 그러나 나는 더 이상 여기에서 지체할 수가 없었다.

그의 하인 자이델에게도 말했듯이, 이 여행은 "익은 사과가 나무에서 떨어지는 것과 같은" 필연성을 갖고 있다. 그는 사람들의 이목을 피해 바이마르의 재상이라는 사회적 신분과도 결별했다. 필리포 밀러, 테데스코, 피토레 등 가명을 쓰면서 철저히 자신을 은폐했다. 역마차를 이용한 여정은 멀고도 외로웠다. 그러나 미지의 세계에 대한 형언키 어려운 열정이 계속해서 그를 "떠밀고 갔다." 일주일간의 고된 여행 끝에 뮌헨, 인스부르크, 브레너를 거쳐 9월 11일에 트리엔트에서 이탈리아 땅에 들어섰다. 이 나라에 대한 첫 인상은 아주 좋았다.

제겐 이런 생각이 들었습니다. 이곳에서 태어나 자랐으며, 지금 그린랜드로부터 여행, 즉 고래잡이에서 돌아온 것 같은 생각이.[137]

그는 베로나의 원형극장에서 처음으로 고대 건축을 접하게 되었다. 비첸차에 며칠 머물면서 팔라디오의 궁정 건물에 매혹되었다. 그는 계속해서 베네치아로 갔으며, 그곳에서는 2주 이상 머물렀다. 페라라와 첸토를 거쳐 볼로냐에 다다라서는(18일) 다시금 며칠간 휴식을 취했다. 목적지에 도달하는 것이 시급했기 때문에 유숙을 위해 지체하는 것 말고는 여행을 서둘렀다. 플로렌스에서는 세 시간밖에 머물지 않았고, 페루지아에서는 아무것도 보지 않았다. 아시시(26일)를 거쳐 로마에 발을 디딘 것이 10월 9일, 그러니까 독일을 떠난 지 거의 2개월이 지난 뒤였다. 도착 후의 벅찬 감회를 그는 즉시 편지에 담았다.

그렇습니다. 저는 마침내 이 세계의 수도에 도착했습니다! 만일 제가 훌륭한 동반자를 대동하고 견식 있는 사람의 안내를 받으며 15년 전에 이 도시를 보았더라면 저를 행운아라고 불러도 좋았을 것입니다. 그러나 저 혼자 제 눈으로 보고 찾아다닌다고 해도, 늦게나마 이런 기쁨이 주어진 것이 다행입니다. …… 우리가 부분적으로밖에 몰랐던 전체를 두 눈으로 보게 되니 새로운 생명이 솟아나는 듯합니다.(1786년 11월 1일자 편지)

처음에 괴테는 로마와 나폴리만 둘러볼 생각이었다. 그러나 나폴리를 찾아 그 기막힌 아름다움에 매료된 그는 한 달 가량이나 머물다가 시칠리아 섬까지 나아갔으며, 결국은 이탈리아 체류를 연장해야겠다는 생각을 하지 않을 수 없었다. 3개월 이상 이탈리아 남부를 여행하면서 괴테는 명랑하고 자유로운 나그네의 정취를 마음껏 만끽했다. 1787년 6월 7일 다시 로마로 돌아온 그는 이 위대한 세계의 학교에 1년 이상 더 체류했다.

두 번째 로마 체류 시에 이미 여행자로서의 그의 안목은 상당히 높아져 있었다. 그는 발길이 닿는 명소들을 빠짐 없이 찾았고, 귀중한 조각품이나 그림을 관찰한 후 그 감회를 일기나 편지 속에 상세히 기록했다. 그는 고대 예술에 깃들인 혼을 자신의 것으로 변용시키고자 심혈을 기울였다. 그것은 로마 체류의 연장을 알리며 쓴 편지의 한 구절처럼, "예술에 대한 지식과 조그만 재능이 여기에서 완전히 단련되고 성숙되어야 한다."는 필연성에 기인한 것이었다.

4 제2의 탄생과 정신적 개안(開眼)

괴테는 로마에서 친분이 두터웠던 화가 요한 하인리히 티슈바인의 집에서 기거했다. 코르소 가 20번지에 있는 이 집에서는 활기 넘치는 로마 거리를 내다볼 수 있었다.[138] 로마에 머무는 동안 괴테가 교제한 사람들

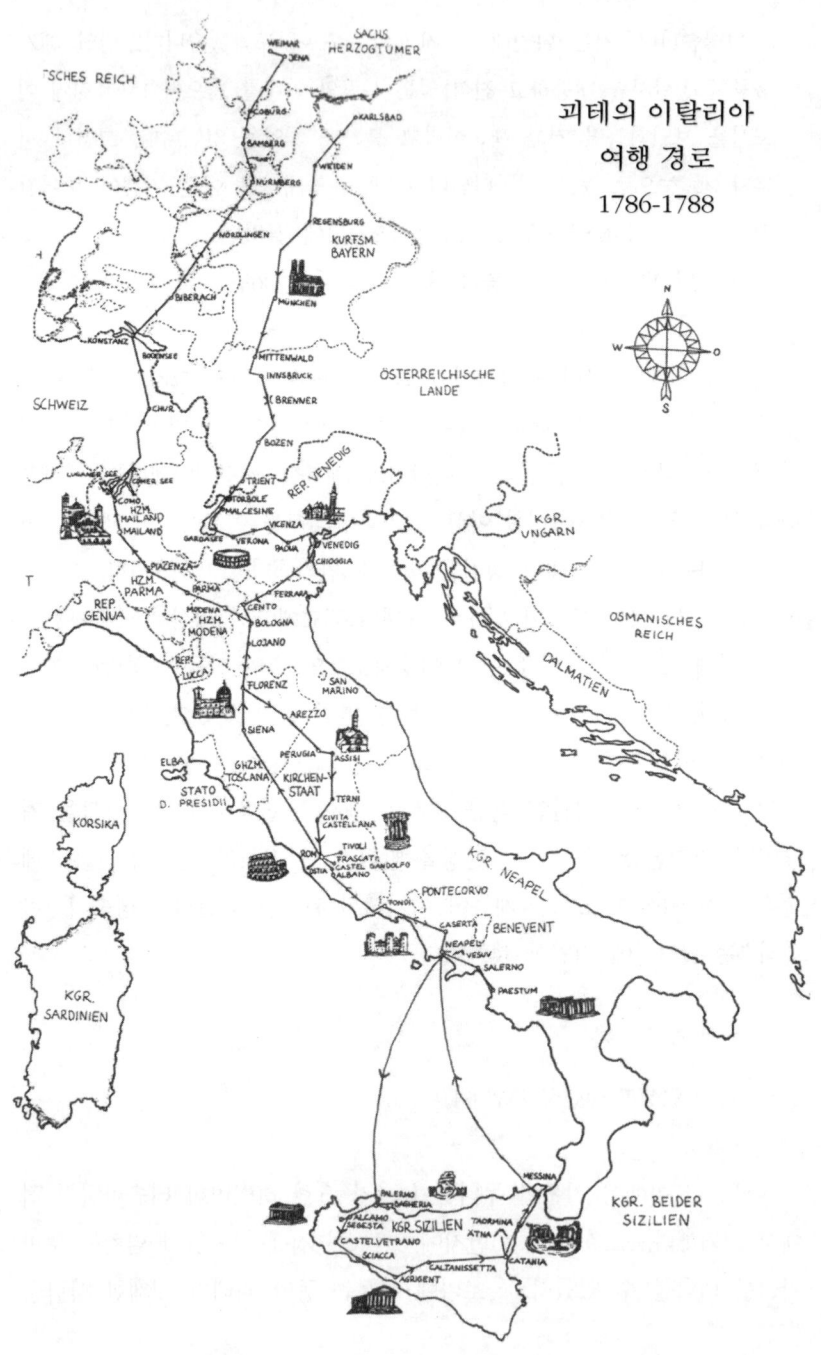

괴테의 이탈리아
여행 경로
1786-1788

은 극소수였다. 유적을 답사할 때마다 안내해 준 앙겔리카 카우프만, 그녀의 남편으로 고고학자이자 예술품 수집가인 라이펜슈타인, 그 밖에 야콥 필립 하케르트, 카알 필립 모리츠, 하인리히 마이어 등은 항상 그의 주위에 머물면서 친구이자 조력자이자 교사 노릇을 해 주었다. 이러한 친구들의 안내와 조언을 받으면서 괴테는 일찍이 자신의 열정과 동경의 대상이었던 모든 것을 찾아다녔다. "고전의 토양 위에 존재하는 현재" 속에서 날마다 새롭고 놀라운 대상을 접하는 희열을 맛보았다. 로마에 남아 있는 옛 문화의 숨결은, 그로 하여금 지금껏 집착해 왔던 사고의 틀, 그 "껍질"에서 벗어나는 데 많은 도움을 주었다.

새로운 세계에 대한 관찰만큼 사고하는 인간에게 새로운 삶을 선사하는 것은 아무것도 없습니다. 저는 여전히 같은 존재지만, 가장 깊은 골수까지 변화되었다고 말하고 싶습니다.(1788. 1. 5.)

흔히 괴테의 문학이 이탈리아 여행을 계기로 새로운 변모를 꾀하게 되었다고 한다. 그것은 여행기 곳곳에 진술된 기록들을 통해서도 확연히 증명된다. 로마에 도착했을 때 이미 그는, 자신의 삶이 새로운 변화를 경험하게 되리라는 예감에 차 있었다.

이제 내 젊은 시절의 꿈들이 되살아나고 있다. 내가 기억하는 최초의 동판화를 지금 정말로 보고 있는 것이다. 일찍이 그림, 소묘, 동판화, 목판화, 석고상, 코르크 세공에서 알았던 모든 것들이 이제 내 앞에 함께 늘어서 있다. 어딜 가든 새로운 세계의 지기(知己)들을 발견한다. 이것이 내가 생각했던 모든 것, 모든 새로운 것이다.(1786. 11. 1.)

괴테의 과제는 이 새로운 세계에서 온갖 새로운 가치를 발견하는 것이며, 오랫동안 고국에서 지녔던 생각을 확인해 보는 것이었다. 그는 되도록 자신이 만든 영상을 버리고 있는 그대로의 이탈리아를 보려 했다.

저는 이탈리아에 대해 완전한 생각을 지니고 있지 못하기 때문에, 보이는 것을 적어도 제 자신의 눈, 제 자신의 방식으로 바라보겠습니다. 좋아하는 학문을 대하듯 이 나라를 대하겠습니다. 처음의 확실한 시각에 모든 것이 달려 있습니다. 나머지는 저절로 생겨날 것입니다. 문헌과 전통을 통해서는 확실한 견문을 얻지 못합니다.[139]

괴테는 자신의 견문과 감흥의 내용을 바이마르의 친구들에게 충실히 적어 보냈다. 그 편지는 아우구스트 공에게 보낸 몇 통을 제외하고는 대부분 헤르더와 샬로테 폰 슈타인 부인에게 보내는 것이었다. 괴테는 바이마르 사람들의 정체성(停滯性)과 편협성을 내심 걱정했었다. 새롭게 다가오는 산업화와 민주화 시대를 예견하면서, 18세기에 진입하는 동향인들에게 정신적 이상향이었던 고대 문화를 소개함으로써 새로운 개안과 개선을 바랐던 것이다. 그는 로마로부터 헤르더 부부에게 보낸 편지에서 이렇게 장담하고 있다.

아무리 평범한 사람도 여기서는 무언가가 됩니다. 적어도 비상한 생각을 얻게 됩니다.(1786. 12. 13.)

이러한 비상한 생각들은 괴테에게 잠들고 있던 시심(詩心)을 일깨워 침체했던 창작 활동에 활기를 불어넣는 계기가 되었다. 새로운 작품이 구상되고, 오랫동안 묵혀 두었던 미완의 원고들이 로마에서 결실을 맺을 수 있었다. 『이피게니에』가 아름다운 운문 형식으로 개작되었고, 『에그몬트』, 『에르빈과 엘미레』, 그리고 『벨라 별장의 클라우디네』를 완성하는 기쁨을 맛볼 수 있었다. 대작 『타쏘』와 『파우스트』를 완성하기 위한 구상이 마음속에 발효되고 있던 것도 이 시기였다.

그는 스스로 미술 공부를 자청해 열심히 노력했고, 자신의 그림을 여러 장 남기기도 했다. 미술사에 대한 체계적인 지식을 얻기 위해 열심히 로마의 화랑, 박물관, 그리고 건축물들을 방문했다. 이러한 노력은 제2의 탄생을 원했던 그의 소망을 많이 이루어 주었을 뿐 아니라, 그가 독일 고전주의 문학을 완성하는 데 중요한 에너지가 되었다.

5 괴테의 자연관 · 인간관 · 예술관

괴테가 이탈리아 체류를 새로운 주관 형성과 개혁의 기회로 삼은 것은 의심할 여지가 없다. 괴테의 모든 견문은 북쪽 고향의 관점에서 보았을 때 의미가 있다. 이 여행이 "일시적인 편안함과 즐거움"만을 위한 것은 아니었다. 그가 본 것, 여행을 통해 얻은 세계상, 아주 적극적이었던 견문의 결실을 고국으로 갖고 가는 것이었다.

오랜 뒤(68세)에 쓴 『나의 식물학 연구사』(1817)에서 그는 그 즐거웠던 이탈리아 시절을 회상하며 그때 자신이 관찰하고 숙고하고 찾아낸 것이 무엇인지 밝히고 있다.

과거의 그 2년 동안 나는 끊임없이 관찰하고, 수집하고, 나의 모든 생각을 표현하려고 애썼다. 고대 민족이 자기 나라의 최고 예술을 발전시키기 위해 어떤 방법을 취했는지 어느 정도까지는 살펴볼 줄 알게 되었다. 그 결과 나는 차츰 전체를 조감하고 편견 없이 순수하게 예술을 즐길 수 있었다. 나아가 자연을 보고 그것이 유물들과 어떤 관계를 갖는가, 어떻게 모든 예술 작품들의 전범(典範)으로서 생생한 상들을 이루어 내는가 알 수 있다고 믿었다. 내가 탐구했던 세 번째 것은 그 민족들의 관습이었다.

이 글귀에는 괴테가 이탈리아 여행에서 얻은 사상적 소득이 종합되어 있다. 그가 이 "세계의 학교"에서 관심 깊게 살펴본 세 가지는 자연, 인간 사회, 그리고 예술이었다.

자연과학에 대한 괴테의 연구는 로마 체류 중 더욱 고조된 듯이 보인다. 그의 관심은 식물학뿐 아니라 기상학, 지질학, 광물학, 동물학, 색채학까지 포함하는 광범위한 영역이었다. 자연 현상에 대한 세심한 관찰은 당시의 편지나 일기들 속에 기록되어 있다. 어느 경우에나 자연의 개체, 혹은 복합체 속에 일어나는 현상들을 파악하고, 그를 통해 생명의 비밀을 알아보려는 노력이 엿보인다. 베네치아의 바닷가 리도에서는 바다뱀장어와 꽃게를 관찰하여 생명력의 경이로움에 찬탄하고, 파두아의 식물원을 둘러보고는 소위 '원형식물 Urpflanze'이라는 독특한 개념을 구상했다. 단순한 유기체로부터 한 걸음 한 걸음 진보하여 마침내 모든 것 중에서 가장 발전적인 경지, 즉 자연의 모든 자료가 천재적으로 결합되어 이루어진 존재가 인간이라고 보았다. 따라서 괴테의 인간상은 역사나 신학으로 증명되는 것이 아니라 자연 속에서 그 뿌리를 찾을 수 있다. 로마라는 고전적 토양에서 자연과 그것의 상승된 형태인 인간의 형상을 관찰하면서 괴테는 그 오묘한 유기적 관계에 감탄을 금치 못한다.

인체에 관한 관심이 다른 모든 것에 앞섭니다. 저는 그것을 잘 느끼고 있습니다. 눈부신 햇빛에 눈을 돌리듯, 저는 항시 이런 일들을 외면해 왔습니다.(1788. 1. 10.)

그는 자연뿐만 아니라 예술 작품들, 예컨대 미켈란젤로나 라파엘을 위시한 옛 거장들의 조각과 그림에도 깊은 관심을 보낸다. 여기서 귀결되는 점은, 자연 관찰과 예술 고찰이 즉시 하나로 합일된다는 사실이다. 자연 속에서도 그렇듯이, 그는 최고의 예술이 모든 자의적인 것, 공상적인 것을 떠나, 내적인 진실과 필연성이 지배하는 곳에서만 실현됨을 확인했다.

나는 자연을 관찰할 때처럼 지금 예술을 관찰한다. 또한 나는 오랫동안 추구했던 것, 즉 인간이 만든 최고의 것에 대해 완전한 이해를 얻는다. 나의 정신은 이런 방향으로 더욱더 수양되며 또 보다 자유로운 영역을 내다본다.[140]

괴테는 또한 인간을 개별적 존재뿐 아니라 공동체적 존재로 보았다. 이러한 공동체적 삶에 접근하기 위하여 어딜 가나 주민의 행동, 생활양식, 관습, 특성 등을 파악하는 데 각별한 주의를 기울였다. 거리, 학교, 상점, 극장, 시장, 교회 등을 재삼재사 관찰하고, 그 지역의 자연과 문화를 유추해 냈다. 괴테에게 특히 인상적인 것은 이탈리아인들의 감각적 생활 태도였다. 그는 연극 공연과 재판에도 참관했고, 1788년 2월에는 유명한 로마의 사육제를 구경했다. 그 열띤 광란의 와중에서 그의 눈이 직시한 것은 자연적 존재인 인간과 그 집합체인 민족의 삶과 숨결이었다. 괴테는 민족을 역사가 아닌 자연으로 이해했다. 몰락과 죽음도 자연 현상에 속하므로 인간의 역사 역시 자연 속에서 이해하려 했다. 따라서 현재의 로마에 발을 딛고서도 지난 역사의 정신을 통찰할 수 있었다.

나는 10년마다 바뀌는 로마가 아닌 영속적인 로마를 보겠다. ──이 장소에 세계의 모든 역사가 연루되어 있으므로.

이런 자연관에 입각해 괴테의 예술관도 재정립되었다. 인간의 예술 역시 최고 단계에 이른 자연이기 때문이다. 따라서 로마 예술은 괴테에게 진정한 자연 법칙에 의한 인간 최고의 작품이었다. 1788년 로마에서 아우구스트 공에게 쓴 편지는 예술의 새로운 본질을 터득한 기쁨으로 넘친다.

로마에 와서 저는 깨달았습니다. 지금껏 예술에 대해 아무것도 몰랐구나, 예술 작품 속에 일반화된 자연의 반영만을 놀라워하고 즐기고 있었구나, 하고 말입니다. 여기엔 다른 자연이, 넓은 예술의 장이 눈앞에 전개되고 있습니다. 그렇습니다. 예술의 심연이 있습니다.

로마는 시인 괴테가 진지한 탐구를 벌인 장소였다. 이러한 학문적 연구는 향후 그의 창작 활동에 지대한 영향을 끼쳤다. 즉, 로마는 괴테의 사상이 개발되고 신장될 수 있었던 토양이었다. 그 고전적 분위기에서 그의 충만한 창의력이 되살아났고, 구체적인 결과로 가시화되었다. 지금까지의 삶에서 얻은 결실을 점검하면서 미래의 진로를 결정할 수 있었다.

6 여행기 집필 과정

괴테의 『이탈리아 기행』은 자서전의 한 토막이라고 해도 좋을 정도로 매우 주관적이다. 제일 나중에 출간된 「두 번째 로마 체류」에서는 자기 수신서 같은 면모마저 보인다. 새로운 세계와의 만남, 자아의 성숙, 내면화와 보다 큰 확산 —— 요컨대 부단히 탐구하는 인간의 모습을 보여 주는 기록이다. 이 여행기의 중요한 자료원은 이탈리아 체류 시 써 놓았던 「여행 일기」다. 괴테는 여행기를 일찍 출간하려 했으나, 귀국 후 얼마 동안 의욕을 상실했다. 20년도 훨씬 더 지나 자신의 삶의 기록을 모을 때, 이 기록은 자서전의 자료로서 다시금 관심을 끌게 되었다.

1814년 페르시아 시인 하피스의 시집 『디반 Divan』을 읽고 괴테의 마음속엔 유년기부터 지녔던 동방 세계에 대한 동경이 되살아났다. 그 해 여름 라인 지방과 마인 지방을 여행하면서 17세 이후 발길을 끊었던 고향을 찾았다. 새로운 눈으로 고향의 풍광과 문화와 역사를 살펴보는 동안 깊은 감명을 받았다. 다음해 한 번 더 찾았을 때에도 고향의 매력은 여전했다. 이것은 그의 이탈리아 회상을 재현하는 데 결정적인 동인이 되었다.

1816년 괴테는 친구 하인리히 마이어와 긴밀히 협조하면서 논문 「신독일의 종교적, 애국적 예술」을 발표하고, 그 여세를 몰아 『이탈리아 기행』1부를 출간했다. 이탈리아 체험에서 얻은 교훈이 퇴색해 가고 있음을 절감했던 괴테는, 이 내적 투쟁의 기록을 재생하면서 다시 한 번 삶의 깊이와 고전주의 이념의 중요성을 확인할 수 있었다.

철저한 준비 작업을 거쳐 괴테는 1811년부터 자전적인 글의 집필에 매달렸다. 1812년 10월에 이미 『시와 진실』 1, 2부를 완성할 수 있었다. 3부는 1년 뒤에 완료되었고, 이것을 합쳐 "나의 삶으로부터 제1편"이라 명명했다. 『시와 진실』과 『프랑스 종군기』(1822) 사이에 나온 중요한 자전적 기록이 바로 『이탈리아 기행』이다. 이 기록은 세 번에 걸쳐 출판되었다. 1916년 10월에 1권, 1817년 10월에 2권이 나왔고, 두 번째 로마 체류를 기록한 3권은 1819년에 착수하여 무려 10년이나 경과된 1829년 8월과 9월에 걸쳐 완간했다. 1, 2부를 합본해 출간할 때에도 책의 제목은 "이탈리아 기행"이 아니었다. "나의 삶으로부터, 제2편 1부와 2부"였다. 1부는 칼스바트에서 로마까지의 여행, 그리고 1787년 2월까지의 로마 체류를 기록한 것이고, 2부는 나폴리와 시칠리아 섬을 다녀온 기록이었다. "이탈리아 기행"이라는 제목이 정해진 것은, 1829년 「두 번째 로마 체류」로 여행기 전부가 완성되었을 때였다. 옛 기록을 수집하여 편집하는 작업이 진행되는 동안 괴테에겐 지난 세월의 기쁨과 감동이 되살아났다. 풍경과 유적과 사람들이 생동감 있게 눈앞에 나타났다. 그의 기억과 상상력은 과거를 재현하기 위해 부심했고, 그의 언어는 다시 한번 예리한 통찰 속에 번득였다.

내가 무슨 말을 쓰려 할 때마다 내 눈앞에는 언제나 갖가지 영상들이 나타났다. 비옥한 땅, 광활한 바다, 안개 낀 섬들, 아지랑이 감도는 산들의 영상이.(1787. 6. 4.)

1부는 기행문으로서의 시간적 연계성이 가장 강하다. 일기 형식으로 이탈리아 여러 도시에 대한 인상과 생각, 특히 '세계의 수도' 로마와 친화되어 가는 과정을 잘 묘사하고 있다. 나폴리와 시칠리아 지방의 답사 기록인 2부는 주로 바이마르의 친구들에게 보내는 편지들에 의존했기 때문에 그 연계성이 한결 느슨하다. 편지와 함께, 괴테의 말을 빌려 "회 상으로부터 이끌어낸" 단편적 기록이 삽입되었다.

10년이나 늦게 쓰어진 3부, 즉 「두 번째 로마 체류」는 앞서 출간된 여행기들과는 아주 색다른 구성을 보인다. 체류 일정에 맞추어 그날에 일어난 일과 생각을 기록한 서신들이 편집되고, 한 달 간격으로 그 달 중 특히 기억되는 사건이나 정신적 감흥을 "보고(報告)"라는 형식으로 기술하여 삽입했다. "보고"는 물론 당시의 기록을 참조하고 기억력의 도 움을 빌려 노경의 괴테가 새로 작성한 글이다. 거기에 또 사이사이 괴테 자신이나 다른 사람의 중요한 논문과 편지, 그리고 잊을 수 없는 사건에 대한 인상기를 추가로 기술해 넣었다. 화가 티슈바인의 편지, 「교황의 융단」, 「방해받은 자연 관찰」, 「어원 학자 모리츠」, 「유머러스한 성자 필 립 네리」, 「로마의 사육제」, 그리고 모리츠의 논문 「아름다움의 조형적 모방에 관하여」 등이 그것들이다. 「두 번째의 로마 체류」는 그런 의미에 서 여행 일지에 충실한 앞부분과 사뭇 다르다. 옛 이탈리아의 젊은 괴테 와 훗날의 노대가가 서로 만나는 듯 편지와 보고가 교차되는 속에 보다 심오해진 괴테의 삶의 변화와 그 종합을 보는 듯한 만족감을 선사한다.

이탈리아 체류가 괴테의 삶과 문학에 끼친 영향은 지대하다. 캄파냐 의 폐허에서, 베드로 성당의 중정(中庭)에서, 라파엘로와 미켈란젤로의 그림 앞에서, 또는 광란하는 사육제의 군중 속에서 괴테는 다른 세계의 삶을 호흡했고, 그 감흥을 자신의 삶과 예술의 자양분으로 만들었다. 그 는 티슈바인과 하케르트에게서 미술에 관한 지도를 받았고, 앙겔리카 등 의 안내로 옛 로마 유산을 하나씩 하나씩 답사해 나갔다. 이러한 심미적 관찰과 자유분방한 생활을 통해 사물에 대한 통찰력이 예리해지고, 자신 의 정체성을 되찾음으로써 작품 창작을 위한 재충전에 성공했다.

누구의 구애도 받지 않는 자유분방한 생활을 하고 있자니까 제 젊은 시절의 사소한 것까지 되살아나고 있습니다. 그러자 사물의 고귀함과 품위가 제 생존의 마지막에 달하기라도 한 듯 저를 다시금 높게, 멀리 이끌어 올립니다.(1788. 6. 30.)

괴테는 1788년 4월 23일 음악가 카이저와 함께 귀로에 올랐다. 피렌체(5월 6일 도착)를 거쳐 5월 22일에는 밀라노에 도착하여 며칠간 머무르면서 레오나르도 다 빈치의 걸작 「최후의 만찬」을 볼 수 있었다. 코모(28일), 슈필겐(30일)을 경유하여 마침내 바이마르에 귀환한 것이 1788년 6월 18일, 출국한 지 1년 10여 개월 만이었다. 로마와의 작별은 괴테에게 삶의 한 중요한 시대와의 결별인 셈이었다. 남국의 도시를 떠나며 애석해했던 심경은 여행기 말미의 여러 군데서 발견된다.

괴테는 인생의 한 전환기에 동경했던 나라 이탈리아 방문으로 매너리즘에 빠진 자신을 구할 수 있었다. 『이탈리아 기행』은 이러한 재충전과 자아 성찰을 기록한 기행 문학으로 독일 문학사상 여러 가지 중요한 가치를 지닌다. 당대의 신세대, 즉 낭만주의자들은, 괴테가 자신의 경험이나 지식을 지나치게 과시한다고 비판하기도 했으나, 시인이자 과학자의 눈으로 진지하게 사물을 대하고 거기에서 유로되는 감정을 솔직히 털어놓는 태도는 높이 평가되어야 할 것이다. 요컨대 이 책은 흥미 위주의 여행기가 아닌, 대시인이 겪은, 삶의 일대 전환기적 체험의 기록으로 보아야 더 큰 의미를 얻게 될 것이다. 이 기록에 대해 괴테의 오랜 친구 빌헬름 폰 훔볼트는 더할 나위 없이 깊은 이해가 담긴 찬사를 보내고 있다.

우리는 여기 그 산출의 작업장에서, 모든 사람들이 괴테의 글에서 추구했던 것을 다른 방식으로 행하고 있다. 그리고 새로운 놀라움에 가득한 시선으로 한 인생을 들여다보게 된다. 우리 대부분이 사고하고 느끼는 것 중 최상의 것, 최고의 것이 아주 많이 들어 있는 그런 인생을.

하느님의 은총을 받으려는 자 넓은 세상으로 나서라

아이헨도르프의 소설 『어느 무위도식자의 삶에서』

1 '행운 동화'

요제프 폰 아이헨도르프 Josef von Eichendorff(1788-1857)가 1817년에 착수한 소설 『어느 무위도식자의 삶에서 Aus dem Leben eines Taugenichts』는 1826년에 발표되었다. 왕정복고와 비더마이어 시대의 중간으로, 1830년대에 절정을 이룬 혁명의 기운이 준비되는 시기였다. 이 소설은 독일 낭만주의 산문의 적절한 모범일 뿐 아니라, 폰타네나 토마스 만이 주장하듯 독일적 본질의 숨김없는 표출로 간주된다.

이 작품을 집필하던 시기에 아이헨도르프는 부모를 차례로 여의고, 부채 상환 때문에 사유 토지의 대부분을 매각해야 하는 불행을 겪어야 했다. 그러나 현실적인 어려움에도 불구하고 이 소설에는 명랑하고 낙천적인 분위기, 신선하고 다정한 해학과 유머가 넘쳐난다. 베노 폰 비제의 말처럼 "은연중 방랑아의 눈으로 세상을 보도록 이끌리고, 마음으로부터 세상을 바꾸고, 시(詩)가 현실을 이기는 모습을 즐기게 된다."[141] 아이헨도르프는 힘든 공직 생활의 의무에 얽매이면서도 낭만주의적 감수성과 목가적 비더마이어 정신이 넘치는 작품을 집필했다. 푸른 산들을 휘감는 강과 호수들, 달빛, 숲 속의 뿔나팔 소리와 밤의 정적…… 이러한 낭만적 공간에서 주인공 '무위도식자 Taugenichts'의 방랑 행각이 전개된다. 신의 선물인 자연을 시와 음악으로 찬미하고, 무한히 열려 있는 세계 속에서 자신의 행복을 찾아보려는 모험이 바로 이 방황의 의미다.

1823년 이 작품의 초고라 할 수 있는 1, 2장을 발표할 때의 제목은 "새로운 음유시인, 한 가련한 무위도식자의 삶에서 나온 제1장"과 "한 가련한 무위도식자의 삶에서 나온 제2장, 혹은 현대의 음유시인"이었다. 이처럼 음유시인과 무위도식자를 조합한 것은 낭만주의의 두 가지 중요한 요소를 연계하려는 시도다. 트루바두르 Troubadour는 12-13세기에 프랑스 남부 지방을 전전하며 자작한 시를 노래하던 음유시인들로 귀족, 승려, 기사, 시민 계급 등 그 출신이 다양했다. 아이헨도르프 소설의 '새로운 음유시인'은 물방앗간 주인의 아들, 즉 한 평범한 시민이다. 모두 열 장으로 구성된 소설에 작가는 이러한 음유시인의 모티브를 살리기 위해 열 편에 달하는 시를 삽입해 넣었다.

아이헨도르프의 시와 산문이 대부분 그렇듯이, 이 작품도 사랑하는 고향 슐레지엔 지방을 그 배경으로 삼고 있다. 남부 오스트리아의 바로크 전통과 북부 오스트리아의 낭만주의를 연결해 주는 향토 슐레지엔을 무대로 독일과 오스트리아의 자연을 찬미하고, 하느님의 나라를 동경하는 마음이 짙게 배어 있다.

『어느 무위도식자의 삶에서』는 전형적인 1인칭 소설이다. 총 열 장에 걸쳐 전개되는 사건과 거기에 부수되는 사물이 주인공 '나'의 진술을 통해 체험된다. 원제의 '타우게니히츠'는 건달, 무위도식자의 뜻이지만, 작품에서는 생활 태도가 몽상적, 자의적일 뿐 호구지책도 나름대로 강구할 줄 아는 존재다. 그는 신앙심이 깊고 주변 사람들을 즐겁게 해 주는 방랑아이며 음유시인이다. 그의 발길이 닿는 곳에는 언제나 명랑한 음악이 있으며, 흥미로운 모험의 세계가 기다리고 있다. 그가 바이올린을 연주하면 모든 사람들이 삶의 즐거움을 발견하고, 자연과 신에 감사하게 된다.

소설 서두에 나오는 부자간의 대화에서 이미 주인공의 방랑 행각이 예견된다. 그것은 부자 갈등에 의한 현실 도피가 아니라, 새로운 세계에 도전하려는 자의 자발적인 새 출발이다.

"이 무위도식자 같은 녀석! 또 해바라기를 하고 앉았구나. 기지개를 켜는 걸 보니 뼛속까지 녹작지근한 모양이지. …… 봄이 바로 코앞에 다가왔으니 너도 한번 넓은 세상으로 나가 보아라. 네 힘으로 빵을 벌 줄도 알아야지."

"알겠어요" 하고 나는 말했다. "제가 무위도식자라니, 좋아요. 그러면 세상에 나가 행복을 찾아보겠어요."

따라서 무위도식자가 바이올린을 들고 자유롭게 천지를 향해 활보해 나갈 때 "가슴속엔 은밀한 기쁨이 가득하고" 비좁은 마을의 물방앗간과 밭에서 일하는 사람들이 불쌍해 보이기까지 한다. "영원히 일요일 같은 기분"이 들 정도로 해방감에 넘쳐 이 음유시인의 입에서는 '즐거운 방랑자'의 노래가 절로 나온다.

하느님의 은총을 받으려는 자
넓은 세상으로 나서라.
산과 숲, 강과 들에
그분의 기적 넘쳐난다네.
……
산골짜기엔 시냇물 졸졸 흐르고,
하늘 높이 즐거운 종달새 노래.
내 마음 상쾌하게 함께 나니
목청 높여 노랫소리 절로 나오네.[142)

넓은 세상에 나가 행복을 찾는다는 것 ──이것은 동화, 특히 '행운 동화 Glücksmärchen'에 있어 흔한 모티브이며, 낭만주의 문학의 중요한 주제이기도 하다. 이 작품의 동화적 특징은 두 가지로 분석할 수 있다. 첫째, 전형적인 동화 형식을 취하고, 서정적 언어와 서사적 언어를 잘 결합한 동화적 문체를 구사하는 점. 둘째, 내용 면에서도 동화적이고 전원

시적인 특색을 강하게 드러내고 있는 점이다.[143)

고향 마을을 떠나자마자 미지의 여인들을 만나 마차에 동승하게 되는 것부터 동화적이다. 성(城)과 그 정원 생활, 동행했던 아가씨에 대한 연모와 실연의 고통, 한밤중 숲 속을 헤매다 만나는 한 쌍의 연인, 이탈리아에서의 혼란스러운 사건들, 우편선을 타고 귀환하는 그를 위해 이미 준비된 듯 보이는 행복한 결말 등 이야기의 연결마다 동화적 색채가 강하다. 비제의 말처럼 "일상의 세계 한가운데에서 처신을 잘할 줄 몰라도 모든 일이 유리하게 펼쳐지는, 그런 순진한 바보에 관한 동화"다.

주인공인 무위도식자는 시간과 공간에 구애받지 않는 자유로운 여행길에 오른다. 계획도 없이, 외국에 대한 지식도 없이, 충분한 여비도 없이 이국 땅을 전전한다. 그러나 온갖 혼란스러운 여정에도 불구하고 그는 신의 축복을 받은 행운아의 면모를 보여 준다. 어느 곳에서나 흥이 솟아나면 바이올린을 연주하며 즉흥적으로 노래를 연주한다. 세계, 자연, 인간에 대한 친밀감, 그리고 하느님을 경배하는 노래가 대부분이다. 무위도식자의 여행을 너무 현실적으로 생각한다면, 이 방랑의 의미가 빛을 바랠 것이다. 목적이 있는 생각과 계산이 그에겐 어울리지 않는다. 그는 사회 안에서 특별히 소속된 곳이 없다. 농부도 상인도 귀족도 아니다. 굳이 분류하자면, 바이올린 연주와 시를 좋아하는 음유시인, 즉 무명의 예술가다. 그러나 그의 삶은, 그의 순수한 인간미 때문에 부정적으로 받아들일 수가 없다. 그의 생활 감정은 신에 대한 믿음에 깊이 뿌리 내리고 있다. 신의 선물인 예술가적 재능에 감사하면서, 사회와도 심각한 갈등을 벌이지 않는다. 그림 동화의 주인공 바보 한스[144)처럼 세상을 배회하며 참된 행복, 그 '푸른 꽃'을 찾으려는 것이 그의 소망이다. 그러한 행복 찾기는 고향 슐레지엔과 빈, 그리고 이탈리아의 자연, 그 아름다운 산과 숲과 성들을 무대로 전개된다.

2 공간적 배경 ── '성과 정원'

아이헨도르프 문학에서 자연은 중요한 비중을 차지한다. 민요에 가까운 그의 시편들에서는 항상 자연의 풍성함을 느낄 수 있다. 고향 루보비츠 숲의 살랑거림, 산 위에서 바라보는 계곡의 시냇물, 그림 같은 성과 정원 ── 이런 자연 풍경이 독특한 서정성을 지니고 그 내면적 깊이를 더해 준다. 열 편의 시를 삽입해 넣을 정도로 시적인 분위기가 강한 소설 『어느 무위도식자의 삶에서』도 장면마다 낭만적인 환상과 꿈이 깃든 자연이 공간적 배경이다. 특히 동화의 토포스Topos인 성과 정원이 사건 전개의 중요한 무대다. 두 여인과 동행하여 처음 당도한 곳이 바로 빈의 한 성이었다. 그곳 정원사의 조수가 되어 우선 무위도식자의 빵 문제는 해결되었다. 그러나 '아름다운 아가씨'에 대한 연모가 새로운 문제점으로 부각된다. 마음속에 자리한 고상한 자태의 애인을 그는 닿을 수 없는 거리감을 느끼며 동경한다. 그녀가 누구인지도 모르고 경이로움과 아름다움의 정화(精華)로써 사랑한다. 숲, 정원 꽃을 사랑하듯 세계 속에 존재하는 신의 현존으로 사랑한다. 현실적으로는 먼 곳에 있는 애인이지만, 마음으로는 항상 가까이 있는 존재다. "온갖 화초들이 아침 햇살에 보석처럼 반짝이는" 성의 정원은 이 몽상적 사랑의 내적 공간이다. 그는 새벽마다 아가씨의 창가에 몸을 숨기고 먼발치에서 애인을 바라본다.

사랑의 공간인 성과 그 정원을 배경으로 그녀의 모습은 "눈처럼 하얀 잠옷을 입고 창밖을 내다보는 여인", "맑은 하늘에 달님처럼 서 있는 여인"으로 묘사된다. 수면을 굽어보며 백합꽃으로 물장난을 치는 모습이 마치 "깊고 푸른 하늘 속을 조용히 거니는 천사"와 같다. 방랑가인인 주인공의 노래 속에서도 그녀는 손이 닿을 수 없는 먼 존재다.

어디를 가나 어디를 보나
들과 숲과 골짜기에서

산을 넘어 푸른 하늘 저 멀리까지
아름다운 임 그리워하며
천 번 만 번 인사를 보냅니다.
……
그대는 너무 높고 아름다워서
발돋움해도 닿을 수 없어요.
화환이 모두 시들어 버려도
그대를 향한 내 사랑만은
영원히 가슴속에 불타고 있어요.[145]

정원은 사랑의 이야기가 농축되는 상징적 영역이다. 현실적이고 시적인 세계의 참여를 상징한다. 섬과 같은 고립 속에서 사랑하는 마음이 자연과, 그리고 애인과 일체감을 갖고 살 수 있다. 무위도식자는 애인을 위해 꽃다발을 엮어 정자에 갖다 놓을 때 최고의 행복을 느낀다. 그러나 그녀가 낯선 남자와 손을 잡고 성의 테라스에 나타났을 때, 실망한 나머지 자신에게 맞지 않는 '왕국'을 떠날 수밖에 없다. 그는 먼지를 쓰고 벽에 걸려 있는 바이올린을 끌어내린다.

"그렇다. 이리 오너라, 나의 충실한 악기여. 우리의 왕국은 이런 세계가 아니다!"

사랑의 고뇌로부터 또 한번 세상으로 도망쳐 나온 무위도식자는 처음엔 숲에서 우연히 만난 미지의 화가들과, 다음엔 혼자서 마차를 타고 달린다. 오해 때문에 멀리 남쪽을 우회하는 방황 후에 도착한 곳 역시 정원이 있는 성이다. 대리석상과 분수가 있는 이탈리아 성의 정원은 환상적이고 마법에 차고 거짓스럽기도 하다. 그곳에서 만난 사람들, 즉 바보 같은 천재 화가, 천방지축의 하녀, 애인으로 착각했던 오만한 이탈리아 백작부인 등은 그를 비현실적인 세계로 이끌어 혼란에 빠지게 한다. 로마를 배회하던 무위도식자는 결국 또 한번의 결별을 선언할 수밖에 없다.

나는 굳게 결심했다. 미치광이 화가며 등자나무며 하녀가 있는 이탈리아를 영원히 등지겠노라고. 나는 눈 깜짝할 사이에 성문을 나와 터벅터벅 걸어갔다.

도깨비 놀음과 같았던 혼란은 다뉴브 강이 출렁이고 황금 빛 산봉우리가 빛나는 곳에서 사라진다. 빈의 '성'과 '정원'에는 고향에서와 같은 안온함이 기다린다. 그는 원천으로 돌아온 것이다. '아름다운 아가씨'가 문지기 영감의 질녀라는 것이 판명되면서 행운 동화는 해피엔딩으로 끝난다. 정원의 호수는 새로이 연인들의 재회 장소가 된다. 그가 살았던 조그만 숙소, 꽃밭, 푸른 산들 사이를 흐르는 다뉴브 강——바로 이곳에서 사랑의 행운, 그 '푸른 꽃'을 발견한 것이다. 사랑과 낭만의 공간인 성에서는 음악이 울리는 가운데 불꽃이 고요한 정원의 밤을 수놓는다. 그 아래로 다뉴브 강이 유유히 흐르고 "모든 것이, 모든 것이 만사 형통이었다!"

3 음유시인 모티브——예술과 현실의 합일

저기 영원히 꿈을 꾸는
모든 사물들 속에 노래가 잠자고,
그대가 마술의 말을 맞히기만 하면
세계는 노래하기 시작한다.[146]

「마술 지팡이」라는 이 짤막한 격언시는 아이헨도르프 문학 사상의 중

320

심이 되고, 바로 소설 『어느 무위도식자의 삶에서』의 모토가 된다. 운율이 있는 서정시, 그 풍부한 음악성에 친근한 것은 낭만주의의 속성이다. 사물은 영상이 되고, 영상은 정취가 되며, 정취는 다시 노래로 변한다. 노래 속에 세계가 있고, 사물 속에 잠자고 있는 마력이 음향을 통해서만 풀려 나온다. 무위도식자에겐 바이올린과 노래가 심정과 의사 전달을 위해 아주 적절한 수단이 된다. 빈으로 가는 여인들과 동행함으로써 운명을 바꾸게 되었던 것이 바이올린 연주와 노래 때문이었다. 성을 떠나 숲속을 헤매다가 한 마을에 도착했을 때, 사람들의 환심을 산 것 역시 바이올린 덕분이었다. 그의 연주에 맞추어 온 마을 사람들이 희희낙락 춤판을 벌이는 장면은 현실과 음악이 합일된 순간을 보여 준다.

첫 번째 춤곡이 끝났을 때, 나는 비로소 깨달았다. 좋은 음악이란 뭇 사람들의 사지를 나긋나긋하게 만든다는 사실을. 조금 전까지 담뱃대나 물고 벤치에 기대어 뻣뻣한 다리를 뻗고 있던 총각들이 갑자기 돌변했다. 형형색색의 수건을 단춧구멍에 넣어 길게 드리우고 희희낙락 멋지게 처녀들의 둘레를 돌아갔다.

무명의 예술가 무위도식자의 연주와 노래는 세계의 찬가이며 신의 찬가다. 음조와 '마술의 말' 속에 은밀한 세계의 본질이, 삶의 성스러운 원천이 구현된다. 달빛, 나이팅게일, 숲의 술렁임, 피리 소리 등이 그러한 마술의 말이다. 특히 낭만주의의 마술어인 '동경'이라는 단어는 아이헨도르프 문학의 핵심어이기도 한데, 여기에는 추억과 향수 속에서의 동경, 방랑의 기쁨과 먼 곳에 대한 갈망, 미래에 대한 조망, 신에 대한 찬미가 내포되어 있다. 현실적 삶을 예술 세계와 합일시키는 무위도식자의 역할은 옛 음유시인들과 같다. 토마스 만의 말처럼, 병적 기질의 문제아가 아니라 건전한 예술가 정신을 지닌 천재다.

그는 예술가이자 천재다. 그것은 자신의 주장도 작가의 주장도 아니다. 그러나 그의 노래를 통해 아주 명백하게 증명되는 사실이다. 그럼에도 불구하고 그의 본성에는 일말의 돌출성, 문제성, 마성, 병적인 기질이 존재하지 않는다.[147]

주인공 무위도식자는 비록 아마추어이지만 소박한 이상을 지닌 예술가다. 독일 낭만주의에서 소박함은 예술가가 자연에 대해 갖는 태도를 결정하는 중요한 개념이다. 삶으로서의 문학을 위한 낭만주의자들의 노력은 소박함이 낭만주의에서 차지하는 의미를 말해 준다. 루트비히 티크는 예술가의 소박함에 관해 이렇게 언급한다.

나의 판단으로 예술가는 자신의 차가운 학식이나 너무 지나친 기교성에서 벗어나 유일무이하고 진실한 기예인 소박함에 다시 한번 마음을 열수 있기 위해 때때로 농부와 어린이에게서 배워 마땅하다.[148]

이 음유시인의 어린이 같은 소박함은 로마의 한 정원에서도 두드러진다. 거기서 만난 두 유형의 예술가, 즉 "정평 있는 예술 애호가"와 보헤미안적으로 인생을 살아가는 천재는 너무 기교적이어 소박함과는 거리가 멀다. 소동을 진화하기 위해 연주한 남국의 무도곡은 산간 마을 사람들과 마찬가지로 다양한 개성을 지닌 정원의 사람들을 소박한 예술의 일체감에 젖게 한다. '마술의 언어'가 사물 속에 잠자고 있는 음악성을 일깨워 내는 순간인 것이다.

공기 맑은 고요한 잔디밭 위에서 모두들 신명나게 춤을 추었다. 나는 마음속에서 솟구치는 흥겨움에 함박웃음을 날렸다. 시녀까지 합세한 날씬한 처녀들이 팔을 쳐들고 마치 숲 속의 요정처럼 나뭇잎 사이를 선회했고, 그때마다 허공으로 캐스터네츠 소리가 유쾌하게 울려 댔다. 나는 더 이상 참을 수가 없었다. 그들 한가운데로 껑충껑충 뛰어들어서는 정신없이 바이올린을 켜며 참으로 멋진 춤사위를 연출해 냈다.

이러한 민중 예술가적 순수함, 자연과 인간과 신에 대한 애정은 동경해 오던 '아름다운 아가씨'와의 결합으로 귀한 보상을 받는다. 마술의 힘으로 현실에서 실현되는 예술성은 신성의 경지 속에서 이해되어야 한다. 따라서 예술가에게 신에 대한 외경심은 '마술의 말'을 찾아내는 중요한 원동력이다. 독실한 가톨릭 신자였던 아이헨도르프는 만년의 저서 『독일문학사』(1857)에서 그러한 생각을 분명히 밝히고 있다.

오직 순수하고 신을 경배하는 깨끗한 마음만이 그것(잠자고 있는 음악성)을 일깨우는 마법의 형식을 알 수 있다.

4 해학과 유머

무위도식자의 모습에는 타고난 선량함과 고귀한 영혼이 깃들여 있다. 이중성, 술수, 속물 근성 따위는 그의 품성과 거리가 멀다. 어린이다운 천진성, 바보스러울 정도의 순수함, 그리고 항상 신의 은혜에 감사하는 경건함이 그의 천성에 속한다. 아이헨도르프는 이 사랑스러운 주인공의 언동에 은근하고 부드러운 해학을 가미한다. 미소를 떠올리게 하는 아이러니와 유머가 어느 시점에서 사건이 너무 감정에 치우치는 것을 막아 준다. 바보스러움조차 우아함으로 남게 한다. 변장한 연인을 추적하는 곱사등이 스파이가 그렇듯 악한 행동조차 우스꽝스러울 정도로 골계화(滑稽化)되고 있다. 그의 외관부터 웃음을 자아내게 한다.

머리는 엄청나게 컸으며, 긴 매부리코에다 빨간 콧수염이 성글게 났고,

기름 바른 머리카락은 마치 폭풍이라도 맞은 듯 사면팔방으로 곤두서 있었다. 유행에 뒤떨어진 퇴색한 연미복에 짧은 벨벳 바지를 입고, 거기에 아주 샛노란 비단 양말을 신고 있었다.

무위도식자의 눈으로 세상을 본다면 원초적인 악은 존재하지 않는다. "타우게니히츠"라는 이름조차 아이러니컬하다. 여기서 타우게니히츠, 즉 무위도식하며 아무 짝에도 쓸모 없는 사람이란, 실은 그와 비교되는 다른 모든 사람보다 어느 면에선가는 진실로 더 쓸모 있는 사람이 될 수 있다는 반어적 표현이다.[49] 이러한 아이러니와 유머는 무위도식자의 '바보스러움'에 대한 작가의 조용한 미소다. 그것은 낭만주의자 아이헨도르프의 비더마이어적 성향의 표현이다. 도처에 나타나는 해학적 표현은 작품에 생기를 더해 주고, 동화적 성격을 더욱 뚜렷이 해 준다. 성의 세관원이 되어 장부를 기입할 때마다 벌이는 숫자 놀음을 희화한 대목도 신선하다.

나는 때때로 정신이 완전히 혼미해져 정말이지 셋까지도 헤아릴 수 없을 지경이었다. 그도 그럴 것이 8이란 숫자는 늘 널따란 머리 장식에 코르셋을 바싹 조여 맨 나이 든 숙녀를 연상시켰고, 못된 7은 영원히 뒤쪽을 가리키는 이정표 혹은 교수대를 떠올리게 했던 것이다. 나를 가장 자주 놀리는 건 9였다. 그것은 자주 물구나무서서 눈 깜짝할 사이에 6으로 변해 있었다. 2는 의문 부호인 양 교활하게 바라보면서 내게 이렇게 묻는 것 같았다. '결국 무엇이 될 셈이냐, 이 가련한 0아! 그녀 그 날씬한 1이자 모든 것인 그녀가 없다면 네놈은 영원히 아무것도 아닐걸!'

낙천적 방랑아 타우게니히츠에게도 영혼과 세계와의 조화가 방해받는 순간이 있다. 신사 숙녀들의 여흥을 위해 배로 호수를 건너 주며 동승한 '아름다운 아가씨'에게 바치는 노래까지 부르지만, 신사들의 경멸 어린 시선을 대하자 그녀가 자신과는 다른 세계에 속해 있다는 생각에 상심한다. 후에 오해임이 밝혀지지만, 무도회 날 '아름다운 아가씨'가 다른 남자와 다정히 손을 잡고 있는 장면을 목격했을 때, 그의 절망은 극에 달한다. 행복한 감정이 슬픔으로 변하며 졸지에 정신적 외톨이가 된다.

나는 고슴도치처럼 생각의 가시에 휩싸였다. 성으로부터는 아직도 무도곡 소리가 간간이 들려 왔다. 구름은 쓸쓸하게 어두운 정원 위로 흘러갔다. 나는 올빼미처럼 나무 위에 앉아 행복을 잃은 황량한 마음으로 꼬박 밤을 지새웠다.

그러나 우수의 장면을 묘사하면서도 작가는 해학을 잃지 않는다. "고슴도치 같은 생각의 가시"를 뻗치고 "올빼미처럼 나무 위에 앉아" 밤을 지새우는 주인공의 모습은 절로 미소를 머금게 한다. 따라서 사랑을 단념하고 다시 세상 밖으로 나서는 타우게니히츠에게 절망과 비탄은 어울리지 않는다. 소박한 이상을 찾으려는 고독한 예술가의 편력이 시작된 것이기 때문이다. "슬프면서도 한편으론 새장을 벗어난 새처럼 기쁘기도 하다."고 말할 정도로 떠나는 무위도식자의 감정도 이중적이다.

이 소설에서 방랑은 긍정적 경우와 부정적 경우를 동시에 겪는다. 하느님의 크고 너른 세계를 동경하고 그 속에서 행운을 갈망하는 것은 긍정적 경우요, 머무는 장소를 상실함으로써 안전을 보호받지 못하는 위험이 부정적 경우다. 먼 지방, 특히 이교도적인 신들이 존재하는 땅 이탈리아는 그를 혼돈 속으로 끌어내릴 수도 있다. 행운은 남쪽의 먼 나라에서 구하지만, 결국은 고향과 다뉴브 강변의 푸른 숲과 성, 그곳의 안온한 평화 속에서 찾게 된다. 이탈리아에서의 우여곡절을 겪은 후 독일과 오스트리아를 찬양하는 노래를 부르는 것도 그 때문이다. 이 행운 동화는 예상한 대로 축복 받는 사랑으로 끝난다. 모든 혼란과 오해가 불식되고 '아름다운 아가씨'를 아내로 삼아 처음 기착지였던 성에 보금자리를 갖게 된다. 정체를 드러낸 레온하르트 백작이 연인들에게 주는 축복의 말 역시 유머 가득한 교훈의 메시지다.

사랑이란──이 점에 대해선 모든 학자들의 견해가 일치하는데──인간의 마음 중에서 가장 대담한 성질의 것입니다. 그것은 불같은 시선으로 지위와 계급이라는 보루를 무너뜨립니다. 사랑을 위해 이 세계는 너무나 비좁고 영원도 너무 짧습니다. 그렇습니다. 사랑은, 모든 공상가들이 이상향 아르카디아로 가기 위해 이 차가운 세상에서 입게 되는 시인의 외투인 것입니다. …… 당신이 이 외투를 입고 멀리 티버 강기슭까지 간다 해도 신부의 조그맣고 아름다운 손이 옷자락 끝을 단단히 붙잡을 것이오, 당신이 제아무리 설치며 바이올린을 켜고 소동을 부려 보았자 결국은 신부의 조용하고 아름다운 눈동자에 이끌려 돌아올 수밖에 없을 것입니다.

아이헨도르프의 해학과 유머는 부드럽고 섬세하다. 삶과 인간에 대한 따뜻함, 자연 친화, 신성을 향한 경건주의가 이 작품 전반을 관류하고 있다. 주인공 무위도식자가 아무리 바보스럽게 행동하든 그는 신의 손안에 있다. 그는 행운을 좇는 음유시인이며, 결국 그의 방황은 "신에게로 가는 순례"[150]인 셈이다.

5 낭만주의 소설의 모범

아이헨도르프의 소설 『어느 무위도식자의 삶에서』는 1826년 출간된 이후 수없이 판을 거듭했고, 많은 외국어로 번역되었다. 악한 소설, 발전 소설, 예술가 소설 혹은 모험 소설 등으로 소개되면서 그 해석과 평가도 다양했다. 주인공인 '무위도식자'는 괴테의 파우스트와 더불어 독일적 정체성, 즉 독일인의 이상적 구현으로 이해되었다.[151] 게오르크 루카치는 이 작품을 인간의 '황금시대'를 그린 소설로서 동화적 분위기를 잘 살려 많은 사랑을 받고 특히 젊은이들에게 커다란 영향을 주었다고 평한다.

> 19세기 독일인의 성격 형성 과정에서 『무위도식자의 삶에서』의 영향을 받지 않은 경우는 드물다. 그것은 예나 지금이나 가장 많이 읽히고 가장 많이 사랑 받은 독일 책 중의 하나다. 물론 일정한 발전 단계, 즉 젊은 시절에 특히 그렇다. …… 타우게니히츠 소설은 동화인 동시에 현실이다. 여기 현재의 한가운데에 그 황금시대가 나타난다.[152]

그는 또한 마르크시스트의 시각으로, 주인공 타우게니히츠를 "자본주의 안에서의 인간 소외에 대한 반항의 증인", 즉 낭만적 반(反)자본주의자로 해석하기도 한다. 그러나 이 무위도식자는 베노 폰 비제의 지적대로, 고향을 떠나 넓은 세계로 편력하는 동화 속 주인공과 가장 흡사하다. 이 이름도 없는 음유시인은 무엇보다 동화 주인공의 순수함을 지니고 세상으로 나가 결국 행복을 쟁취한다. 이 소설은 따라서 독일 민중 동화의 특성은 물론, 괴테의 빌헬름 마이스터와 낭만주의 소설의 면모를 모두 보여 주면서 시적인 정취, 섬세하고 사랑스러운 풍유와 해학으로 독자들을 즐겁게 해 준다. 거기에 자연에 대한 깊은 애정과 신을 찬미하는 마음이 배어 있어 낭만주의적 자유와 비더마이어적 전원성을 잘 살리고 있다.

평생 독실한 가톨릭 신자였던 아이헨도르프에게는 낭만적 정신이 곧 가톨릭 정신과 일치하는 것이어서 신에 대한 관계가 자연에 대한 관계와 동일하게 나타난다. 그의 신앙에는 다른 낭만주의자들이 보이는, 병적이고 어둡고 격렬하며, 생활과 동떨어진 환상에 사로잡혀 자연과 세계와의 부조화를 가져오는 요소가 없다. 그의 주인공들은 굳건한 신앙을 바탕으로 자연과 세계와의 보다 높은 조화 속으로 들어가려고 끊임없이 노력한다. 그들은 소박한 이상을 지닌 시인이며 '자연의 총아'로서 인간

과 사회를 아름답고 조화로운 질서로 회복시켜야 하는 신적인 사명을 부여받는다.[153]

바이올린 연주와 노래를 좋아하는 주인공은 작품 속 어느 곳에서도 시인으로 불리지는 않는다. 그러나 그는 어디를 가나 옛날의 음유시인처럼 '마술의 말'과 음조로써 사람들에게 기쁨을 선사한다. 인간의 편협성과 속물 근성도 그에게는 타기해야 할 속성들이다. 그의 소중한 목표는 낭만주의적 환상, 즉 '아름다운 아가씨'와의 사랑을 성사시키는 것이며, 그 꿈이 불투명해질 때마다 주저 없이 일상의 안주에서 벗어난다. 그는 방랑을 통해 행복을 찾는 동시에 현실 속에 음악적 정취를 되살리는 오르페우스적 소명을 다한다. 실존주의 철학자 키르케고르는 1841년에 쓴 아이러니에 관한 저서에서 '타우게니히츠'에게 이런 찬사를 보냈다.

낭만과 문학의 시적 인물 무위도식자는, 특히 격동의 시기에 기독교인들이 자주 하는 말, 즉 이 세상에서 바보가 되어야 한다는 것을 분명히 성취한 사람이다.

독일과 오스트리아, 그리고 이탈리아의 산과 숲과 성을 무대로 벌어지는 방랑과 사랑의 역정 ── 독일 낭만주의의 모범이라고 할 소설 『어느 무위도식자의 삶에서』는 행운 동화의 분위기, 그리고 음유시인 모티브를 잘 살려 냄으로써 감미롭고 신선한 낭만주의적 시정(詩情)을 오늘까지도 생생히 전해 준다.

5부

독일 문학의 해석과 평가

독일 문학의 해석과 평가

문예학적 해석의 한 시도

「저녁의 환상」, 「죽음의 둔주곡」, 「예기치 않은 재회」

1 문예학적 해석의 개념

문학이 과연 학문의 대상이 될 수 있는가에 대한 의문이 꾸준히 제기
된다는 것은, 문학의 사고 영역이 어떤 과학적 틀 속에서 고찰하기 어렵
다는 반증이기도 하다. '문예학(文藝學; Literaturwissenschaft)'이란 한마디
로 문학을 연구 대상으로 삼는 학문이다. 어떤 종류의 문학 작품도 연구
대상으로 삼을 수 있지만, 그 방법은 체계적이고 종합적이어야 한다. 문
예학 개념의 정설로 간주되는 것이 칼 오토 콘라디 Karl Otto Conrady의
정의다.

> 문예학이란 학문적인 문학 고찰의 모든 원리와 방법의 총괄, 즉 종합적
> 이고 체계적인 문학 과학, 다시 말해 문학 작품 자체, 그것의 전기적(傳記
> 的)·사적(史的) 관련성, 그리고 문학 일반이 지니는 특수성에 관한 모든
> 고찰 방법의 총체다.[154]

여기에서 문예학의 대상이 되는 '문학 Literatur'은 넓은 의미로 보면,
학문적 서적은 물론 편지, 서류, 신문기사 등 문자로 표기된 모든 발표
물을 말한다. 그러나 일반적인 의미의 문학이란 독자에게 미적 감흥을
일으켜야 한다는 중요한 조건을 가진다. 즉 강한 주관적 동기가 들어 있

는 것이다. 따라서 볼프강 카이저 Wolfgang Kayser도 지적했듯이, 문예
학을 학문적으로 연구하려는 자에겐 이론적 재능 외에 문학적 현상을
대하는 특수한 감수성이 필요하다.[155] 딜타이는 그것을 '직관 Intuition'이
라고 했는데, 문예학이 학문적으로 성립하기 어려우면서도 고유의 역동
성과 독자성을 지니는 이유가 바로 여기에 있다.

　문학 작품의 미적 기능을 나타내기 위한 매체는 물론 언어다. 언어에
는 우선 경험적 사실에 근거하여 사태를 순수하게 규정하는 일상적인
언어와 학술적 언어가 있다. 예술 작품으로서의 문학을 만들어 내는 소
위 문학적 언어는 단순한 한 가지 의미만 전달하는 게 아니라 다의적,
추가적 의미를 내포한다.[156]

　예컨대 테오도르 슈토름의 시 「10월의 노래」 첫행은 이렇게 시작된다.

　　안개가 피어 오르고, 잎이 떨어진다.

　이것을 일상적인 언어로 받아들이면 단지 객관적인 자연의 서술이다.
그러나 이것이 자연시인 슈토름의 시라고 생각하는 순간 그 언어는 전
혀 다른 의미, 전혀 다른 분위기를 연출한다. 즉 시적 자아가 표출하는
감정과 정서가 내포된다. 감정을 전제로 한 문학 작품의 여러 현상을 가
능한 한 과학적 접근을 통해 규명하려는 시도는 W. 카이저에 이르러 절
정에 다다랐다. 문예학적 방법론에 대한 그의 생각을 살펴보자.

　　문학 작품이 문예학의 중심이 되는 대상이라면, 우리가 가질 만한 문제
　점들은, 작품의 생성, 원천, 창작 과정, 끼친 영향과 작용력, 문예사조와
　시대에 대한 중요성이다. 그리고 무엇보다 작가에게 이끌며 그에 관련된
　의문점들을 예의 문예학의 중심을 에워싸고 있는 제법 광범위한 의문들로
　파악해야 한다.[157]

이러한 목적을 수행하는 데는 두 가지 방법이 있다. 하나가 역사적 연구, 즉 문학사이고 다른 하나가 체계적 연구, 즉 문학 이론이다. 후자를 과거에는 시학(詩學)이라고 불렀다. 문예학의 원전은 따라서 아리스토텔레스의 『시학』이다.

2 해석의 기본 요소

작품을 문예학적으로 분석하고 고찰할 경우 대상으로 삼아야 할 몇 가지 기본 요소들이 있다. 그중 중요한 것이 소재, 모티브, 내실이다.

소재(素材)

W. 카이저에 의한 소재의 정의는 다음과 같다.

> 문학 작품 밖의 고유한 전승(傳承) 속에 살아 있다가 이제 작품의 내용에 작용하는 것을 소재라 한다. 소재는 항상 특정한 인물들에 매어 있으며 줄거리를 이루면서 시간적, 공간적으로 많든 적든 고정화되어 있다.[158]

소포클레스의 연극 『오이디푸스 왕』을 보면 극중 사건이 창작에 의한 것이 아님을 알게 된다. 작가는 작품 밖에 존재하는 것, 즉 그리스 신화와 관계를 맺고 있다. 주인공 오이디푸스는 "아버지를 죽이고 어머니와 결혼하리라."는 신탁 때문에 집을 떠났으나, 결국 그의 삶은 신탁의 계시를 따르게 되고 자신의 눈을 찔러 장님이 됨으로써 자신의 운명을 속죄한다. 이러한 줄거리는 소포클레스의 손을 거쳐 문학성을 갖춘 드라마로 변형되었다. 말하자면 그리스 신화가 이 작품의 '문학적 원천'이 된 것이다. 괴테의 『파우스트』, 『이피게니에』, 또는 실러의 『오를레앙의 처녀』, 『돈 카를로스』 등이 모두 전설, 혹은 역사적 사실로 전승되어 오는 것을 작품으로 형상화한 것이다. 따라서 문학적 소재란 자연계에 존재한 재료로부터 "정신적인 과정을 통해 생산된 기본 요소"[159]다.

소재 연구의 획기적인 저서가 바로 엘리자베트 프렌첼의 『세계 문학의 소재』(1962)다. 소재는 그 원천이 무엇인가에 따라 몇 가지 종류로 구분된다.[160]

첫째가 문학적 소재원(素材源 ; literarische Quelle)이다. 18세기 극작가들이 특히 애용한 것으로, 대표적인 것이 성서와 그리스·로마 신화다. 그 밖에 연대기, 일기, 전기, 자서전 따위도 좋은 소재원이 된다. 프렌첼의 조사에 의해 오이디푸스 신화를 소재로 한 작품을 열거해 보자. 소포클레스의 「오이디푸스 왕」(기원전 429년경), 한스 작스의 「불행한 여왕 이오카스테」(1550), 프리드리히 횔덜린의 「전제자 오이디푸스」(1804), R. 판비츠의 「오이디푸스의 해방」(1813), 아우구스트 폰 플라텐의 「낭만적인 오이디푸스」(1828), J. 펠라도의 「오이디푸스와 스핑크스」(1903), 후고 폰 호프만슈탈의 「오이디푸스와 스핑크스」(1905), 장 콕토의 「무서운 흉계」(1934), H. 게온의 「오이디푸스 또는 신들의 황혼」(1938), T. S. 엘리엇의 「노정객」(1958) 등이다. 얼마 전 우리나라에서도 역사적 사실에서 소재원을 구하는 작품들이 유행처럼 범람한 바 있다.

19세기와 20세기 작가들은 신문 소재원 Zeitungsquelle을 애용했다. 괴테의 『젊은 베르테르의 슬픔』이 작가 자신의 체험 소재원과 당시 신문지면을 통해 세상을 떠들썩하게 했던 자살 사건을 중요한 소재원으로 사용했음은 주지의 사실이다. 그 밖에 고트프리트 켈러의 『마을의 로미오와 줄리엣』, 플로베르의 『보바리 부인』, 스트린드베리히의 『율리에 양』, 최인호의 소설 『지구인(地球人)』 등도 신문 소재원에서 작품의 발상이 이루어진 경우다.

입에서 입으로 전해 오는 구전적 소재원 mündliche Quelle 역시 많은 작품의 제작 동기가 된다. 특히 조부모나 부모님의 이야기는 작가들의 마음에 잊을 수 없는 감동으로 남아 있어 훌륭한 글감을 제공해 준다.

조지 엘리엇의 『아담 베데 *Adam Bede*』, 게하르트 하우프트만[161]의 『직조공들』 등이 좋은 예다.

그러나 무엇보다 작가 자신의 체험이나 관찰이 소재원이 되었을 때 작품은 한층 더 생기를 띠게 된다. 어떤 의미에선 모든 문학 작품이 직접 혹은 간접 체험의 소재들을 작품화했다고 해도 과언이 아닐 것이다.

모티브

독일어에서 모티브 Motiv라는 어휘는 보다 작은 단위의 소재를 의미한다. 즉 아직 완전한 플롯, 즉 이야기를 내포하고 있지는 않지만, 이미 "내용을 지닌 상황적 요소"[162]다. 따라서 소재는 자신 속에 많은 모티브들을 지니게 된다. 내용이 복잡하지 않은 문학 작품에서는 '핵심 모티브 Kernmotiv'를 통해 응축된 형태로 재현될 수 있지만, 일반적인 문학 장르에서는 대개 몇 개의 모티브가 작품의 내용을 만들어 낸다. 따라서 요제프 쾨르너는 모티브를 일컬어 "문학적 소재의 가장 기본적이고 통일성을 지닌 부분"[163]이라 했다.

카이저의 모티브 정의는 어떠한가?

모티브는 반복적이고 전형적인, 요컨대 인간적으로 의미심장한 상황이다. 이러한 상황으로서의 특징 속에 근거하고 있는 것은, 모티브가 전과 후를 나타낸다는 사실이다. 상황이 발생하면 긴장은 해결을 요구한다.[164]

어원이 '움직이다 movere'인 것처럼 모티브는 문제를 해결하는 역동적인 힘이며 끊임없이 반복될 수 있는 전형적 상황이다.

동화야말로 모티브 연구의 가장 적절한 대상이다. 세계 각국의 동화를 살펴보면 전형적인 모티브가 국경을 초월해 반복하고 있음을 알 수 있다. 「신데렐라 공주」나 「콩쥐팥쥐전」의 핵심 모티브는 극적인 순간에 신발 한 짝의 주인을 찾음으로써 상황이 해결되는 것이다. 약속의 표시로 반지 따위를 나누어 가졌다가 다시 맞추는 모티브, 초자연적인 존재가 나타나 마법의 도구를 줌으로써 문제를 해결하는 모티브 등도 동화에서 자주 반복된다.

역사적 인물 잔 다르크를 작품으로 형상화했을 경우, '프랑스의 어떤 마을 출신으로 신의 소명을 받았다고 주장하는 어떤 소녀의 이야기'가 소재다. 그러나 그 모티브는 고정화되거나 완료된 것이 아니다. 여러 가지 가능한 모티브들이 존재한다. 그중 두드러지는 것이 '신의 소명을 실행하고자 여자의 행복을 희생한다.'는 모티브일 것이다. 셰익스피어의 희곡『로미오와 줄리엣』의 소재는 이탈리아의 어느 도시에 사는 두 청춘 남녀의 운명적 사랑이지만, 모티브는 중요한 것만 해도 얼른 두 가지가 떠오른다. 즉 '원수지간인 두 가문 자제들 간의 사랑'과 작품 말미에 일어나는 '거짓 죽음을 오해한 비극'이다. 후자는 피라무스 Pyramus와 티스베 Thisbe에 관한 그리스 신화에서 차용한 것으로 수없이 반복되는 모티브다.

모티브는 또한 시대에 따라 선호하는 종류가 다르다는 특징을 지닌다. 예컨대 슈투름 운트 드랑 시대의 드라마들에는 형제간의 불화나 갈등의 모티브가 빈번히 나타난다. 실러의『도둑떼』, F. 후흐의『피트와 폭스』, W. 슐츠의『페르페튜아』등이 그것이다. 휠티의『아델스탄과 뢰스헨』, 뷔르거의『레노레』, 괴테의『충실치 못한 소년』등 18세기 담시(譚詩)에서 애용한 모티브는 '죽은 연인과의 해후'다.[165]

어떤 작품에는 핵심이 되는 모티브가 그 작품 내에서 반복적으로 사용되는 경우가 있다. 음악에서 주제음과 같은 것으로 '주도(主導) 모티브 Leitmotiv'라고 한다. 에밀 슈트라우스의 소설『베일』에서는 베일이, 괴테의『친화력』에서는 주인공 에드아르트와 오틸리에 이름의 이니셜이 새겨진 술잔이 반복적으로 묘사된다. 토마스 만의 소설『베네치아에서의 죽음』에 등장하는, 죽음의 사자(使者)를 연상시키는 일련의 인물들은 주인공 아셴바흐의 죽음을 예고하는 주도 모티브적 요소라 할 수 있다.

서정시의 모티브는 샘물, 가을, 밤, 죽음 같은 것이 될 수 있다. 이것은 의미심장한 상황으로 파악되어야 하고, 줄거리의 전개가 존재하지 않는 만큼 인간 내면의 체험이 되어야 한다. 서정시의 경우 유사한 모티브들을 묶어서 고찰하는 비교 연구에 유의할 필요가 있다. 로베르트 히페의 저서 『같은 모티브의 시 62편에 대한 해석』에 정선된 '죽음'을 모티브로 한 시들은, 클라우디우스 「죽음」, 마이어의 「늦은 배에 타고」, 릴케의 「죽음은 위대하다」, 노발리스의 「밤의 찬가」, 첼란의 「죽음의 둔주곡」 등이다.[166]

내실(內實)

한 문학 작품의 내실이란 그것의 의미 Sinn와 이념 Idee이다.[167] 그것은 작품을 면밀히 분석할 때 드러난다. 자이들러는 그것을 "합리적으로 파악하는, 도덕적 명제로 독자에게 영향을 끼치는 것"[168]이라 말한다. 내실을 한 작품에 내재하는 모든 문제와 해결의 총체로 파악한다면, 이러한 문제는 모든 종류의 인간적 문제이며, 그 '존재의 총체'라 할 수 있다. 따라서 내실을 분석하고 고찰해 보면 작가의 세계관, 또는 시대정신을 표출해 낼 수 있다.

문학사에서 작품의 내실, 예컨대 작가의 이념이 문제가 된 경우가 허다하다. 독자의 시각 차이 때문이다. 19세기 프랑스 대표적 소설인 플로베르의 『보바리 부인』의 경우를 보자. 수도원 교육을 받은 처녀 에마의 애정 행각을 그린 이 소설은 비도덕적 작품이라는 지탄받고 법정 싸움으로까지 비화되었다. 각자 작품의 이념을 받아들이는 관점이 상이했다. 검사 측은, 『보바리 부인』이 비윤리적 작품이며 간통을 찬미하고 있다고 보았다. 그에 대해 작가는, 악덕을 미워하고 참된 덕행이 무엇인가를 말해 주려는 도덕적, 종교적 생각을 표현한 것이라 맞섰다. 결국 법정은 작가의 편에 서서 작품을 환경과의 갈등에 빠진 한 인간의 이야기로 읽었다. 즉 도덕적 목적을 인정하고, 부적절한 교육이 초래할 위험성에 대한 경고로 받아들였다. 우리의 경우 1950년대를 떠들썩하게 했던 정비

석의 『자유부인』, 또는 한때 법정 문제로까지 번졌던 마광수의 『즐거운 사라』 논쟁이 이와 유사한 경우다.

문학 작품이 이념과 문제성을 내포하는 것은 확실하다. 그러나 해석론자들은 그것을 작품 자체의 내실에 국한시키려고 한다. 정신사적 방법에 의해 작품의 내실을 작가의 세계관, 또는 시대정신에 억지로 연관시키는 것은 작품 해석의 지나친 자의라는 것이다.

3 작품 해석의 몇 가지 예

휠덜린의 시 「저녁의 환상」

오두막 앞 그늘 속에 농부는 조용히 앉아 있다.
그 자족하는 자의 아궁이엔 연기가 피어 오른다.
평화로운 마을의 저녁 종소리
나그네를 반기는 양 울려 온다.

지금쯤 어부들도 항구로 돌아오리라.
먼 도시에선 장터의 떠들썩한 소리
흥겹게 가라앉고, 고요한 정자에선
벗들과 어울리는 성찬이 한창이다.

나는 어디로 가나? 뭇 사람들
일과 보수로 살아가고, 고생과 휴식 번갈아 가며
모두들 즐거운데, 어찌하여
내 가슴속 가시는 잠들 줄 모르는가?

저녁 하늘에 봄날이 피어난다.
장미꽃 만발하고, 황금빛 세계 고요히 빛난다.
오, 그리로 날 데려다 다오,
진홍빛 구름이여! 그리하여 저 높은 곳

빛과 대기 속에서 내 사랑과 고뇌 사라지기를!
그러나 어리석은 간청에 쫓기듯, 그 마법은
사라진다. 이제 사방은 어두워지고 나는
하늘 아래 여전히 외롭기만 하다.

이제 오려므나, 포근한 잠이여! 마음이 원하는 게
너무 많구나. 청춘이여, 결국 너도 불타기를 그치리.
너 쉼 없이 꿈꾸는 자여!
그리하여 노년은 평온하고 즐거우리.

Vor seiner Hütte ruhig im Schatten sitzt
der Pflüger ; dem Genügsamen raucht sein Herd.
Gastfreundlich tönt dem Wanderer im
Friedlichen Dorfe die Abendglocke.
Wohl kehren jetzt die Schiffer zum Hafen auch,
In fernen Städten, fröhlich verrauscht des Markts
Geschäft'er Lärm ; in stiller Laube
Glänzt das gesellige Mahl den Freunden.

Wohin denn ich? Es leben die Sterblichen
Von Lohn und Arbeit ; wechselnd in Müh und Ruh
Ist alles freudig ; warum schläft denn

Nimmer nur mir in der Brust der Stachel?

Am Abendhimmel blühet ein Frühling auf;
Unzählig blühn die Rosen und ruhig scheint
Die goldne Welt; o dorthin nehmt mich,
Purpurne Wolken! und möge droben

In Licht und Luft zerrinnen mir Lieb und Leid!–
Doch, wie verscheucht von törichter Bitte, fliehrt
Der Zauber; dunkel wird's und einsam
Unter dem Himmel, wie immer, bin ich–

Komm du nun, sanfter Schlummer! zu viel begehrt
Das Herz; doch endlich, Jugend! verglühst du ja,
Du ruhelose, träumerische!
Friedlich und heiter ist dann das Alter.

저녁을 모티브로 한 횔덜린의 시 「저녁의 환상Abendphantasie」은 1799년 홈부르크 체재 시에 나온 것이다. 정교하게 구성된 6연의 알카이오스 송시로 그 율각(律脚)의 공식은 다음과 같다.

XX'/XX'/XX'/XXX'/XX'
XX'/XX'/XX'/XXX'/XX'
XX'/XX'/XX'/XX'/X
X'XX/X'XX/X'X/X'X

세 번째 시행까지 주로 약강격Jambus으로 구사되다가 네 번째 시행

340

에서 돌연 강약약격 Daktylus으로 급전되는 것이 이 시의 묘미다. 주지하는 대로 송시 형식은 그리스의 서정시인들이 애용한 형식으로 품위 있는 주제를 고상하게 노래하는 데 적합하다.

방랑자의 삶을 주제로 삼은 이 시의 내실은 우아한 인생의 문제, 즉 만족자[=농부]와 만족할 줄 모르는 자아[=시인] 사이의 갈등과 그 화해다. 이것을 형상화한 작품의 구성을 정리해 보자.

　1-2연　전원 풍경의 묘사
　3연　　의문 제기
　4-5연　꿈[희망]의 제시
　6연　　인식에 다다름

다시 말해 1, 2연은 "밭갈이 농부 Pflüger"(2행), 즉 안주한 자의 세계다. "조용히 ruhig"(1행), "자족하는 genügsam"(2행), "나그네를 반기는 gastfreundlich"(3행), "평화로운 friedlich"(4행), "벗들과 어울리는 gesellige Freunde"(8행)이라는 표현이 그러한 분위기를 뒷받침한다. 이 평화로운 세계를 더욱 인상 깊게 해 주는 상징적 표현으로 "연기 피어 오르는 아궁이 rauchende Herd"(2행), "저녁 종소리 Abendglocke"(4행), "고요한 정자 die stille Laube"(7행) 등이 있다.

3연의 서두에 던져지는 진지한 질문은 "나는 어디로 가나 Wohin denn ich?"다. 여기에서 두 세계 사이의 대립이 명료해진다. 저편은 평화와 만족의 세계요, 이편은 불안한 의문, 즉 "가시 Stachel"의 세계다. 따라서 "어찌하여 내 가슴속 가시는 잠들 줄을 모르는가 Warum schläft denn nimmer nur mir in der Brust der Stachel?"(11-12행)라는 두 번째 질문은 시적 자아의 절절한 외침이다. 그러나 주목할 것은 바로 이 연에서 "노력과 휴식 속에서 in Mühe und Ruh" "기쁘게 freudig" 살아가는 만족자의 영역에 커다란 동경심을 가지고 있다는 사실이다.

그것이 4, 5연에서 '꿈'의 형태로 나타난다. U. 호이써만의 해석에 의하면 이 부분이 바로 방랑자의 질문에 대한 답변이라는 것이다.[169] 저녁 하늘에 꽃 피어난 봄날 같은 기운, 그 마법의 세계야말로 시인이 갈망하는 유토피아다. 그 황금빛 세계는 고요히 빛을 발하며(14-15행) 현실의 저편에 존재한다. 그러나 꿈은 사라지고, 마법은 달아난다.(18행) 불안하고 외로운 자아는 늘 그랬듯이(20행) 다시 나그네로 남게 된다.

문제 해결은 6연에서 이루어진다. 말하자면 노년(老年)에 갖게 되는 삶에 대한 인식이다. 그것은 일종의 자족과 체념일지도 모른다. "포근한 졸음sanfter Schlummer"(21행)의 도움으로 현실을 망각하려는 도피적 처세일 수도 있다. 그러나 그것은 인생에서 불가피한 귀결점, 즉 정관(靜觀)의 자세다. "고요한 체험과의 엄숙한 화해"[170]이며, 작렬하는 젊음을 지나온 자의 자기 각성이다.

파울 첼란의 시 「죽음의 둔주곡」

새벽의 검은 우유를 우리는 마신다 그것을 저녁에
우리는 그것을 낮과 아침에 마신다 우리는 그것을 밤에 마신다
우리는 마시고 또 마신다
우리는 공중에 무덤을 판다 거기에 사람들은 비좁지 않게 눕는다
한 남자가 집에서 산다 그는 뱀들과 논다 그는 편지를 쓴다
그는 어두워지면 독일로 편지를 쓴다 너의 금빛 머리카락 마르가레테여
그는 편지를 쓰고 집 앞으로 나온다 별이 반짝인다 그는 사냥개들을 부른다
그는 유대인들을 불러내어 땅에 무덤을 파게 한다
그는 우리에게 명령한다 이제 무도곡을 연주하라
새벽의 검은 우유 우리는 너를 밤에 마신다
우리는 마시고 또 마신다

그는 어두워지면 독일로 편지를 쓴다 너의 금빛 머리카락 마르가레테여
　　너의 잿빛 머리카락 줄라미트여 우리는 공중에 무덤을 판다 거기에 사
람들은 비좁지 않게 눕는다

　　그는 외친다 너희 일부는 땅을 더 깊이 파라 너희 다른 일부는 노래하
고 연주하라
　　그는 허리춤의 쇠붙이를 잡아 빼어 돌린다 그의 눈은 푸르다
　　너희 일부는 삽질을 더 깊이 하라 너희 다른 일부는 계속 무도곡을 연
주하라

　　새벽의 검은 우유 우리는 너를 밤에 마신다
　　우리는 너를 낮과 아침에 마신다 우리는 너를 밤에 마신다
　　한 남자가 집에서 산다 너의 금빛 머리카락 마르가레테여
　　너의 잿빛 머리카락 줄라미트여 그는 뱀들과 논다

　　그는 외친다 더 달콤하게 죽음을 연주하라 죽음은 독일에서 온 거장
　　그는 외친다 더 어둡게 바이올린을 켜라 그러면 너희들은 연기가 되어
공중으로 오르리라
　　그러면 너희들은 구름 속에 무덤을 갖게 되리라 거기에 사람들은 비좁
지 않게 눕는다
　　새벽의 검은 우유 우리는 너를 밤에 마신다
　　우리는 너를 낮에 마신다 죽음은 독일에서 온 거장
　　우리는 너를 저녁과 아침에 마신다 우리는 마시고 또 마신다
　　죽음은 독일에서 온 거장 그의 눈은 푸르다
　　그는 너를 납공으로 맞힌다 그는 너를 정확히 맞힌다
　　한 남자가 집에서 산다 너의 금빛 머리카락 마르가레테여
　　그는 사냥개들을 우리 쪽으로 몬다 그는 우리에게 공중의 무덤을 선사

한다

그는 뱀들과 놀면서 꿈을 꾼다 죽음은 독일에서 온 거장

너의 금빛 머리카락 마르가레테여
너의 잿빛 머리카락 줄라미트여

Schwarze Milch der Frühe wir trinken sie nachts

wir trinken sie mittags und morgens wir trinken sie nachts

wir trinken und trinken

wir schaufeln ein Grab in den Lüften da liegt man nicht eng

Ein Mann wohnt im Haus der spielt mit den Schlangen der schreibt

der schreibt es und tritt vor das Haus und es blitzen die Sterne er pfeift

seine Rüden herbei

er befiehlt uns spielt auf nun zum Tanz

Schwarze Milch der Frühe wir trinken dich nachts

wir trinken dich morgens und mittags wir trinken dich abends

wir trinken und trinken

Ein Mann wohnt im Haus der spielt mit den Schlangen der schreibt

der schreibt wenn es dunkel nach Deutschland dein goldenes Haar

Margarete

Dein aschenes Haar Sulamith wir schaufeln ein Grab in den Lüften da

liegt man nicht eng

Er ruft stecht tiefer ins Erdreich ihr einen ihr andern singet und spielt

er greift nach dem Eisen im Gurt er schwingts seine Augen sind blau

stecht tiefer die Spaten ihr einen ihr andern spielt weiter zum Tanz auf

Schwarze Milch der Frühe wir trinken dich nachts
wir trinken dich mittags und morgens wir trinken dich abends
wir trinken und trinken
Ein Mann wohnt im Haus dein goldenes Haar Margarete
dein aschenes Haar Sulamith er spielt mit den Schlangen

Er ruft spielt süßer den Tod der Tod ist ein Meister aus Deutschland
er ruft streicht dunkler die Geige dann steigt ihr als Rauch in die Luft
dann habt ihr ein Grab in den Wolken da liegt man nicht eng
Schwarze Milch der Frühe wir trinken dich nachts
wir trinken dich mittags der Tod ist ein Meister aus Deutschland
wir trinken dich mittags und morgens wir trinken und trinken
der Tod ist ein Meister aus Deutschland sein Auge ist blau
er trifft dich mit bleierner Kugel er trifft dich genau
ein Mann wohnt im Haus dein goldenes Haar Margarete
er hetzt seine Rüden auf uns er schenkt uns ein Grab in der Luft
er spielt mit den Schlangen und träumt der Tod ist ein Meister aus
Deutschland

dein goldenes Haar Margarete
dein aschenes Haar Sulamith

파울 첼란 Paul Celan의 시 「죽음의 둔주곡 Todesfuge」은 1952년 서정
시집 『양귀비와 기억 Mohn und Gedächtnis』에 수록된 작품으로, 제목이
시사하듯 '죽음'이 모티브다. P. 자이덴슈티커가 지적했듯이 이 시의 기
본 주제는 두 가지로 구분된다.[171] 즉 '명령에 의해 자신의 무덤을 파는
유대인=무덤과 죽음', '독일에서 온 남자=잔인함과 야수성'이란 공식

으로 나타난다. 강제 수용소에 존재하는 양면성, 즉 피해자의 슬픔과 가해자의 비정함을 동시에 형상화하려는 것이 이 시의 의도이다. 중요한 것은, 이러한 주제를 다루기 위해 필요한 언어의 힘과 시 형식의 적용이다. 종래의 시적 표현으로는 이 전대미문의 극한 상황을 충분히 묘사할 수가 없기 때문이다.

첼란은 그 방편으로 여러 가지 문학적 장치를 사용하고 있다. 우선 시의 내실을 음악의 한 형태인 푸가 형식에 담았다는 점이 특기할 만한 사항이다. 푸가의 주제나 모티브는 그 리듬의 조화와 화성(和聲)이 대선율(對旋律)에 의해 대위법적(對位法的)으로 발전되는 형식이다. 이 대선율의 리듬을 차용함으로써 첼란은 시적인 아름다움과 절실함의 효과를 동시에 거두고 있다.

「죽음의 푸가」는 우선 당착어법 Oxymoron으로 시작된다. "새벽의 검은 우유"가 바로 그것이다. 당착어법이란 두 개의 대립되는 개념이 하나로 종합되는 것으로 연상 작용을 일으켜 줄 뿐 아니라 그 대조적인 첨예성으로 인해 독특한 분위기를 연출해 낸다,

우리가 아침에 마시는 우유는 하얗다. 그러나 여기서는 까맣다. 검은 색은 고통과 궁핍과 죽음의 색깔이다. 그러므로 당착어법으로서의 '아침의 우유'는 위협의 상징이다. 그 우유를 유대인들은 아침뿐 아니라 항상 마신다. 위협이 그들의 면전에 항상 존재하기 때문이다. 그들의 현존을 특징짓는 이러한 표현은 재삼재사 반복되는 주도 모티브다.(1-3, 10-12, 19-21, 27-29행) 즉 두어첩용(頭語疊用 ; Anaphora)의 수사법이다. 이것은 성경에 자주 나타나는 표현으로 유대인의 운명을 적절히 나타낸다. 자신의 무덤을 판다는 것 또한 당착어법이다. 하늘 위라면 비좁지 않게 누우련만(4, 15행), 그들은 "땅 위의 무덤 ein Grab in der Erde"에 눕는다. "잿빛 머리카락의 줄라미트"(15, 23, 36행) 역시 유대인을 상징하는 말이다. '잿빛' 또한 연소와 죽음을 의미한다. 줄라미트는 구약성서 「아가」 7장 1절에 나오는 솔로몬 왕의 연인이다. 그 밖에도 줄라미트라는 이름

은 발칸 반도의 유대인들 사이에 가장 흔히 쓰이는 이름이다. 파울 첼란 역시 그곳 출신이다.

두 번째 주제는 "독일에서 온 거장"(28행)과 관련된다. 그는 '집'에 살고 있는 남자로 묘사된다.(5, 7, 13, 22, 32행) 그는 뱀과 함께 논다.(5, 13, 23, 34행) 즉 그는 비상한 능력을 가진 자다. 어두워지면 그는 독일로 편지를 쓴다.(6, 8, 13, 14행) 어두워진다는 것은 그의 마음이 부드러워진다는 의미다. 그가 편지를 띄우는 여인 "금빛 머리카락 마르가레테"(6, 14, 22, 32, 35행)는 『파우스트』의 여주인공인 금발머리 소녀다. 이 '남자'는 유대인에게 죽음을 가져오는 자다. 그는 사냥개들을 휘파람으로 불러(7행) 유대인들을 좇게 한다.(33행) 그는 유대인들을 휘파람으로 불러(8행) 점점 강력하게 무덤 파기를 독려한다.(8-9, 16, 18, 24, 25행) 이 남자는 허리춤의 쇠붙이를 뽑아 흔들고(17행), 유대인들을 살해한다. 「죽음의 둔주곡」에서는 이런 두 가지 주제가 푸가 형식의 기법인 대위법적으로 교차된다. 네 개의 시연이 명확히 나뉘고, 네 번 다 같은 주제가 노래되면서, 35, 36행의 "결말의 화음 Schlußakkord"에 이르러 두 개의 목소리가 하나의 '동음Unisono'이 된 듯 용해된다. 강약약격 Daktylus과 약약강격 Anapäst의 빈번한 교체로 운율에 변화를 준 점, 구두점을 사용치 않은 문장 등 독특한 표현법이 시 전체에 무중력 상태의 으스스한 분위기를 연출해 낸다. 첼란은 여덟 번이나 '우리 wir'란 말을 쓰면서 유대인의 처절한 운명에 동참하고 있다. W. 부츨라프의 평가처럼, 이 시는 "절실한 사건이 거리감을 조성하는 형식을 통해, 그러나 냉정하지 않게 예술적으로 구사될 수 있음을 보여 주는 모범작"이다.[172]

헤벨의 달력화(話) 「예기치 않은 재회」

에른스트 블로흐가 "세상에서 가장 아름다운 이야기"[173]라고 격찬한 요한 페터 헤벨Johann Peter Hebel의 「예기치 않은 재회 Unverhofftes Wiedersehen」는 짧은 길이의 '달력화(話) Kalendergeschichte'다. 이 글은 다음과 같이 아름다운 사랑의 밀어로 시작된다.

　　스웨덴의 팔룬에서 50년도 훨씬 전에 한 젊은 광부가 아름답고 어린
그의 신부에게 입을 맞추면서 말했다.
　　"성 루시아 축일에 우리의 사랑이 목사님의 축복을 받게 되오. 그러면
우리는 남편과 아내가 되어 우리 자신의 보금자리를 꾸미는 거요."
　　"그리고 그곳에 평화와 사랑이 깃들어야 하고요." 아름다운 신부가 귀
여운 미소를 지으며 말했다. "당신은 저의 유일한 모든 것이니까요. 당신
없이 다른 곳에 사느니 차라리 무덤 속에서 살겠어요."

　　그러나 갱도에 묻힌 애인은 불귀의 객이 되고, 신부는 홀로 옛사랑을
그리며 살아간다. 50년이 지나 부패되지 않은 청년의 시신이 발굴되었을
때, 노파가 된 여인은 고이 간직했던 비단 목도리를 둘러주고 장례식 대
신 결혼식을 치른다.
　　이 글의 소재원은 스웨덴의 팔룬 광산에서 실제로 일어났던 사건에
대한 신문 기사다.[174] 헤벨은 이것을 1809년에 달력화 형식으로 소설화
했다.
　　이 소설은 그 구성이 세 부분으로 나뉜다. 첫째, 젊은 광부의 사랑과
죽음. 둘째, 시간의 경과를 의미하는 역사적 사건들. 셋째, 재발견된 광
부와 약혼녀의 재회.
　　'연인의 불행한 죽음', 또는 '예기치 않은 재회' 모티브는 사실 여러 시대
의 작품에서 반복된다. 이 글의 메시지, 즉 주제는 '죽음을 넘어 지속되는
사랑'이다. "빨간 가장자리를 수놓은 검은 목도리 ein schwarzes Halstuch"
(첫째 부분)와 "빨간 줄이 있는 검은 비단 목도리 das schwarzseidene
Halstuch mit roten Streifen"(셋째 부분)가 바로 주도 모티브이자 사랑의
상징이라고 할 수 있다. 이 목도리를 사자(死者)의 목에 걸어 주는 장면
에서 우리는, 사랑이 시간을 초월할 수 있음을 알게 된다.

내용 구성을 세 부분으로 나누고 있는 이 작품은 극히 절제되고 함축된 표현법을 보여 준다. "스웨덴의 팔룬에서 in Falun in Schweden"라는 첫 구절부터 많은 것을 생략하고 있다. 장편소설이라면 여기에서 벌써 갖가지 설명, 장면 묘사, 또는 심리 묘사 등이 전개되었을 것이다.

시간의 경과와 세월의 덧없음을 묘사한 둘째 부분의 경우도 특이하다. 역사의 뒤안길로 사라진 대 사건을 나열함으로써 충분한 효과를 거두고 있다. 요컨대 적절한 상징성 구사가 바로 이 소설의 활력소다. 노파가 된 여인의 모습은 시간의 무상함을 상징하는 것이고, 젊은 모습을 잃지 않고 발견된 사자는 세월의 불변함을 상징한다. 시공을 넘어 두 세계를 연결시키는 것이 '검은 목도리'다. 그것은 사랑이 시간을 극복함을 보여 준다. 파울 하이제가 말하는 소위 '매 이론 Falkentheorie'에 잘 부합되는 사물 상징이다. 시공을 초월한 위대한 사랑은 글의 말미에서 더욱 극치를 이룬다.

차가운 신혼의 침대에서 하루, 아니면 열흘 정도만 잠들고 계세요. 그 시간이 길지 않도록 할게요. 약간 볼일이 있지만 곧 저도 가겠어요. 그러면 다시 그날이 돌아오겠지요 …… 대지가 한 번 되돌려 준 것을 두 번 다시 가져가지는 않을 거예요

문예학의 개념이 만족할 만큼 정립되어 있지 않을지라도, 문예학적 방법론은 실험적 성격을 띠고 다각도로 연구되어 왔다. 이 글은 문예학의 극히 기초적인 단계에 언급, 일반적인 개념 정의 내지 터미놀러지 등에 관심을 기울이고, 나아가 방법론 중의 하나인 해석 이론에 근거해 몇 작품의 문예학적 분석을 시도해 보았다.

시든 소설이든 희곡이든 한 작품을 학문적 시각으로 고찰하는 방법 역시 다양하다. 이것이 바로 문예학이 가진 중요한 특징 중의 하나다. 문학 예술의 궁극적 목표가 언어라는 매개를 통해 아름다움을 추구하는

데 있으므로, 이러한 형이상학적 천착에서 어떤 공식이나 규범이 자칫 장해 요인으로 작용할 수도 있다.

그럼에도 불구하고, 여러 문예학적 방법론을 잣대로 작품을 분석, 고찰하고 재조명해 보는 것 역시 예상 밖의 결실을 거둘 때가 많다. 그것을 통해 변화무쌍한 문학적 기법과 언어 구사, 작품의 내실이 선사하는 아름다움과 감동을 구명해 보게 되고, 나아가 독자는 물론 다른 작가, 다른 세대, 다른 사조에 음으로 양으로 커다란 영향을 끼치게 되기 때문이다.

독일 문학에 대한 해설과 서평

100가지 이야기 속에 투영된 한 세기
귄터 그라스의 소설 『나의 세기』

　스웨덴 한림원은 1999년 마침내 독일의 귄터 그라스에게 노벨 문학상의 영예를 안겨 주었다. 1959년 『양철북』을 내놓은 이후 수시로 수상자 후보에 오르던 그였기에, 어찌 보면 만시지탄의 감이 없지 않다. 그는 활발한 현실 참여의 태도를 견지하면서도 왕성한 창작 활동을 통해 비중 있는 작품들을 잇따라 발표해 왔다. 무엇보다 다양한 문학적 주제가 끝없이 샘솟는 저력의 작가로 인정받은 것이 수상의 동인이었을 것이다. 『고양이와 쥐』(1961), 『국부마취』(1969), 『넙치』(1977), 『아득한 평원』(1999) 등 걸작을 내놓고도 지칠 줄 모르는 노대가는 1999년 7월 『나의 세기 *Mein Jahrhundert*』를 발표함으로써 또 한번 기발한 문학적 착상으로 세인을 감탄하게 했다.

　소설 『나의 세기』를 집필하게 된 아이디어는 지극히 간단하다. 지난 20세기의 100년 동안을 역사적 배경으로 삼고 매년 한 개씩 중요한 사건을 뽑아 소설 형식으로 만든 것이다. 100개 사건을 그라스는 한 역사학자에게 의뢰하여 선별했는데, 지극히 일상적인, 저잣거리에서 회자되는 이야깃거리가 대부분이다. 예컨대, 샛노란 밀짚모자가 유행하던 일(1902년), 새로 개발된 철모가 펠트 헬멧을 몰아낸 이야기(1915), 모던

댄스의 등장(1921), 제국 라디오 방송이 개국한 해(1925), TV 프로그램의 송신(1952), 베를린 장벽의 구축(1961), 프랑크푸르트에서 열린 아우슈비츠 재판(1964), 최초의 베트남 전 반대시위(1966), 바르샤바의 게토에서 독일수상 빌리 브란트가 무릎을 꿇은 일(1970), 적군파 창시자 마인호프의 체포(1972), 석유파동이 있던 때(1973), 동독 시인 볼프 비어만의 시민권 박탈(1977), 펑크 족의 확산(1978), 테니스 선수 베커의 윔블던 대회 우승(1985), 체르노빌 원자로 사고(1986), 베를린 장벽이 무너지던 해(1989), 독일 통일 후 로스토크 등지에서의 소요(1993), 복제 양(羊) 돌리의 탄생(1997) 등이다.

재미있는 것은, 각 사건을 이야기하기 위해 설정된 1인칭 화자가 각양각색의 인물들이라는 점이다. 작가 자신이 화자로 나서는 경우를 제외하고는 그 사건과 관련이 있는 인물을 교묘히 선정하여 작가의 시각을 대신하는 방법이다. 즉 내세운 인물을 통해 당시를 이야기하고 있지만, 사실 그 서술자 속에 귄터 그라스 자신이 공존하면서 사건을 관찰하고 기술한다. 「1900년」의 첫머리에 썼듯이 "실제의 내가 모습을 바꾼 서술자로서 나는 해마다 현장에 있다."

도이치 그라모폰의 사원을 통해 하노버 레코드 회사의 화재 사건을 기술하고, LZ 비행선이 뉴욕까지 비행한 이야기의 화자는 당시의 기관사다. 최초의 베트남 전쟁 반대 시위는, 어느 독문학 교수가 시위에 참가했던 학창 시절을 회상하는 형식이다. 1차 대전에 대한 기술은 전쟁소설의 대가 레마르크와 윙어의 대담 형식으로 꾸미고, 2차 대전의 이야기는 당시 종군기자들의 입을 통해 그 디테일이 몇 년에 걸쳐 차례로 그려진다. 예컨대 독일군의 폴란드 침공(1939), 노르웨이와 프랑스 점령(1940), 발칸 반도의 침공(1941)과 스탈린그라드 공습(1942), 바르샤바의 게토에서 일어났던 폭동(1943), 원자폭탄 투하(1944)와 종전(1945) 등이 이야기된다.

전후의 참상은 생활고를 겪는 한 여인, 에너지 파동을 당해 그 공급의 책임을 맡았던 상원의원, 통화 개혁을 경험한 당시의 연금 생활자 등을 통해 그려 나간다. 20세기의 마지막, 즉 1999년은 살아 있다면 103세가 되었을 그라스의 어머니가 화자 역할을 함으로써 피날레를 장식한다. 한 세기를 마감하면서 말하는 그녀의 소망은 우리 모두의 간절한 화두이기도 하다.

나는 2000년을 기쁜 마음으로 기다리고 있어요. 무슨 일이 일어나는지 보고 싶어요. …… 제발 전쟁만은 일어나지 않았으면 해요. …… 저 아래쪽에서 그리고 온 세상에서 말이에요.

이 일상적인 사건에 관한 이야기를 읽으며 우리는 한 세기 동안의 다사다난함에 놀라게 된다. 불과 100년 동안 커다란 전쟁이 두 번이나 발발했고, 인플레이션과 실업, 그리고 석유 파동이 인류의 삶을 뒤흔들었다. 라디오 방송을 듣고 신기해하던 우리는 불과 20년 후의 같은 세기에 텔레비전 방영의 시대를 맞았고, 급기야는 유전자 조작에 의한 복제양의 탄생을 지켜볼 수 있었다. 열거된 사건들이 세계적인 대사건도 있지만, 대부분 독일 안의 사건을 위주로 꾸려 가고 있다. 이러한 독일 중심의 선별 이유를 묻는 인터뷰에서 그라스는 이렇게 말한다.

나는 독일 작가고, 내게 독일 사건은 중요하다. 세기의 처음 절반에서 우리 독일인들은 자주 숙명적인 역할을 해 왔다. 두 번째 절반도 그 결과와 관계를 맺고 있다.

즉 그는 독일 역사를 통해 세계의 한 세기를 조명해 본 것이다. 두 번이나 전 세계를 전쟁의 소용돌이 속으로 몰아넣은 나라의 작가로서 당연한 일인지도 모른다. 그라스는 이 인터뷰에서 다른 나라의 작가들 역시 100년 동안의 100개 이야기를 그들 시각으로 이야기했으면 좋겠다고 했다. 그러면 한 세기의 "멋진 도서관"이 되리라는 것이다.

『나의 세기』를 읽는 동안 우리는 다양한 화자의 입으로 진술되는 갖가지 다채로운 사건에 이끌려 들어가기 마련인데, 이러한 흡인력의 이유는 재담가인 귄터 그라스 특유의 문장 기술 때문이다. 그라스의 전 작품에 나타나는 유머와 해학이 『나의 세기』에서도 유감없이 빛을 발한다. 태연하고 능청스레 늘어놓는 이야기를 들으며 우리는 연방 그 신선한 해학과 반어와 풍자에 절로 미소를 떠올리게 된다. 빌헬름 2세가 1905년 모로코의 탕지르를 방문했을 때, 그 지방에 살았던 어느 상인의 회상을 통해 그 방문의 정치적 실패가 익살스럽게 묘사된다.

　　폐하께서 힘찬 연설을 하는 동안 프랑스와 영국은 이집트와 모로코에 관한 합의를 했다. …… 하지만 영속적인 인상을 남긴 것은 오직 태양 광선에 번쩍이던 황제의 투구뿐이었다. 이곳의 구리 세공사들은 부지런히 그 투구의 모조품을 만들어 각종 시장에 내다 팔았다.

1991년 발발한 걸프만 전쟁에 대해 나이 든 68년 세대들이 주고받는 토론에도 날카로운 풍자가 번득인다.

　　"전쟁이라니? 쇼에 지나지 않아. CNN이 미 국방성과 합작해서 산뜻하게 마련했고, 이제 일반 구매자들이 텔레비전 화면으로 그 쇼를 함께 감상하는 것이지. 특별히 거실을 위해 연출한 불꽃놀이 같아. 정말 그럴듯하단 말이야. 죽은 사람들은 보이지도 않아. 사람들은 마치 공상과학 소설이라도 들여다보는 것 같아. 소금 뿌린 막대 과자를 야금야금 씹으면서 말이야."

　　"하지만 타오르는 유전들과 이스라엘에 미사일이 떨어지는 장면은 보이는데. 사람들은 지금 마스크를 쓰고 지하 창고 안에 있군 그래."

　　"그런데 이란에 대항해 오랜 기간에 걸쳐 사담을 무장시킨 것은 누구였지? 그래 바로 그거야. 미군과 프랑스군이었어……."

이 책에는 또한 자신이 직접 그린 수채화를 일일이 곁들일 정도로 그라스의 체취가 담뿍 담겨 있다. 게다가 책이 출간되기 전(1999년 3월) 세계의 그라스 연구가들을 초청해 '귄터 그라스 번역자 세미나'를 개최하고 그라스 자신이 나서서 『나의 세기』가 옳게 번역되도록 신경을 쓰기도 했다.

앞의 인터뷰에서 그라스는 "1999년 12월 31일에 무엇을 할 것인가?"라는 질문에, "아내와 춤을 추면서 새 천년 속으로 들어가고 싶다."고 말했다. 마음을 훈훈하게 하는 답변이다. 우리는 그라스의 소설 『나의 세기』를 읽으며 지난 한 세기의 무수한 사건들을 점검하고 성찰하며 나름대로의 교훈을 얻게 된다. 그리고 새로운 세기에 대한 기대감과 더불어 부디 아름답고 축복 받는 일만 지구상에 넘쳐나길 간절히 소망해 본다.

내 울부짖은들 천사의 대열에서 어느 누가 귀담아 들어 주랴
라이너 마리아 릴케의 「두이노의 비가」

라이너 마리아 릴케 Rainer Maria Rilke(1875-1926)의 장시 「두이노의 비가 Duineser Elegien」(1923)는 모두 열 편의 비가(悲歌)로 된 작품이다. 그중 제1, 2비가가 탄생된 곳은 이탈리아 북부 아드리아 해안에 위치한 두이노 성이다. 그곳 베네치아 만에 면한 도시 트리에스테의 바닷가에 이 고성(古城)은 오랜 풍상에 퇴락한 모습으로 지난 세월을 이야기하며 서 있다. 웅장하다기보다는 황량해 보인다는 것이 이 성에서 받게 되는 인상일 것이다. 그러나 주변을 둘러싼 암벽들과 수풀, 멀리 내려다보이는 아드리아 해의 푸른 바닷물과 어울리면서 기막힌 경관을 이루어 낸다. 표박(漂泊)하는 나그네의 마음에 가슴 벅찬 시정(詩情)을 선사하기에 충분한 장소다.

1911년과 12년 사이의 겨울을 릴케는 이 성에서 살았다. 「두이노의 비가」의 실마리가 열린 것은 1912년 정월이었다.

내 울부짖은들 천사의 대열에서
어느 누가 귀담아 들어 주랴
설령 한 천사가 있어
갑자기 나를 가슴에 껴안는다고 해도
그 힘찬 존재로 해서 나는 스러지고 말리라.

제1비가의 서두다. 어느 날 릴케는 하찮은 편지 한 통을 받고 답장
쓸 일에 골몰하고 있었다. 성밖에서는 바람이 휘몰아치고 있었지만, 시
인이 밖으로 나오니 은빛으로 반짝이는 푸른 바다 위에선 1월의 태양이
작렬하고 있었다. 제방 쪽으로 내려가자 60미터나 아래쪽에 있는 바다에
선 성난 파도가 철썩이고 있었다. 릴케 자신의 회고에 의하면, 바로 그
때 휘몰아치는 바람 속에서 자기를 부르는 듯 "내 울부짖은들 천사의
대열에서 / 어느 누가 귀담아 들어 주랴"라는 소리가 들려왔다는 것이다.
성에 돌아오기가 무섭게 그는 이 구절을 종이에 옮겼고, 봇물이 터지
듯 시구들이 흘러나와 저녁 안으로 삽시간에 제1비가를 완성했다. 그러
나 비가 전체를 탈고하기까지는 10년이란 세월이 소요되었다. 따라서 이
장편의 비가는 그야말로 시인 릴케의 미학과 세계관이 한껏 응축되어
있는, 야심에 찬 자기 결산서다. 열 편의 비가 중 짧은 것은 45행(6비
가), 긴 것은 114행(10비가)에 이른다.
이 시의 산실이 되는 두이노 성은 명문 출신의 공주 마리 폰 투른 운
트 탁시스 후작부인의 소유였다. 그녀는 시인보다 20년 연상이었는데,
사교계에 발이 넓었고 열렬한 예술 옹호자였다. 그녀는 방랑자나 다름없
는 릴케에게는 후원자이자 모성을 발휘한 여인이기도 했다. 이 탁시스
부인의 호의로 릴케는 두이노 성에 기거하게 되었고, 20세기 최고의 명
시라고 일컬어지는 「두이노의 비가」를 구상할 수 있었던 것이다. 1911년
10월 25일 한 친구에게 보낸 편지에는 이 아름다운 성에 대한 시인 자
신의 기록이 적혀 있다.

바닷가에 우뚝 솟아 있는 이 성은 대부분의 창문이 활짝 트인 바다 쪽으로 향하고 있습니다. 그래서 직접 바다의 전부, 즉 모든 것을 능가하는 기막힌 연출을 바라보는 것 같다고나 할까요.

건물의 반대편 창문 쪽에서 내려다보이는 오래된 중정(中庭)으로 나오면 이곳이 아득한 옛날에 축조된 건축물임을 알 수 있다. 옛 로마 시대의 자취가 바로크 시대의 돌난간이나 조상(彫像)들과 공존하고 있기 때문이다. 성 뒤편의 육중한 문은 석회암 대지(臺地)로 된 공터로 통하고, 그곳에서 바다를 향하고 있는 조그만 정원이 있다. 여기에서 바라보면, 건너편 해안의 넓은 수렵지 안에 본성보다 더 고풍스러운 성채 하나가 눈에 들어온다. 그 고성의 불쑥 튀어나온 내달이방에서 한때 『신곡』의 시인 단테가 머문 적이 있다고 전한다.

릴케의 비가에는 초월적 존재로서의 천사에 대한 외경심이 충만해 있다. 릴케에게 천사란 보다 높은 우주 질서 속에 있는, 눈에 보이지 않는 존재다. 그것은 육신이 아닌 정신이라 할 수 있다. 따라서 가시적인 것만을 사랑하고 그것에 익숙해진 인간에게 천사란 아름답기는 하지만 두려움의 대상일 수밖에 없다.

> 아름다움이란 우리가 겨우 견디어 내는
> 두려움의 시작일 뿐,
> 우리가 아름다움을 그토록 경외함은
> 파멸시킬 만큼 우리를 멸시하기 때문이다.
> 천사는 하나같이 두렵구나.(제1비가)

불완전한 존재인 인간으로선 강렬하기 짝이 없는 천사 앞에 한낱 소멸의 존재에 불과하다는 "격분에 찬 인식"(10비가)에 도달하지 않을 수 없다. 이것이 인간을 절망과 고독으로 이끈다. 그러나 인간은 천사와 같이 되고픈 소망을 갖고 있다. 강렬하면서도 순수하고 아름다운 존재, 다시 말해 우리의 일상을 뛰어넘는 초월적 존재가 되려 한다. 그것은 릴케 시의 요체가 되는 '세계 내 공간'에 들어가야 비로소 가능하다. 그곳은 위대한 통일의 세계요, 차안과 피안을 초월한 존재의 영역이다. "순간적인 자들"(5 비가), 혹은 "허무하기 짝이 없는 자들"(9비가)을 무의식적 무정형 상태에서 구해 낼 수 있는 장소다. 인습에 얽매이고 세속에 오염된 자가 들어갈 수 없는 공간임은 두말할 나위도 없다. 「두이노의 비가」 전편을 통해 강조하고 있는 것이 바로 이 순수한 초월의 세계에 대한 동경이다.

사랑하는 이여, 내면 이외의 어느 곳에서도
세계가 이루어지지 않으리라.
우리의 삶은 변화하면서 나아가는 것.
하여, 외면 세계는 점점 더 빈약한 모습으로 사라져 가는 것이다.(7비가)

인간이 초월하려는 것은, 우리의 의식 세계를 부단히 확장시켜 간다는 말이다. 천사의 계열에 오르기 위한 변화의 몸부림이다. 인간이 "뛰어오르는 자"(5비가)로 변모될 때 천사와 맞서는 자세가 당당해질 수 있을 것이요, 따라서 천사는 두려운 존재가 아니라 아름답고 친근한 친구로 바뀔 수 있을 것이다. 릴케의 「비가」는 결코 인간의 유약함을 아쉬워 하는 탄식의 노래가 아니다. 4, 5, 6비가에서 이러한 자기실현의 적극성을 노래하고 있다. 계속해서 7비가에선 인간의 위대함을 찬미하고, 8비가에서 인간은 열려진 세계를 이해하는 존재로 변모한다. 결국 9비가에서는 눈에 보이지 않는 것을 지상으로 받아들이는 인간 존재의 대담성이 확증되며, 아홉 편의 비가가 변용되어 이룩된 비가 10은, 그러한 소망이 죽음을 통해 실현되었음을 노래하고 있다. 따라서 「두이노의 비가」 에서 분명하게 나타나고 있는 것은, 세계 내 공간에 이르러 천사가 되기 위한 인간적 삶의 역정(歷程)이다. 이러한 목표에 이르러서야 비로소 인간은 두려움 없이 천사의 아름다움을 이해하고 그 순수무구함을 자신의 것으로 만들 수 있는 것이다.

요컨대 「비가」에 나타난 천사란 인간이 마땅히 이루어야 할 변화의 표본이요 이상이다. 천사는 아름다우면서도 두려운 존재지만, 릴케가 한 편지에서 밝혔듯이 아름다움과 두려움 사이에는 '은밀한 관계'가 존속한다는 사실에 유의할 필요가 있다. 인간적 삶의 이면에 구원으로서의 죽음이 항존하고 있는 것과 마찬가지다. 말하자면 이 둘은 대립이 아닌 상호 의존적인 존재인 것이다. 제10비가의 서두는, 이러한 교감에 힘입어 두려움을 떨치고 천사의 아름다움을 찬양하는 힘찬 노래로 시작된다.

> 어느 땐가 격분에 찬 인식이 끝날 때,
> 호응하는 천사들 향해 환희와 찬미의 노래를 부르리라.
> 심장의 맑은 고동 소리 어느 것 하나
> 부드러운, 혹은 주저하는, 혹은
> 끊어질 듯한 현(絃)에 닿아
> 흩어지지 않으리.
> 쏟아지는 눈물에 내 얼굴 더욱 빛나기를,
> 숨어서 흘리는 눈물, 꽃이 되어 피어난다면,
> 오오 비탄에 잠긴 밤이여, 그대 내게
> 얼마나 친근해지랴.(10비가)

파도 드높은 아드리아 해안의 두이노 성에서 1, 2비가는 태어났지만, 비가 전체가 완성된 곳은 스위스 발리스 지방의 뮈조트 성이었다. 릴케가 죽음을 맞이한 곳도 이곳 뮈조트 성이었다. 장미 가시에 찔린 것이 치명적인 백혈병으로 악화되었다고 전한다. 그의 묘소는 뮈조트 성에서 반시간 남짓 떨어진 로느 강 상류에 있다. 릴케 자신이 쓴 묘비명은 다음과 같다.

　　장미여, 오 순수한 모순이여, 기쁨이여.
　　그 많은 눈꺼풀 아래서 누구의 잠도 아닌 잠이여.

헤르만 헤세의 두 소설 『크눌프』와 『로스할데』

　　이 두 편의 작품은 모두 1차 세계대전이 발발하기 직전에 씌어진 것들
이다. 출판 연대는 『크눌프 Knulp』가 1915년, 『로스할데 Roßhalde』가 1914년
이다. 이 작품들의 산실은 스위스 베른 근교에 있었던, 옛 친구이자 화
가인 알베르트 벨티의 집이다. 친구가 죽은 후 헤세 일가는 1912년부터
1919년, 즉 테신의 몬타뇰라로 이사하기까지 줄곧 이곳에서 살았다. 헤
세의 단편 「꿈속의 집」(1914)엔 이 화가의 집에 대한 생생한 묘사가 나
오는데, 이 장소는 또한 결혼 생활의 파탄을 다룬 소설 『로스할데』의 무
대가 되는 곳이기도 하다.
　　삼십대 후반의 헤세가 쓴 이 두 작품에는 몇 가지 공통점이 있다. 우
선 소설의 주인공들이 모두 예술가라는 점이다. 『로스할데』의 페라구트
는 화가고, 크눌프 역시 정식으로 인정받은 작가는 아니지만 방랑자의
여심(旅心)을 수시로 노래하는 일종의 즉흥 시인이다. 동시에 주인공들
은 세상을 살아가는 일에 실패한 아웃사이더들이다. 페라구트는 결혼생
활에 실패하여 아내와 가족의 사랑을 받지 못하고, 크눌프는 실패한 첫
사랑의 상처를 안고 유랑자의 삶을 살아간다. 이들의 유일한 위안은 자
연과 예술이다. 이러한 자연과의 친화 내지 예술가적 기질이 그들을 현
실 세계의 실패자로 만들고 방랑아, 자연아, 탐구자의 길로 몰아가는 것
이다.
　　헤세 자신의 분신이라고 보아야 할 두 주인공을 통해 우리는 1차 대

전의 전운이 짙게 드리운 한 시대를 살아간 작가의 일면을 살펴볼 수가 있다. 소년 시절부터 인간을 속박하는 모든 규범성을 싫어한 헤세에게 크눌프식 방랑 생활은 습관처럼 되어 있었다. 또 『로스할데』의 페라구트 처럼 그의 결혼 생활 역시 평탄치 못했다.

그러나 비록 삶의 실패자들에 대한 이야기이지만 이들에 대한 연민의 정은 일어나지 않는다. 자연과의 동화, 예술에 대한 애정과 불타는 집념은 선망의 대상이다. 우리는 잠시나마 번뇌투성이인 현실을 떠나 신선한 카타르시스를 맛본다. 초기작 『페터 카멘친트』(1904)에서 보았던 싱싱하고 아름다운 문장, 시정(詩情)에 넘치는 자연 묘사 등도 두 작품의 문학성을 높이는 요소들이다.

아웃사이더의 편력기 ──『크눌프』

이 소설의 부제가 '크눌프의 세 가지 삶의 이야기'이듯, 주인공 크눌프에 대한 세 가지 에피소드를 한데 엮어 만든 작품이다. 실제 집필 시기도 달라서, 첫 번째 에피소드인 '이른 봄'은 1908년 ≪신전망≫에 발표했던 것이고, 두 번째 에피소드 '크눌프에 대한 회상'은 이보다 먼저 1907년 후반에, 마지막 에피소드인 '종말'은 1914년에 씌어진 것이다. 헤세는 세 이야기를 묶어 1915년 피셔 출판사에서 출간했다.

주인공 크눌프는 낭만주의 작가 아이헨도르프가 만들어 낸 방랑아 '무위도식자'의 후예다. 생활인의 질서 잡힌 세계에는 어울리지 못하는 아웃사이더, 집도 없이 떠돌며 친구나 애인에 의해 간섭받기를 원치 않는 자유주의자다. 속박으로부터 자유롭기 위해 그는 소시민적인 행복, 가족적인 안온함도 단념해야 한다. 그가 사랑하는 것은 새, 나비, 구름, 저녁놀, 밤하늘을 수놓는 별, 또는 불꽃놀이 같은 것들이다. 아이헨도르프의 주인공처럼 이 건달도 어린아이처럼 순수한 영혼을 가진 자다.

소설의 말미 신과의 대화에서 나타나듯 그는 "신의 아들이요 형제요 분신"이라고 할 수 있다. 크눌프는 말한다.

"······ 사랑하는 하느님께선 아마 내게 이렇게 묻진 않으실 거야. 왜 판검사가 되지 않았느냐? 아마 이렇게 말씀하실걸. 어린애 같은 녀석이 다시 왔구나. 그러곤 내게 쉬운 일을 맡기실 거야. 애 보기 같은 것 말이야."

자연과 신이 자신과 한 몸이라는 인식은 크눌프의 죽음을 행복하게 만든다. 죽는다는 것은 이 방랑아에게 고뇌의 삶을 마감하고 고향과 같은 자연 속으로 귀의하는 것을 의미하며, 그곳이야말로 그의 "멋진 세계"가 되기 때문이다.

　　종종 나, 무서운 '현실' 속으로 접어들었었네.
　　판사, 법, 유행, 외환시세를 중히 여기는 그곳으로
　　하지만 매번 실망에 차 도망쳐 나왔네.
　　자유로운 저편, 꿈과 축복 받은 어리석음이 샘솟는 곳으로

　　나뭇가지에 부는 무더운 밤바람
　　가무잡잡한 얼굴의 집시 여인
　　어리석은 동경과 시인의 향기가 충만한 세계
　　나, 영원히 속해 있는 멋진 세계
　　너의 빛이 번쩍이고, 너의 음성이 나를 부른다.
　　　　　　　　　　　　　　　　──헤세, 「멋진 세계」에서

예술가적 자각에 이르는 치열한 투쟁 ──『로스할데』

이 작품은 1913년 ≪펠하겐 운트 클라징스≫에 발표되었다가 다음 해인 1914년 단행본으로 출간되었다. 실패한 결혼에 대한 헤세 자신의 체험을 투영했다는 점에서 자전적 요소가 강한 소설이다.

1904년에 결혼한 첫 부인 마리아 베르누이는 헤세보다 9년 연상으로 신경질이 심하고 가정적이지 못했다. 점차 결혼 생활의 조화를 잃고 부

부 사이가 멀어지자 헤세는 7년 후 『로스할데』의 주인공처럼 현실 도피의 방편으로 인도 여행길에 오르기도 했다. 그 후 수년간의 별거 생활을 거쳐 결국 정식으로 이혼하기에 이르렀다.

구체적인 사항은 사실과 많이 다르지만, 헤세는 이 소설에서 자신과 같은 예술가의 결혼 생활이 어떤 과정을 겪으며 파탄에 이르는가 보여 주고 있다. 소설이 나온 후 아버지에게 쓴 편지에서 시사하듯, 이 작품은 결혼이라는 구속 아래서 예술가의 삶을 곤경스럽게 만드는 것이 무엇인가를 성찰해 보는 책이다.

일시적이긴 했어도, 이 책은 제가 현실적으로 당면하고 있던 아주 어려운 문제에서 벗어나게 해 주었습니다. 이 책이 다루고 있는 불행한 결혼 생활은 그릇된 선택의 문제를 거론하고 있는 게 아닙니다. '예술가의 결혼'이라는 문제를 보다 심도 있게 다루어 봄으로써, 도대체 예술가나 사상가, 즉 삶을 본능에 의해 사는 게 아니라 가능하면 객관적으로 관찰하고 묘사하려는 사람에게 결혼 생활이 가능한 것인가 하는 문제를 다루어 보려 한 것입니다.

─1914년 헤세가 아버지에게 쓴 편지 중에서

주인공인 화가 페라구트는 헤세처럼 감수성이 예민하고 꿈꾸는 듯한 예감 속에 사는, 외롭고 낭만적인 사람이다. 부인 아델레는 착실하지만 유머 감각이 결여된 여인으로 자기 중심적이다. 둘은 같은 집에 살면서도 사실상 별거 상태다. 부인은 안채에 홀로, 그리고 화가는 아틀리에에 칩거하면서 그림 그리기에만 몰두한다. 이들을 맺어 주는 유일한 끈은 일곱 살짜리 아들 피에르다. 그 애는 아직 부모 사이에 존재하는 소원한 분위기를 알지 못한다. 큰아들의 사랑마저 빼앗긴 화가에겐 피에르야말로 삶의 희망이라고 할 수 있다.

그러나 죽마고우인 부크하르트의 방문을 받고 그의 사고는 변화한다.

진정한 자유를 찾고 예술가의 길을 고수하기 위해선 피에르마저 포기해야 한다는 사실을 직시한다. 예술가는 본질적으로 관찰자이며 창조자이기에, 현세적 삶 속에 동참하려는 노력이 오히려 자신을 죽이는 일임을 깨닫게 된다. 아들 피에르의 죽음은 결국 결혼의 부조화에 확실한 종지부를 찍게 한다. 그는 로스할데 장(莊)을 부인에게 양보하고 향후 방랑자, 탐구자, 창조자로 살아갈 것을 결심한다.

따라서 이 소설은 결혼의 실패를 그린 평범한 체험담에 머무르지 않는다. 현실적 삶에 얽매였던 예술가가 보다 큰 창조 욕구를 가지고 과감히 현실의 알 껍질을 깨고 나가는 모습을 감동적으로 그려 내고 있다.

그에게 남아 있는 것, 그것은 예술이었다. 예술에 대해 지금처럼 자신감을 느낀 적이 없었다. …… 본다는 것, 관찰한다는 것, 그것에 대한 기이하고 냉랭하지만 억제할 길 없는 열정이 그에게 남아 있었다. 마음을 미혹시키지 않는 이 고독, 이 냉엄한 표현 욕구야말로 그의 실패한 인생에 마지막 남은 가치였다. 옆길로 빠지지 않고 이 별만을 따라가는 것이 이제는 그의 운명이었다.

말하자면 이 작품은 고통과 좌절을 넘어 예술가적 자각에 이르는 치열한 투쟁의 기록이다. 따라서 여행 행선지 인도는 화가 페라구트를 위한 낙원 같은 휴식처가 아니라 예술가적 변신을 달성해야 하는 도전의 장이 된다. 로스할데 장을 무대로 소수의 인물이 등장하는 이 소설은 어떤 의미에서 한 편의 드라마 같다. 평범한 일상사를 묘사하건만, 이야기 속에 감도는 긴장과 갈등은 극적인 효과 이상의 것이다.

언어 구사 역시 종전의 작품들을 능가할 정도로 생생하고 사실적이다. 군더더기 없이 간결하고도 힘차다. 헤세 자신도 26년 후인 1942년 이 소설에 대해 재론하면서 그 예술적 기교에 자신도 놀랐다고 술회한다.

이 책은 절 기쁘게 했습니다. 그것은 합격품이었습니다. …… 그 속엔 오늘
날의 절 능가하는 것이 많이 들어 있습니다. …… 당시 저는 솜씨와 기교에
있어 최고조에 달해 있었습니다. 결코 그 경지를 넘어서지 못할 것입니다.
　　　　　　　　──1942년 1월 15일 페터 주어캄프에게 보낸 편지에서

　헤세의 작품들은 한결같이 우리에게 진한 감동을 선사한다. 항상 구
도자적인 자세로 진지하게 삶을 관조하는 모습──헤세 작품 어디서나
우리는 이러한 작가의 프로필과 만난다. 원숙기에 썼던 두 소설 『크눌
프』와 『로스할데』 역시 고뇌하며 삶의 의미를 추구하는 사람들에게 귀
중한 조언을 보내 줄 것이다.

죽음을 넘어서는 사랑
고트프리트 켈러의 「마을의 로미오와 줄리엣」

　'스위스의 괴테'로 불리는 고트프리트 켈러 Gottfried Keller(1819-1890)
는 1856년 주옥 같은 이야기 다섯 편을 묶어 연작 소설집 『젤트빌라 사
람들 Die Leute von Seldwyla』을 내놓았다. "스위스 어느 곳에나 존재할 수
있는" 가상의 도시 젤트빌라는 가난하지만 선량한 사람들의 고향이다.
켈러는 후에 이곳을 무대로 한 다섯 편을 더 추가한 증보판을 내놓았다.
「마을의 로미오와 줄리엣」은 그 열 편 연작 중 가장 아름다운 이야기로
꼽힌다. 소설적 구성과 인물 묘사가 모범적이고, 그 분위기도 다른 젤트
빌라 이야기의 틀을 벗어나고 있다. 요컨대 다른 소설들에 비해 동화적
이고 우화적인 요소가 훨씬 배제되어 있다. 실제로 일어난 사건을 소재원
으로 했기 때문일 것이다. 당시 1847년 9월 3일자 《취리히 금요신문》
에 다음과 같은 기사가 실렸다.

라이프치히 근교 알트젤러스하우젠의 한 마을에서 19세의 젊은이와 17세의 소녀가 서로 사랑했다. 그러나 가난한 집안의 부모들은 서로 적대감을 갖고 지냈기 때문에 자식들의 결합에 동의하지 않았다. 8월 15일에 이 연인들은 가난한 사람들이 즐기는 어느 선술집에 들려 밤 1시까지 춤을 추고 그곳을 떠났다. 다음날 아침에 두 연인의 시체가 들판에 누워 있는 채로 발견되었다. 그들은 자신들의 머리를 권총으로 쏘았던 것이다.

이 기사는 켈러의 상상력에 불을 지폈고, 아름답고도 슬픈 사랑 이야기로 재생되었다. 켈러는 다른 연작에서처럼 산간 도시 젤트빌라를 사건의 무대로 삼았으며, 제목이 암시하듯 셰익스피어의 위대한 비극과 연계시켰다. 이 스위스 판 로미오와 줄리엣 이야기는 짜임새 면에서 복합적인 구성을 보인다. 서로 다른 두 개의 사건, 즉 '아버지들 이야기'와 '연인들 이야기'가 평행을 이루며 나아가다가 중반 이후부터 젊은이들의 사랑 이야기 한 가지로 귀결된다.

다정한 이웃이었던 두 아버지 만츠와 마르티는 강 언덕에 나란히 놓여있는 그들의 밭에서 함께 일한다. 아이들(잘리와 브렌헨)이 날라 온 점심밥을 먹을 때마다 으레 가운데밭 임자인 '검둥이 바이올린장이'의 행방이 대화에 오른다. 그들은 서로의 묵인 아래 가운데밭 몇 고랑씩을 편취하지만, 이 일로 파멸에 이르게 되는 자신들의 앞날을 예견하지 못한다. 임자 없는 가운데밭이 경매에 붙여지고 그것이 만츠에게 낙찰되는 순간부터 둘의 갈등과 반목이 시작된다. 불법 편취한 땅을 돌려달라는 만츠의 요구에 마르티가 응하지 않음으로써 둘 사이는 적대 관계가 되고, 급기야는 소유권을 둘러싼 송사가 벌어진다. 재판이 진행되는 동안 협잡꾼과 사기꾼들의 농간에까지 걸려들어 결국 그들은 철저한 몰락의 길로 접어든다. 만츠는 싸구려 술집의 주인이 되었다가 종국엔 장물아비로까지 타락하고, 부인까지 잃은 마르티는 만츠의 아들 잘리에게 봉변을 당한 후 백치 인간이 되어 정신병원에 수용되는 신세가 된다.

두 아버지의 적대 관계 때문에 소꿉친구였던 두 집의 아들과 딸은 오랫동안 소원한 관계를 유지할 수밖에 없다. 잘리가 열아홉 살, 브렌헨이 열일곱 살이 되어서야 비로소 그들의 만남은 다시 이루어진다. 낚시터의 외나무다리 위에서 견원지간인 아버지들은 멱살을 잡고 싸우지만, 그들을 말리느라 재회하게 된 두 젊은이는 서로 뜨거운 사랑을 확인하게 된다. 어린 시절 소꿉장난을 벌였던 가운데밭이 이제는 둘의 밀회 장소가 된다. 그러나 두 집안의 반목과 몰락은 연인들의 행복을 허락하지 않는다. 빚 때문에 집을 떠나야 하는 브렌헨은 잘리와의 마지막 춤을 간절히 원한다. 이웃 마을의 교회 헌당식에서 둘은 집시들과 어울려 축제의 밤을 보낸다. 거기서 만난 '검둥이 바이올린장이' 덕분에 결혼식을 올린 후 잠시 유랑인의 삶을 꿈꾸기도 한다. 그러나 둘은 집시들을 따라 숲 속으로 향하던 발길을 돌리고 만다. 못다 한 사랑을 저승에서 이루기로 마음이 합쳤기 때문이다.

　소설의 결말에서 둘은 동반 자살로 삶을 마감한다. 이승에서의 결합이 불가능함을 깨닫고 자신들의 의지로 신혼의 밤을 보낸 다음 함께 강물 속에 몸을 던진 것이다. 작가는 이 장면을 사실주의 작가답게 눈에 보이듯 생생하게 묘사하고 있다. 달빛 밝은 강 언덕에서의 뜨거운 애무, 죽음을 결심한 두 연인의 믿음과 기쁨, 애인의 팔에 안겨 나룻배로 가며 바둥거리는 브렌헨의 모습, 신혼의 침대인 건초더미 위에서 바라보는 주변 풍경, 그리고 마침내 아침 안개 속에서 투신하는 장면 등.

　잘리는 브렌헨을 배 안에 태운 후 자신도 껑충 올라탔다. 이번엔 그녀를 높이 쌓아올린 부드럽고 향긋한 건초더미 위에 올려놓고 자신도 훌쩍 뛰어올랐다. 그들이 위쪽에 올라앉자 배가 점점 강 한가운데로 나아갔다. 그러곤 서서히 맴돌면서 골짜기 쪽으로 흘러갔다.

　강은 때로는 그늘을 드리우는 높은 나무 숲을 통해, 때로는 넓게 트인 들판을, 때로는 조용한 마을을, 때로는 몇 채의 외딴 오두막들을 지나 흘러갔다. 여기서는 고요한 바다처럼 적막에 빠져 나룻배를 거의 머물게 하다가, 저기에선 바위들을 감돌아 흐르면서 조는 듯한 강변을 뒤로하고 재빨리 나아갔다. 아침 해가 떠오르자, 동시에 탑들이 보이는 도시 하나가 은빛 강물로부터 불쑥 떠올랐다. 지고 있는 달은 황금처럼 빛나면서 그 찬란한 광선을 강물 위에 던졌다. 배는 천천히 강을 가로질렀다. 배가 도시에 가까워졌을 때, 가을 아침의 안개 속에서 두 개의 희끄무레한 형체가 서로 꼭 부둥켜안은 채 어두운 뱃전을 떠나 차가운 강물 속으로 미끄러져 들어갔다.

이 사건의 비극성은 이야기의 시작에서부터 암시된다. 언덕 위에 나란히 놓여 있는 세 개의 밭에 죄악과 낙원이 공존한다. 두 농부가 자신의 양심을 속이며 죄악의 씨앗을 뿌릴 때 아이들은 그들만의 낙원, 즉 임자 없는 밭에서 뛰논다. 그러나 곧 아버지들의 싸움으로 아이들은 낙원을 잃어버린다. 수년 후 그들이 자신들의 사랑을 확인하고 다시 낙원으로 되돌아가려고 할 때 그 통로가 막혀 있음을 발견한다. 이제 그들이 영원히 함께 살아갈 수 있는 낙원은 다만 하늘나라뿐이다. 셰익스피어의 비극에서도 그렇듯이 두 집안 가장들의 편견과 아집이 순진무구한 젊은이들의 장래를 망치고 그들의 행복을 앗아가 버린 것이다. 죄의 유산과 사회적 속박 때문에 젊은이들은 현실 속에서 사랑을 꽃피우지 못한다. 그들은 잠시 떠돌이 천민들과 집시의 삶을 영위하고픈 유혹을 받기도 한다. 그러나 윤리 의식과 자존심이 강한 이들은 결국 함께 죽음의 길을 택함으로써 사랑의 순수함을 보여 주고 사회적 인습에 대항한다.

적대적인 두 집안의 자제들이 애절한 사랑 끝에 죽는다는 점에선 셰익스피어의 드라마와 동일하다. 그러나 스위스 젤트빌라 연인들의 죽음은 이탈리아 베로나 연인들의 죽음과 성격이 다르다. 셰익스피어 작품의 경우는 계획의 차질로 인해 발생하는 부득이한 죽음이지만, 켈러의 주인공들의 죽음은 한마음이 되어 감행한 동반 자살이다.

'사랑의 죽음 Liebestod'은 기사 문학의 백미 「트리스탄과 이졸데」 이후 문학 작품 속에 자주 반복되는 모티브다. 켈러는 스위스의 한 산간 마을을 배경으로 전개되는 들꽃처럼 아름다운 사랑 이야기에 이 모티브를 적용했다. 진정한 사랑이 결여된 시민 사회를 비판하고, 인간의 탐욕과 편협함이 어떻게 자신과 이웃의 행복까지 망쳐 버리는가를 보여 주기 위해서다.

두 연인의 절절한 사연을 알지 못하는 사람들에게 이 사랑은 작품 말미의 신문 기사가 보여 주듯 "풍기 문란"이며, 한낱 "무분별한 열정"에 불과할지도 모른다. 그러나 죽음만이 우리를 영원히 결합시킬 수 있다는 믿음은 누구나 가질 수 있는 게 아니다. 고통스러운 현실을 떠나 내세의 영원한 사랑을 갈망하는 이 연인들에겐 죽음이 조금도 두렵지 않다. 셰익스피어의 로미오는 가사(假死) 상태의 줄리엣을 바라보며 "죽음의 신도 그녀의 아름다움에는 힘을 쓰지 못한다."고 외친다. 자결한 로미오를 보는 순간 줄리엣은 망설이지 않고 애인의 뒤를 따른다. 트리스탄과 이졸데, 로미오와 줄리엣, 잘리와 브렌헨——이들 영원한 연인들은 죽음을 통해 그들의 사랑을 더욱 아름답고 귀하게 만들었다. 증오와 대립으로 가득 찬 세상을 살아가야 하는 우리들에게 이들의 순수한 사랑과 죽음은 항상 뜨거운 감동을 가슴 가득 선사한다.

주(註)

1) Wolfgang Böhme, 『합일성의 추구, 헤르만 헤세와 종교 *Suche nach Einheit, Hermann Hesse und die Religion*』(Karlsruhe, 1978), 25쪽.

2) Hermann Hesse, 「요약한 이력서 *Kurzgefasster Lebenslauf*」, 헤세 전집 제6권 (Frankfurt a.M., 1970), 391쪽.

3) 'Einheit'란 용어는 단일성(單一性), 전일성(全一性) 등으로 해석하기도 하나, 여기서는 대립성을 조화시켜 하나의 화합된 정신에 도달한다는 의미로 보아 합일성으로 번역했다.

4) Jörg Röttger, 『헤르만 헤세의 작품에 나타나는 현자의 상 *Die Gestalt des Weisen bei Hermann Hesse*』(Bonn, 1980), 13쪽.

5) 『데미안』에 관해 문의한 한 여성 독자에게 보낸 헤세의 답장(1929년 2월). Heinz Ludwig(편), 「헤르만 헤세」, ≪텍스트와 비평 *Text und Kritik*, Zeitschrift für Literatur.≫, 10/11(München, 1977년 5월), 3-4쪽 참조.

6) 헤세의 시 「단계 Stufen」의 한 구절(헤세 전집 제1권, 119쪽).

7) Hans Jürg Lüthi, 「마술적 생각에 이르는 싯다르타의 길 Siddarthas Weg zum Magischen Denken」, Edgar Neis(편), 『헤르만 헤세의 「데미안」, 「싯다르타」, 「황야의 이리」 해설』(Hollfeld · Obfr, 1977), 39쪽.

8) 노자(老子), 『도덕경(道德經)』 32장 참조. "천하를 주재하는 도(道)를 비유하건대 / 마치 골짜기의 모든 물이 강과 바다로 흘러드는 것과 같다."(譬道之在天下 猶川谷之於江海)

9) Jörg Röttger, 앞의 책, 119쪽.

10) 노자, 『도덕경』 2장 참조. "성인(聖人)은 작위함이 없이 일을 처리하고 / 말없이 가르침을 행한다."(是以聖人 處無爲之事 行不言之敎)

11) 노자, 『도덕경』 8장 참조.

12) 1922년 6월 22일 Emmy Ball-Hennings에게 보낸 편지 참조.

13) Edgar Neis, 앞의 책, 56쪽.

14) 캘리포니아 대학 교수인 Joseph Mileck는 그의 저서 『헤르만 헤세의 삶과 예술 *Hermann Hesse, Life and Art*』(1978)에서 헤세의 바젤, 취리히 체류와 소설과의 연관성에 대해 상세히 기술하고 있다.(79쪽 참조)

15) 1926년 3월 12일 율리아 라우비-호네거 Julia Laubi-Honegger에게 보낸 시.

16) Theodore Ziolkowski, 「헤르만 헤세의 '황야의 이리', 산문으로 된 소나타 Hermann Hesses 'Steppenwolf', eine Sonete in Prosa」, 자료집 368쪽.

17) 1926년 3월 Alice Leuthold에게 보낸 편지. 서두에는 이렇게 적혀 있다. "토요일에 저는 친구들(후바허 등)과 예술의 집에서 열리는 가면무도회에 갑니다. 제 평생 처음 참석하는 무도회입니다. 유감

스럽지만 거의 쉰이 다된 저로서는 열일곱 살짜리에게나 어울릴 그런 의미는 찾지 못할 것입니다."

18) 헤세의 시 「가면무도회 다음날 아침의 가련한 악마 Armer Teufel am Morgen nach dem Maskenball」의 한 구절, 자료집 193쪽.

19) Hugo Ball, 『헤르만 헤세, 그의 삶과 작품 Hermann Hesse, sein Leben und sein Werk』(Frankfurt a.M., 1978), 181쪽.

20) Theodore. Ziolkowski, 앞의 글, 자료집 39쪽.

21) Joseph Mileck, 『헤르만 헤세, 삶과 예술 Hermann Hesse Life and Art』(University of California Press : Los Angeles/London, 1978), 192쪽.

22) David Artis, 「헤르만 헤세의 『황야의 이리』에 나타난 상징의 열쇠 Schlüsselsymbole in Hesses Steppenwolf」, Egon Schwarz (편), 『헤르만 헤세의 『황야의 이리』 Hermann Hesses "Steppenwolf"』(Athenäum Verlag, 1980), 139쪽.

23) Felix Braun, 「헤르만 헤세의 새로운 책 Hermann Hesse neues Buch 1927」, 자료집 294쪽.

24) Oskar Seidlin, 「헤르만 헤세, 데몬의 엑소시즘 Hermann Hesse. The Exorcism of the Demon」, T. Ziolkowski(편), 『헤세, 비평적 에세이집 Hesse. A Collection of Critical Essay』(New Jersey, 1973), 52쪽.

25) 영국의 소설가, 역사학자. 『타임머신』(1895), 『투명인간』(1897) 등으로 유명하다.

26) 1955년 1월 R. 판비츠 Pannwitz에게 보낸 헤세의 편지. Volker Michels(편), 『헤르만 헤세의 『유리알 유희』 자료집 Materialien zu Hermann Hesses "Das Glasperlenspiel"』 제1권(Frankfurt a.M. 1973), 314쪽.

27) 같은 책, 295쪽.

28) Wolfgang Böhme(편), 『합일성의 추구. 헤르만 헤세와 종교 Suche nach Einheit. Hermann Hesse und die Religion』(Karlsruhe 1978), 9쪽.

29) Reso Karalaschwili, 「요제프 크네히트의 죽음 Josef Knechts Tod」, 자료집 제2권, 222쪽.

30) 같은 책, 229쪽.

31) Adrian Hsia, 「역경과 유리알 유희 I Ging und das Glasperlenspiel」, ≪텍스트와 비평 헤르만 헤세 편 Text und Kritik. Zeitschrift für Literatur. Hermann Hesse≫, H. 10/11(München 1977), 56쪽 참조.

32) Adrian Hsia, 「역경과 유리알 유희」, 자료집 61쪽.

33) 독일 민중 동화의 생성 및 전승에 관한 연구를 통해 정립된 동화 이론으로 다음과 같은 것이 있다.(Therese Poser, 「동화 Das Märchen」, Otto Knörrich, 『문학의 형식 Formen der Literatur』 참조.) ① 그림 형제의 인도-게르만 이론 : 그림 형제는 동화 속에 고대 인도게르만 민족들에게 공통된 신화의 유산이 남아서 현재까지 이어져 오는 것으로 보았다. ② T. 벤파이스 Benfeys의 인도 이론 : 기원전 3세기에 나온 인도의 동화집 『판차탄트라 Pantschatantra』가 유럽 동화의 중요한 소재원이 되었다고 본다. 그것은 인도로부터 페르시아와 아랍을 거쳐 유럽으로 유입되었다. ③ 인류학적 이론 : 인간의 정신이 일정한 발전 단계를 거치면서 상호 의존하지 않고도 여러 지역에 비슷한 동화를 생성케 했다고 본다. ④ 지리, 역사적 방법론 : 각 동화의 전승, 발전, 변화 양상을 천착하는 A. 아르네 Arne, K. 크론 Krohn 등 핀란드 학파의 연구 방법. 그들은 한 동화의 변형된 형태를 수집하고 원형 Urform을 만들어 내는 동화 유형의 목록을 작성했다.

34) 1919년 8월 5일 친구 Karl Ginzkey에게 보낸 편지.

35) 1919년 6월 여자 친구 Els Bucherer에게 보낸 편지.

36) Theodore Ziolkowski, 『작가 헤르만 헤세 Der Schriftsteller Hermann Hesse』(Frankfurt a.M., 1997), 58쪽 참조.

37) Hermann Hesse, 「도스토예브스키의 『백치』 고찰 Gedanken zu Dostojewskis "Idiot"」, 1919. 헤세 전집(1970) 제12권 311쪽.

38) C. G. Jung, 『변화의 상징들 Symbole der Wandlung』(Zürich, 1952), 361쪽.

39) Mark Boulby, 『헤르만 헤세. 그의 사상과 예술 Hermann Hesse. His Mind and Art』(Cornell Univ. Press, 1967), 127쪽.

40) Mathias Mayer, Jens Tismar, 『창작 동화 Kunstmärchen』(Stuttgart, 1997), 137쪽 참조.

41) Bernhard Zeller, 『헤르만 헤세 Hermann Hesse』(Reinbeck bei Hamburg, 1963), 82쪽.

42) Bernhard Zeller, 같은 책, 109쪽.

43) Helmut Koopmann, 『토마스 만, 그의 문학 작품의 상수 Thomas Mann, Konstanten seines Literarischen Werks』(Göttingen, 1975), 32쪽.

44) Benno von Wiese, 『괴테로부터 카프카까지의 독일 노벨레 Die deutsche Novelle von Goethe bis Kafka』(Düsseldorf, 1967), 323쪽.

45) 1915년 9월 6일 Elisabeth Zimmer에게 보낸 편지. Erika Mann(편), 『서간집 Briefe』 1권(Berlin und Weimar, 1965), 144쪽.

46) 일흔두 살의 괴테는 열일곱 살의 소녀 울리케 Urlike에게 연정을 느껴 구혼했으나 본인과 가족들로부터 거절당했다. 만은 이 이야기를 『마리엔바트의 괴테 Goethe in Marienbad』라는 제목으로 작품화하려 했으나 실현하지 못하고, 훗날 『바이마르의 로테 Lotte in Weimar』(1939)에서 중점적으로 다루었다.

47) 1910년 12월 휴양지 묄츠 Tölz에서 구스타프 말러에게 보낸 편지 참조.

48) Helmut Jendreiek, 『토마스 만, 민주적인 소설 Thomas Mann. Der demokratische Roman』

(Düsseldorf, 1977), 228쪽.

49) 게오르게는 1902년 초 뮌헨의 레오폴트 가에서 열네 살의 소년 막시밀리안을 만나 깊은 애정을 쏟았으나, 소년은 열다섯의 나이로 수막염에 걸려 죽었다. 게오르게는 그를 추모하는 시들을 모아 『막심, 하나의 회상 Maxim, Ein Gedenkbuch』이라는 시집으로 출판했다.

50) 만은 이것을 묘사하기 위해 『파이드로스』에 나오는 낡은 판 신전의 분위기를 의식적으로 옮겨 놓았다. 예컨대 「파이드로스」에 나오는 '프라타나스'를 소설에서는 '모형(牡荊) 나무 Keuschbaum'로, '사랑의 샘'을 '개울'로, '매미의 합창'을 '귀뚜라미의 울음' 등으로 바꾸고 있다.

51) 1906년 1월 17일 형 하인리히 만에게 보낸 편지 참조.

52) Inge Driesen, 『토마스 만의 산문 작품, 세계관, 삶 Thomas Mann. Episches Werk. Weltanschauung, Leben』(Berlin und Weimar, 1975), 105-106쪽.

53) Benno von Wiese, 앞의 책, 305쪽.

54) 같은 책, 307쪽.

55) Helmut Jendereiek, 앞의 책, 224쪽.

56) Benno von Wiese, 앞의 책, 316쪽.

57) Benno von Wiese는 아셴바흐가 죽기까지의 과정을 '죽음의 무도'에 비유하고 있다.

58) Theo Meyer, 「고트프리트 벤과 표현주의 Gottfried Benn und der Expressionismus」, Bruno Hildebrand, 『고트프리트 벤』(Darmstadt, 1979), 386쪽.

59) Vietta, Kemper, 『표현주의 Expressionismus』(München, 1975), 61쪽 참조.

60) Theo Meyer, 앞의 책, 393쪽.

61) 같은 책, 400쪽.

62) Wilhelm Johannes Schwarz, 『작가 지그프리트 렌츠 Der Erzähler Siegfried Lenz』(München, 1974), 5쪽.

63) Wilhelm Johannes Schwarz, 같은 책, 75쪽.

64) Hans Wagener, 『지그프리트 렌츠 Siegfried Lenz』(München, 1976), 62쪽.

65) Martin Gregor-Dellin, 「지그프리트 렌츠와의 대화 Gespräch mit Siegfried Lenz」, ≪텍스트와 비평 Text+Kritik≫(52호), 지그프리트 렌츠 편(München, 1976), 1쪽.

66) Wilhelm Johannes Schwarz, 앞의 책, 162쪽.

67) Albrecht Weber, 「지그프리트 렌츠의 '독일어 시간', Edgar Neis(편), 『지그프리트 렌츠의 『독일어 시간』 자료집 Erläuterungen zu Siegfried Lenz' Deutschstunde』(Bange Verlag, 1971), 54쪽.

68) Siegfried Lenz, 『문학에 대한 관계, 견해, 고백 Beziehungen. Ansichten und Bekenntnisse zur Literatur』(München, 1972), 28쪽.

69) Max Frisch, 『일기 Tagebuch 1946-1949』(Frankfurt a.M., 1950), 265쪽.

70) Wilhelm Duwe, 『20세기의 독일 문학 Deutsche Dichtung des 20. Jahrhunderts』 제2권(Zürich, 1969), 435쪽.

71) Jürgen Petersen, 『막스 프리쉬 Max Frisch』(Stuttgart, 1978), 67쪽.

72) Werner Zimmermann, 『우리 세기의 독일 산문 문학 Deutsche Prosadichtungen unseres Jahrhunderts』 제2권(Düsseldorf, 1981), 76쪽.

73) Wolfgang Kayser, 『그림과 문학 속의 그로테스크 Das Groteske. Seine Gestaltung in Malerei und Dichtung』(Oldenburg, 1957), 198쪽.

74) Winfried Freund, 『프리드리히 뒤렌마트의 「터널」』, 161쪽.

75) Wolfgang Beutin 외, 『독일 문학사 : 시작부터 현재까지 Deutsche Literaturgeschichte. Von Anfängen bis zur Gegenwart』(Stuttgart, 1979), 369쪽.

76) 1959년 일군의 작가들이 비터펠트에 모여 작가들의 노동 현장 참여를 촉구하는 선언을 채택했다. 작가들이 일정 기간 현장에서 노동자들과 같이 생활하며 창작하고, 노동자들도 자신의 체험담을 직접 작품화하도록 권장한 것이다. 그리하여 다량의 노동 문학이 생산되었으나 별 성과를 거두지는 못했다. 박찬기, 『독일문학사』(일지사, 1989), 580쪽 참조.

77) '긍정적 주인공'은 다음의 여덟 가지 특성을 갖출수록 모범적이다.(H. Blumensath/ C. Übach, 『동독 문학사 입문 Einführung in die Literaturgeschichte der DDR』(Stuttgart 1975), 48쪽 참조) ① 그들은 동독 국민이며 확고한 사회주의자다. ② 그들은 동독의 역사적 발전 단계와 구체적 관련을 맺고 있다. ③ 그들은 동독의 사회주의 발전을 선도하는 새로운 경제 계획을 사회 전체의 이익을 위해 개발한다. ④ 그들은 새로운 이념의 실현을 위해 반대 세력과 성공적으로 투쟁한다. ⑤ 그들은 국가 계획의 달성을 위해 당과 함께 노력한다. ⑥ 그들은 노동의 역군들이다. ⑦ 그들은 자기 비판을 통해 자신의 결점을 인식하고 자신의 태도를 개선한다. ⑧ 그들의 행동 양식은 동독의 미래를 위해 낙관적인 전망을 마련한다.

78) Peter Weisbrod, 『동독 문학의 변화 : 1970년대 산문 문학의 발전에 관한 연구 Literarischer Wandel in der DDR. Untersuchungen zur Entwicklung der Erzählliteratur in den siebziger Jahren』(Heidelberg, 1971), 34쪽 참조.

79) Hans Kaufmann, 「크리스타 볼프와의 대담 Gespräch mit Christa Wolf」, Weimarer Beiträge 20 1974/6, 173쪽.

80) Fritz Raddatz, 『전통과 경향, 동독 문학 자료집 Tradition und Tendenzen, Materialien zur Literatur der DDR』(Frankfurt a.M., 1972), 456쪽.

81) Peter Weisbrod, 앞의 책, 38쪽.

82) FDJ(자유독일청년연맹)의 기관지 ≪광장 Forum≫이 실시한 설문 조사에서 응답자의 60퍼센트 이상이 주인공 에드가 비보에 대한 친밀감을 나타냈다. Wolfgang Emmerich, 『1945년에서 1988년까지의 동독

의 소문학사 *Kleine Literaturgeschichte der DDR 1945-1988*(Frankfurt a.M., 1989), 247쪽 참조.

83) Birgit Lermann 외, 『동독의 서정시 *Lyrik aus der DDR*』(Paderborn, 1987), 346쪽.

84) 자라 키르쉬, 크리스타 볼프, 폴커 브라운, 프란츠 퓌만, 슈테판 헤름린, 슈테판 하임, 귄터 쿠너트, 하이너 뮐러, 롤프 슈나이더, 겐하르트 볼프(크리스타 볼프의 남편), 유레크 베커, 에리히 아른트 등을 가리킨다.

85) Wolf Biermann, 『마르크스와 엥겔스의 혀로 *Mit Marx- und Engelszungen*』(Berlin, 1968), 61쪽.

86) 이 시는 1990년 8월 10일 ≪차이트 *Die Zeit*≫에 실렸다.

87) '실제로 존재하는 사회주의 Real Existierender Sozialismus'라는 말을 복합해 만든 시인 Hans Magnus Enzensberger의 표현이다.

88) 볼프강 에머리히 Wolfgang Emmerich, 「동독 문학에서 남아 있는 것 Was bleibt von der Literatur der DDR?」. 이 논문은 1993년 5월 23일 서울대학교 독일학연구소 주최의 강연회에서 발표되었다.

89) Uwe Wittstock, 『스탈린 가(街)에서 프렌츨라우 베르크까지. 동독 문학의 길 *Von der Stalinallee zum Prenzlauer Berg. Wege der DDR-Literatur 1949-1989*』(München, 1989), 12쪽.

90) Wolfgang Emmerich, 『동독의 소문학사 *Kleine Literaturgeschichte der DDR 1945-1988*』(Frankfurt a.M., 1989), 270쪽에서 재인용.

91) 1976년 11월 동독 당국은 서독에 체류하고 있는 시인 볼프 비어만의 귀국을 불허하고 시민권을 박탈했다. 음유시인을 자처하는 시인이 평소 작품을 통해 당국의 정책을 신랄하게 비판했기 때문이다. 그러나 이 조치에 반발한 여든 명

이상의 지식인들이 항의 서한에 서명했고, 그 결과 많은 사람들이 시련을 겪거나 서독으로 이주했다.

92) Ursula Heukenkamp와의 인터뷰. ≪*Weimarer Beiträge*≫(1977), 47쪽.

93) 콜베의 시집 『보른홀름 *Bornholm II*』(Frankfurt a.M., 1987), 29쪽 참조.

94) Egmond Hesse(편), 『"질문과 대답", 동독에서 온 다른 문학의 목소리와 테스트 *"Frage und Antwort", Stimmen und Texte einer anderen Literatur aus DDR*』(Frankfurt a.M., 1988), 161- 162쪽.

95) Uwe Kolbe, 『이 안에 태어나서 *Hineingeboren*』(Frankfurt a.M., 1982), 132쪽.

96) Frank Schirrmacher, 「가혹하고 엄격한 삶의 압력을 이겨내기 Dem Druck des härteren, strengeren Lebens standhalten」, *Frankfurter Allgemeine Zeitung*(1990. 2. 6.)

97) 「필요한 비판인가, 처형인가? 크리스타 볼프와 동독 문학을 둘러싼 문학논쟁에 대한 귄터 그라스와의 대담 Nötige Kritik oder Hinrichtung? GESPRÄCH mit Günter Grass über die Debatte um Christa Wolf und DDR-Literatur」 *Der Spiegel*(1990. 7. 16.), 141쪽.

98) Stefan Heym, 「스탈린은 그 장소를 떠난다 Staslin verläßt den Raum」, *Die Zeit* (1965. 2. 5.)

99) Karl-Heinz Schoeps, 「동독 소설 Der DDR-Roman」, Helmut Koopmann(편), 『독일 소설 핸드북 *Handbuch des deutschen Romans*』(Düsseldorf, 1983), 570쪽.

100) Stefan Heym, 『다윗 왕에 관한 보고 *Der König Dawid Bericht*』(Frankfurt a.M., 1974), 37쪽.

101) Reinhard Zachau, 『슈테판 하임 *Stefan Heym*』(München, 1982), 94-97쪽 참조.

102) Wolf Biermann, 「비겁한 지식인. 슈테판 하임의 소설 『콜린』에 대해 로버트 하베만에게 보낸 문학비평적인 편지 Tapferfeige Intellektuelle. Literatur-

kritischer Brief über Stefan Heyms Roman "Collin" an Robert Havemann」, *Die Zeit*(1979. 3. 30.).

103) Roberrt Moskin, 「창작자와 인민위원들 The Creator and the Commissars(슈테판 하임과의 대담)」, *Intellectual Digest* (1973. 5.) 27쪽.

104) Stefan Heym, 「민스크의 권태감 Die Langweile von Minsk」, *Die Zeit*(1965. 10. 29.).

105) Stefan Heym, 『정보 : 동독의 새로운 산문 *Auskunft. Neue Prosa aus der DDR*』 (München, 1974), 8쪽.

106) 1982년에 나온 동독 판의 제명은 '낯선 친구 Der fremde Freund'였으나, 서독 판(1983)의 제명이 '용의 피'였다.

107) Christoph Hein, 「동독의 제10차 작가회의 연설 Rede auf dem X. Schriftstellerkongreß der DDR」, 『제5의 기본 계산법, 논문과 연설집 *Die fünfte Grundrechenart. Aufsätze und Rede*』(Frankfurt a.M., 1990), 105-27쪽 참조.

108) 「찬성과 반대, 크리스토프 하인의 『낯선 친구』 Für und Wider, "Der fremde Freund" von Christoph Hein」, *Weimarer Beiteräge* 제9호(1983), 1638쪽.

109) 같은 책, 같은 쪽

110) 같은 책, 1644쪽

111) 같은 책, 1653쪽

112) Christoph Hein, 「하인리히 만 상 수상식 연설」, ≪신독일 문학 *Neue deutsche Literatur*≫ 제7권(1983), 160쪽.

113) Ralf Schnell, 『1945년 이후의 독어권 문학사 *Geschichte der deutschsprachigen Literatur seit 1945*』(Stuttgart/Weimar/Metzler, 1993), 216쪽.

114) 독일의 대표적 민중 서사시 『니벨룽겐의 노래』의 주인공. 괴물 용을 죽이고 그 피에 목욕을 함으로써 어떤 창도 뚫지 못하는 각질의 몸을 갖게 된다.

115) Uwe Wittstock, 『스탈린 가(街)에서 프렌츨라우 베르크까지, 동독 문학의 길 *Von der Stalinalle zum Prenzlauer Berg, Wege der DDR-Literatur 1949- 1989*』(München, 1989), 216쪽.

116) Lucien Goldmann, 「계몽주의의 구조 Die Struktur der Aufklärung」, 『기독교적 시민과 계몽주의 *Der Christliche Bürger und die Aufklärung*』(Berlin : Luchterhand, 1968), 20쪽 참조.

117) Georg Lukács, 「독일 계몽주의의 위대성과 한계 Größe und Grenzen der deutschen Aufklärung」, Peter Pütz(편), 『독일 계몽주의 연구 *Erforschung der deutschen Aufklärung*』(Königstein/Ts., 1980), 116쪽.

118) Fritz Martini, 『독일 문학사 *Deutsche Literaturgeschichte von den Anfängen bis zur Gegenwart*』(Stuttgart, 1978), 172쪽.

119) 휘고 그로티우스 Hugo Grotius는 『전쟁과 평화의 법』을 지어 근대 국제법에 큰 영향을 끼친 네덜란드 법학자다.

120) Hans-Friedrich Wessels, 「독일 계몽주의 시대와 문제점 Phasen und Problem der Aufklärung in Deutschland」, Wessels(편), 『계몽주의 *Aufklärung*』(Königstein : Athenäum, 1984), 16쪽.

121) Fritz Martini, 앞의 책, 191쪽 참조.

122) Gotthold Ephraim Lessing, 『함부르크 희곡론 *Hamburgische Dramaturgie*』(München, 1966), 306쪽 참조.

123) 같은 책, 312쪽

124) 같은 책, 36-41쪽 참조.

125) Wolfgnag Kayser, 『현대 소설의 생성과 위기 *Entstehung und Krise des modernen Romans*』(Stuttgart, 1963), 6쪽 참조.

126) Volker Meid, 「계몽주의 소설에 대하여 Zum Roman der Aufklärung」, H. Wessels, 앞의 책, 88쪽.

127) 아리오스토는 16세기 초 이탈리아 시인으로 서사시 「성난 오를란도」로 유명하며 희극 발전에도 영향을 끼쳤다. 필딩은 새뮤얼 리처드슨과 함께 18세기 영국 소설의 창시자로 평가되며 『톰 존

슨』로 유명하다. 스턴은 『트리스트럼 샌디』로 유명한 18세기 아일랜드 태생의 영국 소설가다.

128) Heinrich Haerkötter, 『독일 문학사 Deutsche Literaturgeschichte』(Darmstadt : Winklers, 1982), 38쪽.

129) H. Wessels, 앞의 책, 25쪽.

130) Georg Lukács, 「독일 계몽주의의 위대성과 한계」, Peter Pütz(편), 『독일 계몽주의 연구』, 122쪽.

131) 같은 책, 같은 쪽.

132) Victor Lange, 「파우스트 비극 제2부 Faust. Der Tragödie Zweiter Teil」, Walter Hinderer(편), 『괴테의 드라마, 새로운 해석 Goethes Dramen. Neue Interpretationen』 (Stuttgart, 1980), 298쪽.

133) Benedikt Jeßling, 『요한 볼프강 괴테 Johann Wolfgang Goethe』(Stuttgart/ Weimar, 1995), 104쪽.

134) 1788년 1월 25일 칼 아우구스트 공에게 보낸 편지에서.

135) 1978년 12월 12일자 프랑크푸르트 알게마이네 차이퉁에 실린 Brigitte Mohr의 기사. Paul Michael Lützeler 외, 『괴테의 산문작품 해석 Goethes Erzählwerk, Interpretationen』(Stuttgart), 345쪽에서 재인용.

136) 1784년 괴테는 동물에게만 있는 것으로 알려진 삽간골(挿間骨)이 인간에게도 있다는 것을 증명했다. Peter Boerner, 『괴테 Goethe』(Reinbeck, 1966), 67쪽 참조.

137) 1786년 9월 11일 슈타인 부인에게 보낸 편지에서.

138) 티슈바인은 「코르소 가를 내어다보는 괴테」라는 그림을 그렸다. 현재 괴테 박물관에 소장되어 있다.

139) 1786년 12월 29일 슈타인 부인에게 보낸 편지

140) Peter Boerner, 앞의 책, 72쪽에서 재인용.

141) Benno von Wiese, 『괴테에서 카프카

까지의 독일 노벨레 Die Deutsche Novelle von Goethe bis Kafka』(Düsseldorf, 1982), 81쪽.

142) 1장에 삽입된 시로 시집에 게재할 때의 제목은 「즐거운 방랑자 Der frohe Wandersmann」이다.

143) Karl Hotz, 『요제프 폰 아이헨도르프의 「어느 무위도식자의 삶에서」의 교훈・방법론・해석 Joseph von Eichendorff. Aus dem Leben eines Taugenichts Didaktik-Methodik-Interpretation』(Hirschgraben-Verlag Frankfurt a.M., 1983), 31쪽 참조.

144) Karl Hotz는 위의 책에서 동화 「행운의 한스 Hans im Glück」의 주인공과 '무위도식자 Taugenichts'를 비교한다. 후자는 예술가, 즉 '방랑하는 음유시인'이라는 것이 결정적인 차이점이다.(Karl Hotz, 같은 책, 32-33쪽 참조.)

145) 1장에 삽입된 시로 시집에는 「정원사 Der Gärtner」라는 제목으로 게재되었다. 이 시는 R. 프란츠, A. 크나프, H. 피츠너, 오토마 쇠크 등에 의해 작곡되었다.

146) Joseph von Eichendorff, 『새로운 전집 Neue Gesamtausgabe der Werke und Schriften』 1권(Stuttgart, 1958), 112쪽.

147) Thomas Mann, 「덕성에 관하여 Von der Tugend」, 『한 비정치인의 고찰 Betrachtungen eines Unpolitischen』(Frankfurt a.M., 1956), 379쪽.

148) Ludwig Tieck, 『프란츠 슈테른발트의 방랑 Franz Sternbalds Wanderungen』(Berlin/ Stuttgart, 1983), 133쪽.

149) 정진욱, 『아이헨도르프 연구』(서울 : 삼영사, 1987), 117쪽 참조.

150) Hermann Kunisch, 「자유와 속박 —예술과 이방인 Freiheit und Bann-Kunst und Fremde」, Paul Stöcklein(편), 『오늘날의 아이헨도르프 Eichendorff heute』(Darmstadt, 1966), 143쪽.

151) Klaus Köhnke, 『상형문자 문서 : 아

이헨도르프의 소설 연구 *Hieroglyphenschrift. Untersuchungen zu Eichendorffs Erzählungen*』 (Sigmaringen, 1986), 72쪽 참조.

152) Georg Lukács, 「아이헨도르프 *Eichendorff*」, 『두 세기의 독일 문학 *Deutsche Literatur in zwei Jahrhunderten*』(Berlin, 1984), 241-242쪽.

153) 정진욱, 앞의 책, 3쪽 참조.

154) Karl Otto Conrady, 『근대 독일 문예학 입문 *Einführung in die Neuere Deutsche Literaturwissenschaft*』(Reinbeck, 1996), 25쪽.

155) Wolfgang Kayser, 『언어 예술 작품론 *Das sprachliche Kunstwerk*』(München, 1978), 11쪽.

156) 고위공, 『해석학과 문예학』(서린문화사 1998), 99쪽.

157) Wolfgang Kayser, 앞의 책, 17쪽.

158) 같은 책, 56쪽.

159) Elisabeth Frenzel, 『소재, 모티브, 상징 연구 *Stoff-, Motiv-, und Symbolforschung*』 (Stuttgart, 1987), 24쪽.

160) Elisabeth Frenzel, 『세계 문학의 소재 : 문학사적 종단(縱斷) 사전 *Stoff der Weltliteratur. Ein Lexikon dichtungsgeschichtlicher Längsschnitte*』(Stuttgart, 1966), 554쪽 참조.

161) 1889년에 공연된 사회극 「해뜨기 전」으로 유명해진 하우프트만은 1912년 노벨 문학상을 받은 독일 작가다.

162) Elisabeth Frenzel, 『소재, 모티브, 상징 연구』, 29쪽.

163) 같은 책, 같은 쪽에서 재인용.

164) Wolfgang Kayser, 앞의 책, 60쪽.

165) 같은 책, 61쪽 참조.

166) Robert Hippe, 『모티브가 같은 시들의 해석 *Interpretation zu motivgleichen Gedichten*』 (Hollfeld, 1982), 55쪽 참조.

167) Robert Hippe, 『작은 독일 시학 : 문예학의 기본개념 입문 *Kleine deutsche Poetik. Eine Einführung in die Grundbergriffe der Literaturwissenschaft*』(Bange Verlag Hollfeld Obfr, 1966), 45쪽.

168) Herbert Seider, 『문학론 *Die Dichtung*』 (Stuttgart, 1959), 138-145쪽 참조.

169) Ulrich Häussermann, 『프리드리히 횔덜린의 자기 증언과 기록 *Friedrich Hölderlin in Selbstzeugnissen und Bilddokumenten*』 (Reinbeck, 1961), 79쪽.

170) 같은 책, 같은 쪽.

171) Peter Seidensticker의 해석, *Der Deutschunterricht*, 12호(1960), 3, 36쪽 참조.

172) Wolfgang Butzlaff의 해석, *Der Deutschunterricht*, 12호(1960), 51쪽 참조.

173) Ernst Bloch, 「헤벨의 보물 상자에 대한 후기 *Nachwort zu Hebels Schatzkästlein*」, 『문학 논문집 *Literarische Aufsätze. Gesamtausgbe*』 제9권(Frankfurt a.M., 1965), 175쪽.

174) Adam Leyel이라는 사람이 1720년 스웨덴에서 일어난 놀라운 사실을 코펜하겐에서 발행되는 잡지 *Nye Tidender om Laer Sager*에 실었다. 그에 의하면 1670년 Mats Iserlson이라는 젊은이가 동광(銅鑛) 팔룬에 묻혔다가 50년 후인 1718년 지층에서 발견되었는데, 황산염에 묻혀 변하지 않은 모습이었으며, 곧 옛날의 신부가 나타나 옛 약혼자를 알아봤다는 것이다. 독일에서는 G. H. Schbert가 그의 글 「자연과학의 이면에 대한 견해 *Ansichten von der Nachtseite der Naturwissenschaft*」 (1808)에 이 내용을 실었고, 이 글이 잡지에 실리면서 헤벨에게 알려졌다.

참고 문헌

1부 헤르만 헤세의 문학과 합일 사상

1차 문헌

Hesse, Hermann. *Gesammelte Werke in 12 Bänden* (Frankfurt a.M., 1970).

Hesse, Hermann. *Briefe*(Frankfurt a.M., 1974).

Hesse, Hermann. *Die Märchen*(Frankfurt a.M., 1975).

Hesse, Hermann. *Tessin, Betrachtungen, Gedichte und Aquarelle des Autors*(Frankfurt a.M., 1996).

2차 문헌

Arnold, Heinz Ludwig. (hrsg). *Text und Kritik. Zeitschrift für Literatur. Hermann Hesse*(München Mai, 1977).

Ball, Hugo. *Hermann Hesse. Sein Leben und sein Werk*(Frankfurt a.M., 1978).

Böhme, Wolfgang. (hrsg). *Suche nach Einheit. Hermann Hesse und die Religionen* (Karlsruhe, 1978).

Boulby, Mark. *Herrmann Hesse, His Mind and Art*(Ithaca : Cornell University Press, 1967).

Dow, James R. *Hermann Hesses 'Märchen'. A Study of Sources, Themes and Importance of Hesses 'Märchen' and Other Works of Fantasy* (Diss.: Iowa, 1966).

Engel, Otto. *Hermann Hesse. Dichtung und Gedanke*(Stuttgart, 1947).

Eykmann, Christoph. *Denk- und Stilformen des Expressionismus*(München/Stuttgart, 1974).

Freedman, Ralph. *Hermann Hesse. Autor der Krisis. Eine Biographie*(Frankfurt a.M., 1982).

Hsia, Adrian. *Hermann Hesse und China. Darstellung, Materiallien und Interpretation* (Frankfurt a.M., 1974).

Hsia, Adrian. (hrsg). *Hermann Hesse heute* (Bonn, 1980).

Jacobi, Jolande. *The Psychology of C. G. Jung* (London, 1962).

Jung, Carl G. *Symbole der Wandlung*(Zürich, 1952).

Karr, Susan E. *Hermann Hesses Fairy Tales* (Washington 1972).

Khera, Astrid. *Hermann Hesses Romane der Krisenzeit in der Sicht seiner Kritiker*(Bonn, 1978).

Knörrich, Otto. *Formen der Literatur* (Stuttgart, 1981).

Lange, Marga. *Daseinsproblematik in der Hermann Hesses "Steppenwolf"*(Australia : University of Queenland, 1969).

Lüthi, Hans Jürg. *Hermann Hesse. Natur und Geist*(Stuttgart, 1970).

Matzig, Richard B. *Hermann Hesse in Montagnola, Studien zu Werk und Innenwelt des Dichters*(Stuttgart, 1949).

Maurer, Gerhard. *Hermann Hesse und die deutsche Romantik*(Tübingen, 1955).

Mayer, Mathias. *Kunstmärchen*(Stuttgart/ Weimar, 1997).

Michels, Volker. (hrsg). *Materialien zu Hermann Hesses 'Siddhartha' I, II*(Frankfurt a.M., 1975/76).

Michels, Volker (hrsg). *Über Hermann Hesse I, II*(Frankfurt a.M., 1976/77).

Michels, Volker (hrsg). *Materialien zu Hermann Hesses "Der Steppenwolf"* (Frankfurt a.M., 1979).

Michels, Volker (hrsg). *Materialien zu*

Hermann Hesses "Das Glasperlenspiel" 1, 2 (Frankfurt a.M., 1973-74).

Michels, Volker. *Hesse. Sein Leben in Bildern und Texten*(Frankfurt a.M., 1979).

Mileck, Joseph. *Hermann Hesse. Life and Art*(University of California Press, 1978).

Nadler, Käte. *Hermann Hesse. Naturliebe, Menschenliebe, Gottesliebe*(Leipzig, 1958).

Neis, Edgar. *Erläuterungen zu Hermann Hesses 'Demian', 'Siddhartha', 'Der Steppenwolf'* (Hollfeld/Ofr., 1977).

Nietzsche, Friedrich. *Werke* Ⅰ, Ⅱ(München, 1955).

Pfeifer, Martin. *Erläuterungen zu Hermann Hesses "Das Glasperlenspiel"*(Hollfeld, 1983).

Pfeifer, Martin. *Hermann Hesses weltweite Wirkung*(Bd.1. Frankfurt a.M., 1977, Bd.2. 1979).

Röttger, Jörg. *Die Gestalt des Weisen bei Hermann Hesse*(Bonn, 1980).

Schwarz, Egon (hrsg). *Hermann Hesses "Steppenwolf"* Königstein, 1980).

Unseld, Siegfried. *Begegnung mit Hermann Hesse*(Frankfurt a.M., 1975).

Wilhelm, Richard. *I Ging. Das Buch der Wandlungen*(Düsseldorf: Köln, 1970).

Wilpert, Gero von. *Sachwörterbuch der Literatur*(Stuttgart, 1969).

Zeller, Bernhard. *Hermann Hesse in Selbstzeugnissen und Bilddokumenten* (Reinbeck bei Hamburg, 1975).

Ziolkowski, Theodore. *The Novels of Hermann Hesse. A Study in Theme and Structure* (Princeton N.J., 1965).

Ziolkowski, Theodore. *Hesse. A Collection of Critical Essays*(Englewood Cliffs N.J., 1973).

Ziolkowski, Theodore. *Der Schriftsteller Hermann Hesse*(Frankfurt a/M., 1997).

이인웅 (편). 『헤르만 헤세』(문학과 지성사, 1980).

이인웅. 『헤르만 헤세와 동양의 지혜』(두레,

2000).

정서웅. 『헤세 문학에 나타나는 인간화 과정의 제 양상』(고려대학교, 1984).

한국 헤세 학회. 『헤세 연구』 제3집(세종문화사, 2000).

2부 현대 독일 문학의 실험 정신

토마스 만의 『베네치아에서의 죽음』
1차 문헌

Mann, Thomas. *Gesammelte Werke in 12 Bänden*(Frankfurt a.M., 1967).

Mann, Thomas. *Briefe in 3 Bänden*(Berlin und Weimar, 1965).

2차 문헌

Dierks, Manfred. *Studien zu Mythos und Psychologie bei Thomas Mann*(Bern, 1972).

Diersen, Inge. *Thomas Mann, Episches Werk, Weltanschauung, Leben*(Berin und Weimar, 1975).

Jendreiek Helmut. *Thomas Mann, Der demokratische Roman*(Düsseldorf, 1977).

Koopmann, Helmut. *Thomas Mann, Konstanten seines literarischen Werks*(Göttingen, 1975).

Wiese, von Benno. *Die deutsche Novelle von Goethe bis Kafka*(Düsseldorf, 1967).

고트프리트 벤의 초기 시와 표현주의
1차 문헌

Benn, Gottfried. *Gesammelte Werke 8 Bände* (Wiesbaden, 1968).

2차 문헌

Amold, Armin. *Die Literatur des Expressionismus. Sprachliche und thematische Quellen*(Stuttgart, 1966).

Hillebrand, Bruno hrsg. *Frankfurter Antologie* (Frankfurt a.M., Bd.4, 1982, Bd.6, 1985).

Rötzer, Hans Gerd (hrsg). *Begriffsbestimmung des literarischen Expressionismus*(Darmstadt, 1976).

Schünemann, Peter. *Gottfried Benn*(München,

1977).

Steinhagen, Harald. *Die statischen Gedichte von Gottfried Benn, Die Vollendung seiner expressionistischen Lyrik*(Stuttgart, 1969).

Vietta, Silvio und Kemper, Hans-Georg. *Expressionismus*(München, 1975).

Wiese, Benno von. *Deutsche Dichter der Moderne*(Berlin, 1965).

Wodke, Fredrich Wilhelm. *Gottfried Benn* (Stuttgart, 1962).

김주연. 『고트프리트 벤 연구』(문학과 지성사, 1981).

지그프리트 렌츠의 『독일어 시간』과 의무관
1차 문헌

Lenz, Siegfried. *Deutschstunde*(München, 1973).

Lenz, Siegfried. *Beziehungen. Ansichten und Bekenntnisse zur Literatur*(München 1972).

2차 문헌

Arnold, Heinz Ludwig (hrsg). *Text und Kritik, Zeitschrift für Literatur, Siegfried Lenz* (München, 1976).

Neis, Edgar. *Erläuterungen zu Siegfried Lenz' 'Deutschstunde'*, Bange Verlag Bd. 92.

Peinert, Dietrich. *Siegfried Lenz, Deutschstunde, Deutschunterricht*(Stuttgart, 1971).

Schwarz, Wilhelm Johannes. *Der Erzähler Siegfried Lenz*(München, 1974).

Wagener, Hans. *Siegfried Lenz*(München, 1976).

Weber, Albrecht. *Siegfried Lenz, Deutschstunde* (München, 1971).

한국독어독문학회, 「독일 문학」 22집(1979).

막스 프리쉬의 익살극 『만리장성』
1차 문헌

Frisch, Max. *Die Chinesische Mauer, eine Farce*(Frankfurt a.M., 1975).

Frisch, Max. *Stücke II*(Frankfurt a.M., 1979).

Frisch, Max. *Tagebuch 1946-1949*(Frankfurt a.M., 1950).

2차 문헌

Arnold, Heinz Ludwig. (hrsg). *Text und Kritik, Zeitschrift fur Literatur, Max Frisch* (München, 1976).

Bänziger, Hans. *Frisch und Dürrenmartt* (Bern, 1976).

Geißler, Rolf. *Zur Interpretation des modernen Dramas Brecht-Dürrenmartt-Frisch* (Frankfurt a.M., Berlin, Bonn).

Grabert, Willy. *Geschichte der deutschen Literatur*(München ,1981).

Kesting, Marianne. *Das deutsche Drama seit Ende des 2. Weltkriegs, Die deutsche Literatur der Gegenwart, Aspekte und Tendenzen* (Stuttgart, 1971).

Mayer, Hans. *Über Friedrich Dürrenmartt und Max Frisch*(Pfullingen, 1977).

Mennemeier, Franz Norbert. *Modernes Deutsches Drama. Kritiken und Charakteristiken*(München, 1975).

Petersen, Jürgen H. *Max Frisch*(Stuttgart, 1978).

Stäuble, Eduard. *Max Frisch. Gedankliche Grundzüge in seinen Werken*(Basel, 1970).

Weise, Adelheid. *Untersuchungen zur Thematik und Struktur der Dramen von Max Frisch* (Göppingen, 1975).

뒤렌마트의 「터널」
1차 문헌

Friedrich Dürrenmatt. *Die Stadt. Prosa*(Zürich, 1952).

Friedrich Dürrenmatt. *Der Tunnel*. Wiese, von Benno (hrsg). *Deutschland Erzählt* (Frakfurt a.M., 1962).

2차 문헌

Bänziger, Hans. *Frisch und Dürrenmatt* (Bern/München, 1967).

Freund, Winfried. *Friedrich Dürrenmatt. Der Tunnel, Vorlauf in den Tod, Interpretation*

Erzählungen des 20. Jahrhunderts Bd. 2. (Stuttgart, 1966).

Haerkötter, Heinrich. Deutsche Literaturgeschichte(Darmstadt, 1978).

Hesse, Hermann. Gesammelte Werke Bd. 1. (Frankfurt a.M., 1970).

Hippe, Robert. Kleine deutsche Poetik. (Bayreuth, 1966).

Knopf, Jan. Friedrich Dürrenmatt(München, 1980).

Spycher, Peter. Friedrich Dürrenmatt. Das erzählerische Werk(Frauenfeld, 1972).

Wirsching, Johannes. Friedrich Dürrenmatt, Der Tunnel. Eine theologische Analyse. Der Deutschunterricht 25(1973) H.1.

3부 동독 문학에서 남아 있는 것

1970년대의 동독 문학

Beutin, Wolfgang. Deutsche Literaturgeschichte von den Anfängen bis zur Gegenwart (Stuttgart, 1979).

Blumensath, H./Übach, C. Einführung in die Literaturgeschichte der DDR(Stuttgart, 1975).

Biermann, Wolf. Die Drahtharfe(Berlin, 1965).

Biermann, Wolf. Mit Marks-und Engelszungen (Berlin, 1968).

Biermann, Wolf. Preussischer Ikarus, Lieder, Balladen, Gedichte, Prosa(Köln, 1978).

Braun, Volker. Unvollendete Geschichte (Berlin, 1975).

Brenner, Peter (hrsg). Plenzdorfs "Neue Leiden des jungen W."(Frankfurt a.M., 1982).

Emmerich, Wolfgang. Kleine Literaturgeschichte der DDR 1945-1988(Frankfurt a.M., 1989).

Kaufmann, Eva. Erwartung und Angebot. Studien zum gegenwartigen Verhältnis von Literatur und Gesellschaft in der DDR (Berlin, 1976).

Kaufmann, Hans. Gespräch mit Christa Wolf. Weimarer Beiträge 20, 1974.

Leppla, Otmar. Studienblätter Plenzdorfs "Die neuen Leiden des jungen W." (Stuttgart, 1988).

Lermann, Birgit. Lyrik aus der DDR (Paderborn, 1978).

Plenzdorf, Urlich. Die neuen Leiden des jungen W.(Frankfurt a.M., 1976).

Reimann, Brigitte. Franziska Lingerhand (Berlin, 1974).

Rosellini, Jay. Volker Braun(München, 1983).

Tetzner, Gerti. W. Karen W.(Neuwied, 1975).

Weisbord, Peter. Literarischer Wandel in der DDR. Untersuchungen der Entwicklung der Erzählliteratur in den 70er Jahren (Heidelberg, 1980).

Wolf, Christa. Nachdenken über Christa T. (Darmstadt/Neuwied, 1985).

통일 전후의 동독 문학

anonym. Nötige Kritik oder Hinrichtung? Spiegel-Gespräch mit Günter Grass über die Debatte um Christa Wolf und DDR-Literatur. Der Spiegel(1990. 7. 16.)

Anz, Thomas. Es geht nicht um Christa Wolf (München, 1991).

Beutin, Wolfgang. Deutsche Literaturgeschichte von den Anfängen bis zur Gegenwart(Stuttgart, 1979).

Emmerich, Wolfgang. Kleine Literaturgeschichte der DDR 1945-1988. (Frankfurt a.M., 1989).

Emmerich, Wolfgang. Was bleibt von der Literatur der DDR? Die Zeit(1990. 8. 10.).

Hein, Christoph. Der Tangospieler (Frankfurt/a.M. 1989).

Hein, Christoph. Die fünfte Grundrechenart Aufsätze und Reden(Frankfurt a.M. 1990).

Kolbe, Uwe. Hineingeboren(Frankfurt a.M. 1982).

Kolbe, Uwe. Bornholm II(Frankfurt a.M. 1987).

Kunert, Günter. Jeder Wunsch ein Treffer (Hannover, 1976).

Labroisse, Gerd (hrsg). Forschungsberichte zur DDR-Literatur(Amsterdam, 1980).

Müller, Heiner. *Zur Lage der Nation. Heiner Müller im Interview mit Frank Raddatz* (Berlin, 1990).

Naumann, Michael. *Die Geschichte ist offen. DDR 1990. Hoffnung auf eine neue Republik* (Reinbeck bei Hamburg, 1990).

Raddatz, Fritz. *Zur deutschen Literatur der Zeit 1. Traditionen und Tendenzen Materialen zur Literatur der DDR*(Hamburg, 1987).

Scharfscherdt, Jürgen. *Literatur und Literaturwissenschaft in der DDR*(Stuttgart Berlin/Köln/Mainz, 1982).

Schirrmacher, Frank. Dem Druck des hä rteren, strengen Lebens standhalten, *FAZ* (1990. 6. 2.)

Stephan, Alexander. *Christa Wolf*(Amsterdam, 1980).

Stephan, Alexander. Foreword to the end of GDR literature, *Germanic Review* Nr. 3. 1992.

Wesbord, Peter. *Literarischer Wandel in der DDR. Untersuchungen zur Entwicklung der Erzählliteratur in der 70er Jahren*(Heidelberg, 1980).

Wittstock, Uwe. *Von der Stalinallee zum Prenzlauer Berg. Wege der DDR Literatur 1949-1989*(München, 1989).

Wolf, Christa. *Im Dialog*(Berlin/Weimar, 1990).

Wolf, Christa. *Was bleibt*(Frankfurt a.M., 1990).

슈테판 하임의 『콜린』과 과거 극복의 의지
1차 문헌

Heym, Stefan. *Collin*(Frankfurt a.M., 1979).

Heym, Stefan. *Der König David Bericht* (Frankfurt a.M., 1974).

Heym, Stefan. *Nachruf*(Frankfurt a.M., 1990).

2차 문헌

anonym. Erstickender Ring, *Der Spiegel* (1979. 2. 12.)

anonym. Memorien eines furchtsamen Stö renfrieds, *Der Spiegel*(1988. 8. 15.)

Biermann, Wolf. Tapferfeige Intellektuelle. Literaturkritischer Brief über Stefan Heyms "Collin" an Robert Havemann, *Zeit*(1979. 3. 30.)

Brandt, Sabine. Ende des Rundlaufs um den heißen Brei, *Fankfurt Allgemeine Zeitung* (1979. 3. 1.)

Corino, Karl. Des Rundlaufs um den heißen Brei müde, *Hanoversche Allgemeine Zeitung* (1979. 4. 21.)

Grabert, Willy. *Geschichte der deutschen Literatur*(München, 1981).

Jäger, Manfred. Collin weiß immer noch zuviel, *Deutsches Allgemeines Sonntagsblatt* (1979. 3. 11.)

Mudrich, Heinz. Das Duell der Genossen. DDR-Dokument als spannende Story. Woe und wo "Collin" entstand, *Saarbrrücker Zeitung*(1979. 3. 30.)

살림. *König David alias Stalin, Zur Literatur der DDR*(München, 1974).

Schoeps, Karl-Heinz. Der DDR-Roman, Helmut Koopmann (hrsg). *Handbuch des deutschen Romans*(Düsseldorf, 1983).

Zaschau, Reinhard. *Stefan Heym*(München, 1982).

크리스토프 하인의 『용의 피』, 『탱고 연주자』
1차 문헌

Hein, Christoph. *Drachenblut*(Luchterhand 1988).

Hein, Christoph. *Der Tangospieler* (Frankfurt a.M., 1989).

Hein, Christoph. *Horns Ende*(Frankfurt a.M., 1989).

Hein, Christoph. *Die fünfte Grundrechenart. Aufsätze und Reden 1987-1990*(Frankfurt a.M., 1990).

2차 문헌

Fischer, Bernd. Drachenblut. Christoph Heins "Fremde Freund", *Colloquia Germanica* 21, 1988.

Emmerich, Wolfgang. *Kleine Literaturgeschichte der DDR 1945-1988*(Frankfurt a.M., 1989).

Hage, Volker. Freiheit, mir graut's vor dir. Über die DDR im Jahre 1968-und heute. Christoph Heins Roman "Der Tangospieler", *Die Zeit*(1989. 3. 24)

Hell, Julia. Christoph Hein's Der Fremde Freund / Drachenblut and the Antinomies of Writing under 'Real Existing Socialism', *Colloquia Germanica* 25, 1992.

Roberts, David. Surface and Depth. Christoph Hein's Drachenblut, *The German Quarterly* 1990.

Weisbrod, Peter. *Literarischer Wandel in der DDR. Untersuchungen zur Entwicklung der Erzählliteratur in den siebziger Jahren* (Heidelberg, 1980).

Wittstock, Uwe. *Von der Stalinallee zum Plenzlauer Berg. Wege der DDR- Literatur 1949-1989*(München, 1989).

Wolf, Christa. *Was bleibt*(Frankfurt a.M. 1990).

전영애. 『독일의 현대 문학 : 분단과 통일의 성찰』(창작과 비평사, 1998).

정서웅. 「전환기의 동독 문학 : 신주관주의에서 독일 통일에 이르기까지」, ≪성곡논총≫(제23집), 1992.

괴테, 그리고 지난날의 독일 문학

독일 계몽주의 문학의 성과와 한계

Aristoteles. *Poetik*(Stuttgart, 1961).

Beutin, Wolfgang. *Deutsche Literaturgeschichte von den Anfängen bis zur Gegenwart* (Stuttgart, 1979).

Bortenschlager, Brenner. *Deutsche Literaturgeschichte*(Wien, 1981).

Geiger, Heinz. *Aspekte des Dramas*(Opladen, 1978).

Goldmann, Lucien. *Der christliche Bürger und die Aufklärung*(Berlin, 1968).

Grabert, Willy. *Geschichte der deutschen Literatur*(München, 1981).

Haerkötter, Heinrich. *Deutsche Literaturgeschichte*(Darmstadt, 1982).

Kimpel, Dieter. *Der Roman der Aufklärung* (Stuttgart, 1977).

Krell, Leo. *Deutsche Literaturgeschichte* (Bamberg, 1976).

Lessing, G. Ephraim. *Hamburgische Dramaturgie* (München, 1966).

Martini, Fritz. *Deutsche Literaturgeschichte von Anfängen bis zur Gegenwart*(Stuttgart, 1978).

Pütz, Peter hrsg. *Erforschung der deutschen Aufklärung*(Königstein/Ts., 1980).

Voßkamp, Wilhelm. *Romantheorie in Deutschland. Von Martin Opitz bis Friedrich von Blankenberg*(Stuttgart, 1973).

Wessels, Hans-Friedrich (hrsg). *Afklärung* (Königstein/Ts.: Atenäum, 1984).

Zmegac, Viktor. *Geschichte der deutschen Literatur*(Königstein/Ts., 1979).

김종대. 『독일 문학사』(법문사, 1978).

박찬기. 『독일 문학사』(일지사, 1980).

지명렬(편). 『독일 문학사조사』(서울대학교 출판부, 1987).

괴테의 『파우스트』와 그리스 신화
1차 문헌

Goethe, Johann Wolfgang von. *Werke. Hamburger Ausgabe in 14 Bänden* Hamburg 1967).

Goethe, Johann Wolfgang von. *Briefe* (Hamburg, 1962).

2차 문헌

Arens, Hans. *Kommentar zu Goethe Faust II* (Heidelberg, 1989).

Boerner, Peter. *Johann Wolfgang von Goethe* (Rowolt, 1978).

Brandt, Helmut & Beyer, Manfred. *Ansichten der deutschen Klassik*(Berliner/Weimar, 1981).

Eckermann, Johann Peter. *Gespräch mit Goethe in den letzten Jahren seines Lebens.*

(Wiesbaden, 1959).

Einem, Herbert von. *Goethe-Studien*(München, 1972).

Emrich, Wilhelm. *Die Symbolik von Faust II. Sinn und Versformen*(Berlin, 1943).

Friedrich, Theodor & Scheithauer, Lothar J. *Kommentar zu Goethes Faust*(Stuttgart, 1959).

Hinderer, Walter (hrsg). *Goethes Dramen. Neue Interpretation*(Stuttgart, 1980).

Jeßling, Benedikt *Johann Wolfgang Goethe* (Stuttgart/Weimar, 1995).

Julia, Gauss. *Goethe-Studien*(Göttingen, 1961).

Kaiser, Ernst. *Paracelsus*(Reinbek bei Hamburg, 1962).

Keller, Werner. *Aufsätze zu Goethes Faust II* (Darmstadt, 1992).

강두식(역주). 『괴테 파우스트 Ⅰ · Ⅱ부』 (서울대 출판부, 1990).

박찬기 외. 『파우스트와 빌헬름 마이스터 연구』(민음사, 1993).

박찬기(편). 『괴테와 독일 고전주의』(고대 출판부, 1988).

한국 괴테협회(편). 『괴테 연구』(문학과 지 성사, 1983).

한국 괴테협회(편). 『파우스트 연구』(문학 과 지성사, 1986).

『이탈리아 기행』에 나타난 괴테의 세계관

1차 문헌

Goethe, Johann Wolfgang von. *Werke, Hamburger Ausgabe in 14 Bänden*, Hamburg 1948-1964).

Goethe, Johann Wolfgang von. *Briefe* (Hamburg), 1962).

2차 문헌

Boerner, Peter. *Johann Wolfgang von Goethe* (Rowohlt, 1978).

Eckermann, Johann Peter. *Gespräche mit Goethe in den letzten Jahren seines Lebens* (Wiesbaden, 1959).

Einem, Herbert von. *Goethe-Studien*(München, 1972).

Hecht, Wolfgang. *Goethe als Zeichner* (Leibzig, 1982).

Ipser, Karl. *Mit Goethe in Italien. Eine historische Reise*(Türmer-Verlag Hungary, 1987).

Julia, Gauss. *Goethe-Studien*(Göttingen, 1961).

Kleinschneider, Manfred. *Goethes Naturstudien. Wissenschaftstheoretischegeschichtliche Untersuchungen*(Bonn, 1971).

Müller, Klaus-Detlef (hrsg.). *Geschichlichkeit und Aktualität. Studien zur deutschen Literatur seit der Romantik*(Tübingen, 1988).

Niedrer, Heinrich. Goethes unzeitgemässe Reise nach Italien 1786-1788, Jahrbuch des Freien Deutschen Hochstifts(Tübingen, 1980).

Wegner, Max. *Goethes Anschauung antiker Kunst*(Berlin, 1949).

아이헨도르프의 『어느 무위도식자의 삶에서』

1차 문헌

Eichendorff, Joseph von. *Aus dem Leben eines Taugenichts und Gedichte*(Augusburg, 1960).

2차 문헌

Bollnow, Friedrich. *Unruhe und Geborgenheit im Weltbild neurer Dichter*(Stuttgart, 1953).

Grabert, Willy. *Geschichte der deutschen Literatur*(München, 1981).

Haar, Carelter. *Joseph von Eichendorff, Aus dem Leben eines Taugenichts, Text, Materialien, Kommentar*(München/Wiens, 1977).

Hoffmeister, Gerhart. *Deutsche und europäische Romantik*(Stuttgart, 1978).

Hotz, Karl. *Joseph von Eichendorff, Aus dem Leben eines Taugenichts, Didaktik- Methodik- Interpretation*(Frankfurt a.M., 1983).

Kirsch, Hans-Christian (hrsg). *Klassiker Heute, Zwischen Klassik und Romantik* (Frankfurt a.M., 1980).

Köhnke, Klaus. *"Hieroglyphenschrift"*,

Untersuchungen zu Eichendorffs Erzählungen (Sigmaringen, 1986).

Lehmann, Jakob (hrsg). *Deutsche Novellen von Goethe bis Walser, Inter-pretationen für den Literaturunterricht Band 1. Von Goethe bis C. F. Meyer*(Regensburg, 1980).

Lukács, Georg. *Deutsche Literatur in zwei Jahrhunderten*(Berlin, 1984).

Mann, Thomas. *Betrachtungen eines Unpolitischen*(Frankfurt a.M., 1956).

Niggl, Günter und Irmgard (hrsg). *Joseph von Eichendorff im Urteil seiner Zeit*, (Stuttgart/Berlin/Köln/Mainz, 1974).

Nürnberg, Hans (hrsg). *Romane, Texte und Interpretationen*(Paderborn/München/Wien/Zürich, 1986).

Prang, Helmut. *Die romantische Ironie* (Darmstadt, 1980).

Ritter, Alexander. *Landschaft und Raum in der Erzählkunst*(Darmstadt, 1975).

Stöcklein, Paul. *Eichendorff heute*, Darmstadt 1966.

Wiese, Benno von. *Die Deutsche Novelle von Goethe bis Kafka*(Düsseldorf, 1982).

지명렬. 『독일 낭만주의 총설』(서울대학교 출판부, 2000).

정진욱. 『아이헨도르프 연구』(삼영사, 1987).

문예학적 해석의 한 시도

Bloch, Ernst. *Nachwort zu Hebels Schatzkästlein, Literarische Aufsätze*(Frankfurt a.M., 1965).

Braak, Ivo. *Poetik in Stichworten. Literaturwissenschaftliche Grundbegriffe*(Kiel 1980).

Brackert, Helmut (hrsg). *Literaturwissenschaft Grundkurs 1, 2* (Reinbeck bei Hamburg, 1981).

Celan, Paul. *Gesammelte Werke* Bd.1 (Frankfurt a.M., 1975).

Conrady, Karl Otto. *Einführung in die Neuere Deutsche Literaturwissenschaft* (Reinbeck, 1966).

Duwe, Wilhelm. *Deutsche Dichtung des 20. Jahrhunderts Bd. II*(Zürich, 1969).

Frenzel, Elisabeth. *Motive der Weltliteratur. Eine Lexikon dichtungsgeschichtliche Längsschnitte* (Stuttgart, 1976).

Frenzel, Elisabeth. *Stoff-, Motiv-, und Symbolforschung*(Stuttgart, 1978).

Geiger, Heinz. *Literatur und Literaturwissenschaft*(Düsseldorf, 1973).

Gutzen, Dieter. *Einführung in die neuere deutsche Literaturwissenschaft,*(Berlin, 1981).

Häussermann, Urlich. *Friedrich Hölderlin in Selbstzeugnissen und Bilddokumenten* (Reinbeck, 1961).

Hippe, Robert. *Kleine deutsche Poetik. Eine Einführung in die Grundberiffe der Literaturwissenschaft*(Hollfeld/Obfr 1966).

Hippe, Robert. *Interpretationen zu 62 motivgleichen Gedichten*(Hollfeld, 1982).

Hölderlin, Friedrich. *Sämtliche Werke Bd. 1* (Stuttgart, 1944).

Kayser, Wolfgang. *Das sprachliche Kunstwerk* (München, 1987).

Seidler, Herbert. *Die Dichtung. Wesen · Form · Dasein*(Stuttgart, 1959).

Staiger, Emil. *Grundbegriffe der Poetik*(Zürich, 1956).

Walch, Günter (hrsg). *Die literarische Methode. Struktur und Probleme*(Leibzig, 1980).

Wiese, Benno von. *Deutschland erzählt von Johann Wolfgang von Goethe bis Ludwig Tieck*(Frankfurt a.M., 1980).

Wiese, Benno von. *Deutschland erzählt von Arthur Schnitzler bis Uwe Johnson* (Frankfurt a.M./Hamburg, 1962).

고위공. 『해석학과 문예학』(서린 문화사, 1983).

번역서 안내

이 책에서 다룬 텍스트들은 대부분 우리나라에서 번역·출간되었다. 독자들이 참고할
수 있도록 비교적 최근에 간행된 번역 작품의 목록을 소개한다.

헤르만 헤세, 『데미안』, 전영애 옮김 (민음사, 2000)

헤르만 헤세, 『싯다르타』, 박병덕 옮김 (민음사, 2002)

헤르만 헤세, 『황야의 이리』, 김누리 옮김 (민음사, 2002)

헤르만 헤세, 『유리알 유희』, 김광요 옮김 (육문사, 2000)

헤르만 헤세, 『환상동화집』, 정서웅·윤예령 옮김 (민음사, 2002)

헤르만 헤세, 『테신, 스위스의 작은 마을』, 정서웅 옮김 (민음사, 2000)

헤르만 헤세, 『크눌프·로스할데』, 정서웅 옮김 (예하, 1994)

토마스 만, 『트리스탄(「베네치아에서의 죽음」수록』, 박동자 외 옮김 (민음사, 1998)

지그프리트 렌츠, 『독일어 시간』, 정서웅 옮김 (민음사, 2000)

막스 프리쉬, 『외더란트 백작(「만리장성」수록)』, 손재준 옮김 (민음사, 1984)

크리스타 볼프, 『크리스타 T.에 대한 추념』, 전영애 옮김 (예지각, 1990)

울리히 플렌츠도르프, 『젊은 W.의 새로운 슬픔』, 박환덕 옮김 (예지각, 1990)

폴커 브라운, 『미완성 이야기』, 안삼환 옮김 (중앙일보사, 1990)

슈테판 하임, 『콜린』, 정서웅 옮김 (중앙일보사, 1990)

크리스토프 하인, 『낯선 연인(용의 피)』, 전영애 옮김 (현대소설사, 1991)

크리스토프 하인, 『탱고 연주자』, 정서웅 옮김 (예지각, 1990)

고트프리트 에프라임 레싱, 『에밀리아 갈로티』, 홍경호 옮김 (금성출판사, 1993)

요한 볼프강 폰 괴테, 『파우스트』, 정서웅 옮김 (민음사, 1999)

요한 볼프강 폰 괴테, 『이탈리아 기행』, 박영구 옮김 (푸른숲, 1998)

요한 볼프강 폰 괴테, 『로마 체류기』, 정서웅 옮김 (현대소설사, 1992)

요제프 폰 아이헨도르프, 『방랑아 이야기(어느 무위도식자의 삶에서)』, 정서웅 옮김 (문학과
지성사, 2001)

볼프강 카이저, 『언어예술작품론』, 김윤섭 옮김 (대방출판사, 1982)

프리드리히 횔덜린, 『궁핍한 시대의 노래(시집)』, 장영태 옮김 (혜원, 1990)

파울 첼란, 『아무도 아닌 장미(시집)』, 고위공 옮김 (혜원, 1987)

귄터 그라스, 『나의 세기』, 안삼환 외 옮김 (민음사, 1999)

라이너 마리아 릴케, 『두이노의 비가 외』, 김재혁 옮김 (책세상, 2000)

고트프리트 켈러, 『마을의 로미오와 줄리엣』, 정서웅 옮김 (열림원, 2002)

독일 문학의 깊이와 아름다움

괴테, 릴케, 헤세, 토마스 만, 귄터 그라스, 고트프리트 벤, 지그프리트 렌츠,
막스 프리슈, 뒤렌마트, 롤롭슈토르크, 아이헨도르프를 찾아서

1판 1쇄 펴냄 2003년 9월 15일
1판 2쇄 펴냄 2004년 11월 5일

지은이 정서웅
펴낸이 박맹호
펴낸곳 (주) 민음사

출판등록 1966. 5. 19. (제16-490호)
서울시 강남구 신사동 506 강남출판문화센터 5층 (135-887)
대표전화 515-2000 / 팩시밀리 515-2007
www.minumsa.com

값 15,000원

ISBN 89-374-1179-2 03850